Femme de neige

du même auteur
chez le même éditeur

Mon premier meurtre (2004)
La Poisse (2006)
Un cœur de cuivre (2009)

Ces ouvrages sont également disponibles en poche (J'ai lu).

Ouvrage traduit avec l'aide du FILI, Helsinki.

Leena Lehtolainen

Femme de neige

traduit du finnois par Anne Colin du Terrail

roman

GAÏA ÉDITIONS

Gaïa Éditions
82, rue de la Paix
40380 Montfort-en-Chalosse
téléphone : 05 58 97 73 26

contact@gaia-editions.com
www.gaia-editions.com

Titre original : *Luminainen*
Éditeur original : Tammi, Helsinki

Illustrations de couverture :
© Valentin Casarsa / Getty Images & © Darrell Gulin / Getty Images

---

ISBN 13 : 978-2-84720-229-8

Prologue

Je ne sais qui avait le plus peur, moi ou la magistrate devant laquelle je me tenais. Ma copine de fac Riina n'avait encore jamais marié personne et j'ai vu ses joues trembler quand elle a ouvert la cérémonie. Mais c'était aussi mon premier mariage. J'avais les jambes molles et la sueur de ma main agrippée à celle d'Antti gouttait à coup sûr sur le parquet de la Villa Elfvik.

« Maria Kristiina Kallio, voulez-vous prendre pour époux Antti Johannes Sarkela ici présent… »

J'avais eu le temps d'oublier que même pour un mariage civil il fallait dire oui, je le veux. J'ai failli ne pas pouvoir articuler un mot et Antti m'a regardée, pensant sans doute que j'allais reculer au dernier moment. J'ai exhalé mon consentement dans un souffle et, comme effrayé, il a crié le sien si fort que Riina en a été désarçonnée. Plus tard, nos invités ont néanmoins affirmé n'avoir rien trouvé d'étrange à la scène.

Riina nous a déclarés mari et femme et nous nous sommes tournés vers l'assistance pour nous embrasser et recevoir notre lot de félicitations. Nous avions voulu des noces aussi informelles que possible, et le choix d'un mariage civil nous avait semblé naturel car Antti n'était pas croyant. Mes propres rapports avec la religion étaient suffisamment flous pour que je ne souhaite pas non plus la bénédiction de l'Église.

Les embrassades se succédaient. Mes parents, mes sœurs, mes amis. Koivu m'a soulevée haut dans les airs et a dit à Antti, en ne plaisantant qu'à moitié :

« Toi, tu as intérêt à prendre bien soin de Maria. »

Mes collègues venus en délégation paraissaient étrangement moroses. Mon chef, le commissaire principal Jyrki Taskinen, de la brigade du banditisme et des atteintes aux personnes de la police d'Espoo, m'a félicitée la mine grave, les autres représentants de notre unité, Palo et Ström, d'un air plutôt gêné. Comme s'ils craignaient que mon mariage nuise à mon efficacité au travail. Pour couronner le tout, le portable de Taskinen s'est mis à sonner juste après qu'il a serré la main d'Antti.

« J'espère qu'on n'a violé personne, je ne suis pas vraiment disponible, là », ai-je grogné à Palo. Un collègue d'université d'Antti, qui s'apprêtait à nous féliciter, m'a lancé un regard torve.

J'ai continué à serrer des mains et vu du coin de l'œil Taskinen se mêler de nouveau à l'assistance. Rien, donc, qui exige sa présence. J'ai ravalé ma curiosité et je me suis concentrée sur mes invités. Le travail qui m'attendait ne se sauverait pas pendant mes deux semaines de congé.

Je fais partie de ces femmes qui rêvaient certes de mariage quand elles étaient petites filles, mais ont assez vite compris qu'un voile blanc et un riche mari n'étaient pas un but dans la vie. De quinze à trente ans environ, j'avais été une célibataire convaincue, et je dois avouer qu'il m'arrivait encore de me demander ce qui m'avait poussée à accepter la demande en mariage d'Antti Sarkela. Je l'aimais, bien sûr, la question n'était pas là. Mais j'aimais encore plus ma liberté, et je tenais à mon travail, malgré ses horaires irréguliers.

« Tu t'appelles toujours Kallio ? m'a demandé la sœur d'Antti.

– Nous avons chacun gardé notre nom* », s'est empressé de préciser ce dernier. Il avait l'air encore plus grand et maigre que d'habitude dans sa queue-de-pie à la solennité battue en brèche par ses cheveux bruns tombant sur ses épaules. Ma robe de mariée, bien que longue et de couleur crème, se voulait moins traditionnelle, avec ses guirlandes de roses en tissu rouge sang dont l'une se prolongeait pour orner ma coiffure. Je portais aussi des gants et des chaussures d'un rouge libertin. Peut-être la Maria que j'étais à dix ans n'aurait-elle pas été totalement satisfaite de ma tenue, mais l'assistance semblait la trouver à son goût.

« C'est sympa de te voir autrement qu'avec ton éternel jean ou ton seul et unique tailleur », m'a charriée Palo quand, en faisant

* En vertu de la loi finlandaise, les conjoints peuvent choisir de garder chacun leur patronyme ou en adopter un en commun, qui peut être celui de l'un ou de l'autre. Ils peuvent de même choisir lequel de leurs noms porteront leurs enfants. Toute personne a par ailleurs la possibilité, sous certaines conditions, de demander à changer de nom ou de prénom, notamment si celui qu'elle porte lui est préjudiciable du fait de sa consonance, par exemple, ou de sa trop grande banalité, ou si d'autres circonstances le justifient. *(Toutes les notes sont de la traductrice.)*

le tour de nos invités, nous nous sommes assis à la table de mes collègues. Pertti Ström – Pertsa pour les intimes – a grimacé un sourire, car il m'avait surprise quelques années plus tôt en minijupe de cuir et bas résille, alors que nous enquêtions sur une affaire de meurtre.

« Tu m'as mis le rapport de l'affaire Vilen sur mon bureau ? » m'a-t-il lancé. Mais, avant que j'aie le temps de répondre, Taskinen est intervenu, l'air agacé :

« Pertti, on ne parle pas boulot, c'est le mariage de Maria.

– Si je n'ai pas ce rapport, je serai obligé de la déranger en pleine lune de miel, a grogné Ström.

– Ne t'inquiète pas, il est sur ton bureau », lui ai-je assuré d'un ton doucereux avant de passer à la table suivante. Il ne cessait de guetter mes éventuelles erreurs. Je me demandais d'ailleurs ce qu'il faisait là, nous n'avions strictement aucun atome crochu. Je n'avais bien sûr rien pu avaler de la journée et le repas de noces n'en était que plus délicieux. Nos pères et nos amis ont prononcé des discours, alignant tous les clichés possibles, de la corde passée au cou d'Antti à son expérience de skipper qui ne semblait pas l'avoir empêché de s'échouer. Personne, heureusement, n'est allé jusqu'à évoquer la Vierge Marie. Notre valse de mariage a été aussi réussie que possible pour une petite femme et un homme de près de deux mètres. Je dansais avec Palo quand Ström est venu nous interrompre.

« Raitio s'est fait choper à l'aéroport de Turku. On doit aller le chercher. »

Il n'avait pas besoin d'en dire plus. Il s'agissait d'un membre important d'une bande de trafiquants de drogue que nous pourchassions depuis longtemps. Il avait disparu quelques semaines plus tôt et nous étions presque certains qu'il avait réussi à quitter le pays.

« Tu n'as qu'à remettre ta nuit de noces à plus tard et venir avec nous à Turku, aucune révélation ne t'attend, de toute façon, a suggéré Pertsa, encore plus mufle que d'habitude.

– Mais c'est la première fois de ma vie que je me ferai baiser légalement », ai-je répondu sans me démonter, et j'ai souhaité bonne route à mes collègues. Taskinen m'a serré la main, Palo m'a maladroitement embrassée. Avant de sortir sur leurs talons, Pertsa m'a glissé à l'oreille :

« Les policiers peuvent toujours essayer de se marier, mais ça ne donne jamais rien de bon. Même le jour de tes noces, tu ne penses qu'à bosser. Aucun homme ne peut supporter ça.

– Merci pour ces encouragements », ai-je roucoulé en lui barbouillant la joue de mon rouge à lèvres. Tandis qu'il s'enfuyait, piteux, je suis restée à me demander s'il n'avait pas raison. Heureusement, Antti m'a entraînée sur la piste de danse et j'ai oublié mes doutes pour le reste de la soirée.

1

Le vent qui secouait ma petite Fiat jetait des paquets de neige sur le pare-brise. Le mois de décembre avait été particulièrement hivernal. Il n'était que trois heures, mais il faisait déjà presque nuit. J'avais beau passer souvent par Nuuksio, la route me semblait soudain étrangère. Je me suis répété les indications qu'on m'avait données : tourner à droite juste après le coude du lac Pitkäjärvi, puis deux fois à gauche. Le dernier tronçon était étroit et serait sans doute bloqué par la neige. Heureusement, j'avais une pelle dans le coffre.

Je n'ai toutefois pas eu besoin de m'arrêter car quelqu'un était passé dégager la petite route menant au manoir de Rosberga dont les lumières brillaient en haut d'une colline. On avait même sablé la montée conduisant au portail de pierre rose. L'endroit était sûrement magnifique en été, mais en cette saison les rosiers entourant les murailles n'étaient couverts que d'épines.

Le double vantail était fermé et la pancarte qui y était fixée n'avait rien de très accueillant. Quelques années plus tôt, au moment de l'inauguration du centre de stage de Rosberga, on en avait beaucoup parlé. *ENTRÉE INTERDITE AUX HOMMES*, était-il écrit en austères lettres noires. La statue d'ours de la taille d'un chat qui surmontait le portail paraissait nettement plus avenante.

Elina Rosberg, la propriétaire du manoir, ne laissait aucun homme y pénétrer. Les thérapies de groupe et les séminaires qu'elle animait étaient réservés aux femmes. Elle n'embauchait pour l'entretien de Rosberga que des plombières ou des maçonnes, paraît-il. Et quand elle avait souhaité que quelqu'un de la police donne une conférence dans le cadre d'un stage d'autodéfense intellectuelle, elle avait insisté pour que ce soit une femme.

Le commissariat d'Espoo, où je travaillais, faisait depuis quelques années de gros efforts de communication. On avait distribué aux écoliers des vignettes de collection à l'effigie de fonctionnaires de nos services et ceux-ci participaient volontiers à différentes manifestations afin de parler de leur métier et d'informer le public. Personne n'avait donc trop ricané quand Elina Rosberg avait demandé qu'une policière vienne faire un exposé sur les crimes visant les femmes et sur les rapports de ces dernières avec les autorités.

« C'est une mission idéale pour Kallio, avait plaisanté Pertti Ström dans la salle de repos de la brigade. Si on veut que ces viragos fassent confiance à la police, mieux vaut leur envoyer une des leurs.

– Dommage que les hommes ne soient pas admis. J'aurais pu t'exhiber comme un spécimen de phallocrate de la pire espèce, avais-je répliqué.

– Pertsa, phallocrate ? Alors qu'il a même fini par autoriser sa femme à travailler, avec les conséquences qu'on sait », avait assené Palo en plongeant sous la table pour éviter le coup de poing de Ström – balancé comme pour rire mais peut-être pas aussi inoffensif qu'on aurait pu croire. Son divorce, quelques années plus tôt, avait laissé des traces.

Je m'étais préparée à décrire de la manière la plus réaliste possible les femmes qui travaillaient dans la police ou qui avaient affaire avec cette dernière. Le problème était que je ne savais pas à quel type de public j'aurais à m'adresser. Le manoir de Rosberga était en général catalogué comme un bastion ultraféministe, d'autant plus qu'une partie des stages étaient organisés en collaboration avec la ligue féministe Unioni et l'Association pour les droits des lesbiennes, gays, bi et trans. Étant membre des deux, je connaissais la diversité de leurs adhérentes. Je devrais sans doute, quoi qu'il en soit, défendre mon métier. L'assistance serait forcément un peu différente de celle des clubs de retraités ou de mères de famille devant lesquelles j'avais déjà pris la parole.

On me chargeait aussi volontiers de représenter la profession parce que je ne correspondais pas trop à l'image traditionnelle du policier. En plus d'être une femme, j'étais petite, à peine plus d'un mètre soixante. Mes cheveux ébouriffés tiraient naturellement sur le roux et j'accentuais en général cette tendance par une coloration. J'avais le nez retroussé et des taches de rousseur qui, heureusement, disparaissaient en hiver. Mon corps était un curieux mélange de muscles et de courbes, et, sans doute à cause de ma bouche ronde et de mes tenues d'adolescente, on me demandait parfois encore mes papiers quand j'achetais de l'alcool, alors que j'avais déjà plus de trente ans. Je portais ce jour-là un jean, un pull à col roulé et une veste de coupe masculine, avec un maquillage censé me donner l'air plus adulte. À l'extérieur du portail, il ne semblait à première vue y avoir ni sonnette, ni heurtoir. J'allais descendre de voiture pour regarder de plus près quand les vantaux se sont ouverts d'eux-mêmes. En pénétrant dans la cour plantée de rosiers recroquevillés de froid, je les ai entendus se refermer derrière moi et, je ne sais pourquoi, alors qu'ils étaient supposés protéger l'endroit des dangers extérieurs, le bruit m'a paru menaçant.

Le manoir de Rosberga était lui aussi peint en rose, et ses murs croulaient comme toute la cour sous les rosiers. Nombreux étaient ceux qui s'étaient moqués de son ambiance de château de la Belle au bois dormant au moment de l'ouverture du centre de stage interdit aux hommes. *Les féministes n'attendent-elles finalement que le baiser du prince charmant ?* avait titré un tabloïd. Les rosiers avaient paraît-il été plantés par la grand-mère d'Elina Rosberg.

Cette dernière, qui m'attendait sur le pas de la porte encadrée de blanc, m'a accueillie d'une vigoureuse poignée de main. Sa silhouette mince, malgré ses larges épaules et sa poitrine généreuse, me dépassait de près de vingt centimètres. Le vent jouait dans ses courts cheveux blonds, et la lumière tombant de biais mettait en valeur son grand nez fin et ses pommettes hautes. Malgré son jean et sa vieille canadienne, elle avait l'allure d'une châtelaine. Elle parlait d'une voix de contralto, agréable et rieuse.

« Veux-tu une tasse de thé avant ta conférence ? m'a-t-elle demandé après m'avoir saluée. Le groupe est encore en pleine relaxation. »

Le stage dans le cadre duquel je devais intervenir avait pour intitulé « Autodéfense intellectuelle ». J'ai interrogé Elina sur le public qui m'attendait.

« Les participantes sont exceptionnellement nombreuses, une vingtaine environ. Il faut dire que c'est la première fois que nous organisons ce stage. Les débats sont animés, et les opinions parfois très divergentes. »

Nous sommes entrées dans une vaste cuisine. Dans un coin, un four à pain en brique dégageait une douce chaleur. Il ne manquait qu'un chat sur son rebord.

« Aira, pourrais-tu donner une tasse de thé à l'inspectrice principale Kallio, s'il te plaît ? Je vais aller voir dans la salle où en est la relaxation », a déclaré Elina Rosberg avant de tourner les talons, me laissant perplexe devant l'officiel « inspectrice principale Kallio ». La femme assise près du fourneau s'est levée et présentée comme Aira Rosberg.

« La tante d'Elina », a-t-elle ajouté.

Même sans cette précision, leur parenté ne faisait aucun doute. Aira Rosberg avait sûrement plus de soixante-dix ans, mais elle était presque aussi grande et au moins aussi droite que sa nièce. Leur grand nez fin était identique, tout comme leurs yeux d'un bleu très pâle. Mais la teinte de leurs cheveux les distinguait : ceux d'Aira Rosberg formaient un élégant casque gris acier.

Le thé était chaud et parfumé au cassis. Je me suis assise dans un fauteuil dans un coin de la cuisine, tout en refusant un petit pain. Je tentais de penser à mon exposé, mais mon regard ne cessait de s'égarer sur Aira qui, vêtue d'un tablier Marimekko à rayures grises, rangeait dans un placard le contenu du lave-vaisselle. Assumait-elle à Rosberga les fonctions de cuisinière ? Ses gestes étaient ordonnés et sûrs, elle travaillait sans se soucier de moi, sauf pour me demander si je voulais encore du thé.

Le temps m'a semblé passer lentement, mais d'après ma montre il ne s'était écoulé que sept minutes quand Elina Rosberg est revenue.

« Nous sommes prêtes, si tu l'es. » Je l'ai suivie dans le hall qu'embellissait un large escalier. Une porte à double battant donnait dans une pièce qui devait être l'ancien grand salon du manoir. Les murs étaient recouverts d'un papier peint orné de roses, mais, au lieu de meubles de style, des tables et des chaises légères, faciles à ranger, s'alignaient sur le parquet ciré. Elina m'a montré la place réservée aux conférenciers, ainsi que le rétroprojecteur, puis m'a présentée aux stagiaires. J'ai commencé à ânonner mon exposé, gênée de faire face à des tables disposées comme dans une salle de classe. Au bout de quelques minutes, ma nervosité s'est cependant estompée et j'ai retrouvé une voix normale. Elina m'écoutait, assise au premier rang. Son pull bleu clair se reflétait dans ses yeux pâles, renforçant leur couleur. Elle avait replié ses longues jambes sous sa chaise, dans une drôle de position, et on voyait qu'une de ses chaussettes grises avait été reprisée, comme à la va-vite, avec du fil violet. Aira s'était glissée au dernier rang. Elle avait ôté son tablier et paraissait plus anguleuse, dans sa chemise de flanelle grise et son pantalon de velours bleu foncé. Les participantes au stage d'autodéfense intellectuelle de Rosberga écoutaient en silence, l'air étonnamment intéressé, certaines prenant même des notes. Elles avaient exactement le profil que j'avais imaginé : trente-cinq ans en moyenne, des tenues décontractées et, pour la moitié au moins, des cheveux aux teintes rousses. Presque toutes portaient des boucles d'oreille d'inspiration antique, et deux avaient les mêmes petites Déesses de la Lune que moi. Je me serais parfaitement fondue dans le groupe, rien ne m'en distinguait, rien ne permettait de me pointer du doigt comme étant de la police.

Deux femmes, en revanche, se singularisaient nettement. La plus jeune avait les cheveux méchés de noir et de violet, très courts, et plus de maquillage que toutes les autres stagiaires réunies. Tandis que la plupart étaient en survêtement, sans doute à cause de leur séance de relaxation, elle était vêtue d'une minijupe noire qui lui couvrait à peine les fesses et moulait joliment son corps tout en rondeurs, d'une veste de cuir de la même couleur et de bottes en daim violettes à hauts talons. Son maquillage cherchait à la vieillir, mais on voyait bien, à y regarder de plus près, qu'elle ne pouvait guère avoir plus de vingt ans. Elle fixait d'un air blasé ses longs ongles violet foncé et faisait involontairement la moue chaque fois que je prononçais le mot « police ».

La seconde femme qui se détachait du lot avait la maigreur des gens qui ont durement trimé toute leur vie. Ses cheveux d'un blond terne étaient noués en un chignon serré, ses yeux gris de pluie regardaient dans le vague. Il était difficile de lui donner un âge car son gilet de laine brun et sa robe de grand-mère à carreaux marronnasses auraient vieilli n'importe qui. J'aurais aimé la voir de plus près, entendre sa voix. Elle était assise immobile, comme sous une cloche de verre l'isolant du monde. Les autres stagiaires souriaient à mes histoires, se poussaient du coude, échangeaient des regards, mais ces deux-là, comme exclues, étaient retranchées dans une solitude bruyante et impatiente pour celle aux cheveux méchés, muette et franchement angoissante pour celle au chignon.

À la fin de mon exposé, quand ç'a été le tour des questions, je n'ai pas été surprise que celles-ci portent entre autres sur l'augmentation des cas de harcèlement sexuel sur la voie publique.

« La police se contente d'expliquer qu'il ne faut pas se promener seule la nuit et d'autres trucs de ce genre, a commencé une rouquine de mon âge, l'air très remonté. Moi, en tout cas, je veux pouvoir faire mon jogging tranquille au moment qui me convient, autrement dit quand mon mari est à la maison et les mouflets au lit. Ce n'est pas moi qui agresse les gens, pourquoi faudrait-il que je modifie mes horaires à cause de quelques sales types ?

– Tu as raison, ça ne devrait pas être le cas. Mais il faut malgré tout éviter les risques inutiles. Où cours-tu ? » Je connaissais moi aussi la peur qui vous envahit parfois lors d'un jogging sur un sentier peu fréquenté et mal éclairé, quand chaque craquement vous fait soupçonner qu'un meurtrier se cache dans les buissons. L'une des participantes a raconté comment elle avait fait fuir un agresseur en le mordant, une autre a évoqué une de ses collègues de bureau qui avait coupé court à des pelotages en rapportant les faits à l'épouse du coupable, à l'occasion du sapin de Noël de l'entreprise. Je me suis rendu compte, gênée, que ces femmes me considéraient comme une sorte de psychothérapeute sur qui elles projetaient leurs histoires. J'étais juste venue parler de mon travail, pas dispenser des préceptes de vie. Je me suis sentie soulagée quand une des stagiaires a exprimé sa colère contre un policier, un homme, qui l'avait d'emblée considérée comme responsable d'un accident, à un carrefour, et avait compati à l'accès de fureur prévisible de monsieur, « quand il verra que la petite dame a esquinté sa bagnole », alors qu'elle avait payé cette voiture de sa poche et interdisait à son mari mauvais conducteur d'en prendre le volant. Je connaissais cette ambiance, cette solidarité entre femmes, et j'ai intérieurement souri en constatant qu'à Rosberga on cassait réellement avec ardeur du sucre sur le dos des hommes, comme la presse l'avait écrit. Soudain, mes conseils pratiques sur la manière de se comporter vis-à-vis des policiers ont été interrompus avec fracas. La fille aux cheveux méchés qui s'était presque uniquement concentrée pendant ma conférence sur le vernis de ses ongles violets s'est levée d'un bond et a crié :

« Vos histoires sont à pleurer ! Une bagnole cabossée, mon Dieu, mon Dieu ! C'est pour ça que vous avez besoin d'un cours d'autodéfense intellectuelle ? Ou vous ne voulez pas parler de vos vrais problèmes ? Hein ? »

Elle s'est approchée de moi. Son parfum était lourd et musqué ; de la sueur perlait à son front et sous une épaisse couche de poudre trop claire.

« J'ai été violée tellement de fois dans ma vie que j'en ai perdu le compte. De l'inceste, bien sûr, puis un paquet d'autres mecs dont je ne me souviens même pas tellement j'étais bourrée, la plupart du temps. Mais je me rappelle parfaitement le dernier en date. Je suis ce que la plupart d'entre vous méprisent sûrement, autrement dit ce que j'appelle une travailleuse du sexe. Mais pas une prostituée, je ne baise pas avec n'importe qui, je me contente de danser pour de l'argent. Un de mes voisins est venu plusieurs fois voir mon show et après, un soir, il m'a sauté dessus dans la cave où j'étais descendue chercher des pommes de terre. Il s'imaginait qu'il pouvait me baiser comme ça, parce que je danse nue. Et il l'a fait sur le sol de béton, il trouvait ça excitant. »

Ses yeux étrangement délavés, soulignés par un trait noir d'un demi-centimètre d'épaisseur, me fixaient, et les ailes de son petit nez orné d'un anneau frémissaient comme celles d'un animal en colère.

« Tu as porté plainte, au moins ? ai-je demandé, à défaut de trouver d'autres mots.

– Non ! Tu ne crois quand même pas que les flics verraient les choses autrement que lui ? Mais je lui ai envoyé une lettre pour le prévenir que j'avais le sida, a-t-elle rétorqué d'un ton furieux. C'est faux, a-t-elle ajouté, comme sous le poids d'une étrange contrainte sociale, à moins que ce salaud ne m'ait contaminée.

– Qu'attends-tu vraiment de ce stage, Milla ? est intervenue Elina Rosberg, à mon grand soulagement, car je ne savais comment poursuivre la conversation.

– Ce que j'en attends ? Aucune idée. Je me demande ce que je fais là, en fait... Mais toi, a repris Milla en se tournant de nouveau vers moi, tu es flic et féministe, ou quoi ? Qu'est-ce que tu m'aurais dit si j'étais venue porter plainte ? Tu m'aurais prise au sérieux ?

– Bien sûr.

– Tu ne m'aurais pas fait de sermon moralisateur, au nom des droits de la femme, du style on n'a pas idée d'être stripteaseuse ?

– Dans ce genre de situations, on s'abstient plutôt de faire la morale. » Mon effort d'amabilité est resté sans effet, rien ne semblait pourvoir atténuer la morsure glacée de l'animosité de Milla.

« Mais ne pas porter plainte, c'est se laisser victimiser ! a lancé une femme aux formes généreuses assise au premier rang, qui avait consciencieusement pris des notes. Par ton comportement, tu entérines l'idée que les hommes peuvent librement se servir de toi, et par conséquent de n'importe laquelle d'entre nous, puisqu'il n'en découle pour eux aucune sanction. Quand est-ce que c'est arrivé ? Tu peux peut-être encore aller voir la police ?

– Ça ne m'intéresse pas, a répliqué Milla. Et ce type n'a heureusement pas remontré sa tronche au café du coin.

– Cette histoire d'inceste… a commencé Elina d'une voix calme et empathique, comme quelqu'un d'habitué à réfléchir à des questions sensibles. Est-ce qu'elle comporte des éléments pouvant impliquer des poursuites ? Je pense qu'il serait plus intéressant de parler dans l'immédiat de problèmes concernant la police, tant que nous avons l'inspectrice principale Kallio parmi nous.

– Les faits sont prescrits depuis longtemps, figure-toi, a craché Milla. Et ça ne sert à rien de revenir sur mon cas. Parlez plutôt de vos histoires de bagnoles, ou de vos chats perdus. Je vais fumer une clope. » Elle a tourné les talons et s'est dirigée d'une gracieuse démarche chaloupée vers la porte peinte en rose.

La mine d'Elina Rosberg était étrangement perplexe, la situation semblait lui avoir échappé un instant. Elle a regardé à tour de rôle les stagiaires, puis moi, attendant que quelqu'un dise quelque chose. J'ai entrepris sans conviction de rappeler les différentes étapes d'un dépôt de plainte, mais j'étais moi aussi perturbée, pas tant par l'attitude de Milla que par celle d'Elina. Je la connaissais depuis longtemps de réputation. Une quinzaine d'années plus tôt, quand j'étais au lycée, elle avait tenu une rubrique, en tant que psychologue, dans un magazine pour adolescents auquel mes sœurs étaient abonnées mais que je me jugeais trop âgée pour lire. J'avais malgré tout apprécié ses articles car elle ne cherchait ni à faire la morale aux jeunes ni à minimiser leurs problèmes et répondait à leurs questions avec assurance et objectivité. Je l'avais sans doute considérée comme une sorte de modèle et, quand j'étais entrée à l'école de police, j'avais espéré me montrer aussi compréhensive qu'elle dans l'exercice quotidien de mon métier. J'avais vite déchanté, mais je m'étais imaginé qu'Elina poursuivait son travail avec autant d'enthousiasme qu'à ses débuts. Grâce au centre de stage de Rosberga, elle avait pu se consacrer à ce qui l'intéressait le plus : les patientes souffrant de désordres psychiques typiquement féminins tels que les troubles du comportement alimentaire.

Personne ne semblait plus avoir de questions à poser. J'allais ranger mes papiers dans mon sac à dos quand la femme au chignon s'est brusquement levée. Elle a ouvert la bouche, l'a refermée et, comme en quête d'aide, a regardé Elina. Sur un signe de tête de sa part, elle s'est finalement lancée :

« Peut-on empêcher quelqu'un de voir ses enfants ? »

Sa voix tremblante s'est fêlée tel un instrument dont on joue trop fort et son visage incolore s'est empourpré, comme si prononcer ces quelques mots lui avait demandé un immense effort.

« De quoi s'agit-il exactement ? Il m'est difficile de répondre sans plus de détails. »

La femme, l'air effrayé, a baissé la tête, et Elina a répondu pour elle :

« Johanna a quitté le domicile conjugal et demandé le divorce. Elle et son mari veulent tous les deux la garde des enfants, mais il l'empêche de les voir.

– Il n'en a pas légalement le droit tant qu'aucune décision de justice ne t'interdit de les approcher. » J'ai regardé Johanna, qui a tressailli en entendant les mots « décision de justice ». « Pourquoi ton mari ne te laisse-t-il pas voir tes enfants ? »

Cette fois, elle a répondu elle-même, d'un ton presque provocateur, mais sa voix s'est brisée sur la fin :

« Parce que j'ai tué notre dernier enfant. »

Les stagiaires ont soudain semblé transformées en un groupe de femmes de neige, immobiles et glacées. Après un bref soupir collectif horrifié, personne n'a plus laissé échapper le moindre bruit, mais tous les yeux étaient rivés sur Johanna, dont le visage était repassé du rouge au gris. Je la fixais moi aussi, avec sa tête baissée, ses vêtements trop grands pendant sur son corps desséché. Avait-elle fait de la prison ? Était-ce pour ça qu'elle paraissait si usée ?

La voix posée d'Elina a rompu le silence :

« Je crois qu'il y a un léger malentendu. Je ne pense pas que quiconque d'autre, ici, considère l'avortement comme un meurtre, surtout lorsque la grossesse et l'accouchement mettent en péril aussi bien la vie de la mère que celle du bébé. Johanna a déjà neuf enfants et a failli mourir en mettant le dernier au monde.

– Les médecins n'auraient pas pu te ligaturer les trompes, ou te poser un stérilet ? a crié la femme qui avait accusé Milla de se complaire dans son rôle de victime.

– Notre religion n'admet pas la contraception. C'est contraire à la volonté de Dieu, a répondu Johanna, dont la voix inexpressive semblait débiter des phrases apprises par cœur.

– Tu es catholique, ou quoi ? a poursuivi la femme.

– Johanna fait partie d'une des communautés laestadiennes* les plus conservatrices du pays, a expliqué Elina.

– Elle a pris un avocat ? » lui ai-je demandé, malgré l'irritation que j'éprouvais à parler par-dessus la tête de Johanna comme si elle avait été débile. Sans répondre, elle a déclaré d'un ton autoritaire :

« Si personne d'autre n'a de questions à poser à l'inspectrice principale Kallio, nous allons pouvoir la remercier et lever la séance. C'était une conférence très intéressante. » Elle a applaudi, et le groupe, désorienté, s'est mollement joint à elle. Tandis que les stagiaires quittaient la pièce, elle s'est approchée de moi.

« Nous devons encore régler la question de ton défraiement. Mais j'aimerais que tu parles un peu avec Johanna, si tu as le temps. »

Ce n'était pas ce qui me manquait. Et j'étais vraiment curieuse d'entendre le récit de la vie de Johanna. Celle-ci, suivant le mouvement, s'était rapprochée de ma table, située du côté de la sortie. Tandis qu'Elina se tournait pour fermer la porte, elle a dirigé pour la première fois son regard droit sur moi. Ses yeux

* Le laestadisme est un mouvement religieux rigoriste, intégré dans l'Église luthérienne. Fondé au milieu du XIXe siècle par le pasteur suédois Lars Levi Laestadius, il rassemble en Finlande près de 100 000 fidèles, surtout dans le nord du pays, et quelque 5 % des pasteurs s'en réclament. Les laestadiens condamnent non seulement la contraception, l'avortement, les relations sexuelles hors mariage et l'homosexualité, mais aussi les divertissements (cinéma, télévision, compétitions sportives) ainsi que la consommation d'alcool.

gris étaient emplis d'une angoisse contagieuse, si forte que j'ai dû lutter pour ne pas détourner la tête.

« Quel âge ont tes enfants ? » ai-je demandé, faute de mieux. Je n'étais pas douée pour ce genre de choses. Comment aurais-je pu comprendre la tristesse d'une mère séparée de ses enfants alors que je venais à peine d'oser admettre en mon for intérieur que je pourrais peut-être après tout en avoir un jour, mais certainement pas avant quelques années.

« Johannes, l'aîné, a quatorze ans; la plus jeune, Maria, dix-huit mois. » La voix de Johanna s'était faite plus assurée, le sujet lui était familier.

« Maria... comme moi. Et le second prénom de mon mari est Johannes, ai-je dit dans le vain espoir d'atténuer la gravité du propos, comme si bavarder gaiement pouvait suffire. Pourquoi ton mari veut-il t'empêcher de les voir ? Parce que tu as avorté ou parce que tu l'as quitté ?

– Chez nous, les décisions du chef de famille ont force de loi et les enfants sont un don de Dieu, a-t-elle déclaré sans une once d'ironie. Si le Seigneur veut que je meure en couches, ainsi soit-il.

– Mais tu en as déjà neuf, comment pourrait-il vouloir ça ! » J'étais si furieuse que j'en perdais toute éthique professionnelle. Johanna a détourné le visage et Elina a fait un brusque pas vers elle comme pour la protéger. J'ai eu honte. N'apprendrais-je donc jamais à me maîtriser ?

« Pardon, il ne s'agit pas de discuter de tes principes religieux mais de questions pratiques. Ton mari t'empêche-t-il concrètement de voir tes enfants ?

– Johanna vit dans une petite commune de la région d'Oulu dont soixante-dix pour cent des habitants sont laestadiens, y compris le médecin et tous les fonctionnaires de police sauf un », est intervenue Elina. Elle a ajouté que les enfants n'étaient pas autorisés à parler au téléphone à leur mère et que le mari de Johanna avait d'abord confisqué ses lettres, puis interdit à la poste de les distribuer. Quand elle avait essayé de les voir, il avait appelé la police, qui l'avait contrainte à quitter les lieux. J'ai dû compter jusqu'à dix un certain nombre de fois, mais j'avais malgré tout envie de flanquer des coups de pieds dans le premier objet venu. L'histoire paraissait totalement surréaliste; comment ce genre de choses était-il possible dans la Finlande des années quatre-vingt-dix ? Dans ma ville natale aussi, il y avait des laestadiens et des Témoins de Jéhovah, mais la différence la plus visible entre leur vie et la nôtre, à l'école, était qu'ils n'étaient autorisés à participer à aucune activité physique accompagnée de musique, pas même à marcher au son d'un tambourin, ni à regarder les programmes éducatifs de la télévision scolaire. Leurs ribambelles d'enfants étaient certes effroyablement nombreuses, mais je n'avais jamais entendu parler de femmes mortes en couches.

« Ces policiers ont outrepassé leurs droits, si tu n'as pas eu de comportement violent. Il pourrait être bon de prendre contact avec le seul d'entre eux qui n'est pas laestadien et de discuter avec lui. Et bien sûr avec la police départementale. Comment s'appelle ton mari, et quelle est sa profession ?

– Leevi Säntti. Il est prédicateur, a répondu Johanna, et j'ai failli éclater de rire tellement cela aussi semblait incroyable.

– C'est donc un notable ?

– C'est le prédicateur laïque attitré de notre église.

– Il est connu dans tout le pays, à vrai dire », a ajouté Elina. Je réfléchissais. Je ne savais pas vraiment ce que Johanna et elle attendaient de moi. J'ai répété ma question à propos de l'avocat, qui semblait également poser problème. Celui du bureau d'aide juridique local était lui aussi laestadien et Johanna n'avait pas les moyens de rémunérer qui que ce soit d'autre.

Je me suis donné un coup de pied virtuel dans la cheville pour m'empêcher de rien promettre. En plus de mon titre d'inspectrice principale, j'avais obtenu une maîtrise de droit et travaillé pendant près d'un an dans un cabinet d'avocats avant qu'il ne fasse faillite. Exercer mon second métier me démangeait parfois fortement, mais où en aurais-je trouvé le temps, je croulais déjà sous les affaires à élucider. Je n'étais pas certaine, en outre, que ce soit déontologiquement acceptable, et le fait que Johanna vive loin d'Espoo n'y changeait sans doute rien. Peut-être un policier en exercice n'était-il d'ailleurs même pas autorisé à pratiquer des activités juridiques annexes.

« J'ai une amie, ai-je finalement réagi en me rappelant ma copine de fac Leena, qui assurait de temps à autre des permanences juridiques à l'association féministe Unioni. Je vais te donner son numéro, appelle-la. Elle pourra sûrement t'aider. Moi aussi… Je vais vérifier si je ne connais pas quelqu'un dans la police départementale locale. Tu as déposé ta demande de divorce ?

– Pas encore, a murmuré Johanna.

– Tu n'es ni malade mentale ni alcoolique, je pense. Et tu n'as pas non plus d'autres relations masculines que ton mari, ou je me trompe ? » Johanna a secoué la tête, comme épouvantée par ma question. « Je ne vois aucune raison pour que la justice lui confie la garde exclusive de vos enfants. » J'essayais d'avoir l'air rassurant, consciente malgré tout que beaucoup de choses dépendaient du juge. Au même moment, mon bipeur a sonné.

« Excusez-moi, j'aurais besoin d'un téléphone. Je suis de permanence.

– Le plus proche est dans la cuisine. Aira s'occupera en même temps des papiers à signer. Tu ne restes pas dîner ?

– Je crains que non. Mais tenez-moi au courant pour Johanna », ai-je marmonné en griffonnant le numéro de téléphone de Leena sur un bout de papier.

Dans la cuisine, Aira préparait le dîner, une potée de légumes aromatisée aux herbes, d'après l'odeur. J'ai rempli ma feuille de présence en même temps que je composais le numéro du commissariat. Pertsa, au bout du fil, a grogné qu'une femme avait poignardé son concubin à Suvela, une affaire dans mes cordes, d'après lui. J'ai promis d'y aller tout de suite.

Je n'ai recroisé ni Elina ni Johanna. En reprenant ma voiture, j'ai vu à travers une fenêtre sans rideaux un groupe de femmes qui se pressait joyeusement autour d'une grande table éclairée de bougies. Elina était en train de s'asseoir tandis qu'Aira apportait une corbeille de pain. Johanna ne semblait pas être là. Au moment où je démarrais, la porte du manoir s'est ouverte. J'ai aperçu dans l'entrebâillement la tête à mèches violettes de Milla, puis le battant s'est refermé et je n'ai plus vu dans mon rétroviseur, quelques instants plus tard, que le bout incandescent d'une cigarette. Quand je suis arrivée au portail, il s'est à nouveau ouvert comme par magie et refermé sans bruit derrière moi, isolant Rosberga à l'intérieur de ses murs, loin du reste du monde.

2

D'un regard fatigué, je fixais par la fenêtre de mon bureau l'autoroute de Turku où le trafic de l'après-midi commençait à peine à se densifier. Une étrange lassitude m'avait saisie, ma tête s'inclinait irrésistiblement vers ma table de travail et le canapé, de l'autre côté de la pièce, semblait me faire de l'œil.

C'était peut-être le contrecoup de Noël. Les 24, 25 et 26 décembre étant fériés au commissariat comme ailleurs, Antti et moi avions consacré presque tout ce temps à nous reposer et à lire dans notre nouvelle maison de Henttaa. J'avais choisi de travailler pendant les quelques jours précédant le nouvel an, car c'était un bon prétexte pour refuser d'aller passer les fêtes chez les parents d'Antti à Inkoo ou chez les miens en Carélie du Nord, mais j'aurais maintenant préféré profiter d'un congé supplémentaire pour paresser devant la cheminée avec le chat, Einstein, finir de lire *Le Noël d'Hercule Poirot* d'Agatha Christie et grignoter du chocolat.

Non, pas du chocolat, beurk. Soudain, y penser m'a donné un haut-le-cœur. Peut-être en avais-je trop mangé ces temps-ci.

Avec un soupir, j'ai ouvert un nouveau fichier sur mon ordinateur et commencé à taper le rapport de l'interrogatoire auquel je venais de procéder. Beaucoup d'habitants d'Espoo étaient loin d'avoir eu un Noël aussi paisible que le mien. On constatait en général à cette période une recrudescence des violences domestiques et, à mon retour au bureau, plusieurs affaires de coups et blessures m'attendaient, ainsi qu'un mort dans une rixe au couteau. Pas étonnant que nombre de mes collègues aient une attitude plutôt cynique envers le mariage et la vie de famille. Rien que dans notre brigade, plus de la moitié étaient divorcés, et Palo devait même en être à son troisième mariage.

Comment pouvais-je être aussi fatiguée, je n'avais pourtant rien fait d'extraordinaire. Le froid était tel que nos balades quotidiennes à ski avaient été courtes et paresseuses. Antti et moi habitions depuis l'été à Henttaa, dans une maison individuelle décrépite qui appartenait en indivision à la famille du frère d'un de ses collègues. Elle était difficile à vendre car elle se trouvait en bordure du tracé de la future Rocade n° 2. Pour l'instant, nos fenêtres donnaient sur des champs en jachère peu à peu colonisés par la forêt où les lièvres gambadaient parmi les taupinières, mais, une fois la route construite, il n'y aurait plus que de l'asphalte gris et du bruit. Nous vivions là au jour le jour, sans que cette précarité forcée me dérange d'ailleurs. Peut-être avais-je besoin dans ma vie de la certitude d'une possibilité de changement. Surtout maintenant que j'avais à la fois un travail fixe et un mari. Jusque-là, je ne m'étais jamais plu très longtemps au même poste, et les emplois à durée déterminée ou les remplacements m'avaient convenu à merveille. Mes deux ans et demi de relation avec Antti étaient aussi pour moi une sorte de record. Si j'avais pris le risque de l'épouser, c'était peut-être justement parce qu'il était si facile de divorcer, de nos jours.

Antti, en revanche, avait commencé à s'attacher à notre environnement et se désolait de sa disparition. Il avait pris contact avec les opposants à la rocade, mais le combat semblait perdu d'avance : le projet que le Centre national de l'Équipement routier et les fonctionnaires d'Espoo s'étaient mis en tête se réaliserait, malgré l'inutilité de cette nouvelle route. Antti avait déjà connu le désespoir quand l'élargissement de la radiale Ouest avait détruit les paysages de son enfance, à Tapiola, et c'était sans doute aussi à cause de ce bouleversement que ses parents avaient vendu leur maison d'Itäranta pour s'installer définitivement dans leur résidence secondaire d'Inkoo.

Antti était devenu si hostile à cette rocade, et si conscient en général des problèmes écologiques, que j'avais prédit, en ne plaisantant qu'à moitié, qu'il serait candidat des verts aux élections municipales suivantes.

« Tu ferais mieux de noyauter les sociaux-démocrates ou le parti conservateur, ce sont eux qui sont les plus acharnés à construire des routes », avais-je suggéré pour finir. Antti commençait de toute façon à avoir besoin d'autres activités que son travail. De mon côté, je me contentais, pour mes loisirs, des sentiers de jogging, de la salle de muscu et du stand de tir du commissariat que je fréquentais régulièrement depuis que j'avais dû, au cours d'une enquête dix-huit mois plus tôt, me servir de mon arme pour la première fois de ma carrière et constater que mes compétences dans ce domaine laissaient beaucoup à désirer. Ma technique commençait à être à nouveau au point, mais j'espérais vraiment ne pas avoir besoin de mettre mon savoir en pratique.

Mon téléphone a sonné et le standard m'a annoncé qu'Aira Rosberg souhaitait me parler. Il m'a fallu un moment pour me souvenir d'elle, d'Elina et du manoir de Rosberga. Je n'avais pas non plus eu de nouvelles de Johanna et, prise par les fêtes de Noël, j'avais oublié ma promesse de voir si je connaissais quelqu'un dans la police départementale de son secteur.

Aussitôt la communication établie, Aira a commencé, d'une voix étrangement hésitante :

« Je ne sais pas s'il s'agit d'une affaire pour laquelle on peut déranger la police mais… Elina a disparu.

– Disparu ? Comment ça ?

– Personne ne l'a revue depuis hier soir. On dirait qu'elle n'a pas dormi dans son lit, mais on n'a trouvé nulle part sa chemise de nuit et son peignoir. Ses vêtements, en revanche, sont dans sa chambre. Comme si elle était sortie en petite tenue.

– Quand a-t-elle été vue pour la dernière fois ?

– Je l'ai croisée hier soir vers dix heures, elle était sortie se promener et regagnait sa chambre. Nous étions quelques-unes à être réunies ici pour Noël, quatre invitées, en plus d'Elina et moi, mais personne ne se rappelle l'avoir vue depuis hier soir.

– Elle n'a laissé aucun message ? »

J'ai cru percevoir un certain flottement dans la voix d'Aira quand elle a répondu :

« Non.

– Y a-t-il quelqu'un chez qui elle aurait pu aller ? Qui sont ses plus proches amis ?

– J'ai bien sûr tout de suite téléphoné à Joona… Joona Kirstilä. Elle sort avec lui. Mais elle n'était pas non plus chez lui.

– Le poète Joona Kirstilä ? » ai-je demandé, curieuse. Elina Rosberg était relativement présente dans les médias, mais rien n'avait jamais filtré sur ses relations masculines.

« Lui-même. Ils sont ensemble depuis près de deux ans. Elina passe de temps en temps la nuit chez lui, rue de Lapinlahti, et je m'étais dit qu'elle y serait peut-être.

– Est-ce que tu as des raisons d'être particulièrement inquiète de cette disparation ? S'est-il produit à Noël quoi que ce soit de particulier, une dispute, par exemple ? Qui y a-t-il à Rosberga, en ce moment ?

– Johanna Säntti et Milla Marttila, que tu as toutes les deux rencontrées, si je me souviens bien. Elles habitent ici, en pratique, depuis ce séminaire du début du mois. Tarja Kivimäki, une vieille amie d'Elina, qui a passé plusieurs jours ici pour Noël, et Niina Kuusinen, qui est arrivée le 25. Elle a aussi participé à plusieurs stages organisés par Elina. »

J'ai été surprise d'apprendre que Milla était toujours à Rosberga, car elle n'avait pas eu l'air de s'y plaire beaucoup. Et Johanna… avait-elle dû passer Noël éloignée de ses enfants ? Je préférais ne pas y penser, et j'ai poursuivi :

« Elina n'a donc pas pour habitude de s'éclipser sans prévenir ?

– Non ! C'est vraiment bizarre, je…

– Elle a disparu depuis moins de vingt-quatre heures et, dans le cas d'un adulte, la police ne lance pas de recherches aussi vite. A-t-elle d'autres amis ou parents chez qui elle aurait pu aller ? » Aira a de nouveau répondu par la négative mais n'a pas pour autant semblé disposée à mettre fin à notre conversation. Je me suis demandé ce qu'elle voulait en réalité que je fasse. Peut-être m'avait-elle téléphoné dans le seul but d'entendre un professionnel lui assurer qu'il n'y avait pas de quoi s'inquiéter, que des tas de gens s'évanouissaient dans la nature sans explications et revenaient en pleine forme. Mais j'en étais incapable. Je trouvais moi aussi étrange la brusque disparition d'Elina Rosberg.

« Si elle n'a toujours pas réapparu demain matin, rappelle-moi », ai-je finalement dit. J'avais du mal à tutoyer Aira, qui avait quarante ans de plus que moi, mais c'était elle qui avait commencé. C'était apparemment la coutume à Rosberga.

« Préviens-moi aussi si elle revient », ai-je ajouté tout en sachant que je n'aurais pas dû, et je lui ai donné mon numéro personnel. J'ai tenté de me persuader que c'était par pure curiosité, mais je savais bien que c'était un leurre.

J'étais inquiète.

Pour ne plus penser à Elina, j'ai continué de taper mon rapport. Avant de partir, j'ai téléphoné à Antti pour lui demander de farter mes skis. La neige était tombée à gros flocons toute la journée, recouvrant les champs d'un épais manteau. Les nuages avaient commencé à se dissiper et la température à baisser, les conditions seraient idéales pour une balade. L'un des nombreux avantages de notre maison de Henttaa était d'être en pleine nature. Et le ski de fond changeait agréablement du jogging.

En quittant mon bureau, je suis tombée dans le couloir sur Pertti Ström. Il avait assuré la permanence pendant les fêtes de Noël car sa famille n'avait pas besoin de lui, à l'en croire. Son ex-femme, accompagnée de son nouveau mari, avait emmené les enfants aux Canaries. Pertsa avait l'air encore moins amène que d'habitude, sa large face était toute renfrognée et ses cheveux châtain clair collés par la transpiration à son crâne aux tempes dégarnies. Son nez plusieurs fois cassé rougeoyait au milieu de la pâleur hivernale de son visage. Je me suis demandé s'il ne couvait pas une grippe.

« J'ai perdu ma journée avec ces types qui ont défouraillé à Perkkaa, ils prétendent tous ne rien se rappeler, a-t-il grogné en réponse à mon salut. Putain ! je suis sûr qu'ils ne sont allés se bourrer la gueule qu'après avoir descendu l'autre, uniquement pour pouvoir jurer qu'ils ont tout oublié et pour qu'on ne puisse inculper personne. Et comment s'est passé le Noël de la jeune mariée ? À bouffer et à baiser ? »

J'étais habituée à ses manières depuis l'école de police, où nous étions dans la même promotion, et je me suis donc contentée d'acquiescer en souriant. D'ailleurs il avait raison, même si j'aurais sans doute décrit mes activités dans des termes légèrement différents.

« Et vous avez mis un gosse en route ? a-t-il poursuivi en me jaugeant des pieds à la tête, à ma grande irritation.

– Ça ne te regarde pas, mais si ça t'intéresse, figure-toi que ça n'entre pas dans mes projets. Je porte un stérilet », ai-je craché en poussant la porte de l'étage avant qu'il ait le temps de faire d'autres commentaires. Je n'étais pas d'humeur à soutenir une joute verbale avec lui. Nos conversations dégénéraient le plus souvent en querelles, nous ne nous supportions tout simplement pas. J'avais craint dès le départ de travailler avec Ström, alors que c'était précisément lui, paraît-il, qui avait suggéré à notre patron, Jyrki Taskinen, de me demander de rejoindre la police d'Espoo. Quelques années plus tôt, alors que je travaillais pour un cabinet juridique de Tapiola, nous nous étions violemment heurtés à l'occasion d'une affaire de meurtre. Pertsa avait arrêté un innocent qui m'avait choisie pour avocate. Au bout du compte, j'avais résolu l'affaire avant la police, ce qu'il n'avait bien sûr pas digéré. Je n'avais appris que plus tard qu'il était à l'époque en plein divorce, ce qui avait visiblement nui à l'efficacité de son travail. Il ne m'avait évidemment pas parlé lui-même de ses déboires conjugaux, mais l'épouse numéro trois de Palo connaissait bien l'ex-femme de Pertsa, et les commérages sur la vie privée de ce dernier allaient bon train au commissariat.

La neige s'était accumulée sur les bas-côtés de la route de Vähä-Henttaa, reflétant les illuminations de Noël des habitations et donnant au paysage des allures de carte postale. Notre vieille maison rouge semblait particulièrement accueillante : Antti avait allumé pour m'accueillir une bougie dans une lanterne et pelletait la neige du jardin, car les flocons tourbillonnaient de nouveau.

J'ai enfilé ma tenue de ski et avalé en vitesse une banane. L'air frais a balayé la fatigue de mon visage, le crissement de la neige sous mes planches était à la fois familier et, chaque hiver, totalement nouveau. Mais j'avais beau essayer de me concentrer sur mes mouvements, mon esprit revenait sans cesse à Elina Rosberg. Où avait-elle donc pu passer ? L'image publique d'une personne ne permettait bien sûr pas de vraiment la connaître, mais Elina ne semblait pas avoir pour habitude d'agir sur des coups de tête. Elle avait participé ces dernières années à de nombreux débats télévisés sur des questions touchant notamment à la sexualité et aux stéréotypes de genre. Alors que d'autres commençaient à s'énerver et à se couper la parole en criant, elle restait d'un calme presque exaspérant. Sa voix était en général telle que tous se taisaient finalement pour écouter. Non, elle ne donnait décidément pas l'impression d'être du genre à sauter dans un train sans prévenir personne pour aller voir une amie dans une autre ville. Surtout si elle avait des invités pour Noël.

Au bout de quelques kilomètres, ma fatigue est revenue. Mes jambes étaient étrangement molles et semblaient ne plus avoir la force de bouger. Antti skiait devant moi à un rythme régulier, et j'ai dû, bien ennuyée, lui crier de ralentir.

« Alors, femme de neige, qu'y a-t-il ? » m'a-t-il demandé en riant. J'ai secoué les flocons de mes cheveux avant de répondre.

« Mes jambes refusent de me porter, on dirait de la gélatine. Je me demande si je ne couve pas quelque chose. À moins que ce soient juste mes règles, elles ne devraient plus tarder.

– On ferait peut-être mieux de rentrer », a-t-il suggéré. J'ai réussi, je ne sais comment, à obliger mes pieds cotonneux à faire demi-tour et, m'efforçant d'oublier mon épuisement, je me suis concentrée sur le dos d'Antti, devant moi. Son anorak vert se détachait sur la neige assombrie par la nuit tombante, son ombre s'étirait, incroyablement grande et maigre, et son nez en bec d'aigle m'a paru plus indien que jamais quand il s'est retourné pour me demander si la vitesse me convenait. J'ai été soulagée de voir enfin la lumière de notre maison et de songer qu'un sauna chaud m'attendait, puis mon lit au pied duquel Einstein se coucherait en rond après avoir eu sa pâtée. Mais malgré ma fatigue, je pensais encore à Elina, qui m'a hantée jusque dans mes rêves. Je l'ai vue marcher sur la glace, vêtue d'une chemise de nuit flottant au vent. Soudain une bourrasque s'est emparée d'elle et l'a soulevée dans les airs, l'emportant toujours plus loin... plus loin... plus loin... Jusqu'à ce qu'elle ne soit finalement plus qu'un minuscule point dans le ciel, perdu parmi les flocons de neige virevoltants.

Le lendemain matin, je venais à peine d'arriver au bureau qu'Aira Rosberg a téléphoné. Toujours aucun signe d'Elina. Je n'ai pu que déclarer, à regret, que les disparitions ne comportant aucun élément criminel ne relevaient pas de notre brigade, mais, selon la nouvelle organisation en vigueur, de l'unité de police administrative.

« Je suis désolée de t'ennuyer avec ça, mais... en tant qu'inspectrice, tu es mieux à même de voir ce qui est important ou pas. J'aurais aimé que... que tu viennes à Rosberga. » Aira semblait à la fois gênée et inquiète. « Si j'appelle la police administrative, ils vont forcément envoyer un homme, et Elina ne le voudrait pas.

– Ils ont maintenant un nombre tout à fait respectable de femmes, mais je vais voir ce que je peux faire. » Mon programme de l'après-midi n'était pas encore bouclé, peut-être aurais-je le temps de faire un saut à Nuuksio.

« Je te rappellerai vers quatorze heures, et téléphone-moi si tu as des nouvelles d'Elina. »

À cet instant, Taskinen a poussé ma porte pour me demander de venir d'urgence dans la salle d'interrogatoire. En plus des violences de la période de Noël, nous menions une enquête préliminaire sur une affaire de blanchiment d'argent particulièrement complexe qui nous avait été confiée, en renfort de la brigade financière, parce que l'un des principaux suspects était un économiste domicilié à Haukilahti qui accumulait les faillites frauduleuses depuis la lointaine aube des années soixante-dix et avait organisé le lessivage en question depuis sa cellule de la prison départementale. Nous devions maintenant interroger son beau-frère, qui était l'un des principaux actionnaires de la société par laquelle passait l'argent sale, mais qui protestait vigoureusement de son innocence. Nous avions conclu, avec Taskinen, que le mieux, pour réussir à le déstabiliser ne serait-ce qu'un instant, était de le bombarder d'un tir croisé de questions. Nous l'avons harcelé pendant près de trois heures avant de nous estimer satisfaits. Il s'était suffisamment contredit, en plus d'autres petites erreurs, pour que nous ayons bientôt de quoi l'accuser. Nous nous acharnions sur l'affaire depuis l'été et pouvoir enfin transmettre le dossier avait un goût de victoire.

« Tu as le temps de venir déjeuner ? m'a demandé Taskinen en sortant de la salle d'interrogatoire.

– Oui, d'ailleurs j'ai à te parler. » Je lui ai fait part de l'étrange disparition d'Elina Rosberg et demandé la permission d'aller voir, officieusement, si je trouvais à Rosberga quoi que ce soit qui puisse laisser penser à un crime. J'étais, quoi qu'il en soit, décidée à m'y rendre, même sans autorisation.

« J'ai l'impression qu'Aira Rosberg ne m'a pas dit la vérité sur la raison pour laquelle elle s'inquiète au point de faire appel à la police. Et pour le reste aussi… »

Nous avons empilé de la nourriture sur nos plateaux. Jyrki Taskinen, qui buvait du lait écrémé et mangeait son pain sans beurre, a jeté un coup d'œil amusé à mon assiette, où s'entassaient du gratin de macaronis abondamment arrosé de ketchup et de la salade nageant dans la sauce à l'ail. Il a attendu pour commenter la disparition d'Elina que nous soyons tranquillement installés à une table du fond de la cantine.

« Tu peux y aller. Mais s'il semble y avoir quelque chose de louche dans cette affaire, dis à Aira Rosberg de faire une déclaration officielle à la police. On pourra au moins essayer de vérifier si sa nièce a quitté le pays. C'est toujours un peu délicat, quand un adulte est porté manquant. Si j'étais toi, j'irais dire deux mots à son amant.

– C'est bien mon intention. » J'ai enfourné une grosse bouchée de gratin de macaronis et regardé les mains de mon chef qui rompaient avec soin sa tranche de pain de seigle en petits morceaux avant de la manger.

Le commissaire principal Taskinen était un homme méthodique et consciencieux. Il mesurait un peu plus d'un mètre quatre-vingts, ses cheveux blonds et raides étaient divisés par une impeccable raie de côté. Jamais les moindres pellicules ou poils égarés n'ornaient le col de son costume bleu. Ses ongles étaient toujours coupés courts. Dans son visage, tout était fin et droit, même ses dents formaient deux parfaites rangées blanches. Il avait un corps de marathonien, mince et endurci, et, à près de cinquante ans, était encore capable de courir dix kilomètres en moins de quarante minutes. Seule faisait exception à sa silhouette linéaire son étincelante alliance en or de près d'un centimètre de large.

Au vu de son apparence, j'avais d'abord soupçonné Taskinen d'être inutilement tatillon, mais en réalité c'était un chef sous les ordres duquel il était facile de travailler. Il s'acquittait à la perfection de ses propres tâches et en exigeait autant des autres, mais il savait exprimer clairement ce qu'il voulait, ce qui le satisfaisait et ce dont il était mécontent. Mon interprétation laxiste du règlement l'avait parfois énervé, mais nous n'avions eu aucun autre problème. Après mes précédents patrons, un commissaire ivrogne de la police judiciaire de Helsinki et un avocat peu communicatif, collaborer avec Taskinen était un plaisir. Je ne savais pas grand-chose de sa vie privée ; sa femme, si j'avais bien compris, travaillait à l'administration des crèches de la ville d'Espoo et ils avaient une fille adolescente. À l'exception de Ström, je m'entendais plutôt bien avec mes collègues, même si j'étais toujours la seule femme de la brigade. Il y avait heureusement, dans d'autres brigades et dans la police administrative, quelques chics filles avec qui je jouais au volley une fois par semaine. Je ne me faisais plus autant qu'à l'époque de l'école de police, et dans les années qui avaient suivi, l'effet d'être une bête curieuse ayant pour seule fonction de représenter une minorité.

Jusque tard dans l'après-midi, j'ai rassemblé avec Taskinen les différentes pièces de notre enquête sur l'affaire de blanchiment d'argent. Le soleil se couchait déjà quand j'ai pris le volant de ma Fiat pour aller à Nuuksio. Quand nous avions emménagé à Henttaa, nous nous étions résolus à acheter une voiture d'occasion. L'été, je pouvais facilement aller travailler à vélo ou, si je n'étais pas pressée, à pied, et Antti prenait sans rechigner, pour aller à l'université, le bus avec correspondance qui passait en moyenne toutes les heures à un kilomètre de chez nous. Mais faire les courses et le reste était si malcommode que nous avions acheté pour 10 000 marks une petite Fiat noire. Cette vieille voiture italienne n'avait visiblement pas été conçue pour des routes glissantes car elle chassait dangereusement de l'arrière dans les descentes sinueuses des collines de Nuuksio.

Cette fois, Aira est venue ouvrir elle-même le portail toujours soigneusement clos de Rosberga. Les derniers rayons du soleil frappaient de biais le mur du manoir, teintant son rose pâle de couleurs flamboyantes. Milla, dehors, fumait une cigarette. Dans ses vêtements noirs, elle ressemblait bien plus à la méchante sorcière qu'à la Belle au bois dormant.

« Tiens, madame l'inspectrice principale. Tu es là pour trouver le corps d'Elina ? »

Aira a tressailli et j'ai moi aussi sursauté, mais sans quitter des yeux le visage de Milla, sur lequel il m'a semblé lire une authentique inquiétude, sous son masque moqueur.

« J'espère bien que non », ai-je dit en passant devant elle pour entrer dans le vestibule. Quelque part derrière une porte, quelqu'un jouait du piano, le même morceau de Satie qu'Antti travaillait parfois pour s'amuser.

« Allons voir les appartements d'Elina, peut-être comprendras-tu pourquoi je suis inquiète. » Aira m'a guidée vers la gauche, en direction de la porte de la cuisine.

« Les pièces communes sont regroupées du côté droit du rez-de-chaussée, avec la salle à manger, la salle de conférence et la bibliothèque. La cuisine est au milieu, près de l'escalier. Les stagiaires sont logées à l'étage.

– Combien pouvez-vous en héberger ?

– Une vingtaine, réparties dans huit chambres. Nos appartements privés sont par ici, a déclaré Aira en ouvrant pour commencer une petite porte peinte en bleu. Là, c'est chez moi. »

Elle n'avait visiblement pas l'intention de me faire entrer, juste de me permettre de jeter un coup d'œil. La pièce avait l'air d'être une ancienne chambre de bonne, car sa seconde porte donnait de toute évidence dans la cuisine. Le mobilier était simple et banal : un lit, un bureau, un canapé à deux places et, dans la bibliothèque, en face, une petite télévision. Une lithographie, au-dessus du lit, représentait un ange gardien aidant une fillette et un garçonnet à traverser un pont.

« Et voici le logement d'Elina. Mais nous utilisons toutes les deux le salon. »

Aira m'a fait signe d'entrer, et j'ai réprimé un hoquet de surprise en découvrant le mobilier romantique orné de fleurs et les rideaux de guipure, qui étaient certes assortis au manoir peint en rose, mais que j'avais du mal à associer à Elina Rosberg. Je l'aurais mieux vue dans une pièce au décor sobre et aux teintes claires, avec des meubles design, d'Artek ou de Kukkapuro... Les ruchés dissimulant les pieds des sièges et les nappes de dentelle des guéridons ne cadraient pas du tout avec l'image que je m'étais faite d'elle. Aira a sans doute remarqué mon étonnement, car elle a précisé :

« C'était la chambre de ma mère, la grand-mère d'Elina, donc. Elle a habité au rez-de-chaussée les vingt dernières années de sa vie, parce qu'elle ne pouvait plus monter l'escalier. Et elle aimait aussi la vue. »

J'ai jeté un coup d'œil par la grande fenêtre, mais dans la pénombre il était difficile de distinguer autre chose que de vagues formes. De ce côté de la maison, le terrain était en pente raide et même le mur entourant le manoir ne suffisait pas à masquer le paysage du fond de la vallée. Le grand aplat blanc, dans le lointain, devait être le lac Pitkäjärvi.

« Elina a voulu conserver cette pièce telle qu'elle était. Seule sa chambre est meublée à son goût. »

Aira a ouvert une deuxième porte. Là non plus, la décoration ne répondait pas à mon attente. Le mobilier était certes moderne, avec des lignes épurées, mais la palette de couleurs était bien trop vive – rouge pur, jaune et bleu clair. L'espace était dominé par un grand lit, à l'évidence un matelas à eau. Le couvre-pied avait été ôté, mais on n'y avait visiblement pas dormi depuis qu'il avait été fait pour la dernière fois. Près de la fenêtre, un fauteuil à l'air inconfortable voisinait avec un repose-pieds triangulaire. Il y avait un bureau équipé d'un ordinateur et, à côté, une bibliothèque garnie d'ouvrages de psychiatrie. Un pantalon violet, une chemise blanche et un pull gris fumée étaient soigneusement disposés sur une chaise.

« C'est ce qu'elle portait avant-hier, et en général elle garde les mêmes vêtements pendant plusieurs jours, tant qu'ils ne sont pas sales. Et si elle les a laissés là et pas dans le panier à linge, c'est… » Le soudain silence d'Aira était plus qu'éloquent.

« D'habitude, a-t-elle repris, Elina plie sa chemise de nuit à côté de son oreiller, mais elle n'y est pas. Je n'ai pas non plus trouvé sa robe de chambre, qu'elle conserve en principe dans sa salle de bains, avec ses pantoufles.

– Son manteau et ses chaussures d'hiver sont ici ?

– Ils sont à leur place dans le petit vestibule, à l'écart des affaires des stagiaires. Viens. »

Aira m'a précédée dans le hall et, de là, dans une seconde entrée attenante à la cuisine, qui donnait sur l'arrière-cour du manoir. Plusieurs manteaux de femme étaient pendus à des patères.

« Ceux-ci sont à moi », a déclaré Aira en désignant une fourrure d'astrakan usée, d'une coupe démodée, ainsi qu'une doudoune bleu foncé. La canadienne que j'avais vue sur le dos d'Elina était suspendue à côté d'elles, de même qu'une veste de sport matelassée de couleur violette. Un élégant pardessus gris foncé était soigneusement accroché sur un cintre.

« Elina n'avait pas d'autres manteaux d'hiver que ceux-là. Et tous ses souliers sont là aussi, bottes fourrées, bottes en caoutchouc et chaussures de randonnée.

– Aurait-elle pu emprunter des vêtements à des stagiaires ?

– Tu devras leur poser la question. Aucune ne s'est plainte, en tout cas, qu'il lui manquait quelque chose. Mais retournons chez Elina. C'est surtout ce que j'ai vu dans sa salle de bains qui me fait penser qu'il y a un problème. »

La pièce, qui jouxtait la chambre, avait été rénovée dans un style ancien, avec une baignoire à pieds apparents et un abattant de W.-C. en bois. Il y avait aussi une petite coiffeuse encombrée de produits de beauté. Une brosse à dents électrique était accrochée au mur.

« Elina prend très grand soin de son visage, mais tous ses gels nettoyants et ses crèmes hydratantes sont là. »

J'ai attentivement examiné sa coûteuse gamme de produits pour la peau.

« Elle n'aurait pas pu utiliser des doses de voyage ? De nombreuses marques en proposent. Et elle aurait facilement pu acheter ce qui lui manquait.

– Mais elle n'aurait pas laissé ses antibiotiques ! Elle souffrait d'une inflammation des voies respiratoires supérieures et n'avait commencé son traitement que depuis quarante-huit heures. Elle avait une toux épouvantable et pratiquement plus de voix. Regarde, ses médicaments sont là ! »

Il y avait en effet sur le bord de la coiffeuse un petit flacon en plastique blanc portant l'inscription *Acistrate d'érythromycine 400 mg*. L'étiquette collée dessus prescrivait à Elina Rosberg d'en prendre trois fois par jour jusqu'à la fin de son traitement. Quand je l'ai ouvert, j'ai constaté qu'il contenait encore une vingtaine de gélules.

« C'est bizarre. Mais elle aurait pu s'en procurer d'autres, elle connaît sûrement des médecins. »

Je réfléchissais. Aira semblait convaincue qu'il y avait quelque chose d'anormal dans la disparition d'Elina. Elle souhaitait de toute évidence l'ouverture d'une enquête officielle. J'avais pourtant l'impression qu'elle ne me disait pas tout ce qu'elle savait.

« Quand as-tu vu Elina pour la dernière fois ?

– Le soir du 26, vers dix heures. Elle rentrait de promenade. Elle était fatiguée, sa toux l'empêchait de dormir depuis plusieurs nuits. C'était de la folie, à mon avis, de sortir dans le froid dans son état, mais elle m'a dit avoir eu besoin de tranquillité. Je l'ai obligée à boire une tasse de thé, ou, plus exactement, je lui en ai porté une dans sa chambre. Elle avait l'air tout à fait normale. Rien n'indiquait qu'elle ait eu l'intention d'aller où que ce soit.

– Elle était partie se promener seule ? »

Aira a réfléchi un instant.

« Je crois qu'elle était avec Joona Kirstilä, mais je n'ai bien sûr pas pu vérifier, Elina ne l'invite jamais à entrer. L'accès de Rosberga est interdit aux hommes.

– Où se voyaient-ils, si ce n'est ici ? » Le refus d'Elina de faire une exception pour son amant était logique, mais elle devait leur compliquer la vie, en pratique.

« Le plus souvent chez Joona. » Le ton d'Aira laissait entendre qu'elle n'appréciait guère la liaison de sa nièce. « Et bien sûr dans le petit pavillon.

– Le petit pavillon ? Où est-ce ?

– C'est un vieux sauna, sur le flanc ouest du manoir. Elina y a fait installer l'électricité il y a quelques années. Je crois qu'elle y donnait rendez-vous à Joona, même si aucun homme n'est en théorie admis dans l'enceinte de Rosberga, a expliqué Aira d'un air embarrassé.

– J'aimerais voir ce pavillon. Mais j'ai encore quelques questions. Tu n'as donc pas entendu Elina ressortir ? »

Aira semblait gênée, comme coupable.

« Je dormais mal depuis plusieurs nuits, moi aussi, à cause de la toux d'Elina. J'ai pris des somnifères et je me suis mis des bouchons dans les oreilles. Je ne me suis réveillée que vers neuf heures quand j'ai entendu Niina préparer le petit déjeuner dans la cuisine. »

Il me faudrait interroger les autres femmes présentes, en espérant que l'une d'elles pourrait m'en dire plus. Aira m'a expliqué que Tarja Kivimäki, l'amie d'Elina, avait déjà regagné son domicile, à Tapiola, et qu'elle avait repris son travail.

Tarja Kivimäki... Où avais-je déjà entendu ce nom ? J'avais heureusement pensé à téléphoner dans la matinée à la police départementale du domicile de Johanna, mais en vain : je n'y connaissais personne. Quoi qu'il en soit, les représentants de la loi n'avaient aucun motif valable de l'empêcher de voir ses enfants. Je me suis demandé si elle avait pris contact avec l'avocate dont je lui avais donné le numéro. Quand j'ai posé la question à Aira, celle-ci a secoué la tête.

« Passer Noël sans ses enfants l'a profondément déprimée... Elina a parlé à quelqu'un d'un cabinet juridique, il me semble, mais elle s'est surtout efforcée d'atténuer le sentiment de culpabilité de Johanna.

– De culpabilité ? À cause de cet avortement ?

– Et parce qu'elle a abandonné ses enfants. Tu pourrais commencer par Niina Kuusinen, elle joue apparemment du piano dans la bibliothèque. »

Nous avons traversé la salle à manger pour aller dans la pièce d'où s'échappait maintenant une étude de Chopin exécutée avec fougue. Niina était visiblement une excellente pianiste – Antti, qui n'avait pourtant rien d'un débutant, ne se tirait jamais aussi bien des difficiles roulades du milieu.

Elle était si concentrée sur sa musique qu'elle ne nous a pas entendues arriver. Je ne l'ai d'abord vue que de dos. Sa lisse chevelure châtain, qui lui descendait jusqu'à la ceinture, se balançait au rythme de ses mouvements. Elle portait une chemise à rayures bleues et blanches, un vieux jean à pattes d'éléphant et de gros rangers. Sous cet angle, sa silhouette mince lui donnait l'air d'une adolescente trop frêle et trop fragile pour cette pièce aux teintes sombres pleines de livres et de meubles massifs, dont l'atmosphère des années vingt n'était rompue que par une télévision placée dans un coin, du côté de la porte.

« Niina ! a presque crié Aira quand la musique s'est tue. L'inspectrice principale Kallio aurait quelques questions à te poser. »

La jeune femme s'est si brusquement retournée sur son tabouret que ses partitions sont tombées par terre et que le couvercle du piano s'est refermé avec un bruit sec. De face, son allure était un peu moins adolescente, malgré l'aspect enfantin de sa petite bouche et le regard effarouché de ses yeux bruns en amande. Son grand nez fin donnait un air adulte à son visage de poupée. Elle devait avoir dans les vingt-quatre ans.

« Est-ce qu'il y a… du nouveau, à propos d'Elina ? a-t-elle nerveusement demandé en tripotant la pointe de ses cheveux de ses longs doigts ornés de bagues en argent.

– Non. C'est pour ça que j'aurais aimé te parler, mais ceci n'a rien d'un interrogatoire officiel. Quand as-tu vu Elina pour la dernière fois ?

– Le soir du 26, au dîner… vers huit heures. Alors que les autres se sont ensuite retrouvées ici, dans la bibliothèque, pour lire ou regarder la télé, elle a absolument voulu aller se promener. Je ne l'ai pas revue depuis. » Niina avait l'air paniqué, et elle a détourné le regard comme pour nier la possibilité qu'il soit arrivé quelque chose à Elina. Ma seule profession représentait visiblement une menace à ses yeux. La police ne se mêlait pas de la vie sans histoire de gens ordinaires.

« Tu connaissais apparemment bien Elina, puisque tu as passé Noël ici ? » Ma question l'a fait sursauter, et je me suis soudain rendu compte que je parlais de la disparue au passé. Je ne me suis pas reprise pour autant, ça n'aurait fait qu'accroître sa confusion.

« Pas si bien que ça, j'ai participé à quelques-uns de ses séminaires, et, début décembre, j'ai commencé une thérapie avec elle. Je n'avais personne d'autre avec qui passer Noël. Ma mère est morte, mon père vit en France, et je n'ai ni frères ni sœurs. » La voix de Niina vibrait d'une solitude exacerbée par cette période de fêtes familiales.

« As-tu la moindre idée de l'endroit où elle aurait pu aller ?

– J'ai essayé de regarder sa carte, mais ce n'est pas très clair...

– Quelle carte ?

– La carte de son ciel astral. Elle est sous une forte influence de Saturne et de Pluton, ce qui indique une tendance à l'autodestruction. Et un conflit avec un proche, un membre de sa famille, par exemple... » Niina a jeté un rapide coup d'œil à Aira.

La police recevait de temps à autre des coups de téléphone d'astrologues, de devins ou de voyants qui proposaient leur aide pour résoudre des affaires criminelles embrouillées. Je n'avais jamais réussi à les prendre au sérieux et, quand l'appel tombait sur moi, je les décourageais en quelques phrases avant de raccrocher. Je ne savais pratiquement rien de l'astrologie, à vrai dire, si ce n'est que j'étais Poissons, et donc supposée être sensible, sentimentale, versatile et créative. J'avais souvent du mal à me reconnaître dans les horoscopes des hebdomadaires, même s'ils étaient toujours divertissants à lire. D'un autre côté, la majorité des hommes avec qui j'avais eu des relations amoureuses, Antti y compris, étaient du même signe, Sagittaire. Fallait-il malgré tout y voir plus qu'une coïncidence ?

J'ai demandé ses coordonnées à Niina, au cas où j'aurais besoin de lui poser d'autres questions. Elle n'avait pas l'air de savoir combien de temps elle séjournerait encore à Rosberga, mais elle m'a donné son adresse et son numéro de téléphone. J'ai cru déceler du soulagement sur son visage quand nous avons quitté la bibliothèque pour aller voir d'autres occupantes du manoir.

Milla était assise devant son ordinateur dans la salle de conférence, à faire une réussite. Les cartes noires et rouges couraient sur l'écran, bondissant les unes sur les autres, la souris cliquait frénétiquement. J'étais heureuse de n'avoir aucun jeu à ma disposition au bureau, je serais à coup sûr devenue totalement accro. Quand j'ai adressé la parole à Milla, elle a levé les yeux, l'air furieux, puis a éteint l'appareil avec un soupir.

« Tu vas me cuisiner, c'est ça ? Déjà qu'on n'a pas le droit de fumer à l'intérieur, ici, putain ! »

Le vocabulaire et la façon de parler de Milla rappelaient tellement ceux de Pertsa que c'en était comique. Ils auraient sûrement, chacun de son côté, été furieux de la comparaison. L'idée m'a paru si drôle que j'ai réagi avec une tendresse presque maternelle :

« Tu n'es pas obligée de répondre à mes questions, ce n'est pas un interrogatoire officiel. Mais si tu tenais à Elina au point de vouloir passer Noël avec elle, tu devrais être prête à m'aider à la retrouver.

– Foutaises ! Je ne sais rien. Je n'ai même pas passé la nuit là, avant-hier. »

Aira a eu l'air étonné.

« Et où étais-tu ? On ne peut aller nulle part, d'ici, le soir.

– Exact ! J'ai dû patauger dans la neige jusqu'à la route de Nuuksio et faire du stop jusqu'à Helsinki, bordel ! Dans un froid glacial. Je suis rentrée par le premier bus du matin. Tout le monde dormait encore, bien sûr, sauf Johanna. Je l'ai croisée dans le couloir. Mais elle a si peur de moi qu'elle n'a même pas osé me demander d'où je venais. »

Milla nous a lancé un regard de défi. Elle avait les yeux encore plus lourdement soulignés de noir que la fois précédente, à supposer que ce soit possible, et les lèvres peintes en orange.

« Pourquoi est-ce que vous me regardez comme ça, putain ! On a quand même le droit de sortir, non ? On n'est pas au bagne !

– Qu'es-tu allée faire en ville ? est intervenue Aira sur le ton d'une directrice de pensionnat interrogeant une fugueuse.

– Je commençais à être en manque d'alcool et de mecs. Et à propos, j'ai vu Elina pendant que je crapahutais sur le chemin. Elle se promenait sur la colline de Rosberga avec son poète.

– À quelle heure ? Comment était-elle habillée ?

– Il devait être quelque chose comme neuf heures et quart. Je n'ai pas regardé ma montre.

– Et tu n'es revenue que le lendemain matin ?

– Oui. J'étais chez un type à Kulosaari. Je ne lui ai même pas demandé son nom, mais je pourrais peut-être me rappeler où il habitait, en faisant un effort. Pas le genre de mec chez qui j'aurais eu envie de rester pour le petit déjeuner, mais il avait de l'argent, heureusement.

– Rien pour l'instant ne nécessite un alibi. Mais où est-ce que je peux te joindre, si l'enquête doit se poursuivre ?

– Je bosse, ce soir. Au Fanny Hill, un cabaret de striptease de la rue de Helsinki, tu es la bienvenue, le show vaut le coup d'œil. J'habite juste à côté, au coin de la rue Fleming. Mais j'imagine ce qui s'est passé. Elina avait l'intention d'envoyer son jules aux pelotes, il ne l'a pas supporté et il a pleurniché pour qu'elle vienne chez lui, puis il l'a tuée et s'est suicidé. Il pensait sans doute entrer comme ça dans l'histoire de la poésie finlandaise. Un peu comme Sid Vicious, tu vois ? »

La légende du punk rock ne disait visiblement rien à Aira, mais pour ma part la théorie de Milla m'a presque fait rire.

« Pour ce que j'en sais, Joona Kirstilä est encore en vie. Où est donc Johanna ? » Aira est restée un instant silencieuse, puis m'a demandé de la laisser tranquille pour l'instant. Elle avait de toute façon assuré ne pas avoir vu Elina après le dîner du 26, et sa situation m'emplissait d'une telle angoisse que j'ai volontiers renoncé à lui parler.

Mais je devais encore rendre visite à Tarja Kivimäki, à Tapiola, et à Joona Kirstilä, rue de Lapinlahti. Aira lui avait certes téléphoné la veille, mais il me semblait néanmoins important de l'interroger. Le vieux sauna gris-rose se nichait au pied de l'enceinte, à l'ouest du manoir. La clef se trouvait sur la porte, qui n'était paraît-il jamais verrouillée. Aira était déjà allée voir à l'intérieur et je ne m'attendais donc pas à y découvrir Elina, mais peut-être y trouverais-je autre chose.

Une odeur de cigarette m'a sauté au nez quand j'ai ouvert. Peut-être Milla avait-elle l'habitude de se réfugier là pour fumer à l'abri du froid. À l'intérieur, dans la pièce servant de vestiaire, il faisait une quinzaine de degrés, mais l'étuve elle-même était glacée, l'électricité n'arrivait pas jusque-là. Le mobilier était simple, un petit buffet recouvert d'une nappe sur laquelle se trouvaient un vase vide, deux verres à vin et un cendrier à moitié plein, une chaise et un lit d'un bon mètre de large, suffisant pour y dormir serrés à deux, à l'occasion. Il y avait aussi un peignoir de bain en tissu éponge bleu délavé, quelques serviettes et, dans le placard du buffet, deux brosses à dents, un pot de crème hydratante pour le visage et une bouteille de vin rouge. Le lit semblait avoir été retapé à la hâte. En soulevant la couverture, j'ai trouvé un cheveu brun sur l'oreiller côté mur.

Peut-être Milla, en plus de fumer, avait-elle aussi fait la sieste.

Je suis retournée dans la chambre d'Elina pour examiner son agenda, sur son bureau, qui ne portait, pour la semaine entre Noël et le jour de l'an que la mention barrée d'une réunion du réseau de thérapie féministe radicale. J'ai hésité à l'emporter, avec le carnet d'adresses posé à ses côtés, mais j'ai finalement décidé de les laisser à Rosberga. Leur propriétaire pouvait revenir d'un moment à l'autre et, dans ce cas, tout ce début d'enquête paraîtrait déplacé.

La route de Nuuksio était mal éclairée et glissante, la température s'était de nouveau radoucie. Je me suis promis de téléphoner au commissariat afin de demander qu'on vérifie les listes de passagers des avions et des bateaux à destination de l'étranger, sans pourtant trop croire à l'hypothèse d'un brusque voyage. Je ne pouvais m'empêcher de penser à une vieille règle d'or de la police : plus une personne a disparu depuis longtemps, moins on a de chances de la retrouver vivante.

3

J'ai essayé de téléphoner de ma voiture à Tarja Kivimäki, mais personne n'a décroché. J'ai ainsi échappé à une visite à Tapiola. Rien de particulièrement urgent ne m'attendait plus au bureau et je suis donc rentrée à la maison.

Antti était encore à l'université. Il n'y avait pas beaucoup de monde là-bas en cette période de vacances et il en profitait pour se concentrer sur son travail de recherche. Il préparait au moins deux articles dont la date de rendu approchait. Une chaire de professeur adjoint de mathématiques à laquelle il avait l'intention de postuler serait bientôt à pourvoir et il lui fallait étoffer la liste de ses publications.

« Si tu es nommé, je pourrai me vanter d'être femme de professeur, ça fait sacrément chic, avais-je ironisé quand il m'avait fait part de son projet.

– J'ai peu de chances, Kirsti Jensen est mieux placée que moi. Mais la politesse exige qu'on se porte au moins candidat, pour qu'il y ait un peu de concurrence. »

Antti… Je me sentais de nouveau si fatiguée que j'avais envie de me blottir dans mon lit et de lui téléphoner pour qu'il vienne me réconforter. Peut-être manquais-je de vitamines. Mais j'avais promis à Aira de passer chez Joona Kirstilä. Je me suis fait un grand pot de café extrafort, puis je me suis démaquillée et changée. Ces quelques gestes m'ont un peu requinquée, malgré l'étrange goût métallique que j'ai trouvé au café.

J'ai tenté une nouvelle fois de joindre Tarja Kivimäki. Cette fois, son répondeur s'est enclenché pour me faire savoir que je pouvais, en cas d'urgence, l'appeler à son bureau aux studios de Pasila. C'est à ce moment que j'ai eu un déclic, je savais d'où je connaissais son nom : elle travaillait à la rédaction du journal télévisé de la principale chaîne nationale, où elle couvrait les questions politiques. Contrairement à beaucoup de ses collègues, on ne la voyait jamais à l'écran. Les téléspectateurs n'entendaient que sa voix rauque, souvent agressive, et apercevaient tout au plus ses longs doigts dépourvus de bagues tendre un micro en direction des personnes qu'elle interviewait. Elle n'avait pas l'habitude de laisser ces dernières s'en tirer à bon compte et j'adorais l'entendre pousser dans leurs derniers retranchements des gens comme le ministre des Finances Iiro Viinanen, par exemple. J'ai tenté en vain de me rappeler le visage de Kivimäki. Elle ne faisait pas non plus partie des journalistes qu'on photographiait dans les magazines.

J'ai appelé le numéro donné par son répondeur, mais je n'ai pas réussi à la joindre. Elle était paraît-il en train de monter un reportage qui devait être diffusé dans le journal du soir. Je lui ai laissé un message lui demandant de me rappeler à mon bureau le lendemain matin, puis j'ai mis à fond un vieux trente-trois tours d'Eppu Normaali et je me suis remaquillée pour sortir. Quand Antti a téléphoné, je lui ai dit que j'avais l'intention de voir si Joona Kirstilä était chez lui, rue de Lapinlahti, puis d'aller boire une bière au Vastarannan Kiiski, où nous avons convenu de nous retrouver. L'idée d'une bonne brune belge était tentante… mais d'abord le travail. Je ne voulais pas avertir Kirstilä de ma visite, car si Elina, pour une raison qui m'échappait, se cachait chez lui, je voulais la surprendre. Peut-être en avait-elle juste eu assez du flot de visites de Noël et avait-elle voulu passer quelques jours tranquille.

Après avoir marché jusqu'à l'arrêt sous une pluie de neige mouillée, je me suis presque endormie dans la chaleur du bus. Heureusement, le vent glacé dans lequel j'ai attendu la correspondance, à Tapiola, m'a réveillée. Joona Kirstilä habitait au-dessus du restaurant japonais Kabuki. Il était dans son appartement, je l'ai entendu s'approcher de la porte sur la pointe des pieds, regarder par son judas et finalement l'entrouvrir, sans ôter la chaîne de sûreté.

« Qu'est-ce que vous voulez ? » m'a-t-il demandé d'un ton peu aimable. Peut-être des admiratrices sonnaient-elles tous les soirs chez lui.

« Inspectrice principale Maria Kallio de la police d'Espoo, bonsoir. » Je lui ai tendu ma carte de police par l'entrebâillement de la porte. « Je voudrais vous parler d'Elina Rosberg.

– Pourquoi la police s'intéresse-t-elle à elle ? » Il y avait de l'incrédulité dans la voix de Kirstilä.

« Elle a disparu. Je croyais qu'Aira Rosberg vous avait prévenu.

– Aira m'a téléphoné hier mais... Comment ça disparu ? Qu'est-ce que ça veut dire ?

– Laissez-moi entrer, je vous raconterai. Ou si vous préférez bavarder ailleurs, on peut aller dans un café. »

Après quelques instants d'hésitation, Joona Kirstilä a finalement ôté la chaîne de la porte.

« Ne faites pas attention au désordre. Je n'ai pas eu le temps de faire le ménage, ces jours-ci. »

L'appartement était un deux pièces plutôt exigu. J'ai aperçu sur la droite une chambre où semblait régner le chaos, puis une kitchenette où il n'y avait pas de place pour autre chose qu'une plaque de cuisson, un four à micro-ondes et un antique réfrigérateur ronronnant. L'immeuble était ancien et les pièces hautes de plafond, ce qui donnait un certain charme au bureau encombré de livres et de papiers qui servait aussi de salle de séjour. L'endroit rappelait un peu le logement d'Antti, rue Iso-Roobert, avant que je m'y installe avec lui, mais Kirstilä n'avait pas de piano. Sur sa table de travail une machine à écrire noire, au moins aussi vieille que lui, voisinait avec un séduisant ordinateur portable.

Joona Kirstilä a débarrassé le canapé en jetant sur le sol une pile de paperasses et m'a fait signe de m'installer. Lui-même s'est assis par terre et a allumé une cigarette. J'avais toujours trouvé comique qu'il ressemble autant à l'archétype du poète. Il repoussait d'un geste machinal ses cheveux bruns ondulés qui lui descendaient au-dessous des oreilles et lui tombaient par moments sur le visage, masquant ses grands yeux noirs brillants aux longs cils. Il avait la peau pâle, le nez droit et fin, des lèvres sensuelles dont l'une des commissures était légèrement orientée vers le bas. L'image même d'un jeune esthète, malgré ses trente ans passés. Il était petit, un mètre soixante-dix à peine, et très maigre. Son côté fragile était encore accentué par sa tenue de prédilection, un pull noir d'où émergeaient ses mains menues et ses poignets aux os saillants. Ses longs doigts fins semblaient faits pour tenir la plume. J'avais lu deux ou trois de ses recueils et admiré l'originalité de sa langue, même si le romantisme viril de sa poésie était un peu trop appuyé à mon goût.

« Qu'est-ce que c'est que cette histoire de disparition ? » m'a-t-il demandé en soufflant des ronds de fumée. Avant que j'aie le temps de répondre, les livres du bout de l'étagère du haut de la bibliothèque se sont mis à trembler bizarrement. J'ai tout juste eu le temps d'éviter de les prendre sur la tête quand ils sont tombés.

« Arrête, Pentti ! » a crié Kirstilä au chat gracile à la fourrure rayée de gris-brun et à la poitrine blanche qui a bondi avec agilité d'une étagère à une autre, a sauté sur le sol et s'est précipité pour me renifler les pieds, sur lesquels il sentait à coup sûr l'odeur d'Einstein.

« Alors comme ça il s'appelle Pentti.

– Oui, en hommage à Saarikoski. Pardonnez-le, il est terriblement curieux. Mais Elina… »

L'inquiétude, dans sa voix, semblait sincère et elle n'a fait que croître quand je lui ai expliqué que personne ne l'avait vue depuis l'avant-veille. Il a allumé une deuxième cigarette au mégot de la première, et Pentti s'est réfugié d'un air outré dans la cuisine après avoir pris un nuage de fumée dans les narines.

« Je ne sais pas où elle peut être. » Kirstilä s'est levé pour aller à la fenêtre. Il a écrasé sa cigarette sur son large rebord et posé un instant son front contre la vitre où ses yeux noirs se reflétaient comme dans un miroir.

« Vous n'étiez pas en contact tous les jours ?

– Non, pas d'habitude, a-t-il répondu comme s'il parlait à la vitre. Quand j'écris, je me coupe du monde extérieur. Et Elina a ses séminaires. Nous avions juste parlé de nous téléphoner avant la Saint-Sylvestre, Elina devait passer le réveillon ici… » Il s'est tu, visiblement accoutumé à laisser ses phrases en suspens.

« Quand avez-vous vu Elina Rosberg pour la dernière fois ? »

La réponse de Joona Kirstilä m'a surprise :

« Quand a-t-elle disparu ?

– Le soir du 26, autrement dit avant-hier.

– C'était le 23, dans l'après-midi, un peu avant que je prenne le train pour aller chez mes parents à Hämeenlinna. »

Je me suis demandé pourquoi il mentait. Aira était pratiquement certaine qu'Elina s'était promenée avec lui, et Milla avait affirmé les avoir vus ensemble. Mais je n'étais pas en train d'enquêter sur un crime, juste de chercher à savoir où pouvait être Elina, et, plutôt que de l'accuser de me mener en bateau, je l'ai questionné sur la durée de son séjour à Hämeenlinna. Il m'a dit être rentré la veille, tôt dans la matinée.

« Aira Rosberg vous a donc téléphoné juste après votre retour ?

– Je venais de me coucher, j'avais passé la nuit à boire avec quelques vieux copains. C'est sans doute pour ça que je n'ai pas compris qu'elle s'inquiétait de la disparition d'Elina. C'est flippant. En général, c'est plutôt moi qui m'évapore. »

Malgré son apparente fragilité, Kirstilä avait la réputation de perpétuer activement la glorieuse tradition de beuverie des poètes finlandais. Qu'une femme comme Elina Rosberg ait pu le choisir comme amant semblait totalement improbable. Mais les sentiments humains n'obéissent sans doute à aucune logique. Si je n'avais écouté que ma raison, je n'aurais probablement pas épousé Antti, ni personne d'autre.

J'ai laissé Joona Kirstilä à sa perplexité et pris la direction du Vastarannan Kiiski. J'étais contrariée. Sans avoir pour autant recueilli la moindre information sur ce qui avait pu arriver à Elina, j'avais réussi à effrayer un certain nombre de personnes.

Assis à une table d'angle éclairée par une bougie, Antti essayait de lire. Les ombres dansantes jetées par la flamme faisaient paraître son profil en lame de couteau encore plus indien que d'habitude. J'ai frappé à la vitre, un sourire enfantin a illuminé son visage.

« Qu'est-ce que tu bois ? ai-je demandé en regardant avec curiosité le verre renflé décoré d'un cœur rouge et d'un petit bonhomme rondouillard qu'il avait devant lui.

– Une Oerbier. Belge, une pure merveille. »

J'ai goûté, mais décidé de m'en tenir à une bonne vieille Old Peculier. La fumée de cigarette qui emplissait la salle me semblait encore plus épaisse qu'à l'accoutumée, j'avais du mal à respirer et même ma bière m'a paru moins bonne que d'habitude. Nous avons parlé des poèmes de Joona Kirstilä, mais j'étais si fatiguée que nous sommes partis tôt. Était-ce l'âge qui se faisait sentir, si je n'avais même plus de goût pour le houblon ? À la maison, je me suis endormie comme une masse et, le lendemain matin, je me suis réveillée avec une sensation de gueule de bois, alors que je n'avais bu que deux petites chopes. Dans la nuit, il y avait eu dans un restaurant une effraction dont les auteurs semblaient être des professionnels. Avec Palo, nous nous sommes attelés à chercher dans nos bases de données d'éventuels récidivistes et nous en avions déjà ciblé quelques-uns quand Taskinen a poussé la porte.

« On a trouvé dans la forêt de Nuuksio le corps d'une femme d'une quarantaine d'années. En chemise de nuit. Ça te dit d'aller voir, Maria ? »

Sincèrement, la réponse était non. Je ne voulais pas voir le cadavre d'Elina Rosberg, ni d'aucune autre femme. Je me suis pourtant arrachée à mon fauteuil et équipée pour sortir, laissant Palo se battre avec l'ordinateur.

« Ström est descendu choisir une voiture. Je vais juste prendre mon manteau », a lancé Taskinen tandis que je filais informer le central de l'endroit où j'allais.

Dans le parking, j'ai trouvé Pertsa au volant de la Saab la plus rutilante du commissariat. Je suis montée à côté de lui, laissant la banquette arrière au dernier arrivé. Les haut-parleurs réclamaient les techniciens de scène de crime.

« Nuuksio... C'est du côté de la station de ski de Solvalla ? a demandé Pertsa.

– Je ne sais pas où le corps a été trouvé, pose la question à Taskinen. » Ce dernier arrivait, muni d'un sac de matériel.

« Il faut suivre la route de Nuuksio jusqu'au carrefour du manoir de Rosberga. Impossible d'arriver jusque sur les lieux en voiture. J'ai pris des bottes, mais elles sont sûrement beaucoup trop grandes pour toi, Maria.

– Comment ça, impossible d'y arriver en bagnole ? Où est ce foutu cadavre ? a grogné Pertsa, toujours aussi charmant.

– Près d'une piste de fond, à un kilomètre environ de la route. C'est un skieur qui l'a découvert et qui a appelé la police de la maison la plus proche.

– Du manoir ? Aira et les autres ont sûrement tout de suite compris de qui il s'agissait.

– Non, de chez un voisin. Il a bien frappé à la porte de Rosberga, mais on n'y laisse pas entrer les hommes.

– Et ce serait le corps d'une de ces gouinasses qui crèchent là-bas ? » Pertsa a tourné dans la rue sur les chapeaux de roue, faisant gicler la neige boueuse sur un petit vieux qui passait sur le trottoir. La bouche de Taskinen s'est crispée. Il n'aimait pas plus la conduite que le vocabulaire de Pertsa.

« Elina Rosberg, la propriétaire du manoir, a disparu depuis quelques jours. » L'irritation ne perçait pas encore dans la voix de notre chef, qui a saisi son téléphone pour donner des instructions aux techniciens.

« On aurait dû prendre des skis, a grommelé Pertsa dans sa barbe. Aller patauger dans la neige, putain de bordel de merde… »

Le sportif qui avait trouvé le corps nous attendait au bord de la route menant à Rosberga. Avec sa combinaison bleu métallisé et ses skis high-tech, il avait l'air d'être tombé de Mercure. Il faisait pitié à voir : il s'était apparemment arrêté en plein élan, suant et transpirant, et il était maintenant frigorifié. Pertsa, pour couronner le tout, a relevé son identité sans la moindre amabilité. Le spectacle de la forêt recouverte d'un manteau neigeux de plusieurs dizaines de centimètres d'épaisseur, fendu par la trace du skieur, ne me réjouissait pas non plus particulièrement. Nous serions pourtant bien obligés d'aller y patauger.

« Le terrain est plus facile, plus loin dans les bois, la pluie de cette nuit a fait fondre la neige », a dit l'homme comme pour nous consoler. J'ai enfilé des bottes, heureuse d'avoir choisi ce matin ma doudoune, qui m'arrivait aux hanches, et pas un manteau long. J'ai fait mon possible pour ne pas me laisser distancer, malgré mon handicap évident : Pertsa mesurait près de deux mètres, Taskinen courait le marathon et le sportif était à skis. Ma forme physique ne laissait pas spécialement à désirer non plus, mais, aujourd'hui encore, j'avais les jambes anormalement molles.

Dans les clairières, la poudreuse était si haute qu'elle rentrait dans mes bottes. Au cœur des sapinières, en revanche, il n'y avait qu'un ou deux centimètres de neige gelée, dure et glissante. À découvert, le vent me faisait grimacer, tandis que sous les arbres les branches me griffaient le visage.

Les traces de ski menaient droit au but. Une trouée de deux mètres de large aménagée dans la forêt servait de sentier de promenade en été et de piste de fond en hiver. Le corps gisait au sommet d'une petite colline, sous un épais sapin. On ne voyait au premier coup d'œil que de fins pieds nus qui, la veille encore, devaient être recouverts de neige. La pluie qui avait nettoyé l'arbre avait aussi détrempé le cadavre. Pertsa, le premier, a écarté prudemment les branches. Je l'ai vu inspirer un grand coup puis fixer la silhouette étendue là. J'ignorais à quoi m'attendre en m'avançant à mon tour pour regarder.

Il s'agissait à l'évidence d'Elina Rosberg. Sa robe de chambre de satin rose était collée à son corps par la glace, mais le bas de sa chemise de nuit assortie, dégelé par l'eau tombée de l'arbre, a bougé quand j'ai brusquement reculé. Des gelures crevassaient ses pieds nus, contrastant avec son visage serein, presque souriant. Et pourtant mort.

Au-dessus de ses pommettes toujours aussi hautes, ses paupières fermées avaient pris une teinte bleutée. Son corps ne portait aucune marque extérieure de violences. On aurait dit qu'elle s'était tranquillement installée sous cet arbre et s'y était assoupie telle la Belle au bois dormant. Mais le prince qui aurait pu la réveiller n'existait que dans les contes de fées.

« C'est bien elle », ai-je confirmé à Taskinen qui regardait par-dessus mon épaule. Mes pieds mouillés par la neige étaient glacés, et un étrange mal de gorge m'avait saisie. Pertsa parlait à voix basse avec le skieur, comme si la découverte du corps d'Elina lui avait fait pour une fois fermer sa grande gueule. Le silence de la forêt, autour de nous, a été rompu par des bruits provenant de la direction d'où nous étions venus et par la sonnerie du portable de Taskinen. L'équipe technique arrivait.

La procédure était familière et réconfortante. Des photos, des mesures, la recherche apparemment vaine des traces de l'arrivée d'Elina. Elle semblait être morte de froid, mais on n'en saurait plus qu'après l'autopsie.

« Je crois que nous avons fini, a finalement soupiré Taskinen quand les techniciens ont annoncé n'avoir pu trouver aucun indice du passage d'autres personnes sous le sapin. Maria, tu sais qui sont les plus proches parents de cette Rosberg ?

– Je ne connais que sa tante, qui habite au manoir. Elina n'avait à ma connaissance ni mari ni enfants et je crois que ses parents sont décédés.

– Eh bien, direction Rosberga, alors. » Taskinen est parti à grands pas vers notre voiture. Les techniciens avaient piétiné la neige, laissant sur leur passage un large sentier, et leurs lourdes pulkas*

* Pulka : traîneau utilisé pour la pratique sportive ou le transport de marchandises.

chargées de matériel avaient par endroits mis le sol à nu. Nous avons retraversé la forêt bien trop vite à mon goût, car j'essayais de réfléchir en même temps à ce que j'allais dire à Aira et à un autre problème, l'interdiction faite aux hommes de mettre les pieds dans le manoir.

« Il va falloir qu'on reste à attendre dehors, si ces gonzesses ne nous laissent pas entrer ? » a demandé Pertsa tandis que la Saab grimpait en dérapant la colline de Rosberga. Il semblait bien connaître les règles de la maison.

« Ça n'aurait aucun sens », ai-je dit en descendant de voiture devant le portail. Aira nous avait apparemment vus arriver grâce à la caméra de surveillance car les battants se sont ouverts automatiquement. La Saab a pénétré dans la cour, avec à son bord Taskinen et Ström, premiers hommes à accéder au manoir depuis le début des années quatre-vingt-dix.

Aira nous attendait sur le seuil. Son visage avait vieilli depuis notre dernière rencontre, et son dos s'était voûté. Elle savait ce qui nous amenait, comme l'ont confirmé ses premiers mots :

« Vous avez trouvé Elina. Où était-elle ? »

Taskinen le lui a expliqué, en précisant que nous ne savions pas encore comment elle était arrivée sous cet arbre, ni s'il y avait eu crime. Aira fixait le vide d'un regard éteint, les yeux secs.

« Est-ce que je peux la voir ? » a-t-elle finalement demandé, et je me suis empressée d'ajouter que nous avions de toute façon besoin d'une identification officielle.

« Aurais-tu le courage de venir tout de suite, ou préfères-tu attendre demain ? Nous devons aussi te poser de nouvelles questions, comme à toutes les autres personnes qui étaient à Rosberga le soir du 26 décembre. »

Aira allait répondre quand un cri hystérique a soudain retenti à l'étage, puis un claquement de porte, et Niina Kuusinen a dévalé l'escalier en hurlant. En nous voyant, elle a marqué un temps d'arrêt, mais s'est ensuite ruée sur Pertsa en criant :

« Les hommes sont interdits ici ! » Puis elle a essayé de le traîner vers la porte. La tentative était vouée à l'échec car, même si Niina Kuusinen était grande pour une femme, Pertsa, avec son mètre quatre-vingt-dix et ses cent kilos, était trop gros pour elle. Je me suis malgré tout précipitée pour l'arracher à ses griffes, craignant surtout qu'il ne la blesse.

« Niina ! » La voix d'Aira a tranché l'air, aussi coupante et acérée qu'une lance. « Ce sont des policiers. Ils ont trouvé Elina. »

Niina s'est arrêtée net, son corps s'est comme relâché entre mes mains, puis recontracté. Sans lui laisser le temps de poser des questions, Aira a poursuivi, d'un ton encore plus perçant :

« Elle est morte. »

Niina s'est effondrée sur le sol, secouée de sanglots désespérés. J'ai été surprise de la rapidité de sa réaction : en général, les gens mettent un certain temps à comprendre ce genre d'annonces. Aira l'a serrée dans ses bras en marmonnant des paroles de réconfort, dont elle avait pourtant visiblement encore plus besoin qu'elle. Mais elle semblait avoir toujours été habituée à faire passer les besoins des autres avant les siens, à pleurer seule dans la pénombre de sa chambre.

J'étais moi-même au bord des larmes, mais je les ai ravalées pour demander :

« Y a-t-il ici d'autres personnes qui étaient à Rosberga le soir du 26 ? »

Ma voix aussi était froide et dure, et grinçait comme un rail sous les roues d'un tramway en train de freiner. Aira a détourné un instant les yeux de Niina pour me regarder.

« Johanna est en haut, a-t-elle répondu. Madame l'inspectrice principale veut peut-être aller lui annoncer elle-même la nouvelle ? »

C'était une question malintentionnée, dont l'aigreur était encore accentuée par l'utilisation de mon titre. J'étais pourtant consciente de ne pas savoir comment me comporter face à Johanna. J'avais toujours été déroutée par les croyants, peut-être par crainte d'un fanatisme dont je détectais parfois des traces en moi-même. Et j'avais peur de la faille dans ses yeux, de son regard révélant un univers dans lequel je n'aurais pour rien au monde voulu pénétrer.

« Je peux m'en charger, ai-je dit, le menton levé. Et pour l'identification ?

– Si vous me laissez une heure ou deux, je viendrai. » Dans la voix d'Aira aussi, il y avait de la combativité. « Mais dans l'immédiat Niina et Johanna ont besoin de moi. » La jeune femme, dont les sanglots s'étaient un peu calmés et qui gémissait maintenant tout bas sur son épaule, a levé la tête.

« Où a-t-on trouvé Elina ? »

J'ai répondu à sa question, ainsi qu'à autant d'autres que possible, et promis de leur en dire plus dès qu'on aurait les résultats de l'autopsie. Un bruit, au sommet de l'escalier, nous a de nouveau tous fait tourner la tête.

Johanna nous regardait, pâle et inexpressive. Peut-être venait-elle de faire la sieste, car elle portait une robe de chambre gris-bleu négligemment fermée par une ceinture. Une partie de ses cheveux blond terne s'étaient échappés de son chignon et encadraient son visage. Elle les portait d'habitude attachés si serrés que je n'avais pas remarqué, jusque-là, qu'ils étaient naturellement frisés. Ses mots sont tombés sur nous tel un sermon du haut d'une chaire.

« Le suicide est un péché ! Ceux qui attentent à leur vie ne peuvent pas entrer au paradis. J'ai demandé à Leevi si je ne commettais pas un péché en continuant d'attendre ce dixième enfant alors que je savais que nous mourrions vraisemblablement tous les deux. N'était-ce pas à la fois un suicide et un meurtre ? Mais d'après Leevi c'était la volonté de Dieu. »

J'ai vu la panique monter dans les yeux de Pertsa. Il aurait visiblement voulu fuir au plus vite ces femmes qu'il jugeait folles. J'ai tenté de capter le regard de Taskinen, de lui laisser la décision de poursuivre ou non les interrogatoires. Johanna a lentement descendu l'escalier jusqu'à Niina et Aira et les a serrées dans ses bras avec l'assurance d'une mère habituée à veiller sur une famille nombreuse. Quand elle a clos les paupières et laissé son visage se détendre, elle a presque eu l'air d'une adolescente. Je me suis rendu compte qu'elle ne devait guère avoir que quelques années de plus que moi, trente-trois ou trente-quatre ans, peut-être. Elle avait sûrement eu son premier enfant très jeune.

« Quand pourriez-vous venir au commissariat ? a demandé Taskinen. Nous aimerions vous entendre toutes. » C'était autant un ordre qu'un souhait, et nous avons pris rendez-vous pour le lendemain matin – encore un samedi de travail en perspective, mais je n'avais pas le choix. Peut-être pourrais-je au moins échapper au dîner familial auquel une collègue d'Antti nous avait invités pour le nouvel an.

Sur le chemin du commissariat, j'ai raconté ce que je savais de la disparition d'Elina à Pertsa et Taskinen. Comme je m'y attendais, ce dernier m'a demandé de m'occuper des interrogatoires préliminaires, à supposer qu'une enquête s'avère nécessaire après l'autopsie.

« Il n'y a peut-être rien de louche dans cette affaire, si ce n'est que cette femme est partie se promener dans la neige par une nuit glaciale en chemise de nuit et en robe de chambre. Qui sait s'il n'y a pas une explication naturelle à ça. Il aurait fallu demander s'il lui arrivait de faire des crises de somnambulisme. Vérifie quand même aussi l'identité de tous les intéressés.

– Rosberg avait de la thune. Une maison de plusieurs millions, et il me semble qu'elle a tiré pas mal d'argent de la vente d'une partie de ses forêts à l'État, pour la création de la réserve naturelle de Nuuksio. Qui va hériter, si elle n'a ni mari ni enfants ? Sa tante ? Ou une ligue anti-mecs ?

– Oui, l'Association pour l'émasculation des hommes », ai-je répondu à Pertsa, qui avait pourtant soulevé un point intéressant. Elina Rosberg était riche. Était-ce dans l'industrie du bois, déjà, ou dans une autre, que sa famille avait fait fortune ? Je devrais commencer par étudier sa biographie en détail.

De retour au bureau, je me suis connectée à la base de données du service central de l'état civil et j'ai attendu que l'ordinateur trouve Elina Rosberg en contemplant la collection de beaux gosses souriants que m'avaient offerte mes copines pour mon enterrement de vie de jeune fille. Geir Moen, Hugh Grant, Mick Jagger, Valentin Kononen... Le collage, intitulé « RATÉ POUR CEUX-LÀ ! », déclenchait en général les commentaires acides de mes collègues masculins, ce qui était bien sûr une raison de plus pour le garder au mur. Personne, pas même Ström, n'était pourtant encore venu m'accuser de harcèlement sexuel. Je procédais assez rarement à des interrogatoires officiels dans mon bureau pour oser conserver cette affiche digne d'une adolescente, et plutôt compromettante pour ma crédibilité d'inspectrice principale.

L'ordinateur avait fini. J'ai lu les renseignements sur l'écran tout en allumant l'imprimante. *Rosberg, Elina Katrina, née le 26.11.1954 à Espoo. Fille de Kurt Johannes Rosberg, propriétaire terrien, né en 1914, et de son épouse Sylva Katrina Kajanus, née en 1920. Célibataire, sans enfants.* Aucune autre mention. J'ai aussi consulté son casier judiciaire, que j'étais certaine de trouver vierge. Mais il contenait une arrestation, lors d'une manifestation contre le shah d'Iran en 1970. Rien de plus depuis vingt-cinq ans. Quoi d'autre… Avions-nous accès à un répertoire des médecins ? On y trouvait peut-être aussi les psychothérapeutes. J'ai de nouveau pianoté un moment avant de mettre la main sur ce que je cherchais. *Elina Rosberg : 1973, baccalauréat à l'École française de Helsinki ; 1979, maîtrise de psychologie ; 1981, autorisation d'exercer la profession de psychothérapeute. Dirige depuis 1990 le Centre de thérapie privé Rosberga, après avoir notamment travaillé au service de psychiatrie de l'adolescent du centre hospitalier universitaire de Helsinki et à l'hôpital de Lapinlahti. Loisirs : randonnée et lecture.* Rien d'extraordinaire là-dedans non plus, ni de très utile. Elina n'avait pratiquement pas de famille. Elle était fille unique, sa mère aussi, et les deux frères de Kurt et Aira Rosberg étaient morts à la guerre. En plus de sa tante, Elina ne comptait guère parmi ses proches que Joona Kirstilä et Tarja Kivimäki. Peut-être sauraient-ils qui avait pu la tuer, la transformer en femme de neige maintenant fondue.

La tuer ? Pourquoi cela m'était-il venu à l'esprit, rien jusqu'ici n'indiquait qu'il y ait eu crime. Il pouvait tout aussi bien s'agir d'un accident ou d'un suicide.

J'avais une étrange sensation de poids au creux de l'estomac. Sans doute l'approche de mes règles… à quand remontaient donc les dernières ? J'étais habituée, depuis des années, à un cycle menstruel rythmé par les plaquettes de pilules, mais depuis que je m'étais fait poser un stérilet, je n'avais pas tenu de compte précis. Mes seins étaient sensibles, en tout cas, c'était un signe qui ne trompait pas. J'étais en train de vérifier si j'avais des tampons dans le tiroir de mon bureau quand on a toqué à ma porte.

« Entre ! » Je m'attendais à voir un de mes collègues, sans doute Taskinen, car rares étaient ceux qui se donnaient la peine de frapper.

Mais c'était une inconnue. De mon âge environ, peut-être deux ou trois ans de plus, difficile à dire. Un mètre soixante, un visage pâle dont le côté impersonnel était renforcé par un maquillage soigné, dans un style que les magazines féminins qualifiaient de naturel. Des cheveux châtains descendant au-dessous des oreilles, aux pointes recourbées vers l'intérieur, maintenus par un bandeau en daim noir. Des lunettes chic derrière lesquelles des yeux d'aigue-marine me fixaient sans ciller. Un corps musclé vêtu d'un tailleur marron tout droit sorti d'un catalogue d'uniformes de la femme d'affaires.

« Vous devez être l'inspectrice principale Kallio. Je suis venue vous parler d'Elina Rosberg. »

Le contraste était fou : autant la silhouette de ma visiteuse m'était totalement inconnue, autant sa voix m'était familière. Ce devait être Tarja Kivimäki. Elle l'a confirmé en me serrant la main d'un geste bref mais énergique. Ses ongles étaient manucurés avec soin et vernis d'une discrète teinte claire.

« Aira Rosberg m'a téléphoné pour m'apprendre qu'Elina avait été retrouvée morte. Il pourrait d'après elle s'agir d'un suicide. » Tarja Kivimäki s'est assise sur le canapé de mon petit bureau et a croisé avec élégance ses jolies jambes, à l'évidence bodybuildées. Quel sport pratiquait-elle ? J'étais prête à parier pour le fit-boxing ou l'escrime.

« Je suis venue vous dire que l'hypothèse d'un suicide n'a aucun sens. Elina n'aurait jamais fait ça. Si elle avait été déprimée au point d'envisager de mettre fin à ses jours, elle aurait consulté un confrère. » Malgré son calme, je reconnaissais dans sa voix la colère et l'agressivité dont elle faisait preuve dans ses reportages pour le journal télévisé. C'était intéressant : sous des dehors posés et intellectuels, elle bombardait souvent les politiciens de questions explosives qui les désarçonnaient.

« Tant que nous n'avons pas les résultats de l'autopsie, tout n'est que spéculation. » Je me suis rendu compte que j'adoptais une posture offensive, car je ne voulais pas passer pour une imbécile aux yeux de Tarja Kivimäki. Elle arrivait peut-être à faire bafouiller le Premier ministre, mais l'inspectrice principale Maria Kallio lui donnerait plus de fil à retordre...

« Où en est l'enquête ?

– Il n'y en a pas, officiellement, tant que rien n'indique qu'il y a eu crime. Mais à toutes fins utiles, j'aimerais vous poser quelques questions sur votre dernière rencontre. Vous étiez bien à Nuuksio le soir du 26 décembre ?

– J'y ai passé toute la période de Noël. Je suis partie avant-hier matin, autrement dit le 27. J'avais du travail. »

Tarja Kivimäki avait l'air étrangement peu affectée. D'après Aira Rosberg, Elina et elle étaient amies depuis plusieurs années, et on aurait pu imaginer qu'elle ait été bouleversée par l'annonce de sa mort. Mais, assise là sur mon canapé, elle paraissait aussi imperturbable que si elle avait été en train de rendre compte d'un débat consensuel sur la politique des revenus.

« S'est-il produit quoi que ce soit, à Noël, qui pourrait expliquer qu'on ait découvert Elina Rosberg en petite tenue dans la forêt ? »

Habituée à être celle qui posait les questions, Tarja Kivimäki ne semblait guère apprécier d'être à son tour sur la sellette.

« Il y avait bien sûr des tensions dans l'air. Au départ, nous ne devions être que trois à Rosberga, Aira, Elina et moi. Mais Johanna Säntti et Milla Marttila étaient restées après leur stage. Elina a toujours eu l'habitude de prendre sous son aile toutes sortes de malheureuses, comme d'autres recueillent des chiens et chats perdus. Prenez Niina Kuusinen, par exemple. Un cas type, qui ne souffre de rien d'autre que d'un égocentrisme sans limite. La seule qui ait un véritable problème est Johanna Säntti. Mais il lui suffirait pour le résoudre de demander le divorce et d'exiger la garde de ses enfants, ce n'est pas plus compliqué que ça.

– Depuis combien de temps connaissiez-vous Elina Rosberg ?

– Six ans environ. Je travaillais pour le magazine d'actualité télévisé A-Studio et je préparais une émission sur les violences sexuelles à l'encontre des enfants, ce qui était à l'époque un sujet assez nouveau. J'avais entre autres interviewé Elina. J'ai tout de suite eu l'impression que nous étions sur la même longueur d'onde. Et elle avait des choses intéressantes à dire.

– Je me rappelle très bien cette émission. » Je faisais mes études de droit, à l'époque, et notre professeur de procédure pénale avait utilisé une affaire d'inceste évoquée par Tarja Kivimäki pour illustrer la difficulté des procès intrafamiliaux : une fois adultes, les filles d'une famille américaine avaient accusé leur père de viol, mais leur mère et leurs frères avaient refusé de témoigner contre lui. Je bouillais encore de colère en y repensant.

« Elina était quelqu'un de très raisonnable. Je ne comprends pas comment elle a pu partir à l'aventure sans manteau par ce froid, surtout avec cette épouvantable toux qu'elle avait. La seule chose qui pourrait l'expliquer, c'est que quelqu'un ait été en très grand danger. Et encore... Personne d'extérieur ne pouvait entrer à Rosberga. Le portail était toujours verrouillé.

– Pourquoi ?

– Elina ne voulait pas d'intrus, surtout de sexe masculin. Elle considérait qu'il devait y avoir à Espoo au moins un endroit où les femmes puissent être tranquilles sans être dérangées par les hommes. Il y a de temps en temps des bandes d'ivrognes venues de Solvalla qui font du raffut sous les murs, ou des groupes d'adolescents en randonnée dans la réserve naturelle de Nuuksio. Ces messieurs semblent furieux de voir qu'il y a des endroits auxquels ils n'ont pas accès.

– Oui. Revenons à la soirée du 26. Quand avez-vous vu Elina pour la dernière fois ?

– Nous regardions la télévision dans la bibliothèque, Aira et moi... et Niina Kuusinen aussi, je crois. Un vieux film avec Marilyn Monroe, sentimental et drôle. Elina est passée nous dire qu'elle sortait faire une petite promenade parce qu'elle avait mal à la tête. Nous avons tenté de l'en empêcher, à cause de sa grippe, mais elle ne nous a pas écoutées. Elle était comme ça. Il était inutile d'essayer de la raisonner quand elle avait décidé quelque chose. Je suis allée me coucher à la fin du film parce que je devais me lever tôt. Le lendemain matin, je suis passée devant la chambre d'Elina; je pensais que si elle avait l'air d'être réveillée je la remercierais pour ces fêtes de Noël et je lui dirais au revoir, mais je n'ai pas vu de lumière sous sa porte. Elle m'avait donné le code du portail, j'ai donc pu sortir avec ma voiture sans déranger personne et aller aux studios à Pasila.

– Qui d'autre a le code ?

– Aira, bien sûr, et sans doute aussi Johanna, depuis le temps qu'elle est à Rosberga. Mais on le garde secret, en général, pour éviter les visites intempestives. »

Mon téléphone a sonné, et Tarja Kivimäki s'est levée, profitant de l'interruption. Après avoir décroché et demandé à mon interlocuteur d'attendre un instant, j'ai fait le tour de mon bureau pour lui serrer la main et promis de la recontacter dès que j'aurais du nouveau. Peut-être un autre entretien ne serait-il même pas nécessaire. En partant, Tarja Kivimäki a jeté un coup d'œil amusé à ma collection de beaux gosses et m'a lancé de la porte, d'une voix étonnamment malicieuse :

« Bon choix ! Même si Hugh Grant a perdu toute crédibilité à mes yeux. »

J'ai haussé les épaules en guise de réponse et repris le combiné du téléphone. C'était le médecin légiste qui avait examiné Elina et qui pouvait déjà me dire une chose : Son corps portait à l'arrière des cuisses, sur le dos et sur les fesses des écorchures et des contusions survenues alors qu'elle était encore en vie, mais inconsciente. Le légiste et les techniciens du labo en avaient conclu que quelqu'un l'avait traînée dans la forêt jusque sous le sapin. On ne savait pas encore pourquoi elle avait perdu connaissance, mais on aurait les résultats des analyses demain matin.

Quand j'ai raccroché, j'ai été prise de nausées. Traînée dans la forêt… Il s'agissait donc au moins d'un homicide involontaire. Ou pire. Je me retrouvais peut-être encore une fois face à une affaire de meurtre beaucoup trop alambiquée, peuplée d'une foule de suspects épineux.

4

« Je suis absolument certaine que c'était avec son poète qu'Elina se promenait dans la forêt ce soir-là », a marmonné Milla Marttila au téléphone avant de bâiller à se décrocher la mâchoire. Il était un peu plus de neuf heures, en ce samedi 30 décembre, et mon appel l'avait réveillée. Elle avait travaillé jusqu'à quatre heures du matin et n'était apparemment pas seule chez elle car on entendait à l'arrière-plan un léger ronflement.

« Tu connais Joona Kirstilä ?

– Il vient de temps en temps au cabaret. Il n'en a sûrement pas parlé à Elina. Je le reconnaîtrais entre mille, petit et maigrichon comme il est, il avait l'air d'un nain à côté d'elle. Et il a cette éternelle écharpe rouge, pour que tout le monde comprenne qu'il est poète. Comme Edith Södergran.

– Hein ? Ah oui, elle pensait que les poètes auraient dû porter une cape rouge. Tu aimes ce qu'elle a écrit ?

– Une stripteaseuse ne peut bien sûr rien comprendre à la poésie, d'après toi. Et merde, j'ai sommeil. Je...

– J'aimerais te voir à treize heures au commissariat. J'ai besoin que tu témoignes officiellement avoir vu Elina avec Kirstilä le soir de sa... de sa disparition.

– Quoi ? À Espoo ? Et il crèche où, ce commissariat ? »

J'ai tenté de lui expliquer comment s'y rendre, mais elle a crié qu'elle allait forcément se perdre dans cette « foutue cambrousse », et j'ai donc promis de lui envoyer une voiture. Elle serait là en début d'après-midi, mieux valait prévoir d'interroger Kirstilä ensuite... J'avais rendez-vous avec Aira dans le hall, une heure plus tard, pour aller identifier Elina. En pensant à la morgue, j'ai de nouveau eu un haut-le-cœur. J'avais aussi une étrange migraine, et la fatigue m'enveloppait les yeux comme du coton mouillé. J'avais mal dormi, rêvant tour à tour d'Elina et de moi, et me voyant dans mes cauchemars chercher désespérément les toilettes du commissariat pour faire un test de grossesse. L'idée m'avait traversé l'esprit la veille au soir, tandis que je rentrais en voiture à la maison. Ç'aurait pu expliquer mon épuisement. J'avais examiné mon agenda – mes dernières règles remontaient effectivement déjà à six semaines. J'avais vérifié dans l'encyclopédie médicale et dans le mode d'emploi de mon stérilet : ce truc n'était pas sûr à cent pour cent.

À un moment ou à un autre de la journée, je devrais trouver le temps de passer acheter un test à la pharmacie.

J'essayais de ne pas y penser, ce n'était pour l'instant qu'une supposition. Je m'étais néanmoins abstenue la veille de boire mon habituelle bière du soir, malgré la soif que m'avait donnée la mort d'Elina. Il était pourtant presque plus facile de penser à un meurtre qu'à une éventuelle grossesse et à un enfant. Un meurtre était fait pour être élucidé et, une fois l'affaire terminée, il n'aurait plus aucune influence sur ma vie. Mais un enfant... il serait là pour des dizaines d'années.

Pertsa a ouvert la porte de mon bureau juste au moment où je composais le numéro de téléphone de Joona Kirstilä. Sans rien demander, il s'est écroulé sur mon canapé, juste sous ma collection de beaux gosses, et a posé les pieds sur la table.

« Alors comme ça, cette mort suspecte serait un meurtre ? Tu vas de nouveau pouvoir faire le boulot que tu préfères, Kallio. Avec en prime une horde de féministes enragées à interroger.

– Qu'est-ce qui te fait dire que j'aime enquêter sur des meurtres ?

– L'efficacité de tornade que tu déploies dans ces cas-là, à bosser jour et nuit au péril de ta vie. Mais cette fois, tu es déjà si pâle, avant même de commencer, que tu as intérêt à faire gaffe. Ce sont tes galipettes qui te fatiguent, ou quoi ?

– Tu pourrais fiche le camp, s'il te plaît, j'ai du pain sur la planche. Je dois commencer mes interrogatoires et aller à la morgue.

– Je sais, poupée. C'est moi ton numéro deux, aujourd'hui. »

Pertsa rayonnait d'une satisfaction écœurante, il savait que je n'aimais pas qu'il m'assiste. Dans notre brigade, créée depuis un an, l'habitude avait été prise de nommer pour chaque affaire un ou deux responsables qui géraient les auditions et les investigations de manière aussi autonome que possible. Tous assumaient tous les rôles, au besoin, et même Taskinen était parfois présent aux interrogatoires comme simple second. Il s'agissait non seulement de gommer les habituelles barrières hiérarchiques de la police, mais aussi d'éviter l'ennui inhérent à une répartition trop stricte des tâches.

« Je croyais que je devais bosser en tandem avec Pihko, il n'est pas de service aujourd'hui ?

– Il est parti en Laponie pour le nouvel an. Tu devras te contenter de ma pomme, ce week-end.

– OK, mais n'oublie pas que c'est moi qui commande. Tu fermes ta gueule. Je pose les questions. Tu n'as même pas besoin de mettre le magnéto en marche, il suffit que tu sois présent. Au fait, est-ce que tu connais quelqu'un dans la police de Karhumaa, ou d'Ii ?

– Je ne crois pas. Pourquoi ?

– Une des femmes mêlées à cette affaire est originaire de là-bas. Vérifie. Et débarrasse-moi le plancher, j'ai du travail. Tu veux venir à la morgue ? »

Une fugace expression de dégoût est passée sur le visage de Pertsa. Aucun d'entre nous n'aimait le spectacle des cadavres. On s'y habituait, certes, mais pas jusqu'à l'indifférence. Celui d'Elina Rosberg – chose rare – était au moins présentable, sans plaies sanglantes ni autres blessures.

« J'ai moi aussi deux ou trois trucs à faire. Appelle-moi quand tu auras besoin de moi en salle d'interrogatoire. »

Une fois Pertsa parti, au lieu de me saisir du téléphone, je suis restée engluée dans mes propres pensées. Était-il dangereux en début de grossesse d'avoir un stérilet encore en place ? Il me faudrait sans doute prendre rendez-vous chez le médecin dès que j'aurais le résultat du test. Je devais absolument faire un saut à la pharmacie entre les interrogatoires d'Aira et de Milla. Je manquais d'air, mais quand j'ai ouvert la fenêtre d'aération grande comme un timbre-poste, le froid m'a glacé les seins. Jamais ils n'avaient été aussi sensibles.

À ce moment, le téléphone a sonné. C'était le docteur Kervinen, le légiste ayant pratiqué l'autopsie d'Elina.

« Est-ce que tu sais si Rosberg prenait des antibiotiques au moment de sa disparition ?

– Oui. C'est d'ailleurs en voyant qu'elle les avait laissés dans sa salle de bains qu'Aira a conclu qu'il y avait un problème.

– Est-ce que tu te rappelles le nom du produit, ou au moins la maladie pour laquelle on les lui a prescrits ?

– Quelque chose avec de l'érythromycine, pour une inflammation des voies respiratoires. Elle avait une méchante toux.

– Ça correspond bien au tableau, j'ai effectivement trouvé de l'érythromycine dans son organisme et cette dernière entre dans des préparations utilisées pour soigner les bronchites, par exemple. Ce flacon de médicaments serait très utile, on y trouverait au moins le nom de son médecin traitant. Il a visiblement oublié de lui dire que l'érythromycine inhibe le métabolisme des benzodiazépines.

– Le métabolisme… Tu peux m'expliquer ? » Je connaissais le terme, bien sûr, mais je n'étais pas certaine de sa signification dans ce contexte.

« Elle retarde leur élimination et renforce leurs effets. Rosberg avait pris une forte dose de benzodiazépines ainsi que quelques verres d'alcool. Sous l'effet de ce mélange, elle est restée si longtemps inconsciente qu'elle est morte de froid. L'action conjuguée de ces médicaments n'est d'ailleurs pas très bien connue, je n'en ai moi-même entendu parler qu'il y a deux ans, à un congrès de pharmacologie. Il ne s'agissait d'ailleurs pas de décès, dans ce cas précis, juste d'un sommeil de quarante-huit heures. Mais en y associant le froid, le cocktail est létal. »

Je réfléchissais, le cerveau en ébullition. Des antibiotiques, des tranquillisants, de l'alcool… Elina était-elle morte par ignorance ? Mais pourquoi était-elle allée se promener dans la neige vêtue de sa seule chemise de nuit ?

« Avait-elle absorbé suffisamment d'alcool et de tranquillisants pour perdre conscience sous leur seul effet, sans les antibiotiques ? ai-je demandé à Kervinen.

– Peut-être brièvement, mais sans doute pas assez longtemps pour mourir de froid. C'est difficile à dire, les effets de l'alcool et des médicaments peuvent être extrêmement variables selon les individus. Il faut aussi tenir compte de la température ambiante. Il faisait très froid à Noël, et elle a disparu pendant la nuit, n'est-ce pas ?

– En effet. » L'affaire semblait de plus en plus étrange. Quelqu'un avait-il décidé de plonger Elina dans un sommeil plus profond que d'habitude sans savoir qu'elle prenait des antibiotiques ?

« Écoute. Je dois venir pour l'identification dans une demi-heure, avec la tante de Rosberg, je lui poserai la question à propos des médicaments et du médecin. Mais ne lui révèle pas encore la cause exacte de la mort, parce que…

– Elle est suspecte ? » a réagi Kervinen avec autant d'enthousiasme que s'il avait lu un polar. C'était sa façon de supporter son travail, il se distanciait des cas qui lui étaient soumis et considérait les morts comme des énigmes passionnantes, sans lien avec les vivants qu'ils avaient été. Contrairement à beaucoup de ses confrères, il ne cultivait pas les plaisanteries de carabin et ne cherchait pas à vous choquer par la crudité de ses propos. Il semblait juste trouver amusant de jouer les apprentis détectives.

« On peut dire ça. Dis-moi, est-ce que je peux te poser une question personnelle ? Y a-t-il un danger à être enceinte quand on porte un stérilet ? »

J'ai entendu à l'autre bout du fil un toussotement gêné.

« Je suis légiste, pas gynécologue. Attends un peu… Tu devrais voir un médecin. Enfin je veux dire… » Il a eu un rire plutôt embarrassé et je me suis demandé s'il avait des enfants, ou si tout ce qui touchait à la grossesse et à l'accouchement lui avait toujours été étranger, et s'il avait axé toute son énergie professionnelle sur les morts plus que sur les vivants.

« Oui, bien sûr. À tout à l'heure. Je dois aller accueillir Aira Rosberg. »

Je suis d'abord allée garer une voiture devant le commissariat. Dans le hall, la tante d'Elina m'attendait en compagnie de Johanna Säntti. À côté de la silhouette desséchée de celle-ci, Aira semblait grande et large d'épaules, mais son visage exprimait le même chagrin immobile et vide. Elle portait la fourrure d'astrakan que j'avais vue dans le petit vestibule de Rosberga, avec une toque assortie, enfoncée jusqu'aux yeux. Le visage de Johanna semblait étrangement lisse, entouré d'un foulard à motifs noirs et gris surmontant un manteau sombre coupé comme un sac.

« J'ai amené Johanna. Elle voudrait parler à la police, a expliqué Aira.

– Tu peux nous attendre ici, nous n'en avons pas pour longtemps. À moins que tu préfères nous accompagner et patienter là-bas ? » J'en avais assez que d'autres parlent tout le temps pour elle, d'abord Elina, et maintenant Aira. Pour son audition, elle devrait en tout cas s'exprimer toute seule.

« Je vais venir avec vous. » Sa voix était toujours aussi irritante, ténue et nerveuse, mais elle avait au moins ouvert la bouche. Je les ai conduites à la voiture, et elles sont toutes deux montées à l'arrière. Nous avons pris, dans le crépuscule, la direction de l'autoroute de Turku, puis de l'institut médico-légal de l'hôpital de Helsinki.

« Ce n'est qu'une formalité, nous savons que c'est Elina », ai-je dit en chemin, plus ou moins à la cantonade, d'une voix qui se voulait calme et réconfortante. Il bruinait de nouveau, la radio avait annoncé pour le sud de la Finlande une longue période de températures positives qui ferait probablement fondre toute la neige tombée en décembre. Une camionnette arrivant en sens inverse a projeté sur mon pare-brise un tel paquet de boue provenant des ornières de la route que pendant quelques secondes je n'ai plus rien vu, jusqu'à ce que j'aie enfin le réflexe de mettre les essuie-glaces. Le coupable dépassait d'au moins trente kilomètres-heure la vitesse autorisée, mais je n'avais pas le courage de m'en soucier.

« Ne t'inquiète pas. J'étais au chevet de mes parents, puis de ceux d'Elina, quand ils sont morts. » Il y avait une pointe d'humour sec dans la réplique d'Aira Rosberg. « Je suis infirmière, j'ai pris ma retraite deux ans avant l'ouverture du centre de thérapie de Rosberga. Avant ça, j'ai travaillé plusieurs années dans une maison de retraite. Mais tu ne nous as pas dit de quoi elle était morte. Le corps est très abîmé ?

– Non. » Mes joues me brûlaient, aussi bien de honte que de colère. Aira Rosberg prenait le contre-pied de toutes mes tentatives de lui offrir ma sympathie. Très bien, je n'essaierais plus. Nous avons laissé Johanna dans la salle d'attente de l'hôpital. Elle s'est assise dans un coin de canapé, le dos droit, les jambes serrées, comme une petite fille à qui on a ordonné d'être sage pendant que maman fait une course. Comment une femme en apparence aussi dénuée de volonté avait-elle pu élever dix enfants ? J'ai signalé notre présence à l'accueil et Kervinen est venu à notre rencontre à la porte de la salle d'identification. L'infirmière qui nous a fait entrer est restée sur le seuil, comme prête à se précipiter à l'aide si la personne venue identifier le corps tombait évanouie ou victime d'une crise d'hystérie.

L'identification est un rituel étrange, une sorte de danse sacrée autour d'un brancard recouvert d'un drap blanc. Nous nous sommes approchés, on a écarté un instant le linceul. J'ai regardé encore une fois le visage irradiant de froid d'Elina avant de lever les yeux vers Aira, qui a hoché la tête.

« Morte de froid », a-t-elle constaté d'une voix douce. J'ai acquiescé, puis je l'ai invitée à signer les papiers nécessaires et je l'ai questionnée à propos des antibiotiques. Elle se rappelait parfaitement le nom du produit, comme celui du médecin qui l'avait prescrit.

« Si tu veux bien patienter un instant avec Johanna dans la salle d'attente, j'arrive tout de suite. » Aira s'est dirigée vers la porte de la salle d'identification et l'infirmière s'est approchée d'elle, apparemment pour lui demander si ça allait. Je n'ai pas entendu sa réponse, mais je les ai vues s'éloigner ensemble dans le couloir encadré de néons. Ce n'est qu'à ce moment que j'ai remarqué l'odeur de désinfectant à laquelle se mêlait le parfum fleuri, curieusement féminin, de l'après-rasage de Kervinen.

« L'acistrate d'érythromycine colle parfaitement avec ma théorie. Il a amplifié les effets de l'alcool et des benzodiazépines. Si on l'avait trouvée dans son lit, on aurait pu imaginer qu'elle ait simplement voulu s'assurer un sommeil tranquille en doublant les doses. On peut bien sûr aussi envisager un suicide. Mais comment expliquer ces écorchures dans le dos ? Elles étaient toutes fraîches, provoquées après qu'elle a perdu conscience mais avant qu'elle soit morte, car certaines ont saigné.

– Est-ce qu'elle aurait pu se traîner sur le sol ? Est-ce que les médicaments peuvent avoir provoqué une paralysie, par exemple, ou...

– Ni l'un ni l'autre. Je vais encore examiner ses chevilles de plus près, elles nous donneront peut-être une réponse.

– Comment ça ?

– Je vais voir s'il y a des dépressions ou des modifications tissulaires qui prouveraient que quelqu'un l'a traînée sous cet arbre ou je ne sais où. Est-ce qu'il y avait des traces sur le sol, là où on l'a trouvée ?

– La pluie avait tellement ramolli la neige que c'était impossible à dire. Montre-moi son dos. »

Kervinen manipulait sans états d'âme la chair morte. J'ai essayé de ne pas regarder les entailles grossièrement recousues des instruments de dissection. En comparaison, les égratignures qu'avait Elina dans le dos semblaient ridiculement petites, presque insignifiantes. J'attendais de savoir ce que sa robe de chambre et sa chemise de nuit nous apprendraient, sans doute étaient-elles aussi déchirées à cet endroit, si on l'avait traînée dans la forêt.

« Pour le reste, elle était en forme et en bonne santé. Elle ne fumait apparemment pas, ne buvait pas non plus beaucoup et entretenait ses muscles… Il y a quand même un truc bizarre, a dit Kervinen alors que je me dirigeais déjà vers la porte. Je n'ai rien trouvé dans son dossier qui explique l'état de son orifice utérin. Ni intervention chirurgicale ni rien de ce genre.

– Son orifice utérin ? Je ne te suis pas.

– D'après ses papiers, Rosberg n'a jamais eu d'enfant. Comme tu le sais peut-être, l'entrée du col de l'utérus d'une nullipare est petite et ronde, mais la sienne est élargie comme celle d'une femme ayant accouché.

– Tu veux dire qu'elle aurait eu un enfant ? »

Le regard de Kervinen a erré dans la pièce, fuyant le mien, comme déconcerté.

« Comme je te l'ai déjà fait remarquer, je ne suis pas gynécologue. Cet élargissement peut avoir une autre cause, peut-être une opération gynécologique. Si tu penses que c'est important, je vais demander à un spécialiste de regarder.

– Je ne sais pas si c'est important ou non, mais oui, s'il te plaît. Il s'agit peut-être d'une fausse couche.

– Même dans ce cas, ce devrait être dans son dossier. » Je serais bien restée à spéculer avec Kervinen, mais Aira et Johanna m'attendaient. L'irréelle lumière froide des couloirs d'hôpital a balayé de mon esprit l'idée qui l'avait un instant effleuré. Elina ne pouvait pas avoir d'enfant. Sa fiche d'état civil l'aurait forcément indiqué. Et pourquoi Kervinen était-il si évasif, comme s'il avait honte d'aborder le sujet de la grossesse. En général, les médecins que je connaissais en parlaient soit avec un froid détachement clinique, soit avec une décontraction appuyée ; il était le premier que j'aie jamais vu embarrassé.

Aira était assise dans le hall, seule, le regard perdu dans le vide. Je me suis assise à ses côtés, tentant sans succès de lire en elle des signes d'émotion.

« Johanna est aux toilettes ?

– Johanna ? » Elle a prononcé son nom comme s'il ne signifiait rien pour elle. « Ah oui, Johanna... elle n'était pas là quand je suis revenue. »

Aira n'était finalement pas aussi forte qu'elle essayait de le faire croire, elle était complètement déboussolée. Et où donc était passée Johanna ? Je voulais retourner à mon bureau, mettre les interrogatoires en route, m'en tenir au planning serré de la journée. Mais je ne pouvais pas l'abandonner, elle n'était pas d'ici et ne retrouverait sans doute pas seule le chemin du commissariat d'Espoo, à Nihtisilta.

« Attends-moi là, je vais voir. » J'ai appelé en vain Johanna dans les plus proches toilettes des femmes, et dans les suivantes. Merde. Il y avait une cafétéria quelque part, peut-être y était-elle allée. Je pensais me rappeler où elle se trouvait, mais après avoir erré cinq minutes j'ai dû admettre que j'étais totalement perdue. J'ai demandé mon chemin à une aide-soignante, soulagée, vu son air amusé, de ne pas être obligée de porter l'uniforme. Le spectacle d'une inspectrice principale de la police judiciaire égarée dans un hôpital avait quelque chose de tristement comique. J'avais aussi horreur de devoir m'en remettre à d'autres, d'avouer mon ignorance alors que je prétendais tout maîtriser. Quand j'ai enfin tourné le coin du couloir menant à la cafétéria, j'ai vu Johanna, à l'entrée, qui fixait un tableau accroché au mur. Je me suis approchée en silence, sans qu'elle semble me remarquer. Le tableau, peint dans un style résolument naïf, représentait une joyeuse ribambelle d'enfants égaillée dans une prairie fleurie. Johanna avait le visage baigné de larmes, même le col de son manteau gris en était trempé. Quand j'ai posé la main sur son épaule, elle n'a pas réagi. Ce n'est qu'en entendant ma voix qu'elle a sursauté.

« Il est temps d'y aller. Joli tableau. »

Joli tableau. Quel commentaire stupide. Pourquoi ne savais-je pas comment me comporter face au chagrin des autres, pourquoi n'étais-je pas capable de dire avec naturel à quel point j'étais désolée, pourquoi ne trouvais-je jamais de paroles de consolation ? Je savais y faire avec les criminels endurcis ou les délinquants en col blanc, que je réussissais en général à faire parler. Mais la douleur me rendait muette et gauche, me faisait perdre tous mes moyens, fuir au lieu de tendre la main.

Heureusement, Johanna m'a docilement suivie dans les couloirs. Elle était visiblement habituée à obéir aux ordres. Aira, au moins, n'avait pas bougé, et nous sommes montées en voiture sous la pluie pour retourner au commissariat, aussi silencieuses qu'à l'aller.

À l'arrivée, j'ai demandé à Johanna si elle voulait être entendue en premier, après avoir déjà dû patienter à l'institut médico-légal.

« Attendre ne me dérange pas », a-t-elle dit d'une petite voix, avant d'ajouter un peu plus fort, d'un ton presque tranchant : « Je trouve ça plutôt agréable, de pouvoir rester assise à ne rien faire. »

L'hôtel de police d'Espoo avait beau être neuf, les salles d'interrogatoire n'étaient comme d'habitude que des placards sinistres, aux teintes claires et aseptisées. Heureusement, les chaises étaient confortables. En attendant Pertsa, j'ai vérifié les micros du magnétophone et proposé du café à Aira. J'avais l'estomac tenaillé par une faim qui n'a fait qu'empirer quand Ström est arrivé en avalant à la hâte la dernière bouchée d'un petit pâté en croûte. Mais Aira ne souhaitait qu'un verre d'eau. Après avoir dicté la date de l'interrogatoire, je lui ai demandé de décliner son identité.

« Aira Elina Rosberg, née le 2 février 1925. Infirmière retraitée. Célibataire. » On aurait dit que débiter ces informations officielles dans le micro l'amusait presque.

« C'est donc de toi qu'Elina tient son prénom ?

– Il est courant dans la famille de ma mère et je suis... j'étais... sa marraine. » Une faille est enfin venue troubler le ton égal d'Aira.

« Il faut un peu de temps pour s'habituer à parler au passé, a-t-elle poursuivi.

– Sais-tu qui va hériter des biens d'Elina ? Avait-elle fait un testament ?

– Je crois, oui. Il faudrait demander à l'avocat de la famille, Juha Saario. Du cabinet juridique Saario et Ståhlberg, il est dans l'annuaire. » Elle parlait comme si elle avait eu l'esprit totalement ailleurs.

J'ai noté le nom du cabinet d'avocats et passé une nouvelle fois en revue les événements de la soirée du 26, sur lesquels Aira n'avait rien de neuf à dire. Au bout d'une demi-heure de conversation, elle est comme sortie de sa torpeur et m'a interrompue en ouvrant son sac à main.

« Écoute-moi bien, Maria. Quand Elina a disparu, on n'a trouvé aucun message d'elle. Mais ce matin j'ai découvert ceci dans mon sac. » Elle a sorti une enveloppe blanche sur laquelle il était écrit « Aira » au stylo à bille bleu. Je me suis penchée pour la prendre, mais elle a continué, la gardant fermement serrée dans sa main :

« Je n'utilise ce sac que quand je sors. Je n'ai pas quitté Rosberga depuis Noël, je n'avais prévu d'aller faire les courses qu'aujourd'hui. C'est pour ça qu'il m'a fallu si longtemps pour trouver cette lettre. Regarde ! »

Cette fois, elle m'a tendu l'enveloppe. À l'intérieur, il y avait un message manuscrit, disant juste :

Chère Aira. Après tout ce que j'ai entendu,
je ne peux pas continuer comme ça.
Je suis désolée des tracas que je pourrais causer.
Elina.

Ça ressemblait à une lettre de suicide.

J'ai relu le texte. « Après tout ce que j'ai entendu. » Qu'avait-elle donc appris, et quel genre d'informations pouvaient pousser au suicide une femme comme elle ? J'ai repensé à Joona Kirstilä, dont aussi bien Aira que Milla avaient affirmé qu'il était avec Elina ce soir-là. Aurait-elle pu se tuer parce qu'il lui avait annoncé vouloir la quitter ? J'avais du mal à croire à un tel scénario.

« Qu'est-ce que ça signifie, à ton avis ? Tu penses que c'est une lettre d'adieu ? Qu'avait-elle entendu ? Elle en parle comme si elle était certaine que tu étais au courant. »

Aira a secoué la tête d'un geste las.

« Joona...

– Il avait l'intention de la quitter ? » Pertsa, dont j'avais totalement oublié la présence, a poussé un grognement réprobateur, et je me suis rendu compte que je soufflais ses réponses à Aira. Celle-ci a hoché le menton d'un air embarrassé.

« Tu as donc encore croisé Elina après sa promenade ?

– Je t'ai déjà dit que non ! Mais nous en avions parlé avant Noël.

– Ça expliquerait qu'elle ait pu être déprimée ! Pourquoi ne l'as-tu pas dit tout de suite ?

– Je ne voulais pas accuser Joona. » Sa voix était vide et triste, puis ses larmes ont jailli, telle l'eau d'un robinet soudain ouvert en grand. Je suis restée à la regarder, assise derrière ma table, tandis que Pertsa, lui aussi vissé à son siège, fixait le plancher. Aira a eu le temps de sangloter deux ou trois minutes avant que j'aie la présence d'esprit de lui demander si elle voulait quelque chose, un kleenex ou un verre d'eau, par exemple. Elle a secoué la tête et sorti son mouchoir de son sac à main.

« Je suis désolée, vraiment désolée », a-t-elle répété mécaniquement en s'essuyant les yeux. J'ai marmonné quelques vagues paroles de réconfort, Pertsa s'est brusquement levé en déclarant qu'il allait chercher de l'eau. C'est à ce moment que j'ai enfin pensé à couper le magnétophone. J'ai détourné mon regard d'Aira tandis qu'elle s'efforçait de se calmer. Elle ne se sentait visiblement pas en état de répondre à d'autres questions, si ce n'était pas absolument indispensable.

« Quelqu'un pourra raccompagner Johanna à Rosberga, si tu veux rentrer sans l'attendre, ai-je proposé.

– Je vais peut-être plutôt aller me promener un peu, je préfère ne pas prendre le volant dans cet état. » Malgré ses mains tremblantes, Aira a bu en deux gorgées rapides l'eau apportée par Pertsa. J'ai envoyé ce dernier chercher Johanna. Dans le couloir, les deux femmes ont échangé quelques mots et se sont mises d'accord sur leur retour à Rosberga. J'ai jeté un coup d'œil à ma montre. Presque midi, et Milla serait là à une heure. Je n'aurais jamais le temps de déjeuner avant son arrivée, sans parler de passer à la pharmacie. Zut !

Johanna avait ôté son manteau et son foulard. La robe de laine grise qu'elle portait dessous était d'une coupe si surannée qu'elle ne tarderait pas à revenir à la mode. Quelques boucles tentaient de s'échapper de son chignon noué moins serré qu'auparavant. J'avais entendu dire que les grossesses et l'allaitement avaient tendance à rendre plus raides les cheveux naturellement frisés, mais neuf enfants n'avaient pas réussi à venir à bout des siens.

J'ai commencé comme toujours par lui demander son identité. Sa date de naissance m'a fait m'étrangler : elle n'avait qu'un an et demi de plus que moi.

« Tu as eu ton premier enfant à dix-huit ans ? me suis-je exclamée malgré moi.

– Je venais d'en avoir dix-neuf. Leevi et moi nous sommes mariés deux semaines après que j'avais passé le bac. Johannes est né en mars de l'année suivante.

– Est-ce que tu as été en contact avec tes enfants, depuis Noël ? »

Pendant un instant, la joie a brillé dans ses yeux, illuminant son visage et gommant ses rides.

« Anna, ma fille aînée, m'a téléphoné hier. Elle s'était sauvée pour appeler de la cabine publique du village. Elle a dit que je leur manquais à tous, sauf bien sûr à Johannes, il n'écoute que son père... » Le visage trop tôt vieilli de Johanna s'est de nouveau douloureusement fermé, mais sa voix est restée chaude et ferme.

« Anna est une gentille fille. Elle n'a que treize ans, mais elle est très indépendante. La pauvre a dû s'occuper avec moi des plus jeunes et de la maison, et beaucoup de choses sont maintenant à sa charge, la mère de Leevi ne peut pas tout faire. »

Pertsa remuait nerveusement les pieds, il trouvait bien sûr ces bavardages sans aucun intérêt. Mais je voulais que Johanna se détende avant de parler d'Elina. Et l'histoire de sa vie m'intéressait. Je ne comprenais pas comment un homme pouvait calmement dire que si son épouse, mère de neuf enfants, mourait en couches, c'était la volonté de Dieu. Ce genre de choses pouvaient peut-être se produire ailleurs, dans des pays lointains où les femmes se promenaient voilées et ne disposaient même pas de leur propre corps, mais pas ici, dans la Finlande des années quatre-vingt-dix.

« Pourquoi es-tu venue à Rosberga ? Tu connaissais Elina ?

– Et où aurais-je fait la connaissance de quelqu'un comme elle ? J'ai accouché de Maria à Helsinki, à la Clinique gynécologique, parce que c'était déjà une grossesse à risque. J'y ai lu un magazine où il y avait une interview d'Elina. Et un soir, j'ai regardé la télévision », Johanna a rougi comme si elle avouait une faute et je me suis rappelé que pour les laestadiens les plus stricts, regarder la télévision était effectivement un péché. « Il y avait un débat auquel Elina participait. Elle était si… si calme et rassurante, et elle a dit que toute femme était en droit de décider de ce qui concernait son propre corps… »

Pertsa s'est ébroué dans son coin. Il ne tarderait sans doute pas à me conseiller d'en venir aux faits.

« C'est elle qui m'a donné le courage d'interrompre ma grossesse. Je me suis procuré son numéro de téléphone et je lui ai demandé conseil. Elle m'a dit que j'étais la bienvenue à Rosberga si j'avais besoin de me reposer après l'opération. » Johanna évitait de toute évidence le mot d'avortement. Pertsa se raclait maintenant la gorge avec impatience.

« Tu es allée à Rosberga tout de suite après ton avortement ? » J'ai fait une grimace à Pertsa qui avait ouvert la bouche, mais l'a refermée en voyant ma mimique se faire de plus en plus agressive.

« Non. Je suis rentrée chez moi. Mais Leevi savait ce que j'avais fait et il m'a frappée… Assez violemment. Et il a dit aux enfants que leur mère était une meurtrière. » Tandis que Johanna luttait contre les larmes, je sentais de nouveau monter ma colère. J'avais les dents si serrées que je les ai entendues grincer. C'est pourtant Pertsa qui a réagi le premier :

« J'espère que vous avez porté plainte pour coups et blessures ? »

La question a tellement surpris Johanna qu'elle a ravalé ses sanglots.

« J'avais commis un péché. Il était normal qu'il me punisse.

– Merde ! Vous êtes musulmane, ou quoi ! » a hurlé Pertsa, et Johanna s'est rencognée sur sa chaise, les yeux rivés au sol.

« Madame Säntti est laestadienne. Son mari est prédicateur. » J'espérais que Pertsa saurait lire dans ma réplique l'ordre de fermer sa gueule. Je me suis aperçue en même temps que j'agissais exactement comme Elina et Aira, je parlais pour Johanna. Ça m'a rendue furieuse. Je voulais lui apprendre à se battre, pas la faire taire.

« C'est après qu'il t'a frappée que tu es allée à Rosberga ?

– Leevi m'a chassée. Il m'a donné de quoi m'acheter un billet de train. Mes économies sur l'argent du ménage étaient passées dans mon séjour à l'hôpital. »

Je n'en croyais pas mes oreilles. Des économies sur l'argent du ménage ? Johanna devait pourtant toucher plusieurs milliers de marks d'allocations familiales pour ses neuf enfants, où allaient-ils donc ? Sur le compte de Leevi Säntti ?

« Elina est venue me chercher en voiture à la gare. Elle m'a dit de ne pas m'inquiéter, qu'ensemble nous récupérerions les enfants. Et elle aurait réussi, elle savait à qui s'adresser. C'est pour ça que Leevi l'a tuée.

– Quoi ?! » Je ne sais pas qui avait crié le plus fort, de Pertsa ou moi.

« Il lui a dit au téléphone que Dieu la punirait pour m'avoir poussée à commettre un infanticide et à tenter d'enlever les enfants à leur père. Et il se prend pour l'instrument de Dieu. C'est lui qui a tué Elina. J'en suis convaincue. »

5

Une fois Johanna enfin partie, j'ai échangé avec Pertsa un long regard perplexe. Elle avait plusieurs fois redit que Leevi Säntti était le meurtrier. Elle avait même assuré que c'était avec lui qu'Elina s'était promenée le soir de sa disparition, et non avec Joona Kirstilä. Elle ne disposait cependant d'aucune véritable preuve pour étayer ses soupçons, qui semblaient plus proches d'un souhait que de la réalité. Si son mari avait commis un meurtre, elle obtiendrait la garde des enfants.

Les enfants… Troublée par l'épisode de la lettre de suicide, j'avais oublié de demander à Aira Rosberg si Elina avait un jour été enceinte ou si elle avait subi une opération gynécologique qui, pour une raison ou une autre, n'apparaissait pas dans son dossier médical. Il faudrait que j'y pense.

« Allons bouffer », a finalement dit Pertsa. J'ai regardé ma montre. Une heure moins cinq.

« On n'a pas le temps. Marttila sera là dans quelques minutes.

– Elle peut attendre, merde ! On entend ton estomac gargouiller à cinq mètres. »

J'étais presque prête à céder quand le téléphone a sonné. C'était Haikala, qui appelait de la voiture de patrouille envoyée pour chercher Milla Marttila. Celle-ci n'était pas chez elle, ou n'avait en tout cas pas ouvert la porte et ne répondait pas au téléphone.

« Qu'est-ce qu'on fait ? a ronchonné Haikala, qui ne voyait de toute façon pas l'utilité de se déplacer pour autre chose qu'une arrestation.

– Il y a un gardien ?

– Il y a un bout de papier au mur avec un numéro à appeler en cas de besoin. Mais on n'a pas de mandat.

– Non, bien sûr. Mais… attendez encore un peu. Vous aviez rendez-vous avec Marttila à moins vingt, non ? Elle est peut-être juste sortie faire une course. »

Le creux, dans mon estomac, n'était plus uniquement dû à la faim. Après Elina, voilà que Milla avait disparu. À moins qu'elle n'ait pris la clef des champs ? Si elle avait tué Elina et l'avait traînée à travers la forêt avant de faire du stop, elle avait peut-être préféré fuir.

Ou attenté à sa propre vie.

« Je ne vais pas rester à poireauter là, en tout cas, a grogné Pertsa. Si cette nénette a fichu le camp, quelle importance ? À moins que ce ne soit ta principale suspecte ?

– Non. En tout cas pas pour l'instant. Elle est surtout témoin des faits et gestes de l'amant de Rosberg.

– Occupe-toi de lui, alors. Allez, viens, on va déjeuner. Prends ton bipeur.

– Non, je vais aller à l'appartement de Milla. » Je pensais avoir largement le temps de passer en chemin dans une pharmacie. Pertsa a haussé les épaules et est parti de son côté. J'ai pris mon portable et, au volant de ma Fiat, je suis allée pour commencer à la pharmacie de Tapiola. J'avais l'impression que tous les clients de l'officine me fixaient quand j'ai choisi et payé à la caisse du libre-service le test de grossesse présenté comme le plus fiable. J'avais une envie folle de rentrer immédiatement à la maison pour en avoir le cœur net, mais j'ai malgré tout pris la direction de la Rocade n° 1 et de Helsinki. Alors que j'étais arrêtée à un feu rouge, au carrefour d'Otaniemi, Haikala m'a rappelée.

« Toujours aucune nouvelle de cette fille. Et puis… je n'en suis pas sûr, mais j'ai l'impression que ça sent le gaz derrière sa porte.

– Merde ! Trouve ce gardien, j'arrive ! »

Je n'avais hélas pas de sirène dans ma voiture. Mais j'ai traversé les îles de Lehtisaari et Kuusisaari à vingt kilomètres-heure de plus que la vitesse autorisée et tourné dans la rue Pacius, à Munkkiniemi, à l'orange bien mûr. Il tombait de nouveau un mélange de neige et de pluie et je me suis trouvée bloquée derrière un chasse-neige. Je l'ai froidement contourné en empruntant les rails du tramway, malgré tout consciente que me hâter n'y changerait rien. Si Milla avait décidé de se mettre la tête dans le four, que pouvais-je y faire ?

La voiture de patrouille était garée devant un vieil immeuble crépi de jaune. Il n'y avait en tout cas pas encore d'ambulance à ses côtés. J'ai laissé ma Fiat sur le trottoir et couru à l'intérieur. Quelque part dans les étages résonnait un vacarme confus. L'ascenseur étant occupé, je suis montée quatre à quatre par l'escalier jusqu'au troisième. Là, j'ai été stoppée dans mon élan par des dos en uniforme bleu. Les agents Haikala et Akkila observaient avec intérêt le gardien de l'immeuble qui, les mains tremblantes et couvert d'une transpiration puant la bière, essayait d'ouvrir avec son passe-partout la porte de l'appartement de Milla Marttila. L'homme avait visiblement une gueule de bois carabinée, l'amplitude de son tremblement atteignait dix centimètres. Puis Akkila m'a remarquée et, comme piqué par un aiguillon, a pris la clef des mains du gardien.

« Laissez-moi faire. »

La serrure s'est aussitôt ouverte et une âcre odeur de gaz s'est échappée de l'appartement, me frappant en plein ventre telle une boule de neige qui se serait aussitôt transformée en sueur froide. Mais la chaîne de sécurité de la porte m'interdisait encore de me précipiter vers Milla. Tout en hurlant son nom, j'ai tenté en vain de me faufiler dans les vingt centimètres d'entrebâillement. Puis je me suis arrêtée, l'oreille aux aguets : entendait-on comme un vague bruit d'eau ?

« Vous avez des pinces coupantes ? a demandé Akkila au gardien, qui n'a visiblement pas tout de suite compris la question.

– Ma trousse à outils est restée chez moi, a-t-il enfin grogné.

– Je peux essayer », est intervenu Haikala. Depuis un peu plus d'un an qu'il nous avait rejoints, tout droit sorti de l'école de police, avec ses allures de décathlonien, je savais qu'il pratiquait divers sports de combat, dont le karaté et le kick-boxing, et je me suis écartée. Il s'est placé en position de combat devant la chaîne de sécurité.

« Je vais voir si je peux arracher les vis d'un coup de pied », a-t-il dit, déjà en plein élan.

Mais Milla a été plus rapide. Elle a brusquement ôté la chaîne et ouvert à l'instant même où Haikala bondissait jambe tendue. La porte l'a heurté et fait tomber sur le gardien, qui s'est écroulé en hurlant de douleur, le flanc gauche entaillé par les débris de la bouteille de bière qu'il avait glissée par précaution dans sa poche de poitrine. Akkila et moi avions heureusement eu le temps de nous jeter de côté.

« Qu'est-ce que c'est que ce bordel ? » Milla sortait de sa douche, à en croire la serviette enroulée autour de sa tête et le peignoir en dentelle rouge vif qui lui couvrait à peine les fesses.

Sans maquillage, son visage rond avait une douceur enfantine, mais l'expression de ses yeux était indéchiffrable.

J'ai entrepris de lui expliquer la situation pendant que Haikala se relevait et examinait avec Akkila les blessures du gardien. Quand j'en suis arrivée au gaz, Milla a crié :

« Asikainen, bordel ! » Puis elle s'est ruée à l'intérieur.

Je l'ai suivie dans le vestibule obscur. La cuisine se trouvait quelque part au bout du couloir où l'odeur de gaz se faisait plus pénétrante.

« Cet ahuri de culturiste s'est fait du porridge, ce matin, et il a laissé le gaz ouvert. Putain ! Heureusement que je n'ai pas eu le temps d'allumer ma première clope. » Elle a coupé le gaz d'une main et ouvert la fenêtre de l'autre.

« Quel Asikainen ?

– Personne, il a juste passé la nuit ici. Qu'est-ce que vous fichez là à cette heure-ci, je ne devais être à Espoo qu'à quinze heures, non ?

– Treize. Et tu n'as entendu ni la porte ni le téléphone ?

– J'ai mis le téléphone sur silencieux après ton coup de fil pour qu'aucun autre imbécile ne me réveille. Merde, je travaille jusqu'à quatre heures du mat', il faut être cinglé pour m'appeler à neuf heures.

– La sonnette de la porte aussi était débranchée ?

– Je n'ouvre pas aux inconnus, il y a trop de Témoins de Jéhovah et autres violeurs dans le coin. En plus j'étais sous la douche. »

J'étais certaine que Milla avait organisé tout ce micmac exprès, mais je n'avais pas le courage d'argumenter. Je pouvais la questionner sur place, après tout, j'avais sous la main des fonctionnaires de police. Je pourrais ensuite passer prendre Kirstilä pour le conduire au commissariat.

Les deux agents avaient traîné dans l'appartement le gardien ensanglanté qui s'était aussi salement cogné la tête en tombant. Pauvre type. J'ai demandé à Akkila de le conduire aux urgences.

« Merde, je ne suis pas ambulancier », a-t-il grommelé en fixant d'un regard plein d'espoir la tenue légère de Milla. Haikala, en revanche, n'a pas protesté quand je lui ai proposé de me servir de témoin pour l'interrogatoire, histoire de gagner du temps.

« Habille-toi tranquillement, Milla, rien ne presse. » J'ai appelé Joona Kirstilä et convenu de venir le chercher dans une paire d'heures. J'espérais que lui au moins ne prendrait pas la poudre d'escampette. Sa voix était pitoyable, il était presque en pleurs, et pendant un instant j'ai appréhendé notre rendez-vous.

Milla n'avait pas fait un geste pour aller se vêtir. Elle jouissait visiblement de l'embarras de Haikala qui ne savait pas où poser les yeux. Son corps tout en rondeurs et en douceur, qui ressemblait plus à celui de la Marilyn Monroe de l'époque de *Certains l'aiment chaud* qu'à l'idéal actuel de la femme mince et bodybuildée, débordait généreusement de son minipeignoir en dentelle tandis qu'elle s'affairait dans la cuisine à mettre la cafetière électrique en route et à sortir un paquet de céréales du placard.

« Je n'ai pas eu le temps de petit-déjeuner. Vous voulez quelque chose ? » L'odeur de gaz incrustée dans la cuisine me donnait de nouveau la nausée, mais je savais qu'avec l'estomac vide, boire du café ne ferait qu'aggraver les choses. Et je ne pouvais quand même pas me mettre à manger des céréales. Pendant un instant, j'ai songé à tout reporter à plus tard, mais il me semblait important de parler avec Milla avant d'entendre Joona Kirstilä. Le logement, qui avait à l'évidence été pris sur l'appartement voisin, se composait d'une chambre de bonne et d'une cuisine. Celle-ci servait aussi de séjour car elle était meublée, en plus d'une petite table et de deux chaises, d'un buffet surmonté d'une télévision, d'un fauteuil et d'un canapé défoncé. Haikala s'y est laissé tomber et a mis le magnéto en marche. Je me suis assise à la table, face à Milla, et j'ai essayé de placer le micro de manière à ce qu'il enregistre correctement nos deux voix.

« Milla Susanna Marttila, née le 8 novembre 1975, danseuse érotique. » Milla a glissé cette dernière information d'une voix provocante, comme pour les seules oreilles de Haikala, mais l'énorme cuillerée de céréales qu'elle a engloutie est venue casser son image de séductrice.

« Depuis quand connaissais-tu Elina Rosberg ? ai-je demandé sans prendre la peine de passer à un vouvoiement plus formel, vu que je tutoyais depuis le début toutes les femmes de Rosberga à l'exception de Tarja Kivimäki.

– Depuis ce stage d'autodéfense intellectuelle où tu es venue parler.

– Pourquoi t'y étais-tu inscrite ? »

Ça n'avait en réalité rien à voir avec l'affaire, mais j'étais curieuse.

Milla a jeté un coup d'œil à Haikala. « Je ne me rendais sans doute pas compte qu'il s'agissait d'un stage intellectuel. Je ne pensais qu'à l'autodéfense, avec tous ces types qui me collent aux basques après le boulot. »

Plus un mot du viol dont elle avait alors parlé. Et zut ! Elle jouait de toute évidence pour les beaux yeux de Haikala le rôle de la stripteaseuse à la redresse, et s'y tenir était plus important pour elle que de répondre à mes questions.

« J'ai cru comprendre, à ce stage d'autodéfense, que tu ne te plaisais pas beaucoup à Rosberga. Mais, d'après Aira, tu y as ensuite plus ou moins habité. Pourquoi es-tu restée ? »

Milla a avalé une bouchée de céréales et m'a jeté un regard noir.

« Quel rapport avec la mort d'Elina ?

– Au moins le fait que tu étais en contact étroit avec elle. Nous n'avons pas encore pu exclure, par exemple, la possibilité d'un suicide. Pendant ton séjour au manoir, tu as peut-être remarqué un changement dans son comportement, ou dans celui de ses proches. »

Mon estomac en a profité pour faire entendre un gargouillis si furieux que même le magnéto a dû l'enregistrer. Milla a poussé le paquet de céréales dans ma direction. J'ai secoué la tête, pourtant tentée, pour une fois, par ces pétales chocolatés censés d'après la publicité vous donner une force de tigre. Elle a terminé sa part, agrémentée de lait dont elle a essuyé la trace en forme de moustache teintée de cacao d'un geste visiblement destiné à Haikala. Puis elle a pris le temps d'allumer une cigarette avant de répondre à ma question. Les yeux rivés sur la tête d'acier du micro, elle ne nous regardait plus ni l'un ni l'autre.

« Je suis allée à ce stage deux jours après que mon voisin m'a violée. Il se trouve que j'ai téléphoné à un centre de crise pour les victimes d'agressions sexuelles et qu'ils m'ont dit qu'il restait de la place à ce stage et qu'il pourrait m'être utile. J'avais bien sûr déjà entendu parler d'Elina, vu des articles dans des magazines et lu sa rubrique pour les jeunes, quand j'étais ado... » Milla s'est pelotonnée sur sa chaise, ses jambes repliées sous elle, comme pour se protéger. « Je ne pouvais pas aller au boulot, j'avais le corps couvert de bleus et d'égratignures. J'ai essayé de les cacher sous du maquillage, mais Rami, le propriétaire du Fanny Hill, a dit qu'il ne voulait pas me voir travailler dans cet état. Il m'a ordonné de ne revenir qu'après Noël, quand les traces auraient disparu. Il était furieux, bien sûr, en pleine saison des fêtes, avec la plus grosse demande de spectacles de danse privés de l'année, mais il n'y pouvait rien.

– Tu as donc pris un congé maladie ? »

Milla a adressé une grimace au micro.

« On ne peut pas vraiment appeler ça comme ça. J'ai un contrat à durée déterminée, aucune indemnité n'est prévue en cas de maladie. Il a quand même promis de me reprendre. Inutile de me dire que ce type est un salaud, je le sais. Quoi qu'il en soit, je suis juste restée à Rosberga parce que... parce que... parce que j'avais peur de mon voisin, merde ! J'étais malade rien qu'à l'idée de me retrouver nez à nez avec lui. Et Elina l'avait sans doute compris, même si elle me rabâchait que je devais porter plainte. Avant Noël, nous sommes venues poser cette chaîne de sécurité à ma porte.

– Et pourquoi es-tu finalement rentrée chez toi ?

– Ce n'était plus vivable, là-bas ! La Kivimäki me regardait comme si je sentais le pâté, Johanna tournait en rond à pleurer sur ses gosses et l'autre, Niina, jouait toute la journée du piano, rien que du classique de merde, et délirait sur ses horoscopes. Je suis un triple scorpion, d'après elle, c'est pour ça que je suis si chiante. Ça doit être facile de tout pouvoir expliquer par la position des astres. J'ai décidé de partir quand Elina a disparu, et personne ne m'a retenue.

– Tu l'as donc vue pour la dernière fois le soir du 26 ?

– Comme je l'ai déjà dit, oui, il faut vraiment que je répète ? » Milla a détaché son regard du micro et j'ai vu dans ses yeux que parler de cette affaire de viol avait quand même été difficile pour elle. Et qu'en était-il de cet inceste, quel passé avait-elle derrière elle ? Je ne savais pas trop pourquoi, mais elle me faisait l'effet d'une gamine, malgré les dures épreuves qu'elle avait traversées... peut-être à cause de son langage d'adolescente.

« Nous avons des informations contradictoires sur l'identité de la personne avec qui Elina s'est promenée. Tu as dit plus tôt que tu l'avais vue avec Joona Kirstilä.

– Je les ai vus et entendus. Ils arrivaient à ma rencontre, sur le chemin. Je ne voulais pas qu'Elina me demande où j'allais et je me suis cachée dans les broussailles. Ils ne m'ont pas remarquée, ils étaient en pleine conversation.

– Et tu es absolument sûre qu'il s'agissait de Kirstilä ?

– Je l'ai vu, putain ! Un petit brun, avec des cheveux bouclés, des vêtements noirs et une écharpe rouge. Je le connais, il a sa photo en couverture de tous les magazines.

– De quoi parlaient-ils ?

– Ils ne parlaient pas, ils s'engueulaient. À propos de s'installer ensemble, je crois. Elina a plus ou moins dit que dans la situation où elle se trouvait, il était hors de question qu'elle vive avec lui. Il lui a demandé de quelle situation elle voulait parler, mais je n'ai pas entendu la réponse. »

Je trouvais intéressant que Milla parle de Joona. Quelle était la nature de leurs relations ? Elle avait dit qu'il faisait partie des clients du Fanny Hill. Mon cerveau enfiévré a aussitôt élaboré une théorie : Milla et Joona avaient assassiné Elina. Seul manquait un mobile.

« Oublions Kirstilä. Où es-tu allée après avoir quitté Rosberga ?

– Je l'ai déjà dit, j'ai fait du stop. J'ai eu du bol de tomber sur un type, sur la route de Nuuksio, qui m'a déposée dans le centre d'Espoo, d'où j'ai pris le train pour Helsinki. J'ai fait le tour de quelques bars, et au Kaarle j'ai rencontré ce... ce je ne sais plus qui. Je ne me rappelle pas son nom, mais est-ce que c'est si important ? »

Ça l'était. L'heure exacte du décès d'Elina était impossible à déterminer, mais elle était vraisemblablement morte après minuit, donc le 27. Et qui sait si Milla ne mentait pas, elle ne s'était peut-être pas du tout rendue à Helsinki. Je lui ai demandé des précisions sur l'homme qui l'avait prise en stop, qui habitait apparemment dans le voisinage de Rosberga, et sur les bars où elle était allée, ainsi que sur son compagnon d'une nuit. Elle ne se souvenait que de son prénom, Jorkka, et d'un immeuble près de la station de métro de Kulosaari.

« Emmenez-la voir cet immeuble, ai-je finalement ordonné à Haikala et à Akkila, qui était revenu entre-temps. Si vous trouvez ce Jorkka, voyez s'il confirme son alibi et... »

Le téléphone m'a interrompue. D'un ton encore plus agressif que d'habitude, Ström m'a demandé ce que je foutais. Rendue nerveuse par la faim et par la perspective de mon test de grossesse, j'ai laissé éclater ma colère, qui a trouvé en lui l'exutoire idéal, et hurlé :

« Tu n'as rien d'autre à faire que d'appeler les autres pour les déranger en plein travail, putain ! J'allais justement chercher Kirstilä, je serai là-bas dans une demi-heure. Si monsieur veut bien attendre un peu, puisque monsieur s'est lui-même porté volontaire pour me seconder !

– Kallio, tu n'es pas en position de me donner des ordres », a craché Pertsa au bout du fil. C'était exact, il était en théorie un cran au-dessus de moi dans la hiérarchie. Mais dans notre unité nous étions égaux, aucun de nous n'était le chef de l'autre. J'avais parfois l'impression qu'un net lien de subordination, en sa faveur ou en la mienne, aurait mieux valu que la situation actuelle, où chacun cherchait à imposer sa volonté et à avoir le dernier mot.

Les deux jeunes agents m'écoutaient crier, l'air ahuri. Milla était partie se changer dans l'autre pièce. Je me suis servi un verre d'eau tiède au robinet et j'en suis revenue aux instructions que j'avais à leur donner. Ils échangeaient des regards en ricanant comme des adolescents – Dieu sait pourquoi, partir à la recherche du type avec qui Milla avait passé la nuit les amusait. Et j'étais certaine qu'elle prendrait un malin plaisir à les mettre mal à l'aise. Mais je n'avais pas le temps de rester à les surveiller.

Je voulais savoir pourquoi Joona Kirstilä m'avait menti.

« Eh, Machine... Kallio, c'est ça ? a soudain crié Milla. Viens voir ! »

Sa chambre était un étroit réduit haut de plafond, presque entièrement occupé par un grand lit recouvert d'un jeté de satin noir, qui, avec les lumières rouges tamisées, donnaient à l'endroit l'atmosphère d'un bordel parisien fin de siècle. Je ne sais pas si c'était voulu ou si ce n'était qu'une illusion, mais on aurait plus dit le lieu de travail d'une fille de joie qu'une chambre à coucher ordinaire.

Milla s'était habillée d'un pantalon noir moulant et d'une sorte de corset qui lui faisait des seins en forme de ballons de hand. Ses yeux soulignés de noir et ses lèvres marron foncé lui donnaient un air à la fois dur et adolescent. Elle a ajouté une couche de mascara sur ses cils avant de parler :

« Dis-moi... Comment est-ce qu'Aira et Johanna ont réagi à la mort d'Elina ?

– Comme en général en cas de décès. Le choc, la tristesse, les larmes. Et toi ?

– Je ne suis pas de la famille. » Sur la défensive, elle a noué à son cou un foulard en mousseline de soie rouge vif et plissé le nez devant son reflet dans le miroir.

« On peut avoir du chagrin sans être de la famille.

– Qu'est-ce qui te fait dire que j'en ai ? » Elle s'est levée, a tiré de sous le lit des bottes à hauts talons et semelles compensées et les a enfilées. « Quelle galère, cette histoire, avec la police chez moi, en plus. S'il te plaît, n'appelle jamais plus avant quatorze heures. Je dois pouvoir dormir, comment veux-tu que je travaille, sinon ! » Milla est passée devant moi, ses talons claquant sur le sol, et a donné d'un ton suave le signal du départ à Haikala et Akkila. Dans le couloir flottait une odeur de bière. J'ai décidé de passer au McDonald's avant d'aller chez Kirstilä, car mon cerveau risquait de ne plus fonctionner du tout s'il n'était pas vite nourri. J'ai englouti en deux minutes un double cheeseburger et une grande portion de frites. Ce n'est qu'en avalant les dernières bouchées qu'il m'est venu à l'esprit que je devrais vivre plus sainement, si j'étais enceinte. Mais l'étais-je ? J'ai jeté un coup d'œil à ma montre. Il ne fallait qu'une minute, d'après la notice, pour connaître le résultat du test, pourquoi ne pas aller le faire aux toilettes... L'idée était presque amusante, mais je me suis forcée à oublier mes problèmes personnels pour me concentrer sur la mort d'Elina et sur Joona Kirstilä. L'affaire faisait la Une des deux principaux tabloïds. Le contenu des articles était identique : une célèbre psychologue féministe avait été retrouvée morte dans des circonstances obscures. La police poursuivait ses investigations. L'un des journaux faisait même allusion en termes nauséabonds au corps à demi dévêtu d'Elina, comme si elle avait été surprise en pleine orgie sexuelle.

Kirstilä m'attendait à la porte de son immeuble. Il semblait tout frêle et minuscule dans son manteau noir. L'écharpe rouge mentionnée par Milla flottait au vent. Il avait le visage encore plus blême que d'habitude et a évité mon regard en montant en voiture à côté de moi. Il n'a ouvert la bouche que quand nous sommes arrivés à l'autoroute de Turku.

« Que voulez-vous de moi, exactement ?

– Elina Rosberg était votre maîtresse. En cas de décès suspect, nous interrogeons en général tous les proches.

– Aira m'a dit qu'Elina était morte de froid. Je ne comprends pas comment c'est possible. »

La douleur, dans sa voix, semblait sincère, mais je suis restée de marbre. J'ai toujours eu un faible pour les jolis garçons, et Kirstilä était sans conteste un représentant parfait de l'espèce, bien qu'un peu trop petit et fragile à mon goût. On avait l'impression que le moindre mot violent risquait de le renverser. Ses poèmes étaient en contradiction avec son aspect délicat, et c'était sans doute ce qui faisait son charme. Ils étaient à la fois d'un érotisme viril et d'un romantisme fleurant le XIXe siècle, tel un Byron d'aujourd'hui.

Je ne voulais pas discuter avec Kirstilä avant d'être dans la salle d'interrogatoire en présence de Pertsa.

« Nous y reviendrons plus en détail au commissariat. Pour des raisons de procédure, nous ne pouvons pas révéler grand-chose.

– Mais j'aimais Elina ! » s'est écrié Kirstilä comme un enfant de cinq ans qui pense que ses arguments feront revenir à la raison des parents indociles. Sans répondre, j'ai tenté de me glisser sur la file de gauche pour dépasser un semi-remorque qui se traînait à soixante-dix à l'heure. Si j'avais eu entre les mains un véhicule de police, la manœuvre aurait été nettement plus facile qu'avec ma vieille Fiat dont le liquide lave-glace semblait en plus épuisé. Nous sommes quand même heureusement arrivés entiers à Nihtisilta.

J'ai prié le standard de convoquer Pertsa dans la salle d'interrogatoire n° 3 et j'ai demandé à Kirstilä s'il voulait un café. C'est à peine s'il a secoué la tête, plongé dans un monde hermétique aux autres. Il marchait le regard dans le vide, comme s'il ne comprenait pas très bien où on l'emmenait.

Au passage, je me suis pris un café au distributeur automatique. Pertsa nous attendait déjà dans la salle d'interrogatoire. Il paraissait encore plus rougeaud et baraqué que d'habitude à côté du pâle et chétif poète. Sans même prendre la peine d'ôter son manteau, ce dernier s'est affalé sur la chaise que je lui ai indiquée, l'air transi.

« On peut fumer, ici ? a-t-il demandé, cherchant déjà son paquet de cigarettes dans sa poche.

– Désolée, c'est interdit », ai-je déclaré avec un geste en direction du panneau accroché au mur. La règle n'était pourtant pas toujours strictement appliquée, surtout quand l'enquêteur était en manque de nicotine et estimait que le partage d'un rituel commun pouvait amener le témoin ou le suspect à baisser sa garde et à se montrer plus bavard que prévu.

« Bien sûr. » Kirstilä a profondément enfoncé ses mains dans les poches de son manteau, avec la dégaine d'un adolescent traîné au poste pour vol à l'étalage. Je lui ai demandé son identité et j'ai constaté par la même occasion qu'il avait un casier, pour des infractions anciennes et assez pitoyables : il avait été arrêté deux fois pour ivresse sur la voie publique, au milieu des années quatre-vingt, et avait volontairement cassé la vitrine d'un grand magasin de Hämeenlinna en 1979, à l'âge de dix-sept ans.

« Nous avons eu une conversation officieuse, il y a quelques jours. Vous m'avez alors dit avoir vu Elina Rosberg pour la dernière fois avant Noël. Nous allons maintenant enregistrer votre déposition. Pourriez-vous répéter votre récit de ce que vous avez fait le soir de sa disparition ? »

Sans aucune hésitation dans la voix, Kirstilä a raconté qu'il avait passé la soirée du 26 à boire avec de vieux copains dans des bars de Hämeenlinna.

« Pourriez-vous nous donner les noms de ces amis ?

– Voyons voir... il y avait au moins Esa Kinnunen, Timo Hatakka, Bulla... zut, c'est quoi son vrai nom, déjà... laissez-moi réfléchir... »

Il avait l'air étonnamment sérieux. Était-il possible qu'il confonde avec un autre jour ? Quand même pas – personne ne pouvait se tromper sur le lendemain de Noël.

« Donnez-nous aussi leurs adresses, si vous les connaissez. Et le nom des bars où vous étiez. Parce qu'on nous a dit que vous vous promeniez le soir du 26 à Nuuksio avec Elina Rosberg. »

Kirstilä a soudain tourné la tête vers moi, puis vers Pertsa. J'ai eu l'impression d'entendre cliqueter follement les rouages de son cerveau, tandis qu'il se demandait quoi répondre. Finalement, il a choisi la contre-attaque.

« Qui prétend ça ? Aira ?

– Peu importe. Qu'en dites-vous ? »

Ses petites mains tremblaient, ses yeux couraient sur les murs comme s'il cherchait un trou par où s'enfuir. Une lueur d'intérêt s'était allumée dans le regard de Pertsa, il flairait le mensonge et le meurtrier possible. Mais je n'ai pas été très surprise quand le poète a de nouveau nié s'être trouvé à Rosberga le soir du 26.

« Bien. Nous allons vérifier ça auprès de vos amis à Hämeenlinna. Parlez-nous de vos relations avec Elina Rosberg. Depuis combien de temps sortiez-vous ensemble ? »

L'exaspération s'est peinte sur le visage de Kirstilä.

« Sortir ensemble... On se croirait au lycée. À l'époque, je sortais avec des filles. Je ne sortais pas avec Elina Rosberg. Nous étions amants. »

Ses yeux byroniens me fixaient, mi-furieux, mi-suppliants : il avait à l'évidence décidé d'en appeler à ma compassion féminine. Et j'avais bien sûr pitié de lui : perdre l'être qu'on aime est une tragédie. Mais je n'étais pas pour autant convaincue de son innocence.

« Vous souhaitez bien sûr savoir depuis quand nous nous connaissions et d'autres détails de ce genre. La police et la presse de caniveau s'intéressent aux mêmes histoires. Même si Elina et moi n'avions jamais rendue publique notre liaison, une journaliste d'un magazine people m'a téléphoné aujourd'hui pour me demander, en gros, un poème commémoratif. » Ses fines lèvres se sont tordues en un rictus de mépris. « Le mauvais goût est encore capable de me mettre K.-O., apparemment. »

Pertsa commençait à en avoir plus qu'assez des digressions de Kirstilä.

« Et si vous nous parliez de votre relation avec Rosberg », a-t-il aboyé. J'étais furieuse. Son ton sans réplique véhiculait exactement son message : la femme policier que j'étais ne parvenant pas à faire taire les bavardages, une intervention virile s'imposait.

« OK. » Les doigts de Kirstilä ont de nouveau cherché une cigarette, se sont arrêtés frustrés et ont finalement extrait de sa poche un bout d'allumette qu'il s'est mis à mâchouiller en parlant. « Nous nous sommes rencontrés il y a deux ans à un séminaire sur les masculinités, à Kouvola. Nous n'étions bien sûr d'accord sur rien, et au retour nous avons poursuivi le débat dans le wagon-restaurant du train, puis au café de la gare. Elina n'avait pas envie de rentrer à Nuuksio en taxi et elle est restée dormir chez moi. C'est comme ça que tout a commencé… » Kirstilä a cassé l'allumette en deux entre ses dents et en a sorti une autre de sa poche. « C'est devenu sérieux sans qu'aucun de nous l'ait vraiment voulu. Elina avait Rosberga, qui lui donnait énormément de travail, en plus d'un certain nombre de patients individuels. La dernière chose dont elle avait besoin, c'était d'un homme dans sa vie. »

Kirstilä a froncé les sourcils, ce qui lui a donné un curieux air d'oiseau, et il m'a fallu un peu de temps pour comprendre qu'il essayait en fait de chasser les larmes de ses yeux. Je me suis demandé ce qu'éprouvaient les psychiatres, comment réagissait Elina Rosberg, par exemple, quand un patient lui racontait en sanglotant les moments les plus pénibles de son existence. Parvenait-elle à rester immobile et neutre, ou se laissait-elle emporter par ce flot d'émotion ? Elle n'adhérait sans doute pas à la tendance la plus clinicienne, car dans la psychiatrie féministe, les thérapeutes avaient le droit, pour autant que je sache, d'éprouver des sentiments. Mais qu'en était-il des policiers ? J'avais l'habitude, souvent avec succès, de transformer mon visage en un masque impassible chaque fois que la personne que j'interrogeais se mettait à pleurer ou à fulminer. J'avais vu trop de gens tenter d'échapper à des questions délicates en fondant en larmes, ou essayer d'apitoyer le cœur de femme dont ils m'imaginaient pourvue. Aira Rosberg avait d'ailleurs réussi, j'avais omis de lui poser un certain nombre de questions en la voyant sangloter.

Je n'avais pas l'intention de tomber dans le même piège avec Kirstilä.

« Vous avez malgré tout poursuivi votre relation. Dans quel sens évoluait-elle, ces derniers temps ? Étiez-vous en train de prendre vos distances, par exemple, ou envisagiez-vous de vous marier ?

– Évoluer… Pourquoi aurait-elle dû se transformer ? Elle nous convenait telle qu'elle était.

– Où vous rencontriez-vous ?

– Chez moi, en général. Ou parfois à Nuuksio. Bien sûr pas dans le manoir même, mais dans le petit pavillon. Ne le répétez à personne, surtout. »

Les mégots de cigarette et le cheveu brun sur l'oreiller... Quand Kirstilä avait-il pour la dernière fois passé la nuit à Rosberga ? Avant que j'aie le temps de le lui demander, Pertsa a de nouveau ouvert la bouche.

« Ça ne vous dérangeait pas, Kirstilä, qu'Elina ait huit ans de plus que vous ? »

La question était tellement stupide que le poète a écarquillé les yeux.

« C'est idiot. Vous n'y auriez même pas pensé si j'avais eu huit ans de plus qu'elle. » Il a hoché le menton dans ma direction. « Et elle, elle n'aurait certainement jamais posé une question pareille. » Mais on ne faisait pas taire Pertsa aussi facilement.

« Vous n'aviez donc pas dans le collimateur une fille plus jeune à cause de qui vous auriez voulu vous débarrasser d'Elina ? Et que savez-vous de son testament ? Elle avait une grosse fortune mais pas d'enfants. Elle vous a peut-être légué quelque chose. »

La façon de Pertsa de mettre les gens sur le gril était le meilleur moyen d'éveiller ma compassion. Joona Kirstilä était d'ailleurs lui aussi visiblement prêt à se rebiffer, fini les clignements de cils émus et les regards douloureux sous les sourcils froncés.

« Des femmes jeunes et de l'argent, c'est ce que tous les hommes sont supposés désirer ! Mais ça ne m'intéresse pas. Elina était intelligente, séduisante et ne voulait pas d'une relation à plein-temps, et moi non plus. Et qu'est-ce que c'est que cette histoire de se débarrasser d'elle ? Vous ne m'avez même pas dit comment elle était morte. Quelqu'un l'a tuée ?

– Quelqu'un avait-il des raisons de la tuer ? » ai-je rétorqué. Kirstilä semblait convaincant, mais je n'arrivais pas à m'ôter deux choses de l'esprit : le fait qu'il était client du Fanny Hill, d'après Milla, et qu'il s'apprêtait à quitter Elina, à en croire Aira.

« Elle avait bien sûr quelques patients plutôt déséquilibrés. On ne sait jamais ce qui peut leur passer par la tête. Et ses opinions irritaient beaucoup de monde, elle avait sans doute de véritables ennemis parmi ses pairs. Mais de là à la tuer... Je ne sais pas.

– Et de là à se suicider ? » Kirstilä n'a pas eu l'air de comprendre ma question et j'ai dû préciser : « Elina Rosberg aurait-elle pu mettre fin à ses jours ? »

L'histoire de la découverte de la lettre de suicide d'Elina, telle que racontée par Aira, semblait certes assez louche, mais on ne pouvait pas tirer un trait dessus. Peut-être les contusions du dos d'Elina pouvaient-elles s'expliquer autrement que par un meurtre, ou peut-être quelqu'un l'avait-il trouvée morte et, craignant d'être accusé de l'avoir tuée, avait-il traîné le corps jusque sous le sapin. La réaction de Kirstilä à l'évocation d'un possible suicide m'a étonnée : d'abord un silence pensif de trente secondes, puis une réfutation absolue.

« Le seul motif qui aurait pu pousser Elina au suicide, selon moi, serait une sorte d'auto-euthanasie. Mais elle n'était pas malade, à part cette grosse grippe.

– Exact. Elle n'était donc pas plus déprimée que d'ordinaire, ces derniers temps ?

– Quelque chose la tracassait, un problème auquel elle avait du mal à trouver une solution. Mais il s'agissait d'une question professionnelle, parce qu'elle ne m'en a pas parlé plus en détail. »

J'allais revenir à son alibi quand le bipeur de Pertsa a sonné. Nous avons officiellement interrompu l'interrogatoire le temps qu'il file dans son bureau vérifier le motif de l'alerte.

« Quel chieur », a déclaré Joona Kirstilä sur le ton de la conversation dès qu'il a eu le dos tourné. Ne pouvant hélas pas me permettre de renchérir, je me suis contentée d'un vague sourire. « J'ai été arrêté une fois, dans ma jeunesse, j'avais un peu mis le bordel après avoir bu. Un des deux agents de la patrouille était un frimeur du même genre, à la gueule couturée de cicatrices d'acné. Je ne résistais même pas vraiment, mais en me conduisant au panier à salade il a réussi à me tordre le bras si violemment que certains mouvements me font encore mal aujourd'hui. Je n'aime pas trop la police, depuis.

– Ce n'est pas une raison pour mentir. » J'ignorais pourquoi Kirstilä tentait, en tête à tête, de faire ami-ami avec moi. Peut-être parce que j'étais une femme, et donc susceptible de tomber sous son charme, ou parce qu'il savait que je connaissais Elina et que, lors de notre première rencontre, dans son appartement, nous avions bavardé comme deux camarades inquiets pour une amie commune. J'ai décidé d'entrer dans son jeu, tant que le magnétophone était coupé, et je me suis penchée vers lui d'un air bienveillant. Mon attitude a porté ses fruits, Kirstilä est passé au tutoiement :

« Qu'est-ce que tu veux dire ? »

– Tu étais à Rosberga, le soir du 26, n'est-ce pas ? » Ma tactique a cependant échoué, car il a de nouveau nié. Alors qu'il me donnait le numéro de téléphone de ses parents, qui pourraient confirmer ses faits et gestes de ce jour-là, Pertsa est revenu.

« Vous avez de la chance, Kirstilä. Nous devons filer à Mankkaa. Mais soyez tranquille, nous allons vérifier votre alibi.

– Qu'est-ce qu'il y a ? ai-je demandé tandis que nous courions au garage après avoir raccompagné Kirstilä à l'arrêt du bus pour Helsinki.

– Encore un mort de froid. Mais sûrement pas aussi beau à voir que Rosberg. Un clodo, à la décharge. En partie vidé de ses entrailles, paraît-il. »

J'ai senti mon estomac se retourner. S'il y avait eu avec moi dans le parking souterrain n'importe quel autre collègue que Pertsa, j'aurais décidé de ne pas y aller, en prétextant avoir encore rendez-vous pour un interrogatoire avec Tarja Kivimäki ou Niina Kuusinen. Mais devant lui, pas question de manifester la moindre hésitation.

« Je vais prendre ma voiture, comme ça je pourrai peut-être rentrer directement chez moi après. »

Le spectacle qui nous attendait à Mankkaa était aussi atroce que je le craignais. L'homme, si rongé par l'alcool qu'il paraissait sans âge, avait été agressé deux jours plus tôt et les oiseaux avaient becqueté ses viscères gelés. Je ne l'ai pas regardé plus du temps strictement nécessaire, remerciant le froid qui nous épargnait le pire de l'odeur. Agréable début pour mes deux jours de congé du nouvel an. Les interrogatoires de l'affaire Rosberg attendraient aussi mon retour. En arrivant chez moi, au bout de l'étroit chemin glissant, j'ai trouvé la maison plongée dans le noir et vu que les skis d'Antti n'étaient pas sous le porche. Einstein m'a accueillie dans l'entrée obscure en se frottant à mes jambes avec une telle énergie que j'ai failli perdre l'équilibre.

J'ai sorti mon test de grossesse de mon sac, je suis allée aux toilettes et je me suis assise sur le couvercle des W.-C. Tout d'un coup, l'épreuve me terrifiait. Et si j'étais vraiment enceinte ? J'ai revu le mort de la décharge de Mankkaa et j'ai tout juste réussi à retenir la nausée qui m'est montée dans la gorge. Je pourrais au moins, pendant un certain temps, me dispenser de regarder des cadavres. Et si j'attendais le retour d'Antti ? Mais j'avais envie de faire pipi, mieux valait en profiter. J'ai ouvert l'emballage, relu encore une fois les instructions et entrepris de les suivre. Mouiller le testeur et le remettre dans son capuchon. Si au bout d'une minute un trait bleu apparaît dans la fenêtre de lecture, vous êtes enceinte.

Une minute… Plutôt que de rester à fixer le tube d'un air idiot, je suis allée dans la chambre chercher la notice fournie avec mon stérilet. « Si vous pensez être enceinte, prenez immédiatement contact avec votre médecin. » Évidemment. Et sinon ? Le bébé mourrait-il ?

La minute était sûrement passée. Le trajet de retour vers les toilettes m'a paru bien trop court, ma main aurait voulu ne jamais ouvrir la porte ni rallumer la lumière. *Bite the bullet, baby.* Ouvre les yeux et regarde.

Dans la fenêtre de lecture, un trait aussi bleu que la croix du drapeau finlandais me fixait. J'étais déjà en route vers la cuisine pour me servir un whisky quand l'idée qu'il n'en était plus question m'a frappée.

6

Je somnolais dans la pénombre sur le canapé du séjour, Einstein sur les genoux, quand Antti est rentré. La lumière qu'il a allumée m'a vrillé les paupières et arrachée à mes pensées.

« Ah ! tu es là. Dure journée ?

– Il y a eu pire, c'est juste Ström qui m'a énervée. Tu vas prendre une douche ?

– Le sauna nous attend. Tu veux une bière ?

– Non, merci. »

Antti a repassé la tête par la porte de la cuisine. Une mèche de ses cheveux bruns, humides et frisés par sa balade à ski, lui est tombée sur le front, il a écarquillé les yeux, stupéfait.

« Pas de bière ? Tu es malade ? Ou tu dois encore reprendre la voiture ? »

J'ai secoué la tête et je l'ai suivi au sauna. Il sentait la laine mouillée et le fart des jours de léger gel. Je me demandais comment formuler les choses, quelle serait sa réaction face au fait accompli. Quand nous nous sommes installés sur les gradins, dans la vapeur de l'eau jetée sur les pierres brûlantes, j'ai repensé à mon compagnon de sauna de l'avant-dernier été, le chat de mon oncle Pentti, Mikko, qui se prélassait sur les planches, à mi-hauteur, jusque dans une température de cent degrés. Einstein, en revanche, évitait soigneusement la chaleur de l'étuve.

Nous sommes restés assis en silence dans la pénombre. Je fixais mon nombril, mon bas-ventre bombé, ma toison pubienne. Il y avait quelqu'un à l'intérieur, un infime petit amas de cellules qui n'était même pas encore un être humain. J'ai regardé l'imposant profil aquilin de mon mari, tâté mon propre nez en pied de marmite, et tenté d'imaginer quelle combinaison des deux notre descendant aurait au milieu de la figure.

Antti a jeté une grosse louchée d'eau sur les pierres, la vapeur brûlante m'a pliée en deux et obligée à fermer les yeux. Mes seins, contre mes cuisses, étaient durs et lourds. Quand j'ai relevé la tête et vu le visage d'Antti, je me suis décidée à parler. Sans précautions ni détour, comme à mon habitude.

« Écoute-moi. Je suis enceinte.

– Quoi ? » Sa mine était encore plus ahurie que quand j'avais refusé une bière. Il ne s'y reflétait plus une once d'amusement.

« Mes règles se faisaient attendre, du coup j'ai fait un test.

– Mais ton stérilet…

– Ils ne sont pas toujours fiables.

– Tu sais ce que j'en pense », a-t-il dit, et il m'a prise dans ses bras. Sa peau sentait l'hiver et la sueur, sa barbe d'homme en vacances m'a gratté la joue. Il était depuis déjà longtemps prêt à avoir des enfants avec moi, mais il avait promis d'attendre que je le veuille vraiment. C'était moi qui porterais le bébé, après tout, moi qui ferais l'effort de le mettre au monde, malgré la volonté d'Antti de participer le plus possible à tout le reste.

« Qu'est-ce qui va se passer, alors ? a-t-il marmonné dans mes cheveux.

– Il faut l'ôter de là. »

Il s'est écarté de moi, incrédule.

« L'enfant ?

– Le stérilet. Il risque d'y avoir des problèmes, sinon. »

Son regard s'est adouci, mais il y restait de la peur. À cet instant, j'ai compris ce que Johanna avait dû éprouver quand elle avait annoncé à son mari qu'elle avait avorté pour sauver sa vie. L'espace d'une seconde, je me suis sentie seule et sans soutien, tellement Antti était à l'évidence heureux et souhaitait cet enfant. Pour ma part, je ne savais pas ce que je voulais, et personne ne m'avait rien demandé. Ce bébé avait surgi en moi comme un champignon après la pluie, sans préavis. Pendant des années, l'existence m'avait ballottée de-ci, de-là, d'une ville et d'un emploi à l'autre. Cet enfant allait encore une fois bouleverser ma vie, telle une main faisant tourner un kaléidoscope.

« Je n'ai aucune intention d'avorter, si tout va bien pour le bébé, ai-je dit en me blottissant à nouveau contre la poitrine presque glabre d'Antti. Mais je vais avoir besoin de temps pour me réjouir, c'est quand même un choc.

– Bien sûr. Et la naissance est prévue quand ?

– En août. Heureusement, mère nature a organisé les choses de manière à ce qu'on ait des mois pour s'habituer. »

Nous sommes restés jusque tard dans la nuit à nous ébahir de notre nouvelle situation. Antti s'efforçait à l'évidence de ne pas trop montrer son enthousiasme, mais je l'ai surpris une ou deux fois à fixer mon ventre d'un air pensif. Quand j'ai finalement bâillé en ouvrant si grand la bouche qu'une orange entière aurait pu y entrer, il s'est ému de mon besoin de sommeil accru.

« Tu n'as pas intérêt à commencer à radoter ou à me couver, en tout cas », me suis-je récriée. Je détestais toutes les niaiseries à l'eau de rose associées à la maternité. La réalité en était loin, à en croire les propos de mes sœurs. Eeva attendait déjà son deuxième enfant, Saku serait grand frère en avril, et la fille de Helena, Janina, avait fêté son premier anniversaire.

« Et à quel moment de ta grossesse est-ce que tu auras envie de manger de la sciure pour chats ? » a continué Antti, ce qui m'a décidée à fuir dans mon lit. J'étais heureuse de ma fatigue, de l'épuisement qui m'a clouée entre le matelas et les couvertures et fait sombrer dans un sommeil sans rêves.

Nous avons passé la journée du lendemain dans le même état de désorientation et, en fin de compte, je me suis sentie soulagée à l'idée d'aller réveillonner chez les Jensen : nous cesserions au moins pendant un moment de penser à ma grossesse. Nous avons pris la voiture, sachant que je n'oserais de toute façon pas boire plus d'un demi-verre de vin. Nos hôtes habitaient à Mankkaa, dans des maisons jumelles relativement récentes dont rien n'indiquait, de l'extérieur, qu'il ne s'agissait pas de deux habitations mitoyennes parfaitement ordinaires. La boîte aux lettres du numéro 40 A portait les noms de MM. Jukka et Lauri Jensen, celle du 40 B ceux de Mmes Eva et Kirsti Jensen. Je me suis demandé dans quelle boîte pouvait bien aller le courrier des trois enfants de la tribu, mais peut-être cela n'avait-il pas d'importance.

Nous sommes entrés par la porte B, car nous avions été invités par Kirsti Jensen, la collègue d'Antti. Ce dernier était déjà venu, mais je n'avais pas pu l'accompagner à cause d'une urgence au commissariat – si je me souvenais bien, on avait arrêté ce soir-là un violeur en série. Il partageait actuellement un bureau avec elle, à l'université, et avait dû par la force des choses s'intéresser à la vie de cette grande famille pour le moins originale.

Dans le vestibule, nous avons été accueillis par quatre adultes, trois enfants et deux golden retrievers qui ont fait tout leur possible pour me renverser. Eva, qui était enceinte de huit mois au moins, les a chassés dans les profondeurs du logement. Jukka, vêtu d'un tablier, a surgi avec un plateau de cocktails, tandis que Kirsti calmait le benjamin de la famille, resté dans les pattes des chiens et de ses aînés. Le vacarme était assourdissant, mais plus chaleureux qu'agressif.

Je n'ai fait que tremper mes lèvres dans mon verre de bienvenue, avant de donner le reste à Antti. Lauri Jensen, qui était architecte, m'a invitée à visiter la maison pendant qu'Eva et Jukka finissaient de préparer le dîner. La cadette des enfants, Kanerva, qui avait quatre ans, nous a accompagnés.

Malgré ses deux entrées, le bâtiment n'abritait en réalité qu'un seul logement. Chacun des couples avait sa chambre et son bureau de son côté de la maison, ainsi qu'une cuisine. Au milieu se trouvaient les espaces communs, salle à manger, salle de séjour et bibliothèque. Les chambres des enfants étaient groupées autour du séjour. Au sous-sol, en plus de locaux de rangement, il y avait une grande salle d'eau avec un sauna, deux baignoires et des machines à laver. L'ensemble était spacieux et lumineux, la décoration avait à l'évidence été soigneusement conçue, mais sans rien de figé.

« C'est toi qui as dessiné les plans dès le départ, ou vous avez tout rénové ? ai-je demandé à Lauri.

– Ce sont à la base des maisons jumelles standard construites dans les années soixante-dix, déjà très bien adaptées à nos besoins, que nous avons aménagées. À la naissance de notre premier enfant, Juri, nous habitions des appartements voisins, dans un immeuble, mais le système ne fonctionnait pas très bien. En pratique, on ne faisait que courir de l'un à l'autre.

– Papa, on peut montrer nos vélos à Maria ? » a réclamé Kanerva, et nous sommes donc passés pour finir dans la remise du jardin, près de laquelle les enfants avaient construit un petit château de neige.

« Est-ce qu'Eva était la seule à porter le nom de Jensen, à l'origine ? ai-je demandé quand nous nous sommes enfin assis à table pour déguster en entrée un velouté de trompettes de la mort.

– Non, je suis moi aussi un Jensen, a répondu Lauri en riant, mais nous ne sommes pas parents, à ma connaissance. Eva et moi, nous nous sommes rencontrés à l'Association pour les droits des lesbiennes, gays, bi et trans au début des années quatre-vingt. Ça nous a d'abord amusés d'être des homonymes, puis nous nous sommes aperçus que nous nous entendions bien pour le reste aussi. Quand Eva et Kirsti ont voulu avoir un enfant, c'est tout naturellement qu'elles m'ont demandé d'être le père. »

Antti m'avait certes beaucoup parlé de la famille Jensen, mais j'avais envie d'en savoir plus.

« Eva et toi êtes donc les parents de Juri ? » ai-je demandé à Lauri. Il m'avait semblé reconnaître dans la physionomie du petit garçon de six ans aussi bien les grands yeux bruns de son père que la large bouche toujours prête à sourire d'Eva.

« En principe, tous les enfants sont à tout le monde. Ils ont tous un papa, un papounet, une maman et une mamounette, a dit Kirsti avec un petit rire. Mais, biologiquement, Kanerva et Kerkko sont mes enfants, et Jukka est le père de Kanerva, Lauri celui de Kerkko.

– Et celui qui s'annonce est de moi et de Jukka », a expliqué Eva en souriant à son ventre rond. J'ai regardé le mien, qui tenait encore dans mon pantalon le plus serré, et je me suis demandé ce que je ressentirais, à la fin de l'été, quand il serait aussi gros que le sien aujourd'hui. Ma cuillère a heurté mon assiette quand je me suis rendu compte de ce à quoi je venais de penser – étais-je en train de commencer à accepter l'idée de ma grossesse ?

« On aura expérimenté toutes les combinaisons de gènes, après ça, a joyeusement constaté Kirsti en débarrassant les assiettes à soupe avec l'aide de Juri et de Kanerva. Les géniteurs biologiques détiennent bien sûr l'autorité parentale au regard de la loi, mais nous nous occupons en commun des enfants. C'est pratique de porter tous le même nom de famille. Mais Jukka et moi avons dû batailler, à la préfecture, pour faire accepter nos changements de nom. C'était paraît-il le premier cas de ce genre.

– C'est magnifique, quatre parents, ai-je soupiré. Vous ne devez pas avoir de problèmes de garde, pour les enfants.

– Nous avons tous des horaires de travail assez irréguliers. Un architecte, un patron de restaurant, une chercheuse et une psychiatre, a expliqué Eva. Quoique j'aie depuis maintenant deux ans des horaires tout à fait normaux à mon cabinet. Dis-moi, Maria, je sais que tu es tenue comme moi au secret professionnel, mais est-ce que vous enquêtez, toi ou ton unité, sur le meurtre d'Elina Rosberg ? Quelle histoire horrible ! Est-ce qu'on sait ce qui s'est passé ? Ça ne peut pas être un suicide !

– Non, sans doute pas », ai-je concédé, malgré les yeux d'Antti, de l'autre côté de la table, qui me télégraphiaient l'interdiction de parler boulot. Je me suis servi une grosse portion de filet de bœuf avant d'ajouter qu'on ne savait rien de définitif sur l'affaire. Mais je n'ai pas pu m'empêcher de demander à Eva si elle connaissait bien Elina.

« Elle a été ma psychothérapeute pendant ma formation, et nous sommes devenues amies. Sa dernière visite chez nous ne remonte pas à plus de trois semaines.

– Est-ce qu'elle a dit quoi que ce soit, ce jour-là… » Le regard d'Antti était plus percutant qu'un coup de pied, et j'ai suspendu ma phrase. « Pardon, ne parlons pas de travail. Eva, est-ce qu'on pourrait quand même se voir dans les prochains jours ? Tu étais aussi bien une consœur qu'une amie d'Elina, ça pourrait nous être utile.

– Quand tu voudras, je suis en congé de maternité. »

Nous avons convenu que je lui téléphonerais après le jour de l'an, mon emploi du temps n'était pas encore établi. J'observais, songeuse et un peu inquiète, l'heureuse agitation de la famille Jensen. Je me voyais mal supporter le bruit d'une ribambelle de gosses, l'effrayant désordre qu'un bébé d'un an apprenant à manger seul réussit à semer autour de sa chaise haute, le flot de questions presque ininterrompu d'une fillette de quatre ans. Quelques instants, pourtant, tels que la joue barbouillée de sorbet à la fraise de Kerkko contre la mienne ou son ronflotement sur le canapé, ou l'inépuisable enthousiasme de Kanerva et de Juri quand les premières fusées de feu d'artifice ont jailli dans le ciel noir et glacé, révélaient ce que la vie avec des enfants pouvait avoir de rose et d'attendrissant. J'avais malgré tout l'impression que tout allait trop vite. Mais j'étais en même temps inquiète de savoir si mon stérilet présentait un risque pour le bébé et j'espérais pouvoir aller chez le médecin dès le lendemain du jour de l'an.

J'ai trouvé rassurant le chaos qui m'a accueillie au commissariat après les fêtes. J'étais habituée aux messages téléphoniques et aux piles de papiers, préparée aux violences de la Saint-Sylvestre, après celles de Noël. Et je n'ai pas vraiment été surprise d'apprendre que Markku Halttunen s'était évadé de la prison départementale quelques jours avant le premier de l'an. Il avait été condamné à l'automne pour plusieurs affaires de coups et blessures et pour trois vols à main armée dans des banques d'Espoo. Il n'avait été remis en liberté conditionnelle que depuis quelques semaines, à la suite de précédents délits, quand cette nouvelle série de braquages avait commencé. Palo et moi l'avions finalement coincé grâce à des techniques de profilage à l'américaine. La méthode était aussi de plus en plus employée en Finlande et, même si elle évoquait parfois un peu trop des films tels que *Le Silence des agneaux* où des superflics traquaient des supercriminels, elle avait réellement porté ses fruits dans le cas de Halttunen.

Ce dernier avait juré de nous tuer, Palo et moi, dès qu'il serait libre, et c'est pourquoi la prison nous avait avertis en priorité. Je me demandais s'il fallait vraiment prendre ses menaces au pied de la lettre. Il semblait particulièrement ulcéré par le fait que l'un des policiers qui l'avaient pincé était de sexe féminin. Son comportement violent, notamment à l'égard des femmes, constituait un des principaux éléments de son profil criminel. Même lors de ses braquages au tempo accéléré, il avait trouvé moyen d'agresser au moins une employée de banque, et parmi les brutalités qu'il avait commises par ailleurs figurait un viol.

« Je crois que je vais garder mon arme de service sur moi jusqu'à ce qu'on l'arrête, a annoncé Palo. Ce type est complètement cinglé. J'ai demandé qu'on surveille de plus près que d'habitude toutes les personnes entrant dans le bâtiment. » Il avait l'air nerveux et je finissais moi aussi par me dire qu'il fallait peut-être prendre l'affaire au sérieux. Mais je n'ai pas eu le temps d'y réfléchir très longtemps, car Tarja Kivimäki m'a rappelée.

« Je pourrais être là à midi, a-t-elle déclaré d'un ton froid. Je peux sacrifier ma pause déjeuner, mais pour le reste j'ai une journée extrêmement chargée. »

Pour moi c'était hors de question, car j'avais pris rendez-vous chez le médecin à midi et demi. En tentant de réfléchir à une solution, j'ai soudain songé à ce que ce serait dorénavant ma vie, avec la recherche stressante d'un équilibre entre le travail et la famille, à constamment déterminer ce qui était à chaque instant le plus important. Peut-être était-il finalement moins désagréable de penser à Halttunen…

J'ai convenu de retrouver Kivimäki à onze heures et demie près du Palais du gouvernement, je me débrouillerais ensuite pour filer chez ma gynécologue, à Töölö. Il me fallait aussi mettre la main sur Niina Kuusinen. Comme elle ne répondait pas, je lui ai laissé un message, et j'allais me concentrer sur d'autres tâches quand Palo a de nouveau poussé ma porte, suivi de Pertsa. Ce dernier a jeté sur mon bureau les photos du corps de Mankkaa.

« Regarde un peu, Kallio. Le toubib s'interroge sur l'arme du crime, qu'est-ce que tu en dis ? »

Les photos avaient beau être inodores, elles étaient à vomir. Les entrailles gelées de l'homme, sur la neige fraîche, avaient été déchiquetées par les oiseaux, tout comme son visage meurtri.

« On ne fait pas des dégâts pareils avec un couteau, il faut quelque chose de plus gros. Je pencherais pour une scie », a avancé Pertsa.

Son après-rasage dégageait une odeur sucrée, comme du guignolet resté trop longtemps dans une pièce surchauffée. J'ai de nouveau été prise de nausées, un filet de sueur a coulé de ma nuque jusqu'au creux de mes reins, mon café du matin m'est remonté dans la gorge. Sans prendre le temps de rien dire, je me suis ruée vers les toilettes les plus proches. Et tant pis si c'étaient celles des hommes. Un vomissement m'a secoué le corps, je me suis trouvée en un instant baignée de transpiration, sous mes seins, sur mes cuisses, entre mes orteils.

Une fois soulagée, j'ai bu de l'eau et volé une noisette de dentifrice dans le tube de Taskinen, sans oser aller jusqu'à lui emprunter sa brosse à dents.

« Tu traînes une gueule de bois ? m'a demandé Palo d'un ton compatissant quand je suis revenue, la démarche chancelante.

– Quelques whiskies de trop, ça va aller, ai-je répliqué en tentant de prendre un air insouciant.

– Tu veux des cachets contre le mal des transports ? » Palo sortait déjà une boîte de sa poche, connue pour contenir une véritable pharmacie. « Prends ça, plus deux vitamines B, et dans cinq minutes il n'y paraîtra plus.

– Non merci, c'est mauvais pour mon estomac. » Pertsa m'a jeté un regard beaucoup trop pénétrant, visiblement convaincu qu'il ne s'agissait pas d'une gueule de bois. « Est-ce qu'on sait qui est le mort ? ai-je demandé avant qu'il n'ait le temps d'ouvrir la bouche.

– Il a été identifié, oui… » Palo a fouillé dans ses papiers. « Pentti Olavi Lindström, né en 1940, un type du 99. D'autres poivrots l'ont reconnu. »

Dans le langage du commissariat, les types du 99 étaient des S.D.F., l'appellation faisant allusion au numéro de la circonscription électorale jusqu'à laquelle ils étaient censés se traîner pour voter. Lindström habitait apparemment une sorte de bidonville près de la décharge de Mankkaa.

« Un casier ?

– Des bricoles. Distillation clandestine et vol de saucisses. Un séjour en prison ouverte, dans sa jeunesse, pour conduite en état d'ivresse.

– On dirait une classique bagarre entre ivrognes pour une bouteille d'alcool. Pourquoi est-ce que vous m'apportez ça ? Ce n'est pas toi qui devais t'en occuper avec Lähde, Pertsa ?

– Il se trouve que ce type est le père de ce cinglé de Halttunen… Il s'est peut-être évadé pour ça… a bégayé Palo.

– Merde ! Vous voulez dire qu'il aurait appris sa mort en prison, avant nous, et serait sorti pour le venger, c'est ça ? »

Palo avait l'air désemparé, mais Pertsa a hoché la tête.

« Si on trouve l'assassin de Lindström, il nous mènera à Halttunen. Je propose qu'on commence par rafler toute la bande de pochetrons de Mankkaa, ne serait-ce que pour les mettre à l'abri. »

J'avais bien trop souvent entendu les diatribes de Pertsa contre les ivrognes et autres parasites de la société profitant de la manne déversée par l'État pendant que lui trimait à la sueur de son front pour verser les impôts avec lesquels on payait les distributions de soupe. Cette fois encore, il visait sûrement plus à leur compliquer la vie qu'à jouer les bons samaritains. D'ailleurs je ne tenais pas non plus particulièrement à protéger celui qui avait ouvert le ventre de Lindström à la scie, même s'il l'avait sans doute fait en plein délire éthylique. Et mieux valait quand même que la sanction soit administrée par la société plutôt que par ce fou furieux de Halttunen.

« Nous devrions être contents qu'il y ait quelqu'un d'autre, avant Palo et moi, sur sa liste de gens à tuer, ai-je ironisé. On va envoyer quelques agents coffrer la bande de Mankkaa, je serai là cet après-midi.

– Taskinen m'a chargé de te dire de faire plus attention que d'habitude, m'a lancé Pertsa en sortant. Et pour deux raisons au moins, si tu veux mon avis. »

Sacré Ström ! Comme s'il avait deviné que j'étais enceinte. Je lui ai tiré la langue, dans son dos, et je me suis remise à la rédaction d'un rapport sur une affaire de viol. J'avais du mal à me concentrer, l'esprit tout à tour envahi par la minuscule créature qui flottait en moi, par le corps gelé d'Elina Rosberg et par Halttunen. Je revoyais les yeux de ce dernier, étrangement pâles, immobiles, grands et ronds comme ceux d'un enfant. Quand ils s'emplissaient d'une haine irrépressible, l'effet était terrifiant. Comme si des monstres de vieux films de science-fiction vous regardaient à travers eux. L'expertise psychiatrique avait pourtant conclu qu'il était pleinement responsable de ses actes. Il avait aussi été suivi par un thérapeute, un étrange astropsychologue qui expliquait sérieusement sa violence par des perturbations de la course des étoiles. Et bien sûr par une mère dominatrice.

« Le prévenu a déclaré avoir dansé plusieurs fois au cours de la soirée avec Raija Kolehmainen, qui semblait selon lui disposée à faire plus ample connaissance et a accepté son offre de la raccompagner chez elle. Dans la voiture, elle a cependant repoussé ses avances, à la suite de quoi, furieux, il l'a agressée. »

Je me rappelais la colère de Taskinen contre Pertsa, quand ce dernier avait parlé de cette affaire, sur le ton de la plaisanterie, comme d'une histoire de bonne femme qui allume sans éteindre. De mon côté, je m'étais demandé si Raija Kolehmainen tiendrait finalement jusqu'au procès. À quarante ans, elle élevait seule ses fils adolescents et avait eu le plus grand mal à leur expliquer pourquoi un inconnu avait porté la main sur elle.

J'ai avalé une tasse de potage express avant de partir pour Helsinki et, après avoir hésité un moment, je suis passée à l'armurerie. Mais qu'y pourrait mon revolver de service si Halttunen me guettait à un coin de rue avec un fusil ? Il était pourtant plutôt du genre à se servir d'une lame ou de ses poings et, contre eux, l'arme dont je m'étais munie était une bonne défense. J'avais beau être maintenant bien entraînée, je ne me sentais toujours pas à l'aise avec un holster sous l'aisselle. D'ailleurs, même si la tendance générale en la matière était de nouveau en hausse dans la police, rares étaient ceux d'entre nous qui portaient en permanence un flingue. Et presque personne, heureusement, ne l'exhibait à sa ceinture.

Pihko est monté à mes côtés dans la Saab. Il devrait sans doute rentrer seul à Espoo après notre entretien avec Tarja Kivimäki et, quand je le lui ai annoncé, il s'est contenté de hocher la tête. Il était peu bavard et, cette fois encore, il a sorti son manuel de droit pénal dès que nous sommes arrivés sur l'autoroute de Turku. Pihko s'était attiré, dans la brigade, le surnom pas forcément élogieux de « Petit Génie ». En plus de son travail, il poursuivait des études de droit et de sciences politiques et, dès qu'il avait entendu parler du projet de cursus doctoral destiné aux policiers, il avait annoncé à Taskinen qu'il souhaitait s'y inscrire. Pour ma part, j'aimais bien travailler en équipe avec lui, car il ne pinaillait jamais sans raison. Je me demandais parfois ce qui le poussait à bûcher – peut-être avait-il décroché, au lycée, et s'était-il retrouvé pour cette raison à l'école de police, avant de se rendre compte qu'il pouvait viser plus haut. L'idée de me lancer dans ce programme de doctorat m'avait moi aussi démangée, mais j'allais sans doute maintenant devoir repousser de quelques années tout projet de ce genre.

Devant le Palais du gouvernement se dressait une barricade de caméras de télévision derrière laquelle se bousculait une meute de journalistes et de photographes. Le ministre de l'Intérieur, Martti Sahala, pérorait au milieu de l'essaim. J'avais eu le temps de voir, en feuilletant les journaux du matin, que l'affaire qui faisait scandale était un incident survenu pendant la nuit de la Saint-Sylvestre à Vaalimaa, où un groupe de Croates de Bosnie avait tenté de franchir la frontière russo-finlandaise, les armes à la main, pour demander l'asile politique ici. Le miracle était que seul un garde-frontière avait été blessé dans l'échauffourée. Un conseil des ministres extraordinaire avait toutefois été convoqué sur-le-champ. J'ai aperçu au milieu de la grappe de journalistes le manteau d'un jaune éclatant de Tarja Kivimäki, dont le micro touchait presque les lèvres de Sahala. Je ne voyais pas l'expression de ses yeux insistants, mais j'étais certaine que ses questions mettaient le ministre à rude épreuve. Celui-ci était rarement au centre d'une telle attention de la presse, même si on murmurait qu'il était l'éminence grise de l'actuel gouvernement, doté de bien plus de pouvoir, en coulisse, que ne pouvaient l'imaginer les électeurs. Martti Sahala n'avait qu'une quarantaine d'années et on pariait déjà qu'il serait un adversaire coriace lors des présidentielles de 2006. En tant que ministre de l'Intérieur, il s'était activement intéressé à l'organisation du travail de la police et avait notamment mis en œuvre un redécoupage des districts. D'un autre côté, il avait l'esprit de clan et se mêlait à la moindre occasion des enquêtes concernant les activités de ses amis. Quelques patrons d'entreprise s'étaient à coup sûr tirés bien trop facilement de leurs magouilles grâce à son intervention.

Sahala est monté dans sa voiture et les journalistes se sont dispersés. Tarja Kivimäki a échangé quelques mots avec son cameraman puis s'est retournée, me cherchant du regard. Je me suis soudain rendu compte que je n'avais pas la moindre idée de l'endroit où je mènerais l'interrogatoire, notre véhicule de police glacé paraissait exclu.

« Que voulez-vous, exactement ? m'a-t-elle demandé après nous avoir serré la main, à Pihko et à moi.

– Une version officielle, enregistrée, de ce que vous m'avez raconté la dernière fois. Notre voiture n'est pas un lieu très agréable, nous ferions mieux d'aller dans un café.

– Il y a la cafétéria de la bibliothèque de l'université, a proposé Pihko. À cette heure-ci, elle est déserte.

– Ça me convient, il faut que je sois au parlement à midi et demi, a déclaré Kivimäki. Est-ce qu'on peut manger, pendant un interrogatoire officiel ?

– Si nous en sommes d'accord, oui. Il est assez inhabituel que nous procédions à des auditions dans des cafés. » Face à elle, j'avais l'impression de ferrailler sans trop savoir manier l'épée. Nous étions toutes les deux des professionnelles de la parole, ou plus exactement des poseuses de questions, et elle ne semblait pas habituée à se trouver de l'autre côté de la barrière. Elle a d'ailleurs immédiatement insisté pour savoir comment Elina était morte.

« Les analyses sont encore en cours », ai-je éludé, mais avant que j'aie le temps de placer à mon tour une question, elle a poursuivi son offensive :

« Vous savez bien quelque chose. Aira m'a dit qu'elle était morte de froid et qu'elle aurait erré en chemise de nuit dans la forêt. C'est vrai ? »

Je me suis contentée de hocher la tête et d'ouvrir devant elle la lourde porte de la bibliothèque. Quand j'étais étudiante, j'en avais souvent fréquenté la cafétéria. Je ne m'étais jamais sentie à l'aise dans l'annexe abritant la faculté de droit, et dans le bâtiment principal de l'université il y avait trop de têtes connues. Dans la cafétéria de la bibliothèque, au moins, j'étais tranquille. Je ne tombais en général sur des copines que dans les toilettes.

La salle du fond était vide. Pihko est allé me chercher un café pendant que je préparais le magnéto et que Kivimäki s'installait, munie d'un thé et d'une quiche aux légumes. Peut-être aurais-je le temps de décocher mes propres questions pendant qu'elle avait la bouche pleine. Je lui ai d'abord demandé de décliner son identité. J'ai été un peu étonnée d'apprendre qu'elle était originaire de Tuusniemi, à quelques dizaines de kilomètres à peine de ma ville natale. Il n'y avait plus le moindre soupçon d'accent du Savo dans sa voix, elle s'en était sans doute débarrassée à dessein. À trente-trois ans, elle pouvait être installée à Helsinki depuis largement plus de dix ans. J'aurais aimé en savoir plus sur son passé, pénétrer au moins un peu sous sa cuirasse de professionnelle efficace et agressive, mais le protocole d'interrogatoire n'autorisait rien de plus que les habituelles questions sur le lieu de naissance et le domicile. Nous avons ensuite répété notre précédente conversation. Kivimäki semblait toujours considérer l'hypothèse d'un suicide comme totalement exclue.

« Je ne comprends pas pourquoi Elina se serait promenée dans les bois en simple chemise de nuit et robe de chambre. À moins… » Elle s'est interrompue, songeuse, puis s'est fourré un morceau de quiche dans la bouche comme pour se donner le temps de réfléchir. Mon café avait un goût de fond de pot, et Pihko n'avait bien sûr pas pensé à y mettre du lait. « À moins qu'une de ses protégées n'ait réussi à l'attirer dans la forêt. Mais elle a dû penser qu'elle ne resterait qu'un instant dehors, sinon elle aurait pris un manteau. »

Il m'est soudain venu à l'esprit qu'Elina avait en fait très bien pu mettre un manteau et des chaussures avant de sortir. Peut-être quelqu'un les lui avait-il ôtés et les avait-il ensuite rapportés à Rosberga. Ça m'ouvrait de nouveaux horizons sur sa mort…

« Vous avez déjà parlé la dernière fois des protégées d'Elina. Pourquoi en faisiez-vous partie ? ai-je demandé d'un ton plus désagréable que nécessaire, dans l'espoir d'ouvrir une brèche dans le mur d'autorité de Kivimäki.

– Je n'étais pas sa protégée ! » Sans s'être faite plus forte ou plus aiguë, sa voix était devenue glaciale. « J'étais son amie. Et que vient faire ici notre relation ? » Je n'ai pas répondu, ce qui l'a visiblement irritée, car elle a poursuivi : « Vous allez me ressortir votre vieux cliché, dans une enquête pour meurtre, toutes les questions sont pertinentes. Mais je vous assure que je n'ai pas assassiné Elina. Vous me trouvez bien sûr totalement insensible, face à la mort de ma meilleure amie, mais comment pouvez-vous savoir si je ne pleure pas en privé, sans laisser le chagrin perturber le reste de ma vie ?

– Vous étiez donc la meilleure amie d'Elina Rosberg. Savez-vous si elle a jamais été enceinte, ou si elle a avorté ou fait une fausse couche, ou subi une importante intervention chirurgicale gynécologique ?

– Vous pouvez avoir des renseignements sur sa santé auprès de son médecin.

– J'aurais aussi besoin d'informations de votre part.

– Pourquoi ? Je n'ai en tout cas jamais entendu parler d'une éventuelle grossesse. J'ai cru comprendre qu'Elina ne voulait pas d'enfants. Sur ce point aussi, nous étions semblables.

– Qui est son médecin ?

– La gynécologue qui l'a longtemps suivie, Eira Lehtovaara, a pris sa retraite il y a quelques années et, depuis, elle fréquentait sans doute un centre médical. Aira est sûrement au courant. »

Tarja Kivimäki a vidé sa tasse de thé et m'a regardée, l'air d'attendre que je pose enfin une question géniale au lieu de bavarder à tort et à travers. Je commençais à en avoir plus qu'assez. Elle espérait sûrement comme moi des personnes qu'elle interviewait une certaine coopération plutôt qu'une hostilité butée. Et comme elle l'avait dit elle-même, il s'agissait après tout de sa meilleure amie. On aurait pu la croire aussi désireuse de connaître la vérité sur la question que sur les derniers projets d'économies budgétaires du gouvernement.

« Je ne sais rien de plus sur ce qui s'est passé. J'ai essayé de trouver une explication à la disparition d'Elina et la seule qui me vienne à l'esprit, c'est que quelqu'un lui a demandé de l'aide. Ou a fait semblant de lui en demander. » Elle a commencé à rassembler ses affaires. J'ai marmonné quelque chose à propos d'un éventuel interrogatoire complémentaire et confirmé à Pihko que je restais en ville.

« Garde la voiture », m'a-t-il répondu d'un air un peu embarrassé. Il a rougi, sous ses cheveux châtains, en ajoutant qu'il avait à faire à l'université. Il en parlait comme de quelque chose d'interdit, mais je ne lui ai pas demandé plus de précisions et j'ai proposé à Tarja Kivimäki de la déposer devant le parlement.

« Je ne sais pas, ça va peut-être faire bizarre que j'arrive dans une voiture de police. » Il y avait de l'ironie dans sa voix quand elle a repris : « Enfin, je ne serai pas la première à y avoir été conduite sous escorte. »

En tournant sur l'esplanade, nous nous sommes tout de suite trouvées bloquées à un feu. Vu l'heure, j'allais à coup sûr être en retard chez le médecin. Pour masquer mon énervement, j'ai posé une nouvelle question à Kivimäki :

« Si vous avez passé Noël à Rosberga, c'est parce que vous n'avez pas de famille ? »

Elle m'a jeté un rapide coup d'œil, et je m'attendais déjà à un commentaire sur ma curiosité déplacée, mais à ma grande surprise elle a répondu :

« Non, j'ai des proches à n'en savoir que faire. Mes parents et mes trois frères, avec leurs femmes et leurs enfants, tous à Tuusniemi, dans la ferme familiale ou aux alentours. Je pense qu'ils ont tous réveillonné ensemble, comme d'habitude, huit adultes et dix enfants. Cette année, c'était sans doute le tour de Juha de faire le Père Noël. Il ne manquait à ce cirque que la brebis galeuse de la famille. »

Le feu est passé au vert. Cette fois, j'ai pu arriver jusqu'au City-Center avant de devoir de nouveau m'arrêter.

« Comment ça, la brebis galeuse ? » ai-je demandé, intéressée, car je m'étais moi aussi souvent sentie dans cette situation, avec mon métier et mon mode de vie éloignés de la vision traditionnelle de la féminité. « Vous exercez pourtant une profession respectable.

– Bien sûr, mes parents ont d'abord trouvé ça magnifique de me voir travailler à la télévision, rencontrer des ministres et d'autres célébrités. Ils ont sans doute été déçus que je ne sois pas plus en vedette, qu'on ne me voie même pas à l'écran, et encore moins dans les magazines. Mais peu importe mon métier, et peu importe que je sois la première et la seule de la famille à avoir fait des études supérieures, dans leur esprit, une femme n'est rien si elle n'a pas un mari et des enfants. »

Sa voix aurait pu crever les pneus de la voiture, mais rien ne transparaissait sur son visage impassible. J'étais si surprise que je n'ai pas songé à démarrer au feu vert, jusqu'à ce qu'un automobiliste courageux, derrière moi, ose klaxonner mon véhicule de police. Je n'aurais jamais imaginé qu'une femme telle que Tarja Kivimäki puisse être minée par des traumatismes d'enfance.

« Et je n'en peux plus de leurs questions. Comment est le Premier ministre dans le privé et est-ce que le président Ahtisaari est aussi gros dans la réalité qu'à la télévision ? Ils en parlent comme de personnages d'*Amour, gloire et beauté.* »

Le début de sympathie que je commençais à ressentir pour elle s'est évanoui, même si son attitude méprisante n'était sans doute qu'une façon de se défendre. Nous avons fait le reste du trajet jusqu'au parlement portées par une vague de feux verts. En descendant de voiture, Kivimäki m'a regardée droit dans les yeux et m'a lancé :

« Elina avait raison. Vous vous ressemblez. Je n'ai pas l'habitude de pleurer sur mon sort devant n'importe qui. »

Elle a claqué la portière et je suis restée à me demander si elle était sincère ou s'il s'agissait d'une pirouette destinée à m'avertir de ne pas la prendre trop au sérieux. J'étais en retard de dix minutes, mais j'ai malgré tout dû patienter dans la salle d'attente du cabinet médical. J'ai lu d'un œil distrait un magazine de santé en essayant de contenir ma nervosité. Quand ma gynécologue m'a confirmé ma grossesse et m'a annoncé qu'elle allait immédiatement me retirer mon stérilet, afin d'éviter tout danger pour moi ou pour le bébé, j'ai avant tout été soulagée – quelqu'un d'autre que moi prenait soin de mon corps et de l'amas de cellules qui s'y développait. Elle s'est aussi montrée désolée de l'échec de ma contraception, au nom de tout le corps médical, et m'a demandé si je souhaitais avorter.

Dernière chance, on ne me reposerait plus la question. Comme ç'aurait été facile, quelques minutes d'attente, et tout aurait continué comme avant. J'ai malgré tout marmonné un non définitif et je suis allée me déshabiller derrière le paravent.

L'extraction de ce fichu stérilet m'a fait mal, mais j'ai serré les dents en songeant que j'aurais à supporter dans huit mois et quelque une douleur bien plus franche. La gynécologue m'a annoncé que, d'après ses calculs, j'accoucherais le 25 août – adieu, cette année encore, la randonnée d'été dans les montagnes corses et le marathon de Helsinki… Tandis que je me rhabillais après m'être relevée, avec du sang partout et des vertiges, elle m'a lancé :

« Ton métier peut aussi parfois être un peu dangereux. Pense à demander à l'avance à être transférée à un poste plus tranquille.

– Je passe l'essentiel de mon temps assise à un bureau à parler ou à écrire. Est-ce qu'il y a des choses que je n'ai plus le droit de faire ?

– Tu peux faire tout ce dont tu as envie, ton corps protestera s'il ne le supporte pas. Je ne connais pas très bien le travail de la police… Je veux dire que je n'ai encore jamais vu de femme enceinte de six mois en uniforme.

– Je m'habille en civil, et je me sers surtout de mon cerveau. La grossesse ne l'affecte quand même pas ? »

En roulant vers Espoo sur l'autoroute couverte de neige boueuse, j'ai pris la résolution de ne parler de mon état, au commissariat, que le plus tard possible. Qui cela regardait-il ? J'imaginais déjà, à la moindre erreur de ma part, l'apitoiement de Palo et les sarcasmes de Ström. J'ai décidé d'aller au stand de tir, en fin de journée, histoire de contrecarrer le plus brutalement possible l'avachissement que j'associais à la grossesse. Mais ma rébellion n'irait pas jusqu'à me taper une bière après avoir vidé dix chargeurs.

7

Niina Kuusinen m'avait laissé un message avec son numéro de téléphone personnel et celui de l'École de musique d'Espoo, où elle travaillait. J'ai tenté sans succès de la rappeler, mais je n'ai eu que le répondeur de l'établissement, qui annonçait que les cours reprendraient après l'Épiphanie.

Après avoir passé un coup de fil à l'avocat des Rosberg, j'ai décidé de retourner à Nuuksio. Je voulais m'imprégner du paysage, marcher sur les traces d'Elina, comprendre pourquoi et comment elle s'était retrouvée dans la forêt. L'homme de loi avait promis de me communiquer le lendemain matin les principaux points de son testament. Ma gynécologue m'avait bien sûr ordonné de me reposer le reste de la journée. Malgré le sang qui me coulait entre les cuisses et le tournis que j'avais, je préférais travailler. À la maison, mes pensées auraient de nouveau dansé la sarabande autour de l'embryon qui nageait dans mon ventre, et je ne le supportais pas. Je n'arrivais pas à gérer les problèmes de ma vie privée avec la même rationalité que ceux de ma vie professionnelle. J'ai vérifié qu'Aira était chez elle et, en croisant Palo dans le couloir, je lui ai demandé de m'accompagner. Ström était absent, par chance, sinon il n'aurait pas manqué de m'imposer sa compagnie, rien que pour me faire bisquer. Palo avait passé la matinée à Mankkaa avec Taskinen, mais ils n'avaient rien appris sur Halttunen. Ström était paraît-il en train de faire le tour des bandes d'ivrognes du secteur, à la recherche d'informations sur les derniers jours du père de l'évadé. Palo avait certes semblé prendre les menaces de Halttunen plus au sérieux que moi, mais j'ai malgré tout été étonnée de voir qu'il portait son arme à la ceinture et non sous l'aisselle. En y regardant de plus près, j'ai même cru discerner un gilet pare-balles sous son pull.

« À Nuuksio… » Il avait l'air hésitant. « Excellente idée, mieux vaut aller sur le terrain pour découvrir comment Rosberg a pu s'égarer dans la forêt. Mais est-ce que c'est bien prudent de nous déplacer ensemble, toi et moi ? Je veux dire…

– Tu veux dire que Halttunen pourrait m'attaquer en premier et ensuite seulement s'en prendre à toi, c'est ça ? » ai-je dit d'un ton plus sec que nécessaire. Palo avait parfaitement le droit d'avoir peur. C'était sans doute moi la plus idiote de nous deux.

« Je n'ai pas d'ordres à te donner, ai-je poursuivi d'une voix radoucie, mais j'aimerais vraiment que tu viennes avec moi. Je ne pense pas que Halttunen nous suive à Nuuksio. Si ça se trouve, ils l'ont déjà arrêté. »

Palo fixait le plancher. Ses cheveux courts et raides étaient déjà striés de gris et sa silhouette mince s'était épaissie d'un pneu de graisse à la taille. Il aurait eu besoin de lunettes mais, pour une raison ou une autre, refusait d'en porter sauf pour lire ou conduire. À force de plisser les paupières pour tenter de mieux voir, il avait les pommettes ridées et des pattes d'oie au coin de ses yeux bleu-gris rougis et larmoyants. Palo était dans la police d'Espoo depuis plus de vingt-cinq ans, il connaissait tous les petits délinquants et les récidivistes de la région, avait un réseau d'indics bien rôdé et une bonne mémoire. Il était plus consciencieux et bosseur qu'enthousiaste et inventif, et n'était pas du genre à proposer des idées neuves, mais il obtenait des résultats et ne faisait pas de difficultés.

« Ta gueule de bois va mieux ? m'a-t-il demandé dans un effort pour faire la paix.

– Je suis en pleine forme. Et regarde. » J'ai tapoté d'un geste un peu théâtral l'aisselle sous laquelle je portais mon arme. « Moi aussi, je protège mes arrières. »

Palo a suggéré que je prenne le volant, il voulait sans doute surveiller le bord de la route. J'ai jeté dans le coffre des bottes à haute tige pour patauger dans la neige, même si des skis auraient sans doute été plus utiles.

« On va aussi réinterroger Aira Rosberg, mais l'essentiel est d'aller dans la forêt, de refaire le parcours du manoir à l'endroit où Elina a été trouvée et de réfléchir à la manière dont elle y est arrivée. La nuit va bientôt tomber, mais ça peut nous être utile. C'est dans la soirée qu'Elina a disparu. Les choses prennent un aspect différent dans l'obscurité.

– On va encore faire des heures sup', a gémi Palo. Enfin, ma femme est aussi de service ce soir et la petite dernière est chez sa nounou, alors peu importe. »

Les enfants issus des deux précédents mariages de Palo habitaient chez leur mère, certains avaient sans doute déjà fondé une famille. Sa femme numéro trois avait une quinzaine d'années de moins que lui et on murmurait dans la brigade que, s'il prenait des vitamines, c'était parce que, sans ça, il n'arriverait pas à suivre le rythme de sa jeune épouse. Le crépuscule tombait déjà, la forêt bordant la route de Nuuksio était d'un impénétrable vert sombre. Les phares d'une voiture arrivant en sens inverse m'ont aveuglée un instant et presque fait rater le chemin de Rosberga. À l'inverse des fois précédentes, aucune lumière ne brillait dans la maison, ni même dans la cour. Mais quand j'ai enfin trouvé le bouton de l'interphone, dans l'insuffisant faisceau des phares, le portail s'est aussitôt ouvert. Une fenêtre solitaire s'était éclairée au rez-de-chaussée. Un instant plus tard, une lampe s'est également allumée au-dessus de la porte.

Aira est venue ouvrir et, sans marquer aucun étonnement, nous a conduits dans les appartements de sa nièce. Je la sentais totalement absente, comme si son cœur et ses pensées avaient fui son enveloppe charnelle, peut-être pour le lieu où Elina se trouvait maintenant. Dans cette grande maison, le vide et le silence étaient encore plus prégnants que dans une petite pièce que son habitant aurait tout juste quittée. J'ai secoué la neige de mes chaussures dans l'entrée et déversé un flot de paroles sur Palo, d'une voix bien trop forte, tout en sachant que ça ne servait à rien. Le chagrin d'Aira avait alourdi ses gestes, creusé de nouvelles rides sur son visage, plaqué ses fins cheveux gris sur sa tête, voûté ses larges épaules. Quand elle nous a ouvert la porte d'Elina, j'ai d'abord regardé dehors par la fente des rideaux de guipure, puis je suis allée soulever le simple store de la chambre. Le paysage était plongé dans l'obscurité, à l'exception d'une lueur visible du salon, loin au bord du lac Pitkäjärvi. J'ai éteint le plafonnier, et peu à peu j'ai pu discerner des formes dans la nuit. Les lumières de la chambre d'Aira et de la cuisine se reflétaient sur la neige, dévoilant le mur et la forêt, derrière.

« Palo, va faire un tour dehors. D'abord à l'intérieur de l'enceinte, puis à l'extérieur. Je veux voir si on distingue les silhouettes humaines, d'ici. »

À la raideur de sa démarche, j'ai compris qu'il n'avait guère envie de sortir seul dans la nuit. Je n'y tenais pas non plus, et c'est pourquoi j'avais parlé la première.

« Si j'ai bien compris, tu entendais le téléphone d'Elina jusque dans ta chambre ? ai-je demandé à Aira une fois Palo parti.

– Comme je l'ai dit, j'avais pris des somnifères pour dormir au moins une nuit sur mes deux oreilles. En principe, j'entendais en effet son téléphone, mais pas cette fois, a-t-elle répondu sans même avoir la force de s'irriter.

– Elina avait donc un numéro personnel, en plus de celui de Rosberga ?

– Tout à fait. Il était sur liste rouge, impossible à obtenir par les renseignements. Elle branchait en général pour la nuit le répondeur du téléphone central.

– Et à quel numéro reçois-tu tes appels ?

– Moi ? » Aira a presque souri. « On ne m'appelle presque jamais. Quelques anciennes collègues prennent de mes nouvelles deux ou trois fois par an, mais pour le reste ma vie est ici. »

J'ai sursauté quand Palo a frappé à la fenêtre de la chambre. On le voyait bien sûr facilement, même avec la lumière allumée, quand il se tenait le nez collé à la vitre. Tandis que j'essayais différents éclairages, il s'est promené dans la cour en regardant autour de lui comme si Halttunen avait pu franchir d'un bond les murs de Rosberga. Elina n'avait dû avoir aucun mal à distinguer ce qui se passait dans la cour, sans avoir pour cela à éteindre. De l'autre côté du mur, en revanche, seul le faisceau de la lampe torche de Palo était visible. Sans elle, il se fondait dans l'obscurité. Mais la lune brillait-elle le soir du 26 ? Il faisait froid, en tout cas, avec un ciel sans nuages, et dans ces conditions le paysage ne ressemblait peut-être pas à ce qu'il était par temps gris et neigeux.

Palo, grâce au code, avait ouvert sans difficulté le portail. Je l'ai envoyé inspecter les chambres du haut, voir la vue qu'on en avait et les possibles issues, balcons, échelles d'incendie et autres. Si Elina avait vu par la fenêtre quelque chose qui l'avait poussée à sortir, ce devait être dans l'enceinte du manoir. Et qui pouvait entrer dans la cour, à part les stagiaires logées sur place ? Mais si elle avait reçu un coup de fil destiné à l'attirer dans les bois, les possibilités étaient infinies.

Tout ce cirque n'était sans doute d'aucune utilité. Nous devions pourtant bien aller dans la forêt, essayer de nous muer en Elina, de comprendre pourquoi elle était partie à l'aventure en chemise de nuit dans le froid.

J'ai repensé aux cicatrices à l'entrée du col de son utérus et demandé à Aira si elle avait jamais été enceinte.

Ma question l'a stupéfaite.

« Elina, enceinte ? Pas que je sache. Tu veux dire qu'elle attendait un enfant... » L'effroi s'est peint dans ses yeux, qui se sont mis à cligner pour en chasser les larmes.

« Non, ce n'est pas ça, me suis-je empressée de la rassurer. Je voulais dire en général. Le col de son utérus présentait des signes laissant penser qu'elle aurait pu avoir accouché, ou fait une fausse couche, mais il n'y en a aucune trace dans son dossier. »

Le visage d'Aira s'est détendu, mais derrière son soulagement persistait une profonde tristesse qui ne disparaîtrait sans doute plus jamais de son regard.

« Ce doit être cette vieille histoire, je l'avais presque oubliée. Elina a passé six mois en Inde, au milieu des années soixante-dix, et a souffert là-bas de graves troubles du cycle menstruel dus à une tumeur utérine. Elle a été opérée sur place dans des conditions douteuses, d'où ces cicatrices, sans doute. Je ne me rappelle pas les détails, mais il lui a fallu deux ou trois ans pour retrouver un fonctionnement hormonal normal. Sa gynécologue pourra t'en dire plus. »

L'explication était donc simple. Pas de naissances illégitimes ni d'avortements tragiques. Que m'étais-je imaginé ? Qu'Elina avait vu derrière la vitre le fantôme de l'enfant qu'elle avait abandonné et était partie à sa poursuite, ou quoi ?

« Est-ce que vous avez avancé ? » m'a demandé Aira, qui n'avait rien trouvé de son côté qui puisse aider à élucider le mystère. J'ai secoué la tête d'un air désolé.

Le pas des bottes de Palo, dans l'escalier, était étrangement lourd. On aurait dit que les marches n'étaient habituées qu'à des pieds de femme, chaussant tout au plus du quarante. Quand l'écho de son quarante-deux s'est tu, il a haussé les épaules comme pour signifier qu'il n'avait rien découvert en haut.

« Il fait sacrément noir, en tout cas, si quelqu'un se déplace dans cette forêt sans lumière, on ne risque pas de le voir de l'intérieur », a-t-il grogné. Je me suis demandé s'il avait essayé d'apercevoir Halttunen à travers les arbres.

« Allons-y quand même », ai-je soupiré. Aira a pris son manteau, prête à nous accompagner, mais je le lui ai interdit. Elle faisait partie des suspects, après tout, et j'étais absolument certaine qu'elle nous cachait quelque chose.

Un vent glacé nous a assaillis dès le portail passé, montant du lac Pitkäjärvi, et si furieux, une fois arrivé en haut de la colline, qu'il a failli nous renverser. J'ai rentré mon écharpe dans mon manteau pour protéger mes seins et serré le cordon fermant mes bottes. Patauger dans la neige zébrée par les ombres des arbres ne m'enthousiasmait pas. Le lendemain de Noël, le sol était recouvert d'une épaisse couche de poudreuse, et Elina ne portait apparemment pas de chaussures. Le chemin le plus court vers l'endroit où elle avait été découverte passait par un champ envahi de buissons. L'autre solution était de suivre un moment la route et de tourner ensuite dans les bois sur la piste de ski. Par paresse, j'étais tentée de choisir le second itinéraire, mais essayer le premier me paraissait indispensable.

Nous avons donc pris par le champ, qui montait en pente douce, et avons bientôt vu les fenêtres éclairées de la maison voisine d'où le skieur avait appelé la police après avoir découvert le corps d'Elina. Quelques lumières éparses brillaient au bord du lac Pitkäjärvi, mais pour le reste le paysage balayé par le vent était vide. Palo, le visage soucieux, jetait des regards autour de lui. On aurait pourtant entendu de loin les pas de Halttunen, la neige durcie craquait avec entrain sous nos pieds.

« Je me demande… Si Elina Rosberg a pris involontairement de l'alcool et du Dormicum avec de l'érythromycine, elle a pu se trouver dans un tel état de confusion qu'elle est sortie, a erré un moment, s'est assise dans la neige et a perdu conscience. Et si c'était aussi simple que ça ? ai-je suggéré, plus pour moi-même que pour Palo.

– Et comment se serait-elle éraflé le dos ? » a-t-il rétorqué en balayant la lisière de la forêt du faisceau de sa lampe. Le champ était bordé d'une épaisse sapinière qui n'avait rien d'accueillant, surtout dans l'obscurité. J'ai cherché du regard une brèche par laquelle Elina aurait pu passer, des branches cassées ou autres. Mais le bois semblait impénétrable, et personne ne s'était sans doute promené par là depuis longtemps.

« Mieux vaut retourner sur nos pas et essayer par la piste de ski, ai-je conclu. Quelqu'un a peut-être trouvé Elina et commencé à la traîner à l'abri, mais a pris peur en constatant qu'elle était morte. Quelqu'un sans aucun lien avec elle. »

Revenir sur nos pas à travers le champ a été facile, et marcher sur la route franchement reposant. Le long de la piste aussi, la neige avait été foulée, offrant un sentier que nous avons suivi.

Dans la forêt, le vent ne jouait plus qu'avec la cime des arbres, nous en étions à l'abri. Nos lampes déformaient les ombres des branches, qui se prenaient dans mes cheveux. J'ai trébuché sur un petit sapin, et je n'ai évité de tomber sur les fesses qu'en m'agrippant à un jeune bouleau m'arrivant à peine à la taille. C'est à ce moment-là que j'ai vu le morceau de satin rose accroché là.

« Donne-moi un peu de lumière, Palo ! » Le lambeau ne mesurait pas plus de trois centimètres sur six. J'ai soigneusement coupé la branche entière, et sorti de ma poche un sachet en plastique dans lequel j'ai fourré le bout de tissu. J'étais pratiquement certaine qu'il provenait du peignoir d'Elina, surtout que le satin rose était rarement utilisé pour fabriquer des combinaisons de ski. Il faudrait bien sûr attendre les résultats du labo pour en avoir la confirmation. Peut-être connaître l'itinéraire d'Elina nous aiderait-il à progresser. Nous avons continué d'avancer, d'un pas plus lent, en scrutant les fourrés. Soudain, Palo s'est figé, et le faisceau de sa lampe s'est mis à trembler.

« Qu'est-ce que c'est ? »

Dans un fracas de branches cassées, quelqu'un se frayait en trombe un chemin à travers la sapinière, sur notre gauche. Je m'imaginais déjà Halttunen se précipitant sur nous à la Rambo, un fusil d'assaut dans les mains, le couteau entre les dents, une lueur meurtrière dans ses pâles yeux bleus de bébé. Palo a sorti son revolver. En voyant son regard paniqué, j'ai d'un coup mesuré à quel point cette menace de mort le terrifiait. Je n'avais pas aussi peur que lui, car j'avais reconnu le bruit provenant des broussailles, mais un élan en colère pouvait malgré tout être dangereux. D'après le raffut, il y en avait d'ailleurs au moins deux. J'espérais qu'ils seraient aussi effrayés par nous que nous par eux et ne nous fonceraient pas dessus.

« Range ton arme, la chasse à l'élan est fermée », ai-je dit en tentant de prendre un ton décontracté. Je n'avais pas tant peur des animaux, dont la course s'éloignait déjà dans l'obscurité, que de la panique que j'avais lue dans les yeux de Palo, et de la vitesse à laquelle il s'était saisi de son revolver. Son comportement présentait à l'évidence des risques de mauvaise évaluation de la situation. On m'avait raconté des histoires de policiers s'étant trouvés dans le même état d'esprit, d'accidents provoqués par une terreur incontrôlée. Je sentais l'effroi me gagner, mais pas à cause de Halttunen. Je m'inquiétais pour Palo.

« C'étaient des élans, ai-je répété en le voyant l'arme toujours braquée. Range ce revolver, qu'on puisse continuer nos recherches. L'endroit où on a trouvé le corps est tout près. Plus vite on aura fini, plus vite on sortira de cette forêt. »

L'obscurité dissimulait le visage de Palo, mais ses mouvements trahissaient une certaine gêne quand il a glissé son arme à sa ceinture et s'est tourné pour reprendre le chemin en pente longeant la piste de ski.

L'endroit où le corps avait été découvert n'avait pas changé : au sommet d'une colline, en lisière d'une petite clairière traversée par la piste mais presque invisible pour qui y skiait, un grand sapin aux branches pendantes, du genre de ceux sous lesquels, enfants, nous jouions à être dans une grotte.

Cette affaire n'avait toujours aucun sens.

« Cette Rosberg était médecin, a grogné Palo alors que je continuais à développer la thèse de l'accident. Elle aurait dû être au courant des interactions entre médicaments, même moi je sais qu'il ne faut pas mélanger l'érythromycine et le Dormicum.

– Non, c'était une psychologue qui avait fait des études de psychiatrie. Elle n'avait pas le droit d'exercer la médecine, ni de prescrire des médicaments. »

Le légiste avait dit que la dangerosité des effets combinés de l'érythromycine et du Dormicum, ou de l'Halcion, n'était connue que depuis dix-huit mois environ, mais qu'il y avait un avertissement à ce propos dans la notice des antibiotiques. Peut-être Elina avait-elle omis de la lire.

J'ai essayé de me rappeler le goût du Dormicum. En avait-il seulement un ? Je ne pouvais plus le tester, le paracétamol devait être un des seuls médicaments autorisés en cours de grossesse. Était-il par exemple possible de mélanger une forte dose de ce somnifère à du whisky, dont Elina avait paraît-il bu, sans qu'on en remarque la saveur ?

« OK, théorie numéro deux. Quelqu'un voulait qu'elle dorme et lui a fait boire un scotch assaisonné au Dormicum sans rien savoir de son traitement antibiotique. Plongée dans un état second, elle est partie à l'aventure dans la forêt. La personne qui lui a servi cette boisson, et qui n'avait donc aucune intention de la tuer, n'ose pas avouer son geste car elle a peur d'être accusée d'homicide involontaire.

– C'est possible. » Palo m'écoutait certes, mais il semblait en même temps épier les bruits de la forêt, guetter les mouvements des branches, scruter les ombres suspectes. J'ai continué de réfléchir tout haut, en essayant de ne pas sentir le froid qui s'insinuait sous mon manteau et à travers le caoutchouc usé de mes bottes.

« Dans ce cas, j'ai deux candidates, Milla Marttila et Aira Rosberg. La première a pu faire boire du whisky trafiqué à Elina pour qu'elle ne remarque pas son absence. Et la seconde a dit avoir elle-même pris un somnifère pour ne pas être dérangée par la toux de sa nièce. Elle a peut-être aussi bu un verre de scotch et lui a servi le même mélange pour qu'elle dorme mieux.

– Ça ne colle pas, Marttila a quitté la maison tôt dans la soirée.

– Oui. Mais peut-être Elina avait-elle déjà à ce moment-là absorbé le médicament. Je ne sais pas. Le Dormicum agit assez vite. Ça n'a aucun sens, allons-nous-en ! »

Nous sommes revenus sur nos pas par le même itinéraire. On n'avait pas trouvé de lampe de poche près du corps, mais quelqu'un avait bien sûr aussi pu l'emporter. La lune presque pleine qui perçait maintenant à travers les nuages en était à peine à son premier quartier, le 26, et n'aurait pas suffi à éclairer le paysage. Il faudrait demander à Aira s'il manquait des torches à Rosberga.

Des lumières brillaient maintenant à plusieurs fenêtres du manoir, comme si on les avait allumées pour nous guider. La maison enclose dans son enceinte semblait offrir un refuge accueillant et chaud, où ni l'hiver ni Halttunen ne pouvaient nous atteindre. Mais ce n'était qu'une illusion, le mal avait réussi à pénétrer à l'intérieur des murs de Rosberga pour attirer Elina vers la forêt et la mort.

« Des lampes de poche ? Je ne m'étais pas posé la question », a déclaré Aira alors que nous étions assis dans la cuisine avec des tasses de thé à la main. Palo fixait la sienne d'un air suspicieux, peut-être ma théorie sur le whisky trafiqué l'avait-elle mis sur ses gardes. J'ai laissé la chaleur de mon gobelet en céramique me dégeler les paumes, l'appuyant même un moment contre ma joue engourdie de froid.

« Nous avons plusieurs torches que les stagiaires utilisent pour se promener le soir. Je ne sais pas exactement combien, mais je peux bien sûr les rassembler et voir s'il semble y en avoir moins que d'habitude.

– Tu as dit que tu avais pris un somnifère, le soir du 26. Est-ce que tu l'as fait passer avec du whisky ?

– Du whisky ? » Aira avait l'air stupéfaite. « Je ne bois pratiquement jamais d'alcool. Un verre de vin ou une goutte de cognac, à l'occasion, mais je n'ai goûté à du whisky qu'une fois dans ma vie.

– Est-ce qu'Elina en buvait ?

– Elle aimait ça, oui, mais elle était assez regardante sur la marque, seul le scotch lui convenait, et de préférence du pur malt. Je lui achetais de temps en temps une bouteille de Laphroaig.

– Est-ce qu'elle en avait, au moment de sa disparition ?

– Sûrement. Je lui en avais offert pour Noël. Un instant. » Aira s'est levée et a ouvert un placard placé en hauteur qui contenait des bouteilles, quelques-unes de vin rouge, une de cognac à moitié vide et une de Laphroaig presque pleine. J'ai senti sur ma langue son profond goût de fumée, mais cette agréable réminiscence a aussitôt été suivie d'un sentiment de culpabilité. Ce genre de plaisir me serait interdit jusqu'en août – et au-delà, si j'avais l'intention d'allaiter mon bébé.

« Qui va le finir ? Elina en a bu un verre avec Tarja Kivimäki le soir du réveillon, a murmuré Aira comme pour elle-même. J'ai passé la journée à écrire des lettres et à téléphoner pour annuler les stages de ce printemps. Personne ne peut remplacer Elina. Je ne sais même pas ce que Rosberga va devenir.

– Si elle n'en a pas disposé autrement dans son testament, c'est toi qui vas hériter de tout, ai-je dit d'un ton plus sec que je ne l'aurais vraiment voulu.

– Oui... » Aira a rangé la bouteille de pur malt dans le placard. « Je préférerais ne pas avoir à partir de chez moi. J'ai vécu ici toute ma vie, à peu de chose près. Après l'école d'infirmières, j'ai travaillé un certain temps à l'hôpital de Meilahti, à Helsinki, mais ensuite mon père est tombé malade, puis ma mère. Je me suis occupée d'eux, puis de la maman d'Elina, qui a souffert d'une longue leucémie. Mon frère, le papa d'Elina, donc, ne s'en serait pas sorti seul. Quand il est mort, il y a une dizaine d'années, elle et moi avons vendu la plus grande partie des terres agricoles. J'ai ensuite retravaillé avant de prendre ma retraite, Elina m'avait trouvé un poste dans une résidence pour personnes âgées, à Leppävaara, je pouvais y aller facilement d'ici. Je suis née dans cette maison et j'aimerais y mourir. Mais... »

Un bruit de porte a interrompu ses réflexions et Johanna Säntti est entrée dans la cuisine. J'ai d'abord failli ne pas la reconnaître, tellement son jean et ses cheveux lâchés la changeaient. De loin, on aurait pu la prendre pour une lycéenne. Mais son regard, plongé droit dans le mien quand elle m'a dit bonjour, était celui d'une femme âgée, et ses yeux étaient toujours cernés d'un lacis de rides.

« Johanna nous quitte demain pour aller rendre visite à sa famille, a annoncé Aira.

– Je suis heureuse de le savoir. Tu as l'intention d'y rester longtemps ?

– Sans doute pas. Je ne peux pas y passer la nuit. Je dois loger à l'hôtel à Oulu et faire l'aller-retour en autocar. » Il y avait dans sa voix quelque chose de nouveau, comme de la colère.

« Tu ne peux pas dormir chez toi ?

– Leevi ne le permettrait sûrement pas, surtout que j'ai l'intention de lui annoncer que j'ai demandé le divorce. Mes parents non plus ne veulent pas de moi. Ma plus jeune sœur, Maija-Leena, s'occupe paraît-il de nos enfants, chez nous. Peut-être Leevi l'épousera-t-il ensuite. » Il n'y avait pas à se tromper sur le ton de sa voix, indignée et ironique. Johanna Säntti n'avait rien de timoré. Comment avais-je pu le croire ? Il lui avait à coup sûr fallu du courage pour se dresser contre tout ce qu'on lui avait enseigné et décider d'avorter.

« J'ai vu aujourd'hui cette avocate dont tu m'avais parlé, Maria. Elle m'a convaincue que Leevi ne pouvait en aucun cas m'empêcher de rencontrer mes enfants. Il se peut bien sûr que certains d'entre eux refusent de me parler, mais je verrai au moins Anna, et les plus jeunes. » Sa voix pleine de défi tremblait un peu, et je comprenais sa peur. Je pouvais parfaitement m'imaginer tout son village laestadien ligué pour monter ses enfants contre elle.

« J'aimerais en savoir un peu plus sur ta vie, Johanna. Je suis curieuse, plus en tant que femme qu'en tant que policière, je n'ai jamais rencontré personne qui ait neuf enfants. »

Un soupir s'est fait entendre du côté de Palo. Il venait apparemment d'atteindre la limite de sa capacité de travail de la journée. Sans en tenir aucun compte, Johanna a répondu :

« Que veux-tu que je te dise ? J'ai passé mon temps à prier et à faire des enfants. Je ne sais pas en parler. Elina m'a conseillé d'écrire mon autobiographie, elle disait que ça m'aiderait à mieux comprendre ma vie. Je lui ai d'ailleurs obéi.

– On peut la lire ?

– Pour quoi faire ? » Elle m'a fixée sans ciller, puis a rejeté maladroitement en arrière une boucle tombée sur son visage, comme désemparée par ce geste neuf, après avoir vécu toute sa vie avec les cheveux attachés serré. « Si je te donne mon texte, tu me parleras de ta propre vie ? C'est inouï, pour moi, une femme policier. »

J'avais le très net sentiment qu'elle se moquait de moi, mais l'expression de ses yeux était d'une innocence presque enfantine.

« Eh bien c'est d'accord », ai-je répondu, et elle est allée chercher son texte. « Elle va nettement mieux, ai-je remarqué à l'intention d'Aira.

– Peut-être. Mais c'est parce qu'elle s'est persuadée que son mari a tué Elina. Elle espère ainsi avoir la garde des enfants », a-t-elle sèchement répondu.

En revenant, Johanna m'a tendu une liasse de feuillets soigneusement imprimés.

« Milla m'a appris à me servir de l'ordinateur, a-t-elle expliqué avec enthousiasme. Tu peux les garder, je m'en ferai une copie si j'en ai besoin. »

J'ai été surprise par l'écho triomphant de sa voix. Peut-être Aira avait-elle raison, et cette nouvelle assurance reposait-elle sur un leurre. J'ai pensé à Leevi Säntti, que je n'avais jamais rencontré, mais que je détestais par principe. Il faisait un coupable idéal, à mon goût.

Nous en avions fini. J'ai souhaité bon voyage à Johanna, tout en me demandant si elle avait pu assassiner Elina dans l'espoir de faire passer son mari pour un meurtrier. La théorie paraissait tirée par les cheveux, mais rien dans sa mort ne semblait de toute façon avoir ni rime ni raison. Il y avait dans cette femme de neige et de glace, dans la forêt, quelque chose d'insensé, de sacrificiel. Peut-être Johanna l'avait-elle immolée dans l'espoir d'obtenir la garde de ses enfants.

Ou alors j'avais lu trop de mauvais thrillers psychologiques.

Dès que la voiture a franchi le portail de Rosberga, Palo s'est mis à jeter à la ronde des regards hystériques.

« Tu as vraiment les nerfs à fleur de peau, ai-je finalement déclaré. Tu devrais prendre un peu de vacances et t'éloigner, aller quelque part où tu n'aurais pas à avoir peur de Halttunen.

– Et comment crois-tu que j'obtiendrais un congé ?

– Par un médecin… Ou plutôt un psychiatre. Une menace de mort est un facteur de stress évident. »

À en croire sa mine, l'idée ne l'emballait pas. Je le comprenais. Les policiers semblaient encore répondre en grande majorité à l'archétype de l'homme finlandais à qui on n'autorisait guère d'autres sentiments que la haine, la colère, la jalousie, le désir sexuel et la joie quand un garçon naissait dans sa famille ou que son pays remportait le championnat du monde de hockey sur glace. La peur ne faisait pas partie de cet arsenal, même si chacun d'entre nous en éprouvait à coup sûr un jour ou l'autre, pour diverses raisons.

J'étais habituée à cacher la mienne encore mieux que mes collègues masculins, précisément parce qu'on s'attendait toujours à ce que ce soit moi qui craque en premier. J'avais d'ailleurs peut-être même trop bien réussi à la dissimuler, même à mes propres yeux, car Halttunen ne m'effrayait pas le moins du monde.

« Loin du commissariat, je ne ferais que ruminer toutes sortes de pensées inutiles, a grommelé Palo. On est plus en sécurité au travail, entouré en permanence de professionnels. Mais nous ne devrions pas faire équipe, dans la mesure où il nous en veut à tous les deux.

– Peut-être, oui », ai-je concédé au moment même où la radio lançait un appel à notre intention. C'était Ström, qui nous a annoncé qu'on avait retrouvé deux témoins du meurtre de Mankkaa. D'après leurs déclarations, Pentti Lindström avait très probablement été tué par un homme blond, plutôt trapu, âgé d'une trentaine d'années, qu'ils avaient identifié sur photo comme étant Halttunen.

« Il a tué son propre père, putain ! a gémi Palo effaré.

– Et sinon, est-ce qu'on a repéré Halttunen ? ai-je crié à Pertsa.

– Non. Il doit avoir suffisamment de relations pour pouvoir se planquer un bon bout de temps. Rappelle-toi Larha, par exemple », a-t-il répondu, avec dans la voix un fiel que je savais voulu. J'étais furieuse. N'importe qui d'autre, au commissariat, aurait agi autrement, en cherchant à nous rassurer, en expliquant qu'on enquêtait en ce moment même sur les contacts de Halttunen et qu'on le coincerait sous peu.

Mais pas Pertsa, qui savait très bien quelle erreur de jugement nous avions commise en supposant que Halttunen serait avant tout sur les traces du meurtrier de son père. Mais voilà qu'il l'avait lui-même tué, et même sans connaître les autres ennemis de Halttunen, j'étais pratiquement certaine de savoir qui étaient les suivants sur sa liste.

Palo et moi.

C'est là que moi aussi j'ai commencé à avoir peur.

8

En arrivant à la maison, j'ai décidé de parler de Halttunen à Antti. Il se demanderait de toute façon pourquoi je portais mon arme, contrairement à mon habitude.

Une expression presque désespérée s'est peinte sur son visage.

« Et ce type représente un réel danger ? a-t-il demandé après être resté un moment assis en silence à fixer par la fenêtre les champs plongés dans l'obscurité.

– Suffisamment réel, oui. Mais c'est aussi un évadé de prison qui a un nouveau meurtre à son actif. J'imagine qu'il va rester planqué, plutôt que de nous pourchasser, Palo et moi.

– Vous ne pouvez pas vous faire protéger ?

– Nous n'avons pas les ressources nécessaires. Et il ne s'agit que d'une menace lancée il y a six mois. Si ça se trouve, Halttunen a déjà oublié toute cette histoire, ai-je dit sans conviction.

– C'est moche, surtout que vous êtes deux, maintenant, à être en danger. » Antti a tenté de sourire. « Au fait, quand est-ce qu'on va annoncer la nouvelle à la famille et aux copains ?

– Pas avant un bon moment. Il y a des risques, au début, la plupart des fausses couches ont lieu avant la douzième semaine de grossesse. Attendons jusque-là.

– J'ai acheté à la braderie de la bibliothèque de vieux numéros de *Deux et plus*. On y trouve sans doute des conseils pour s'occuper d'un enfant.

– Antti ! » J'ai contemplé, dubitative, les magazines aux couleurs vives sur lesquels des femmes à l'air maternel et des bébés plus mignons les uns que les autres souriaient en une symbiose béate. « Il faut vraiment que je lise ça ? »

La mine à la fois satisfaite et honteuse, il a répondu d'un ton vaguement contrit :

« Je suis complètement déprimé, en ce moment, j'ai trop de travail, en plus de cette histoire de Rocade n° 2, alors tu me permettras quand même de me réjouir de quelque chose, non ?

– Bien sûr. » Je me suis assise sur ses genoux, j'ai enfoui mon visage contre son épaule, dans la laine de son pull noir. Alléchée par la chaleur de son corps, je l'ai embrassé dans le cou juste sous l'oreille, puis sur le menton, les lèvres, et il n'a pas fallu longtemps pour qu'il m'arrache ma chemise. Nous avons fait l'amour sur le tapis du salon sans égard pour Einstein qui nous regardait d'un air réprobateur, perché sur la bibliothèque.

Revigorée, j'ai ensuite trouvé la force de m'attaquer au récit de la vie de Johanna. Antti a bien essayé de m'arracher à ma lecture en me citant les passages les plus idiots de *Deux et plus*, mais après que je l'ai fait taire deux ou trois fois, il a compris que ces pages étaient importantes pour moi.

J'ai toujours aimé les autobiographies – sans doute à cause de ma curiosité, de mon irrépressible envie de m'immiscer dans la vie des autres. Les récits de gens tout à fait ordinaires, dont il y avait heureusement pléthore, depuis quelques années, étaient ceux qui m'intéressaient le plus. J'aurais voulu considérer les pages écrites par Johanna comme celles d'un livre décrivant la vie d'une femme de trente-trois ans de la région d'Oulu, mais je n'y arrivais pas. Ses phrases pudiques, soigneusement imprimées, en disaient bien trop long.

Je suis née il y a trente-trois ans à Karhumaa, dans la commune d'Yli-Ii, un peu au nord d'Oulu. Il y avait à l'époque dans notre village une école communale, une église, deux épiceries-bazars, deux banques, un dispensaire et une salle de réunion de l'Association des agriculteurs qui servait aussi pour les assemblées de prière. Le centre d'Yli-Ii était à une vingtaine de kilomètres et la communauté locale vivait donc largement en autarcie. Mes parents étaient agriculteurs, comme leurs parents avant eux. Quand je suis née, ils avaient déjà trois garçons, et ensuite sont encore venus un garçon et une fille, de dix ans ma cadette. Six enfants, c'était en fait assez peu pour Karhumaa. Beaucoup de familles en comptaient dix ou plus, car près de quatre-vingt-dix pour cent des villageois étaient laestadiens. Notre religion n'admet pas l'utilisation de moyens de contraception ni l'avortement, et les familles nombreuses sont considérées comme une bénédiction divine.

J'ai le souvenir d'une enfance heureuse, malgré de strictes pratiques religieuses. J'avais beaucoup de camarades de mon âge, avec qui je partageais de nombreuses activités : nous jouions à la ménagère, j'apprenais à faire du pain et de la pâtisserie et je participais aux travaux de la ferme. En tant que fille aînée, j'aidais aussi tout naturellement ma mère. J'ai su traire les vaches à cinq ans et, à sept, je cuisinais comme une adulte. J'avais dix ans quand ma petite sœur est née et je n'ai jamais été aussi fière que quand mon père a déclaré que je me débrouillais si bien que nous n'avions besoin de personne d'autre pour tenir la maison pendant les couches de ma mère.

J'ai aussi de bons souvenirs de l'école du village. Comme je savais lire dès l'âge de cinq ans, j'ai commencé ma scolarité avec un an d'avance. Nos institutrices étaient certes sévères et parfois même impitoyables, mais j'étais sage et bonne élève, et elles n'avaient donc pas à se plaindre de moi. J'avais néanmoins un problème : mes cheveux. Ils étaient frisés et indomptables, impossibles à tresser en nattes serrées. J'avais constamment droit à des remarques sur mes boucles rebelles, et pourtant les couper m'était interdit. Je me suis rendu compte très tôt que les cheveux frisés représentaient le mal et la tentation, mais je me rappelle les avoir parfois défaits, quand j'étais seule, et avoir pris plaisir à sentir leur poids sur mes épaules et leur chatouillis sur mon visage.

J'ai pu entrer au collège, au lieu de continuer l'école communale, en grande partie grâce à la réforme du système scolaire, prévue l'année suivante, qui m'aurait de toute façon obligée à aller en cours à Yli-Ii. J'avais été classée première à l'examen d'entrée, résultat dont j'étais secrètement fière. J'attendais ce changement avec des sentiments ambigus mêlés de terreur. J'étais avide d'apprendre, mais je craignais le contact avec des impies. Et on s'employait d'ailleurs à alimenter ma peur : tout l'été, avant d'entrer au collège, je n'ai entendu que des mises en garde. Mon frère aîné était déjà en première année de lycée, dans le même établissement, le suivant redoublait sa quatrième année de collège et le troisième était dans la classe suivante. Le redoublement de Simo avait couvert la famille de honte et de chagrin. Je me rappelle encore le visage de mon père quand il l'a appris, et la raclée qu'il lui a administrée.

On avait sans doute ordonné à mes frères de veiller à ce que je me conduise correctement à l'école. En fait, nous nous surveillions tous les uns les autres, c'était, et c'est toujours, un des aspects du mode de vie des habitants de Karhumaa. Le bus nous déposait à l'école à huit heures moins cinq ou à neuf heures moins cinq, et celui du retour partait à trois heures et quart. Cela ne nous laissait guère le temps de mener une vie de péché. Les premières années, une grande partie des enseignants étaient aussi laestadiens et, à l'époque, le problème de la télévision scolaire ou de l'expression corporelle ne se posait pas encore.

Il y avait dans l'établissement une bibliothèque dont s'occupait un professeur de finnois – pas le mien, qui était une femme, fervente croyante, mais un homme d'une trentaine d'années du nom d'Yli-Autio, qui avait visiblement obtenu ce poste par erreur, car bien qu'il fût le fils d'un ancien condisciple du directeur, il avait renié la foi de ses ancêtres. Il y avait bien sûr dans les rayons beaucoup de littérature religieuse pour enfants et adolescents, mais aussi des ouvrages encyclopédiques et des classiques et, de temps à autre, Yli-Autio s'enhardissait même à commander des livres contemporains pour la jeunesse. Seuls osaient les emprunter les élèves non laestadiens.

Je me souviens tout particulièrement de ma dernière année de collège. Le mercredi, les cours se terminaient à quatorze heures, et c'était justement à ce moment qu'ouvrait la bibliothèque. Je passais des instants heureux, en attendant le bus, à lire des livres interdits. Yli-Autio, qui avait à l'évidence remarqué ma passion pour la lecture, me guidait avec tact des ouvrages d'Anni Swan et de Lucy M. Montgomery – qui appartenaient pourtant eux aussi à la littérature interdite, même si on y fréquentait assidûment l'église – vers des romans plus modernes. J'y découvrais des situations qui m'échappaient totalement, comme des gens qui s'embrassaient sans être mariés, et même des filles qui se retrouvaient avec un bébé sans que leur union ait été bénie. Je ne saisissais pas, car comment aurait-on pu avoir des enfants en dehors du mariage ?

J'ai peu à peu commencé à comprendre qu'il y avait dans le monde beaucoup de choses dont je n'avais jusque-là jamais entendu parler. Le plus difficile a sans doute été de constater que les gens que l'on qualifiait à Karhumaa de pécheurs ou d'impies pouvaient être charmants et intéressants. Dans ma classe, il y avait une autre fille aussi éprise de lecture que moi, Anne, dont le père était médecin et la mère artiste. Inévitablement, nous sommes devenues amies. Toujours prête à vouloir changer le monde, elle espérait m'ouvrir de nouveaux horizons et m'attirer sur la voie du péché. Mes parents voyaient notre camaraderie d'un mauvais œil, mais quand le père d'Anne a téléphoné en personne pour leur demander si je pourrais rester passer la nuit chez eux un vendredi après l'école, ils n'ont pas osé me l'interdire. C'était notre dernière année avant le lycée. J'étais devenue une femme, je portais mon premier soutien-gorge, acheté dans la honte, et je tentais désespérément tous les mois de cacher mes règles à mon père et à mes frères. Ces mystères faits autour des réalités de la vie me semblent aujourd'hui assez insensés, alors qu'il y avait toujours dans le village de nombreuses femmes enceintes, et des accouchements au moins une fois par mois.

Chez Anne, je me suis maquillée pour la première fois de mon existence et j'ai enfilé un jean qu'elle m'avait prêté pour aller faire un tour dehors dans la soirée. Ses parents semblaient aussi penser que j'avais tout à gagner à échapper à la vision du monde étriquée de notre communauté.

Il m'avait paraît-il remarquée depuis déjà plusieurs années à l'église et s'était promis de me prendre pour femme…

J'ai interrompu ma lecture et feuilleté les pages que j'avais à la main. Il en manquait de toute évidence une ou deux. C'était frustrant. J'aurais aimé savoir ce qui s'était passé le soir de la première virée en ville de Johanna. Avait-elle omis ce passage exprès, ou l'avait-elle purement et simplement supprimé, peut-être poussée par la honte ou la culpabilité ?

Antti ronflotait déjà à mes côtés, la joue contre une photo de bébé de *Deux et plus*. J'ai jeté le magazine par terre et soigneusement rangé le récit de Johanna sur ma table de chevet, car j'avais trop sommeil pour continuer. Je n'ai eu le temps d'écouter les grincements de la maison qu'un instant avant de sombrer dans les profondeurs d'un monde cotonneux sentant la neige, où l'on n'avait jamais entendu parler de ce fou furieux de Halttunen.

Le lendemain matin, j'ai enfin réussi à fixer rendez-vous à Niina Kuusinen et, après quelques tâches de routine, j'étais prête à me replonger dans l'autobiographie de Johanna. Apparemment, le prédicateur Leevi Säntti était entré en scène.

… Il m'avait paraît-il remarquée depuis déjà plusieurs années à l'église et s'était promis de me prendre pour femme. J'avais rêvé de faire des études de médecine après le baccalauréat. L'idée m'avait sans doute été inspirée par l'admiration que je portais au père d'Anne. Mes parents ne voulaient pas entendre parler de ce projet, malgré mes cinq mentions très bien au bac. Je n'avais dû me contenter d'un assez bien

qu'en mathématiques. Ils m'ont proposé une école d'arts ménagers ou de commerce appliqué, mais ni l'un ni l'autre ne m'intéressaient.

Je dois avouer que j'étais un peu amoureuse de Leevi. Il avait vingt-six ans, soit huit de plus que moi, et était plutôt séduisant, d'allure soignée et élégamment vêtu pour un habitant de Karhumaa. Son père et son grand-père étaient des prédicateurs célèbres qui avaient amassé une certaine fortune. La ferme des Säntti était une des plus belles de la commune. Leevi avait aussi entamé une carrière de prédicateur et pensait construire sa propre maison à côté de celle de ses parents, une fois qu'il aurait fondé une famille. Il m'a dit m'avoir choisie parce que j'avais l'âge adéquat et que j'étais d'une beauté agréable à Dieu. Cela m'a bien sûr flattée, car en dehors du père d'Anne et d'un garçon dont j'étais amoureuse au lycée, personne ne m'avait jamais trouvée belle.

Nous nous sommes mariés deux semaines après la cérémonie de remise des diplômes du baccalauréat. Aux noces, il y avait non seulement tout le village, mais aussi beaucoup de membres de la communauté laestadienne de la région. J'étais fière, à vrai dire, d'épouser un homme aussi connu et respecté, et ce jour-là je me suis sentie comme une reine. Ma robe était d'un blanc immaculé, bien ajustée, et j'avais réussi à faire coiffer mes cheveux de manière à ce que quelques boucles folles dépassent de mon voile. Je n'avais toutefois pas osé mettre le rouge à lèvres offert par Anne, malgré l'envie que j'en avais.

Je n'étais absolument pas préparée à ce qui s'est passé cette nuit-là. Notre professeur d'hygiène, qui observait très strictement les préceptes de notre Église, avait fait l'impasse sur les questions d'éducation sexuelle en déclarant que cela ne regardait que les gens mariés. Ma mère m'avait dit que c'était à mon époux de me guider. J'avais tiré quelques conclusions de certains extraits de textes et de magazines feuilletés en secret, mais lire la description d'une situation et s'y trouver soi-même confronté sont deux choses différentes. J'ai compris par la suite que Leevi possédait en réalité une grande expérience dans le domaine de la sexualité ; il ne s'était pas donné la peine de rester chaste jusqu'au mariage.

Je ne m'attendais pas à la douleur, au sang et à la honte de sentir quelqu'un toucher des parties de mon corps que je n'avais pas osé montrer depuis des années, même à ma propre mère. L'acte se répétant soir après soir, les saignements ont cessé et même la douleur a disparu au bout de quelques semaines, et j'ai appris à supporter les besoins sexuels de mon époux. Je suis tombée enceinte dès le début de notre mariage et notre aîné, Johannes, est né fin mars, quelques jours après mon dix-neuvième anniversaire. En novembre, j'étais de nouveau enceinte et, depuis, ma vie n'a été qu'une succession de grossesses, d'allaitements, d'enfants et de soins du ménage. Leevi était souvent absent, à cause de ses tournées de prédication, et malgré toute l'aide que ma mère, ma sœur et ma belle-mère m'ont apportée pour m'occuper de ma famille, je n'ai jamais eu à me demander comment meubler mes loisirs. La plupart du temps, je tombais le soir dans mon lit totalement épuisée par les fatigues de la journée.

Après la naissance de mon cinquième enfant, Matti, j'ai fait une découverte qu'il m'est difficile de relater par écrit. Matti était un gros bébé de quatre kilos et demi et j'ai eu une grave déchirure à l'accouchement. En douchant la cicatrice, je me suis rendu compte que le picotement de l'eau et le contact de mes doigts, en certains points, provoquaient une sensation de plaisir. J'ai ainsi fait l'expérience du péché de la masturbation, dont je ne me suis jamais confessée. Le Malin a visiblement commencé à faire son œuvre en moi car des idées de rébellion me sont de plus en plus souvent venues à l'esprit. À vingt-cinq ans, je me rappelle par exemple avoir voulu pour la première fois m'enfuir. Je rêvais de prendre le car pour Oulu, de m'acheter des produits de maquillage et de nouveaux vêtements, de prendre un repas cuisiné par quelqu'un d'autre et de dormir dans un lit fait par quelqu'un d'autre, dans des draps lavés par quelqu'un d'autre. Mais je ne me suis bien sûr pas enfuie, je tenais beaucoup trop à mes enfants. En surface, j'avais sans doute l'air d'une parfaite épouse de prédicateur, humble, bonne ménagère, éduquant ses enfants dans la religion. Mais je trouvais affreux de les punir pour une curiosité normale à leur âge, par exemple à l'égard de leur propre corps, et de brider leur imagination. Je ne voulais pas qu'ils soient aussi ignorants et frustrés que je l'étais. Ma huitième grossesse, déjà, a été difficile. J'avais de l'anémie et, par moments, d'inquiétantes hémorragies utérines. La neuvième a été à risque du début à la fin. Mon utérus était fatigué d'être constamment sollicité et menaçait à chaque instant de se déchirer. Au printemps 1994, j'ai passé plus de deux mois à la Clinique gynécologique de Helsinki, où j'ai eu la révélation d'un monde entièrement nouveau.

Je ne m'étais jamais éloignée de chez moi plus d'une semaine et les enfants me manquaient terriblement. Et pourtant, c'était un plaisir de rester allongée, avec des gens veillant à mes besoins. Personne ne contrôlait mes faits et gestes. Je pouvais lire ce que je voulais et même regarder la télévision. Pendant ce séjour, j'ai désobéi à de nombreux préceptes de notre religion, mais j'ai aussi appris les choses les plus stupéfiantes qui soient, comme par exemple que le merveilleux sentiment que j'éprouvais en me touchant les parties intimes s'appelait un orgasme.

J'ai failli mourir à la naissance de ma fille Maria et le médecin de la Clinique gynécologique m'a avertie que mon utérus ne supporterait pas une seule grossesse de plus – le bébé et moi y laisserions très probablement la vie. Il a été horrifié de mon refus d'une ligature des trompes, ou même d'un stérilet ou de la pilule, mais il a déclaré respecter les convictions religieuses de notre couple. Leevi avait beau être d'avis qu'il fallait se soumettre à la volonté de Dieu, je commençais à en douter. Ce doute éveillait par moments en moi de très forts sentiments de culpabilité et d'angoisse dont je ne pouvais parler à personne. J'ai tenté de dissuader Leevi d'avoir des relations sexuelles avec moi, en invoquant les risques d'une nouvelle grossesse, mais il m'a répondu que le devoir d'une femme était d'obéir à son mari et que Dieu veillerait sur nous.

En octobre dernier, j'ai découvert que j'étais de nouveau enceinte. C'était comme une condamnation à mort. Leevi ne voulait bien sûr pas entendre parler d'une interruption de grossesse. Il m'a frappée quand je l'ai suggéré et je me rappelle avoir espéré que ses coups provoqueraient une fausse couche, mais il n'en a rien été.

Quand mon propre médecin a confirmé l'extrême danger de cette grossesse, j'ai eu un déclic. Je ne voulais pas mourir, je ne voulais pas abandonner mes enfants chéris. Je me suis rendu compte que je haïssais aussi bien Leevi que ma religion. J'avais entendu parler à la Clinique gynécologique d'un centre de thérapie pour femmes et j'ai téléphoné à la psychologue qui le dirigeait. Elle m'a dit que j'avais parfaitement le droit d'avorter et a promis de m'héberger si je ne pouvais pas retourner ensuite à Karhumaa.

Je savais que le père d'Anne avait un cabinet privé à Oulu. J'ai confié mes enfants à ma sœur, sans lui dire où j'allais, ce qui ne m'était jamais arrivé. À mon grand soulagement, il se souvenait de moi et a compris ma situation. Il m'a tout de suite envoyée à l'hôpital. Il avait compris que je devais agir vite, tant qu'il me restait du courage. J'aurais voulu me faire stériliser en même temps, mais pour cela il aurait fallu le consentement de mon mari.

L'avortement a malgré tout été une expérience épouvantable. J'étais consciente d'avoir commis un terrible péché, un meurtre. Je m'étais dressée contre ma religion et contre mon époux. Je cherchais peut-être à être punie, en rentrant à la maison raconter ce que j'avais fait. Leevi m'a battue devant les enfants et jetée dehors, c'est tout juste si j'ai pu prendre un manteau. Le père d'Anne avait heureusement promis de m'aider et c'est avec l'argent qu'il m'a prêté que je suis allée à Rosberga.

Les semaines que j'ai passées ici ont été difficiles. Leevi m'empêche de voir mes enfants, et ils me manquent. Je supporte mal le poids du péché que j'ai commis, mais je trouve la force de vivre parce que je sais qu'ils ont besoin de moi. C'est pour eux que j'ai fait ce que j'ai fait. Il doit exister un moyen pour moi de les avoir à nouveau auprès de moi.

Arrivée au bout de l'autobiographie de Johanna, je suis restée un moment assise à mon bureau. J'étais si outrée que je me sentais physiquement mal. Je connaissais certes déjà les grandes lignes de son histoire, et je savais que de tels destins existaient encore, même en Finlande, mais je bouillais de rage. On pouvait lire entre les lignes les humiliations, la violence psychologique et physique, la méconnaissance de son propre corps. J'avais toujours été effrayée par l'extrémisme religieux. Mon propre rapport à Dieu était froid et poli, nous nous laissions mutuellement en paix.

À cet instant, on a frappé à ma porte. J'ai reconnu Taskinen rien qu'à la régularité du bruit : trois petits coups d'une durée et d'une force parfaitement égales. Je lui ai dit d'entrer.

« Salut, Maria. Comment a démarré l'année ? » a-t-il commencé avec une fausse décontraction. J'en ai conclu qu'il avait quelque chose d'ennuyeux à me dire.

« Ça va. J'ai toujours pour première priorité la mort d'Elina Rosberg. Je dois aller interroger un suspect à Karhumaa, près d'Oulu. Une des invitées de Noël de Rosberga prétend que son mari était au manoir au moment de la disparition d'Elina. J'aimerais vérifier son alibi.

– La police locale ne peut pas s'en charger ? Ou la PJ centrale d'Oulu ?

– J'aimerais m'en occuper en personne, ai-je répliqué, me rendant soudain compte à quel point j'étais curieuse de voir le village de Karhumaa et de rencontrer la famille Säntti, et surtout Leevi.

– Il faut aussi penser à ta sécurité... » Taskinen a fait la moue et s'est frotté le nez d'un air étrangement indécis.

« Tu veux parler de Halttunen ? Il ne va quand même pas me suivre à Oulu !

– On ignore totalement où il est, en ce moment. Il y a eu deux attaques de banques hier, l'une à Hattula, l'autre à Teisko. D'après la vidéo, il pourrait être un des braqueurs. Et le mode opératoire fait un peu penser à l'affaire de la banque postale de Soukka. Ström vous a bien dit, à Palo et à toi, que Halttunen avait lui-même tué son père ?

– C'est confirmé ?

– Les témoins ont beau être des S.D.F. alcooliques, leurs déclarations ont l'air fiables. Ce cinglé a trouvé son père en compagnie de deux autres ivrognes, l'a d'abord frappé d'une bonne dizaine de coups de couteau, puis a pris une scie pour finir le travail. Ses copains étaient soûls, ils se sont enfuis et n'ont pas prévenu la police parce qu'ils avaient peur d'être soupçonnés. Halttunen a aussi juré à plusieurs reprises, en prison, de s'évader pour régler de vieux comptes. Il a entre autres parlé de tuer son père.

– Ainsi que Palo et moi, n'est-ce pas ?

– Il vous a menacés, oui, en plus du procureur et du juge, et à mon avis il serait bon d'en tenir compte. Tu le connais. Ça ne m'étonnerait pas que vous soyez réellement en danger. »

J'ai ouvert le tiroir du haut de mon bureau pour en sortir mon revolver et mon holster d'épaule.

« J'ai ça. Ça ne protège ni contre les carreaux d'arbalète ni contre les bombes artisanales, mais on peut stopper un agresseur. Si on est assez rapide.

– Palo est vraiment nerveux. Il est venu me dire qu'il vaudrait mieux que vous ne travailliez pas ensemble pour l'instant. » J'ai vu dans les yeux de Taskinen qu'il avait lui aussi compris le sens de cette suggestion. Sa haine pathologique des femmes pousserait sans doute Halttunen à s'en prendre à moi en premier.

« Je pense que je vais prendre le train de nuit pour Oulu, quand j'aurai vérifié que Säntti est là-bas. »

Taskinen m'a encore posé un certain nombre de questions à propos de l'avancement de l'enquête sur la mort d'Elina Rosberg et de quelques autres affaires, mais j'ai eu l'impression que c'était plus pour évaluer mon état d'esprit qu'autre chose. Du coup, je me suis montrée plus détendue que je ne l'étais en réalité, en tentant de paraître le plus cool et le plus viril possible. J'ai malgré tout soigneusement glissé mon arme sous mon blazer, et même envisagé un instant d'aller chercher un gilet pare-balles. Ma voiture était heureusement bien à l'abri dans le garage du commissariat – ce qui ne m'a pas empêchée, en chemin vers Tapiola pour mon rendez-vous, d'imaginer qu'on puisse y poser, de nuit, toutes sortes de bombes à retardement.

L'École de musique d'Espoo, où Niina Kuusinen donnait des cours, se trouvait dans le bâtiment du Centre culturel, au cœur de Tapiola. Les élèves étaient en vacances, mais elle m'avait indiqué qu'elle répétait dans la salle Grieg, au deuxième. Je connaissais l'endroit, car j'y allais souvent à la bibliothèque, et de temps à autre au concert ou au théâtre, mais les salles de classe des étages supérieurs m'étaient inconnues et j'ai dû errer un moment avant de trouver la bonne. De la Mozart s'échappait le son d'une clarinette, de la Beethoven celui d'un trio avec piano et de la Grieg une sombre polonaise de Chopin qui s'est interrompue en plein milieu d'une mesure quand j'ai frappé à la porte.

La pièce était presque trop petite pour le piano droit et le piano à queue de concert au couvercle fermé qui l'occupaient.

« La police a encore des questions sur la mort d'Elina ? m'a lancé Niina avant que j'aie le temps d'ouvrir la bouche. L'affaire n'est pas encore élucidée ?

– Pour l'instant, nous ne savons qu'une chose : c'est qu'elle est morte de froid et qu'elle était au moment de sa mort dans un état de confusion mentale engendré par un mélange d'alcool, de somnifères et d'antibiotiques qui a pu lui faire perdre conscience. C'est toi qui lui as servi un whisky assaisonné au Dormicum ? »

Dans un geste enfantin, Niina Kuusinen a porté devant sa bouche sa main aux longs doigts et aux jointures saillantes, et ouvert grand ses yeux en amande.

« Quel whisky ? » Elle avait la voix un peu enrouée, comme si elle était enrhumée. Elle était restée debout après m'avoir ouvert la porte, mais s'est soudain laissée choir sur le large tabouret de piano. Balayant les touches au passage, ses longs cheveux châtains lui sont tombés sur le visage, le cachant jusqu'à ce qu'elle les rejette par-dessus son épaule.

« Je ne vois absolument pas de quoi tu veux parler. Quelqu'un a tué Elina avec du whisky empoisonné ?

– Pas exactement, non. » Je me suis assise face à elle sur l'autre tabouret. La pièce était si exiguë que mes genoux touchaient presque sa cuisse, dont son pantalon de velours noir soulignait la minceur. « Pourquoi es-tu allée à Rosberga à Noël, Niina ?

– Quel rapport avec la mort d'Elina ? » Elle a plaqué quelques rapides accords dissonants sur le clavier. « Pourquoi ? Parce que je me sentais seule. Mon père est en France, il y passe tous les hivers depuis que ma mère est morte d'un cancer il y a trois ans. Je déteste Noël, avec sa trêve imposée, sa prétendue joie familiale. Il ne s'agit de rien d'autre que d'échanger des marchandises. Je n'avais pas l'intention de faire quoi que ce soit de spécial, ce jour-là, mais la solitude m'a soudain pesé. Elina m'avait dit que les portes de Rosberga m'étaient toujours ouvertes. J'ai sauté dans un taxi et j'y suis allée. »

Je n'avais jamais considéré Elina Rosberg, de son vivant, comme une sorte de mère poule prenant le monde entier sous son aile, mais je pouvais l'imaginer souhaitant sincèrement la bienvenue à l'arrivante, demandant à Aira d'ajouter un sixième couvert à table et mettant des draps propres dans la chambre d'amis. Elle s'était en tout cas sûrement gardée de déverser des torrents de pitié sur la solitude de la pauvre Niina.

« Tu la connaissais donc suffisamment bien pour débarquer chez elle à Noël sans prévenir ?

– Suffisamment bien, c'est vite dit… J'ai participé à quelques-uns de ses séminaires. Le premier, c'était sur l'image du corps, à l'automne dernier. Les stages de Rosberga ont… avaient… une forte charge émotive. On y liait facilement connaissance. J'étais aussi présente au séminaire d'autodéfense intellectuelle où tu as pris la parole, début décembre.

– Ah oui ? » J'étais plutôt physionomiste, en général, mais Niina avait apparemment si bien réussi à se fondre dans la masse que je ne l'avais pas remarquée. « Qu'est-ce qui t'intéressait, dans ces séminaires ?

– Elina elle-même. Elle était la meilleure psychothérapeute que j'aie jamais connue. J'avais commencé en décembre des séances individuelles avec elle, mais... » Niina a haussé les épaules. Le geste, qui se voulait insouciant, a fait frissonner la masse de ses cheveux. Je me suis demandé quel était son problème, puisqu'elle laissait entendre qu'elle avait consulté plusieurs psys, et j'ai pris la liberté de lui poser la question.

« Dépression. Sentiment d'abandon. Mauvaise image de soi. C'est depuis la mort de maman. Tout s'est passé si vite : quand son cancer a été diagnostiqué, les métastases avaient déjà atteint ses principaux organes internes, foie, pancréas, rate, poumons. Tout a été fini en trois mois. Mon monde s'est écroulé. Comme disait Kari, mon précédent thérapeute : les étoiles ont dévié de leur course et l'univers entier a pris un nouvel aspect. »

Un psy parlant d'étoiles ayant dévié de leur course... Ça m'a un instant fait penser à Halttunen. Puis je me suis rappelé que Niina avait tenté de déterminer le lieu où se trouvait Elina en consultant son thème astral. Peut-être s'agissait-il simplement d'une métaphore courante parmi les passionnés d'astrologie. J'aurais malgré tout aimé en savoir plus sur ses précédents psychothérapeutes. Peut-être l'un d'eux pourrait-il me dire si elle était potentiellement agressive.

« Au tout début, je suis allée voir le psychologue du centre de santé de Tapiola, mais il était assez pénible. Il se contentait d'écouter et de hocher la tête sans jamais rien répondre. Je me suis tournée vers la Fondation pour la Santé des étudiants : même topo. Je me suis ensuite toquée des scientologues, l'été qui a suivi la mort de maman. Je n'avais pas d'argent et je m'apprêtais à vendre des titres qu'elle m'avait laissés pour payer mon premier stage, mais mon père s'en est mêlé. Heureusement. Ce sont des escrocs et des frappadingues. »

J'ai hoché la tête en songeant à la jungle des âmes soi-disant charitables qui allaient à la pêche aux malades et aux personnes isolées en leur promettant beauté, santé et fortune. Peu m'importait la manière dont les gens trouvaient le bonheur, qu'ils croient à des ovnis bienveillants ou aux vertus thérapeutiques des pierres, tant que l'on n'essayait pas de les manipuler ou de les gruger. Je m'étais moi-même laissée aller une dizaine d'années plus tôt à passer les tests de personnalité des scientologues, ou des dianéticiens, comme ils s'appelaient à l'époque. À les en croire, j'aurais eu d'urgence besoin d'une analyse plus complète, mais j'avais eu la présence d'esprit de refuser cet honneur.

« Après, j'ai rencontré des astrologues au Salon de la parapsychologie, a poursuivi Niina. J'ai toujours été intéressée par les horoscopes, on y trouve des choses très vraies. Ce n'est pas du baratin, plutôt un moyen de maîtriser sa vie et d'aider les autres. J'offre moi-même des services téléphoniques de ce genre, j'établis des thèmes astraux et je donne des conseils. C'est aussi une sorte de thérapie. Mais je suis loin d'être aussi douée que Kari, qui a suivi en plus une formation de psychologue.

– Quel Kari ?

– Mon dernier psy avant Elina. L'astrothérapeute Kari Hanninen. Il associe astrologie et thérapie courte. » La description ressemblait étrangement à l'analyste de Halttunen. Quand je l'avais vu au procès, il m'avait fait l'impression d'être un beau charlatan, un manipulateur de la pire espèce. Mais son diagnostic sur la personnalité de son patient concordait assez bien avec l'avis des experts qui l'avaient examiné, malgré les considérations astrologiques dont il l'avait agrémenté : Halttunen étant du signe solaire du Scorpion, il était par nature doté d'une énergie destructrice qui, associée à une enfance difficile, ne pouvait que conduire à en faire un psychopathe. J'avais été un peu surprise que la défense demande à Hanninen de témoigner.

« Pourquoi l'as-tu laissé tomber pour Elina ?

– Kari ne dispense que des thérapies courtes et notre série de dix séances était terminée. Il m'avait malgré tout promis de rester à ma disposition et de m'aider au besoin à interpréter mes thèmes astraux. »

Je me suis demandé si l'Association des psychothérapeutes admettait dans ses rangs des membres aux méthodes aussi particulières. Peut-être devrais-je malgré tout passer un coup de fil à Kari Hanninen, une fois de retour de Karhumaa.

« Je suppose que je vais devoir me trouver un nouveau psy », a dit Niina à voix basse, et le chagrin, dans son regard, n'était pas feint. « Avec la mort d'Elina, c'est un peu comme si j'avais perdu ma mère une deuxième fois. C'était sans doute ce que je cherchais en elle, une figure maternelle de substitution. »

D'après mes calculs, Niina avait vingt ans quand sa mère était décédée. Ce devait être une expérience traumatisante, à tout âge. Les liens entre un enfant et ses parents persistent toute la vie, et même plus, car ils se prolongent au-delà de la mort. J'ai songé un instant à mon propre avenir, au guêpier dans lequel je m'étais peut-être encore fourrée. J'avais heureusement encore des questions à poser sur d'autres problèmes que les miens.

« Est-ce qu'il t'est venu quoi que ce soit à l'esprit, ces derniers jours, qui pourrait contribuer à éclaircir la mort d'Elina ? »

Niina a secoué la tête et répété son récit des événements de la soirée du 26. La seule précision nouvelle était qu'avant de s'endormir elle avait écouté dans son lit, sur son baladeur, l'*Oratorio de Noël* de Bach. Elle semblait très désireuse de parler de ce qui s'était passé, mais on aurait dit qu'elle cherchait plus à savoir ce que la police avait découvert qu'à aider à élucider l'affaire.

Je suis allée à pied au centre commercial de Heikintori, où j'ai réservé une couchette dans le train d'Oulu. Peut-être mes collègues, sur place, pourraient-ils ensuite me conduire en voiture à Karhumaa, je devais penser à leur téléphoner pour le leur demander. L'idée que Milla et Aira se soient trompées et qu'Elina ait en réalité rencontré Leevi Säntti me paraissait de plus en plus séduisante. J'étais consciente d'être de parti pris, je l'imaginais trop bien en prédicateur ambulant beau parleur, vêtu d'un costume brillant, prêt à menacer les grands-mères des flammes de l'enfer si elles s'égaraient ne serait-ce qu'une fois à regarder *Amour, gloire et beauté.* J'avais du mal, en revanche, à cerner Niina Kuusinen. D'après Tarja Kivimäki, ses problèmes n'étaient que du cinéma, mais je percevais en elle, pour ma part, une réelle détresse. J'espérais que les astres lui prédisaient déjà des temps meilleurs.

Je venais de tourner sur l'ancienne route de Mankkaa quand mon portable a sonné. Je n'aime pas particulièrement téléphoner au volant, mais j'ai malgré tout répondu. Peut-être Halttunen avait-il été arrêté.

« Salut, c'est Pertsa, ai-je entendu au bout du fil. Tu n'as plus à t'en faire pour Halttunen, on sait où il est. Il s'est barricadé dans une maison inhabitée à Nuuksio, avec un otage. Il a kidnappé Palo alors qu'il sortait de chez le médecin du travail où il était allé se faire prescrire des tranquillisants. »

9

Les bois de Nuuksio avaient perdu leur tranquillité. La route n'avait pas été coupée, mais le chemin conduisant au chalet investi par Halttunen était gardé par une patrouille de police de notre commissariat, qui ne m'a laissée passer qu'après avoir soigneusement vérifié ce qui m'amenait.

La maison se nichait dans les profondeurs de la forêt, au bord d'un étang gelé, à quelques kilomètres à peine de Rosberga. Comment Halttunen avait-il eu l'idée de venir là ? Connaissait-il les propriétaires ?

Le chalet était encerclé par moins de voitures de police que je ne l'aurais imaginé. Pas d'hélicoptères vrombissants, ni de véhicules militaires. Mais presque toutes les personnes présentes avaient une arme à portée de main. J'ai repéré Pertsa, la cigarette aux lèvres, et Pihko, casqué, en compagnie de Taskinen, et j'ai demandé au policier le plus proche, un jeune homme à l'air tendu, la permission de les rejoindre. Il m'a conduite à eux, à l'abri d'un rempart de voitures et de sacs de sable. Taskinen, au téléphone, discutait d'un ton âpre, apparemment de l'envoi de renforts. En me voyant, il a eu un mouvement vers moi et, l'espace d'un instant, j'ai cru qu'il allait me serrer dans ses bras, mais il s'est pétrifié en plein élan.

« Tu veux un casque et un gilet ? » m'a demandé Pihko sans autres préliminaires.

J'ai acquiescé et, pendant qu'il allait les chercher, j'ai interrogé Pertsa sur ce qui s'était passé.

« Taskinen a ordonné à Palo d'aller chez le médecin. Il pensait sans doute qu'il avait besoin de vacances, paniqué comme il était à cause de Halttunen. Mais d'après le toubib, Palo a déclaré ne pas vouloir de congé, mais plutôt des tranquillisants. Halttunen a dû le suivre quand il est parti du commissariat et s'introduire ensuite dans sa voiture pour l'attendre sur la banquette arrière à sa sortie du cabinet médical. Il lui a ordonné de le conduire ici et, une fois arrivés, ils nous ont téléphoné.

– Quelqu'un a parlé à Palo ? On est sûr qu'il est vivant ?

– Il l'était il y a un quart d'heure, en tout cas, et on n'a pas entendu de détonations depuis. J'espère que son cœur ne va pas lâcher, il a eu de sérieux problèmes d'arythmie il y a quelques années. »

Pertsa essayait de parler de son habituel ton je-m'en-foutiste, froid et cynique, mais cette fois sans y parvenir. Sa voix vibrait de fureur et de peur et, sa cigarette finie, il en a immédiatement allumé une autre, d'une main qui n'a pas tout de suite réussi à faire jaillir la flamme de son briquet. Pihko m'a apporté un gilet pare-balles et un casque, que j'ai aussitôt revêtus.

Halttunen avait assez habilement choisi son repaire. Le chalet en madriers de construction standard, de cinquante mètres carrés environ, se dressait sur la rive d'un petit étang. Ce dernier était entouré d'une clairière et la vue était donc dégagée de ce côté, de même que la ligne de tir. À gauche par rapport à l'étroit chemin forestier, et donnant sur lui, il y avait la fenêtre d'un sauna occupant l'extrémité de la maison. Le seul problème, pour Halttunen, était qu'il n'y avait pas d'ouverture permettant de voir la portion de chemin située à l'arrière de la construction qui, après avoir longé cette dernière, dessinait un coude vers la gauche, au pied d'une haute colline rocheuse couverte de forêt. Mais avec la fenêtre qui s'ouvrait du côté droit, un bon tireur pouvait prendre dans sa ligne de mire tout ce qui bougeait autour du chalet – même si viser des assaillants arrivant par l'arrière n'était pas sans danger, car il risquait à ce moment-là de se faire surprendre.

Halttunen se trouvait malgré tout dans une situation désespérée et j'avais du mal à comprendre pourquoi il avait tenu à attirer l'attention sur lui en prenant un otage. À moins qu'il n'ait agi que par vengeance.

« Il a formulé des exigences ? ai-je demandé à Pertsa.

– Oui, la routine. Une voiture et de l'argent. Il prétend avoir dans cette baraque un stock d'armes et d'explosifs. Le pire, c'est qu'il est peut-être sérieux. Il est dans la nature depuis plusieurs jours. Il a eu tout le temps de se procurer un véritable arsenal.

– Exact. Mais il a tué son père avec une scie, pas en lui tirant dessus. Les flingues n'ont pas trop l'air d'être son style, jusqu'ici, il a surtout utilisé des armes blanches, ou ses poings. Mais je ne sais pas si on peut en conclure quoi que ce soit, dans une situation comme celle-ci. On sait à qui appartient le chalet ?

– Un couple âgé, de Helsinki, on essaie de les joindre en ce moment même. On n'a pour l'instant trouvé aucun lien entre Halttunen et eux, mais tu sais comment c'est, avec ce genre de baraques. Elles sont en général inhabitées l'hiver, c'est facile d'y entrer par effraction. »

Taskinen, qui avait enfin fini de parler au téléphone, s'est approché de nous. Le regard qu'il a planté dans le mien était plein d'angoisse, et ses yeux gris avaient foncé de plusieurs tons. La peau de son visage était tendue tel un masque, incolore malgré le froid.

« Maria. Tu n'étais pas obligée de venir, m'a-t-il dit, puis il a tendu la main et m'a touché l'épaule, avec une timidité d'adolescent.

– Comment pourrais-je être ailleurs ? Ce n'est qu'un coup de chance si ce n'est pas moi qui suis là-bas mais Palo. »

En formulant à voix haute ce que je m'étais répété pendant tout le trajet, j'ai senti que je commençais à craquer. J'aurais voulu pleurer, j'aurais voulu crier, mais le gel avait solidifié mes larmes, quelque part au fond de moi, et ma gorge nouée m'empêchait d'émettre le moindre son. Seules mes jambes n'étaient pas pétrifiées – molles comme de la neige fraîchement tombée, elles me portaient à peine.

« Maria ? Ça va ? »

La voix de Taskinen semblait venir de très loin, alors que son visage était tout près du mien ; ses mains m'ont saisie aux épaules, m'ont maintenue debout, ont calmé le tremblement incontrôlé qui me secouait. La visière de mon casque m'est tombée sur la figure et, sans prendre la peine de la relever, j'ai appuyé ma tête au creux de son aisselle. Son étreinte avait quelque chose de désespéré, et j'ai compris qu'il avait autant que moi besoin de contact. Ce n'est qu'en entendant approcher un convoi de véhicules que nous nous sommes séparés. Derrière les fourgonnettes bleu et blanc de la police brillait du rouge. Un camion de pompiers, et même deux.

« Je ne suis pas sûr que masser des renforts soit très utile. J'ai peur que la situation ne fasse qu'empirer si on fait tournoyer des hélicoptères et grimper aux arbres des gars de la force spéciale d'intervention. Sans parler des journalistes, a soupiré Taskinen en voyant un véhicule de la chaîne de télévision MTV tenter de franchir le barrage interdisant l'accès au site. On n'avait pas dit qu'on maintenait pour l'instant les médias à l'écart ? a-t-il aboyé au téléphone avant de se retourner vers moi. Ce n'est heureusement pas à moi de décider, les grands chefs vont bientôt arriver. Il vaudrait mieux que ça ne se finisse pas comme avec Larha ou Huohvanainen. Quand les choses ont mal tourné avec lui, à Hirsala, Ström et moi y étions. Palo aussi, et voilà qu'il est maintenant dans ce chalet.

– Et qu'est-ce qu'il aurait fallu faire, à Hirsala ? a grogné Pertsa. Regarder sans moufter ce foutu champion de tir abattre des policiers comme des lapins et le laisser se barrer ? J'en ai marre, figurez-vous, de toutes ces âmes sensibles qui poussent des hauts cris quand la police fait son boulot ! » Sa hargne était familière et rassurante, elle remettait les choses en place, redonnant presque au monde un aspect normal. J'ai senti les muscles de mes jambes se remettre à fonctionner, et j'ai retrouvé ma voix.

« L'essentiel est de sortir Palo entier de ce guêpier. Qui dirige maintenant les opérations ?

– La police départementale, en principe, a répondu Taskinen. Puisque tu es là, tu pourrais peut-être rester jusqu'à ce qu'ils arrivent. C'est toi qui a interrogé Halttunen avec Palo, tu le connais donc un peu, et tu sais quelle haine il éprouve envers vous. Il serait bon qu'on t'entende avant de planifier une intervention. Si tu en as la force.

– Ça va aller. Mais je dois téléphoner à Antti avant qu'il apprenne par la radio que Halttunen a pris un policier en otage. »

Antti avait parfois du mal à supporter le danger inhérent à mon métier. Nous nous étions rencontrés dans le cadre d'une affaire de meurtre dont il avait été l'un des suspects*, et nous avions eu dans notre entourage une autre mort violente sur laquelle j'avais été amenée à enquêter. Il savait que j'avais tendance à foncer tête baissée, sans réfléchir, et je devais admettre que j'avais parfois pris des risques démesurés. Il avait sans doute souvent eu plus peur que moi, comme cette fois-ci à propos de Halttunen. Quand je lui ai raconté ce qui était arrivé, il a en tout cas explosé.

« Ne reste pas là-bas ! Ce type a sûrement aussi l'intention de te tuer. Laisse-moi parler à ce Taskinen !

* Voir *Mon premier meurtre* et *La Poisse*, chez le même éditeur.

– Je n'ai pas l'intention de m'exposer en première ligne.

– Mais tu ne peux rien faire, là-bas !

– Exact. Mais je ne partirai pas avant qu'on me chasse. Ce qui ne saurait tarder. Ils vont de toute façon faire venir la force d'intervention et le bataillon de la Garde, et la police ordinaire n'aura ensuite plus aucun rôle à jouer », ai-je dit, moi-même surprise par mon amertume. Le débat de ces dernières années sur la tendance des forces de l'ordre à tirer dans le tas nous avait bien sûr tous affectés. Je venais de terminer ma formation quand un collègue avait fait feu sur la place du marché de Mikkeli. L'émotion était à peine retombée que Larha, Huohvanainen et ce malheureux jeune homme, à Vesala, avaient trouvé la mort. On reprochait aussi bien aux délinquants qu'aux policiers d'avoir la gâchette trop facile.

Vers la même époque, l'armée avait ouvert ses portes aux femmes, tandis que d'innombrables stages de tir s'étaient remplis de petits soldats enthousiastes et l'espace aérien de nouveaux avions de chasse hors de prix. Je n'étais pas la seule à me demander s'il y avait un rapport entre tous ces phénomènes. Je faisais partie d'une génération dont les garçons rédigeaient de longues lettres de motivation afin d'obtenir le statut d'objecteurs de conscience, d'une génération qui manifestait en braillant des slogans pour la paix auxquels elle croyait presque. Et même si aux yeux de certains j'avais changé de camp en entrant à l'école de police, je n'imaginais pas qu'au milieu des années quatre-vingt-dix la fascination pour les armes et pour les militaires serait si forte.

Pertsa avait bien sûr voulu savoir si j'aurais choisi de faire l'armée, si j'en avais eu l'âge. Je n'avais pas su quoi répondre, d'autant plus qu'il attendait de moi une prise de position nette et tranchée. Mais je m'y serais sans doute refusée, en fin de compte, car participer à des activités ineptes conçues par des cerveaux masculins ne servait pas, selon moi, la cause de l'égalité. Mon militarisme se limitait à faire mon jogging au rythme de *Sergent Karoliina* du groupe Popeda. Et voilà que je me gelais dans la forêt de Nuuksio, en casque et gilet pare-balles, à me demander s'il était légitime de tirer sur un détenu évadé ayant pris un de mes collègues en otage.

Taskinen avait déjà mis le commissaire divisionnaire de la police départementale au courant par téléphone, mais celui-ci a tenu dès son arrivée à refaire le point sur le cours des événements. Le contrôleur général Koskivuori, du ministère de l'Intérieur, était paraît-il d'avis que dans la mesure où la crédibilité et la sécurité des forces de police du pays étaient à l'évidence menacées, des opérations de grande envergure s'imposaient afin de récupérer Palo vivant. Je savais ce que ces phrases ronflantes signifiaient. Elles présageaient l'arrivée de la force spéciale d'intervention, de pilotes d'hélicoptère et peut-être même de véhicules militaires de transport de troupes.

« Quels contacts avez-vous eu avec Halttunen ?

– Il a utilisé le téléphone portable de Palo pour nous appeler. Il n'a pas répondu à nos tentatives de dialogue, mais rien ne vous empêche d'essayer. »

Sous son ton officiel, l'irritation perçait dans la voix de Taskinen. Peut-être lui était-il difficile, en fin de compte, de laisser la conduite des opérations lui échapper.

« Nous avons pu joindre la fille des propriétaires du chalet. Ils passent l'hiver en Espagne et il risque d'être difficile de les prévenir. D'après elle, la maison est équipée d'une cheminée et d'un poêle à pétrole pour les grands froids, qui devrait être prêt à l'emploi. Il n'y a pas l'électricité, mais probablement des bougies, quelques torches et des lampes à pétrole. Et sans doute aussi un important stock de conserves. »

Aucune fumée n'était montée de la cheminée, Halttunen devait avoir allumé le poêle à pétrole. Impossible de couper le courant, comme à Hirsala, puisque la maison n'était même pas raccordée au réseau. La nuit tombait déjà, les hommes de la police départementale installaient des projecteurs. De la fenêtre ouverte d'une voiture s'échappait une odeur de café et je me suis rendu compte, stupéfaite, que j'avais faim.

Taskinen exposait le curriculum de Halttunen au commissaire divisionnaire, qui avait déjà pris des renseignements auprès de la prison centrale. Tous avaient confirmé les menaces récurrentes de Halttunen de s'évader et de se venger.

« Il a été suivi par un psychothérapeute. Il pourrait être utile de prendre son avis. Pour ne pas répéter les erreurs de Hirsala », ai-je marmonné à mi-voix, plus pour moi-même que pour Taskinen ou pour le divisionnaire Jäämaa. Ce dernier s'est cependant tourné vers moi et m'a demandé d'un ton pour le moins brutal :

« Et vous, vous êtes qui ? »

Taskinen s'est dépêché de répondre avant moi et monsieur le commissaire divisionnaire de la police départementale a déclaré souhaiter s'entretenir quelques instants plus tard avec l'inspectrice principale Kallio, dans sa voiture. Mais il voulait d'abord tenter d'entrer en contact avec Halttunen.

« Il peut toujours essayer de lui téléphoner, a marmonné Pihko dans le dos de Jäämaa qui s'éloignait. Quelqu'un d'autre a faim ? Je peux aller chercher à manger, il y a une sorte de supérette sur la route de Turku, non ?

– Rapporte-moi aussi un micro-ondes et un deuxième caleçon long », a lancé Pertsa. J'éprouvais un sentiment d'irréalité, plantée dans cette forêt à attendre qu'il se passe quelque chose. J'avais toujours eu du mal à patienter, j'étais habituée à agir, souvent même sans beaucoup réfléchir. Je me demandais ce que j'aurais fait si j'avais été dans ce chalet à la place de Palo. Mais spéculer était inutile, car je n'avais qu'une idée générale de la situation et j'ignorais, par exemple, de quelles armes disposait Halttunen. Nous savions juste qu'il avait agi seul, et qu'il n'y avait dans la maison que lui et Palo.

Il n'était que trop facile d'imaginer à quel point ce dernier devait avoir peur. Il était policier de métier, il savait comment ce genre d'affaires avaient tendance à se terminer, contrairement au citoyen lambda, amateur de séries télévisées, qui aurait pu espérer que la situation se réglerait sans bavure : un tireur d'élite descendrait par la cheminée et tuerait le méchant.

Halttunen aurait-il l'intelligence d'interroger Palo sur la tournure que risquaient de prendre les événements ? Notre collègue était à Hirsala, il savait à quelle opération massive il fallait s'attendre. Et la situation était encore pire, cette fois. Halttunen n'était sans doute pas un aussi bon tireur que Huohvanainen, mais il avait un otage.

Un envoyé du divisionnaire a interrompu mes réflexions. Je l'ai suivi jusqu'à la voiture de ce dernier. Il y faisait chaud, et je n'ai pas refusé le café qu'on m'a offert.

« Halttunen a enfin répondu, il a sans doute compris que la pression montait. Il a exigé un téléphone équipé d'un haut-parleur. Il n'ose apparemment pas laisser l'inspecteur principal Palo nous parler sans surveillance. Nous allons immédiatement faire le nécessaire. » Jäämaa a lampé son café, je réchauffais mes mains engourdies au contact de mon gobelet en écoutant gargouiller mon estomac. « Inspectrice principale Kallio, vous êtes donc l'un des deux policiers à avoir interrogé Halttunen ? Et c'est sur la base de l'enquête que vous avez menée avec l'inspecteur principal Palo qu'il a été condamné ?

– Oui. Les faits étaient simples, en eux-mêmes, et les preuves irréfutables.

– Il a malgré tout juré de vous tuer tous les deux ?

– C'est exact. Je m'attenadais en fait à ce qu'il commence par moi. » J'avais sans m'en apercevoir adopté le ton formel de Jäämaa. C'était d'ailleurs plus facile comme ça. Je n'avais pas l'impression de parler de Palo et de moi, mais de deux étrangers.

« Pourquoi aurait-il commencé par vous ?

– Il a été condamné pour avoir commis des vols à main armée et agressé des femmes, notamment à l'occasion de ses braquages, comme par plaisir. Et au cours des interrogatoires, il était de toute évidence furieux d'avoir affaire à une policière. »

Je me suis de nouveau rappelé les yeux de Halttunen, pâles et ronds comme ceux d'un bébé, et leur expression, qui n'était pas celle d'un enfant mais d'un tueur. J'ai repensé au corps mutilé à la scie de Pentti Lindström et à la terreur dans la voix de Palo quand il avait entendu les élans dans la forêt de Nuuksio.

« L'inspecteur principal Palo s'est en fait volontairement tenu en retrait pendant les interrogatoires, parce qu'il m'était plus facile d'irriter Halttunen et de l'amener à en dire plus qu'il n'aurait voulu. Il a tendance à se vanter de ses actes, ce qui nous a facilité le travail.

– Où pensez-vous que Halttunen veuille en venir avec cet enlèvement ? La situation ne se présente pas très bien, de son point de vue.

– Je ne sais pas. Je pensais qu'il aurait voulu nous tuer, Palo et moi, et je crois qu'il aurait été capable de le faire de sang-froid. Peut-être est-il conscient d'avoir si peu de chances de s'en tirer qu'il a opté pour le moyen le plus désespéré. Mais nous ne savons pas s'il n'a pas des complices qui l'attendent quelque part.

– À moins qu'il veuille simplement mourir et entraîner au moins un policier avec lui », a froidement dit Jäämaa. On avait aussi parlé de pulsion suicidaire dans le cas du jeune homme tué à Vesala. Il n'avait paraît-il pas eu le courage d'agir lui-même et avait manipulé la police pour qu'elle le fasse. Je ne savais pas où était la vérité, ni ce que je pensais du collègue qui, au lieu de lui tirer dans les jambes, avait visé plus haut. Il avait sans doute eu peur pour sa propre vie, comme n'importe qui.

« Vous avez assez souvent fait équipe avec l'inspecteur principal Palo. Sauriez-vous évaluer la manière dont il peut endurer une situation comme celle-ci ?

– Les menaces de mort l'avaient rendu extrêmement nerveux. Maintenant, ses pires craintes se sont réalisées. Est-ce qu'on a prévenu sa famille, au fait ?

– Si j'ai bien compris, le commissaire Taskinen a tenté de joindre sa femme... Écoutez, inspectrice principale Kallio, j'aimerais que vous restiez ici pour l'instant. On pourrait avoir besoin de vous pour les négociations. Que disiez-vous, à propos du psychothérapeute de Halttunen ? »

Je lui ai rapporté le peu que je savais de Kari Hanninen, et il a déclaré qu'il allait le faire contacter. J'ai quitté à regret la chaleur de la voiture pour retrouver la bise cinglante qui soufflait de la direction de l'étang gelé. Heureusement, Pihko était de retour avec un sac de victuailles.

« Tu aurais dû prendre des saucisses, on aurait fait un feu de camp pour les griller », a rigolé Pertsa en engloutissant un friand froid. Je me suis contentée de pain de seigle et de fromage fondu.

« Eh ! Qu'est-ce qui se passe là-bas ? » s'est soudain écrié Pihko. Un des tireurs d'élite de la police départementale se dirigeait courageusement vers le chalet après avoir fait un grand détour par l'étang gelé. Nous avons instinctivement fait mouvement pour le suivre du regard le plus longtemps possible.

« Il leur apporte un téléphone, ai-je expliqué.

– Il y a sûrement des hommes en planque, prêts à tirer dès que Halttunen se montrera, a répliqué Pertsa. Sauf qu'il va bien sûr envoyer Palo. »

Nous avons grimpé la colline jusqu'à une sapinière d'où l'on voyait le porche du chalet. Nous étions conscients d'être dans la ligne de tir, mais Halttunen aurait trop à faire, s'il voulait maîtriser la situation, pour se mettre à mitrailler les alentours. Quand le policier est arrivé devant la maison, la porte s'est ouverte. Palo est sorti.

Un petit bruit bizarre s'est échappé de la bouche de Pihko. Impossible de distinguer l'expression du visage de notre collègue, mais sa silhouette était voûtée et son pas traînant quand il s'est dirigé vers le téléphone déposé en évidence. Nous avons aussi vu le canon de fusil pointé vers son dos par la porte à peine entrebâillée.

« Qu'est-ce qu'ils attendent pour se poster derrière les fenêtres latérales et truffer ce type de plomb ! Merde ! a juré Pertsa quand Palo a redisparu à l'intérieur du chalet.

– On ne peut quand même pas l'abattre comme ça, a fait remarquer Pihko. Avec toutes ces caméras de télévision qui nous surveillent.

– Qu'elles aillent au diable ! Pourquoi est-ce qu'il faudrait épargner ce type ? Putain ! C'est aussi avec l'argent de mes impôts qu'on garde tranquillement ce genre de salauds au chaud en prison. On se plaint que les flics ont la gâchette trop facile, mais qui parle de celle des truands ? N'importe qui peut aller voler des armes de guerre, mais si jamais l'un de nous touche à un seul cheveu d'un de ces cinglés, on a tout de suite les médias sur le dos.

– Je suppose qu'ils attendent de voir ce qui va se passer cette nuit, ils cherchent sûrement à gagner du temps. Regarde Larha, par exemple, il a fini par s'endormir, ai-je dit pour calmer le jeu, tout en faisant signe aux autres de s'éloigner de la ligne de tir de Halttunen.

– Oui, mais si à l'intérieur c'était toi et pas Palo ? Qu'est-ce que tu voudrais que tes collègues fassent ? Qu'ils tricotent tranquillement des chaussettes pendant que tu es en danger de mort, ou quoi ? a grogné Pertsa.

– Va donc donner des conseils à Jäämaa », ai-je rétorqué. Taskinen s'est détaché d'un gros groupe de policiers pour venir nous trouver.

« Jäämaa a pu leur parler. Halttunen menace de tuer Palo si on ne lui fournit pas dans les deux heures une voiture et 5 000 marks.

– Et Palo ? ai-je demandé.

– Il a peur. Il avait malheureusement une paire de menottes sur lui, et Halttunen l'a attaché à la barre de fer de la cheminée. Il nous a suppliés de céder à ses exigences, d'après Jäämaa. Il a imploré pour sa vie. »

Le visage de Pertsa s'est durci, je me suis demandé comment il aurait réagi s'il avait été à la place de Palo. Il aurait sans doute lui aussi fini par implorer pour sa vie, surtout après avoir vu le ventre ouvert à la scie du père de Halttunen.

« Personne ne vous oblige à rester », a dit Taskinen à Pihko et à Ström. Il commençait à faire sombre, on avait allumé les premiers projecteurs. Des lambeaux de nuages pourpre et or flamboyaient derrière l'étang. Sans prendre la peine de répondre, les deux hommes ont remonté le col de leur manteau. Le nez de Pertsa brillait, rouge de froid, les pores de sa peau béaient telles des dizaines de bouches furieuses. Quelqu'un, au centre de commandement, a fait signe à Taskinen de revenir.

« Putain, ça caille, s'est plaint Pertsa. Ils dressent une tente militaire ou quoi, là-bas ? On pourrait aller s'y réchauffer. Regarde, ils chassent les journalistes, maintenant. C'est bon, il va peut-être enfin se passer quelque chose. »

Une colonne de véhicules civils a effectivement pris la direction de la route de Nuuksio, malgré quelques bribes de discussion plutôt vive portées jusqu'à nous par le vent. Je me suis demandé s'il y avait une radio dans le chalet, pour écouter les informations dont Halttunen serait, au moins ce soir, la star. Peut-être était-ce tout ce qu'il voulait : entrer dans la légende, quitte à ce que ça ne dure qu'une demi-journée. Palo deviendrait célèbre du même coup. J'espérais au moins que mon nom ne serait pas cité.

Taskinen nous a rejoints, les traits peut-être encore plus crispés qu'avant.

« On a trouvé le corps d'un homme près de Hämeenlinna, abattu d'un coup de fusil dans le dos. D'après les billets tachés de sang trouvés sur lui, on peut supposer que c'est le second braqueur de la banque de Teisko. La vidéo de surveillance confirme cette hypothèse. Il s'agit de Jouni Tossavainen, évadé il y a un mois de la prison départementale de Helsinki. Il était détenu dans le même quartier que Halttunen. »

Personne n'a fait de commentaire, tellement la situation semblait échapper à tout contrôle. Puis notre attention a été captée par un grondement d'hélicoptère. Plusieurs engins sont bientôt apparus, survolant l'étang.

« Jäämaa est en contact avec la Direction générale de la police nationale, au ministère de l'Intérieur. Ce sont maintenant eux qui dirigent les opérations. Il y a des tireurs d'élite à bord des hélicoptères. On va paraît-il laisser Halttunen trembler un peu avant de tenter de négocier. Il faut aussi se tenir prêt à ce qu'il se rue dehors avec Palo. On envisage pour le moment de larguer du gaz à l'intérieur par la cheminée. »

Un crépitement d'arme à feu a interrompu le discours de Taskinen. Nous nous sommes instinctivement jetés à terre. J'ai réprimé une nausée en sentant l'après-rasage de Pertsa, à moitié affalé sur moi, et levé juste assez les yeux pour voir que les détonations provenaient de la fenêtre de droite du chalet. La salve, qui semblait tirée au hasard, s'est tue au bout de dix secondes.

J'ai tenté d'analyser le bruit. Halttunen avait-il uniquement tiré vers l'extérieur, ou les premiers coups de feu avaient-ils retenti à l'intérieur ? Autrement dit : Palo était-il toujours en vie ?

Au bout d'un moment, nous nous sommes hasardés à nous redresser. Une lumière palpitait dans le chalet, sans doute celle d'une bougie. Il ferait bientôt nuit. J'avais envie de faire pipi. En me tenant soigneusement à l'abri, je suis allée me soulager dans l'obscurité du sous-bois. Heureusement, j'avais des mouchoirs dans ma poche.

Vue de la forêt, la zone illuminée par les projecteurs ressemblait à un camp militaire. Une lampe torche ou une cigarette jetaient ici et là leur lueur, des hommes en armes marchaient de long en large en parlant au téléphone. Les hélicoptères s'étaient éloignés hors de portée des tirs, mais on entendait encore leur insupportable vrombissement, quelque part vers le sud. Je me suis demandé si j'étais la seule femme sur place. Peut-être y en avait-il une ou deux autres, en train de surveiller la circulation, mais il s'agissait pour l'essentiel de jeux guerriers d'un état-major viril et d'hommes spécialement entraînés, avec pour enjeu au moins une vie humaine.

L'ordre a été donné à chacun de rejoindre son poste. L'entrée en scène des hélicoptères avait rendu furieux Halttunen, qui avait menacé de continuer à tirer si on ne les renvoyait pas. Apparemment, il dialoguait toujours avec Jäämaa car les magnétophones continuaient de tourner au centre de commandement. Au même moment, j'ai vu deux silhouettes noires aux gestes félins se détacher de l'ombre et se faufiler derrière le chalet, dans une manœuvre à première vue téméraire. Le but devait être de coller un micro au mur de la maison afin de pouvoir écouter les mouvements de Halttunen et de Palo, et peut-être même leur conversation. La tentative a apparemment réussi, car quelques instants plus tard les poseurs de micros étaient de retour dans le périmètre de sécurité. Les effectifs se regroupaient maintenant selon un plan précis. En fait, Pihko, Ström et moi n'aurions pas dû nous trouver là, mais personne n'avait le cœur de nous chasser. Palo était notre collègue, et Jäämaa avait en quelque sorte justifié ma présence en déclarant que l'on pourrait avoir besoin de moi. Je me tenais avec Pihko aussi en retrait que possible, mais Pertsa, arguant qu'il n'était pas armé, est allé prendre un fusil dans le camion de matériel. Au retour, il nous a annoncé qu'on avait pu parler avec Palo, qui n'était pas blessé mais semblait psychologiquement à bout. Puis il s'est faufilé vers l'avant, l'air déterminé à tirer le premier dès qu'il aurait Halttunen dans sa ligne de mire.

« Qu'est-ce qu'ils ont l'intention de faire ? » a demandé Pihko en sautant d'un pied sur l'autre. La buée de sa respiration dans l'air froid l'entourait d'un nuage derrière lequel son visage a disparu un instant.

« On dirait une double tactique. D'un côté on cherche à gagner du temps, de l'autre on rappelle à Halttunen que nous sommes nombreux. Si ces micros sont aussi sensibles que je le pense, nous saurons quand il s'endormira. C'est alors qu'on frappera. Mais il va falloir patienter, peut-être jusqu'à quarante-huit heures.

– Tu as l'intention de rester ici tout ce temps ?

– Je suis déjà complètement gelée, je ferais mieux de rentrer dormir à la maison, si Jäämaa me laisse partir. Il reste quelque chose à manger ? J'ai encore faim. »

J'ai grignoté encore un peu de pain de seigle et de fromage fondu et bu du jus d'orange en écoutant Pihko spéculer sur ce qui allait se passer. Ses plans étaient moins sanglants que ceux de Pertsa, mais il était animé de la même soif de vengeance à l'encontre de Halttunen. Quand j'ai eu fini de me restaurer, il m'a regardée du coin de l'œil et m'a demandé :

« Tu es contente que ce soit Palo et pas toi, là-bas ? »

Je n'ai pas pu m'empêcher de sourire, tellement la question était idiote.

« Bien sûr ! Et lui serait heureux si c'était moi. Tiens, qu'est-ce qui se passe ? »

Une superbe Chevrolet rouge des années soixante était venue se garer sous les feux des projecteurs. L'homme qui en est descendu était trop loin pour que je puisse distinguer ses traits, mais son manteau aux pans flottant dans le vent et ses épais cheveux blonds qui lui tombaient sur les épaules lui donnaient une allure léonine. Je l'avais déjà vu quelque part.

« Qui c'est, celui-là ? a demandé Pihko.

– Je n'en suis pas sûre, mais je crois que c'est Kari Hanninen. L'astrologue psychothérapeute qui a soigné Halttunen. »

Au printemps, j'avais écouté d'une oreille, à la télévision, un débat entre des chefs de file de l'association rationaliste Skepsis et des adeptes des parasciences. Ils ne faisaient que rabâcher des arguments usés et, Antti en ayant profité pour me peloter avec ardeur, nous avions éteint le poste pour faire tranquillement l'amour. Je me rappelais malgré tout une déclaration péremptoire de Hanninen, qui prétendait avoir réussi à concilier astrologie et psychologie.

Il s'est dirigé vers le centre de commandement et nous sommes restés à attendre en grelottant qu'il se passe quelque chose. Je savais qu'il me faudrait raisonnablement m'en aller bientôt. Que je le veuille ou non, je ne pouvais être ici d'aucune aide. En plus, j'avais de nouveau envie de faire pipi.

J'allais m'enfoncer dans les profondeurs de la forêt quand Taskinen est venu me chercher. On avait besoin de moi au centre de commandement pour établir le profil psychologique de Halttunen.

Une tente avait été dressée à quelques centaines de mètres du chalet. À l'intérieur rougeoyait un poêle délicieusement chaud, je m'en suis approchée pour tenter de me dégeler avant de rejoindre la table à laquelle étaient assis, en plus de Taskinen et de Jäämaa, celui que je supposais être Kari Hanninen et deux autres grands pontes, à en juger par leur allure et leurs vêtements. Dans le fond de la tente, des magnétophones tournaient devant deux ou trois hommes munis d'écouteurs. On pouvait apparemment capter ce qui se passait dans le chalet.

« Voici l'inspectrice principale Kallio, qui a participé aux interrogatoires de Halttunen à Espoo. M. Koskivuori, contrôleur général au ministère de l'Intérieur, M. Matala, directeur adjoint de la prison centrale de Helsinki, M. Kari Hanninen, dont Halttunen a été le patient. Je vous en prie, asseyez-vous, inspectrice principale Kallio », m'a poliment enjoint Jäämaa. Hanninen a tiré à mon intention la chaise voisine de la sienne, sa main a effleuré mon dos dans un geste sans équivoque. De plus près, il avait l'air d'une rock star sur le retour, avide de déployer tout son charme à mon intention. C'était apparemment chez lui un réflexe déclenché par n'importe quelle présence féminine, car avec mes cheveux plaqués par mon casque et mon nez rouge dégoulinant de morve je ne devais guère être un modèle de séduction.

« Notre objectif est de déterminer ensemble quelles peuvent être les intentions de Halttunen et de tenter de prédire son comportement afin d'élaborer une tactique pour l'amener à se rendre, ou au moins à libérer son otage. »

On m'a apporté du café et un sandwich au jambon. Nous venions de passer en revue et de commenter le parcours criminel de Halttunen quand on a de nouveau entendu des coups de feu.

« Il nous tire dessus ! a annoncé quelqu'un.

– On a sa tête en ligne de mire, on riposte ?

– Non, pas à la tête, mettez-vous juste à l'abri », a ordonné Koskivuori sans l'ombre d'une hésitation. Quelques instants plus tard, les détonations ont cessé. Avant que nous ayons le temps de revenir à nos discussions, Halttunen a appelé le centre de commandement.

« Il vous reste une heure pour me fournir une voiture. Ou je fais sauter le chalet. Votre Palo n'a pas particulièrement envie de mourir. Il a même chié dans son froc. Et j'ai assez d'explosifs pour que vous ayez vous aussi chaud aux fesses. »

Réentendre la voix plate et un peu rauque de Halttunen résonner à des dizaines d'oreilles par les haut-parleurs installés dans la tente m'a fait froid dans le dos. Il a détaillé pendant un moment ses menaces et ses exigences, d'un ton où l'on percevait un désespoir laissant augurer qu'il risquait réellement de se passer dans une heure quelque chose d'épouvantable. Pour finir, il a passé la parole à Palo, qui a balbutié :

« Donnez-lui cette voiture. Laissez-le partir si vous ne voulez pas qu'il y ait des morts. Jyrki, si tu es encore là, dis-leur que j'ai une femme et six enfants. »

Le regard de Taskinen a croisé le mien avant de se planter dans les yeux de ceux qui détenaient le pouvoir de décision. Hanninen, à côté de moi, gesticulait d'un air impérieux, il voulait parler à Halttunen. Sa demande d'un véhicule était absurde, en soi. Il devait bien savoir qu'on l'équiperait d'un mouchard, fuir était illusoire. Il avait bien sûr l'intention d'exiger que Palo l'accompagne, mais, même en l'utilisant comme bouclier, quitter le chalet pour monter dans une voiture était risqué.

Halttunen était revenu au téléphone et, de notre côté, on avait passé le micro à l'astropsychologue.

« Bonjour, Markku, ici Kari Hanninen, a-t-il commencé d'une voix basse au ronron hypnotique, surprenante pour une conversation entre hommes. Tu t'es mis dans un sacré pétrin, dis-moi. Mais tu ne cherches quand même pas à y laisser ta peau ? Les étoiles disent que ton heure n'est pas venue. »

J'écoutais, fascinée, sa voix de dompteur de fauve poursuivre son œuvre. Il savait visiblement comment parler à son patient. Halttunen a rengainé ses provocations et même accepté, pour finir, de négocier avec Koskivuori. Il a cependant refusé tout net de discuter de la libération de Palo – ils partiraient ensemble en voiture.

« Et si nous faisions un échange, je pourrais venir à sa place », a audacieusement suggéré Hanninen, à qui Halttunen avait à nouveau demandé à parler.

Les autres protagonistes, autour de la table, ont froncé les sourcils d'un air inquiet : il n'avait jamais été question de ça.

« Ce flic m'est plus utile que toi. La seule personne contre laquelle je pourrais l'échanger est cette gonzesse, comment est-ce qu'elle s'appelle, déjà... Kallio. »

Mon sang, qui se réchauffait peu à peu, s'est à nouveau glacé quand cet idiot de Hanninen a répondu :

« Elle est ici, tu veux lui parler ? »

Tandis que les autres faisaient des signes et secouaient la tête, Jäämaa a pris la parole :

« M. Hanninen n'est pas en droit de négocier un échange. Revenons plutôt à cette voiture...

– Je veux parler avec cette Kallio.

– Je ne pense pas qu'elle...

– Passez-moi Kallio. Ou vous préférez que je tire une balle dans les orteils de Palo ? Ils sont juste au bout de mon flingue… »

J'ai eu l'impression que tout le monde, dans la tente, avait les yeux braqués sur moi. Certaine d'être incapable d'articuler un mot, je me suis malgré tout saisie d'un des micros.

– Bonjour. Ici l'inspectrice principale Maria Kallio. Salut, Palo ! On ne devrait pas tarder à se revoir.

– Dommage, Maria, que ta bagnole ait été garée aujourd'hui dans un endroit trop en vue pour que je prenne le risque de m'y introduire. J'étais au Centre culturel d'Espoo, ce matin. Je t'ai vue. C'est d'ailleurs toi que je voulais embarquer, au départ. Je suis sûre que tu cuisines mieux que Palo, en plus.

– Peut-être. » Ma voix était de nouveau bloquée dans ma gorge et je n'ai rien trouvé d'autre à dire. Cette conversation était suicidaire, j'étais folle de rage contre Hanninen. Révéler ma présence à Halttunen ne faisait que compliquer les choses.

« Et si je m'engageais à relâcher Palo à condition que tu prennes sa place ? J'ai toujours préféré les femmes aux hommes. Nous pourrions passer du bon temps, ensemble. Qu'en dis-tu, Maria ? On va faire une petite balade ? »

10

Sans me laisser le temps de répondre, Koskivuori s'est emparé du micro. Jäämaa a entraîné Hanninen à l'écart pour lui faire la leçon sur ce qu'on pouvait dire ou pas dans le cadre de négociations par téléphone. Halttunen a refusé de parler à Koskivuori et a coupé la communication après avoir répété que nous avions une heure pour lui fournir une voiture. Taskinen a cherché mon regard, je me suis forcée à sourire et à hausser les épaules.

« Nous ne te laisserions pas y aller, de toute façon, même si tu y étais prête, a-t-il dit.

– Et je ne le suis pas, ai-je répondu en pensant à l'enfant qui habitait en moi et avait à coup sûr besoin d'être nourri. Il me tuerait encore plus sûrement que Palo.

– Tu ferais mieux de rentrer chez toi.

– Oui, je pense aussi, si ma Fiat veut bien démarrer, avec ce froid. J'ai d'abord une ou deux questions à poser à Hanninen. À propos de l'affaire Rosberg. » La conversation entre Jäämaa et l'astropsychologue semblait avoir tourné à la dispute, mais je n'en distinguais que des bribes. Koskivuori discutait avec un spécialiste des gaz. En soi, jeter une grenade lacrymogène par la cheminée n'était pas compliqué, surtout depuis que des micros avaient été posés. Le plus gros risque était que Halttunen se venge en tuant Palo sur-le-champ.

Mais quelque chose se préparait, car le bruit des hélicoptères a de nouveau enflé. Je suis allée à la porte de la tente pour regarder. L'un d'eux a tenté de s'approcher du chalet par-derrière, mais a dû battre en retraite, touché au flanc par une crépitante pluie de balles, tirées d'une fenêtre.

« Il a maintenant un fusil à canon scié », a grogné quelqu'un.

La porte de la tente s'est écartée dans mon dos et Kari Hanninen a surgi à mes côtés. Il m'a offert une cigarette, que j'ai refusée, et s'en est allumé une.

« Je suis désolé pour tout à l'heure. Je sais que les femmes policiers provoquent en Markku une forte réaction émotionnelle, et c'était ce que je voulais obtenir. J'aurais réussi, j'en suis certain, si vos collègues n'étaient pas intervenus.

– Et vous auriez trouvé intelligent de m'échanger contre Palo ?

– Bien sûr que non ! Que savez-vous, au juste, de Markku Halttunen ? Il a un gros problème avec les femmes. » J'ai répondu que je m'en étais rendu compte, et Hanninen a poursuivi :

« Vous savez quelle en est l'origine ? Sa mère. Pendant des années, elle a laissé son mari se livrer à des violences sexuelles sur lui, et y a même parfois participé. C'était un véritable monstre. Markku n'a jamais pu avoir de relations intimes normales avec une femme.

– Et c'est à cause d'une mauvaise mère qu'il a braqué des banques et commis des meurtres ? » Je n'ai pas pu masquer mon ironie, même si je comprenais maintenant mieux pourquoi Halttunen avait aussi scié le sexe de son père.

« Il s'agit de processus complexes. Markku fait partie de ceux pour qui tout, dans la vie, a systématiquement déraillé. Mais il faut malgré tout penser à lui. Il a le droit de s'en sortir vivant, comme son otage, bien sûr.

– Là-dessus je suis d'accord, même si je me préoccupe plus de ce dernier. J'aurais à vous parler d'une autre affaire, une fois que celle-ci sera terminée. Ou plus exactement d'une de vos patientes qui y est mêlée.

– Tout ce qui touche à mes patients est confidentiel.

– Je sais. Mais il s'agit d'un meurtre. Et si j'ai bien compris vous connaissiez aussi la victime, votre consœur Elina Rosberg.

– Vous voulez parler de Niina ! On la soupçonne de quelque chose ? » Le ton de Hanninen s'était fait plus véhément, l'inquiétude perçait dans ses yeux marron foncé fixés sur moi. Tout laissait penser qu'il se préoccupait de ses patients, que les mantras répétés par sa voix manipulatrice visaient réellement à les rendre plus heureux. Et pourtant…

« Elle fait partie des suspects, rien de plus pour le moment. Votre numéro de téléphone est dans l'annuaire ?

– Un instant, je vais vous donner ma carte. » Hanninen a fouillé dans les poches de son long manteau de cuir grainé. Il avait sans conteste de l'allure, une assurance virile et décontractée, couplée à de l'empathie. De quoi faire de l'effet à ses clientes, en tout cas.

« Ce n'est pas raisonnable, a-t-il fait remarquer en voyant les hélicoptères s'approcher de nouveau du chalet. Markku a besoin de sentir qu'il contrôle la situation. Ces engins vont lui faire perdre patience.

– Et que faudrait-il faire, d'après vous ?

– Parler aussi longtemps que possible avec lui et attendre qu'il admette l'impossibilité de fuir. Le convaincre de se rendre, ou au moins de libérer son otage. Je suis toujours prêt à un échange. Je sais qu'il ne s'en prendra pas à moi. »

Un déluge de balles s'est de nouveau abattu sur les pales des hélicoptères. L'un des opérateurs radio chargés d'écouter ce qui se passait dans le chalet a crié quelque chose à Koskivuori, et je me suis précipitée dans la tente. J'étais certaine que Halttunen avait tué Palo.

Mais non. Ce n'était qu'un avertissement : l'un comme l'autre avaient apparemment totalement perdu le contrôle de leurs nerfs. Halttunen arrosait à tour de rôle les hélicoptères battant en retraite et le terrain derrière le chalet, obligeant les troupes qui s'y trouvaient à se mettre à l'abri. Le boucan était monstrueux. Les hélicoptères semblaient malgré tout avoir reçu l'ordre de tournoyer sur place afin de pousser Halttunen à tirer par la fenêtre nord, car des hommes de la force spéciale étaient en train d'escalader le pignon sud. Le bruit des rotors masquait leur intervention. La manœuvre me paraissait plus que téméraire, mais je n'étais pas spécialiste de ce genre d'opérations. En regardant derrière moi, j'ai vu Koskivuori hurler des instructions au téléphone, des dizaines de fusils à lunette se préparer à tirer et une grenade lacrymogène être jetée par la cheminée à l'instant même où une partie du groupe d'intervention se laissait tomber du toit sur le perron. Un hélicoptère est descendu presque au ras du sol et ses occupants ont ouvert le feu. Quelqu'un a hurlé : « Palo dit qu'il n'y a pas d'explosifs ! »

Le grondement des rotors couvrait presque les tirs. Instinctivement, j'ai voulu courir vers le chalet, mais quelqu'un m'a retenue par la manche de mon manteau. Soudain le silence est revenu. Les détonations s'étaient tues, le dernier hélicoptère avait disparu derrière la forêt. Le type qui me tenait m'a lâchée et, avant même de le regarder, j'ai reconnu l'après-rasage de Pertti Ström.

L'un des hommes de la force spéciale a crié d'envoyer une ambulance, mais les brancardiers étaient déjà en route. Ce n'est qu'en voyant les photographes et les caméras de télévision fondre sur le chalet tels des tigres attirés par l'odeur du sang que j'ai compris à quel point ils avaient été nombreux à attendre, cachés dans la forêt. L'incertitude quant au résultat de l'entreprise a finalement été levée par la voix de Koskivuori résonnant dans un mégaphone.

« L'opération est terminée. Markku Halttunen a été tué dans les échanges de tir. Il a malheureusement eu le temps de blesser grièvement l'inspecteur principal Palo. »

Pertsa a lâché un juron, je suis restée muette.

« Ne bouge pas, je vais aller demander ce que ça veut dire, grièvement », a-t-il ajouté. Comme étrangère à ce qui m'entourait, j'ai vu les caméras s'approcher de leur proie et entendu le claquement des crans de sûreté reprenant leur place, au milieu du murmure des conversations. Quand Pertsa est revenu en courant, j'ai compris à son regard ce que grièvement voulait dire avant même que sa voix rauque ait le temps de dire :

« Palo est mort. »

J'avais beau détester Ström, il était mon collègue et éprouvait exactement la même chose que moi. Nous nous sommes effondrés dans les bras l'un de l'autre et, un instant plus tard, Pihko et Taskinen se sont agglutinés à nous. Chacun de nous pleurait à sa façon, en silence ou en vagissant, comme moi, et je ne me suis pas retournée pour regarder quand on a enfin sorti du chalet les brancards recouverts de draps.

Je ne suis pas retournée au commissariat avant la semaine suivante, sauf pour participer au groupe de thérapie de crise organisé à notre intention. Il aurait peut-être été plus facile de reprendre tout de suite le travail, car les journées étaient un enfer et les nuits encore pires. Je n'ai osé avaler des tranquillisants que le premier soir, pour ne pas mettre en danger la santé de mon bébé.

Heureusement, Antti a pu rester avec moi à la maison, et faire l'amour était le meilleur des anxiolytiques. Il avait été stupéfait que j'en aie envie dès mon retour de Nuuksio, mais c'était un moyen de me sentir vivante, de savoir que la vie continuait et, pendant que je me concentrais sur les sensations de mon corps, mon esprit se reposait. Antti m'a d'ailleurs fait remarquer, étonné, que je démentais sérieusement le mythe selon lequel les femmes enceintes n'éprouvaient pas de désir.

Il répondait aussi au téléphone, repoussait les demandes d'interview, calmait les parents et les amis. Il ne m'était pas facile de parler de ce que j'éprouvais. Une nuit, j'ai rêvé que j'étais sur le parking du Centre culturel et que j'ouvrais la portière de la Fiat, d'où roulaient sur le sol les corps ensanglantés de Palo et de Halttunen.

Taskinen avait repris le collier dès le lendemain. Pertsa, en revanche, avait soigné sa dépression comme tout bon Finlandais, en se soûlant plusieurs jours de suite. À la séance de thérapie, le vendredi après-midi, il était difficile de dire si ses tremblements étaient dus à la gueule de bois ou au choc. Nous avons aussi appris ce jour-là que Halttunen était plus rapide qu'on ne croyait, comme tireur. Lorsqu'il avait compris qu'on lui balançait une grenade lacrymogène, son réflexe avait été de décharger son fusil à canon scié sur Palo, qui avait été salement touché au ventre. Il n'était pas mort sur le coup, mais rien n'aurait pu le sauver. Déterminer qui avait en fin de compte tué Halttunen serait en revanche difficile. Quand il avait tiré sur Palo, il tenait apparemment déjà le canon de son pistolet pointé vers sa propre tête et s'était suicidé presque en même temps, mais le bas de son corps, au-dessous de la ceinture, était criblé de balles des hommes de la force d'intervention. L'enquête serait longue, et il était bien sûr possible que la famille de Palo ou de Halttunen porte plainte. Les médias s'en sont donné à cœur joie pendant plusieurs jours, jusqu'à ce qu'un politicien connu se fasse arrêter pour conduite en état d'ivresse et occupe à son tour la Une.

Eva Jensen m'a téléphoné le soir de l'Épiphanie pour prendre de mes nouvelles. Comme elle se plaignait de trouver le temps long, dans l'attente de la fin de sa grossesse, je lui ai proposé une promenade le lendemain, dimanche. La journée s'annonçait douce et ensoleillée, et je pensais que reprendre le fil de mon enquête me ferait du bien. C'est ce qu'on conseille aux cavaliers : en cas de chute, remonter en selle le plus vite possible. Après son appel, je me suis à nouveau affalée devant la télé pour regarder du patinage artistique. Les triples axels exécutés sur une musique de film par un Canadien plutôt massif m'ont aidée à chasser un moment les fantômes de Nuuksio de mon esprit.

Quand Eva est arrivée, le dimanche matin, elle m'a assuré être capable de parcourir des kilomètres à condition de ne pas marcher trop vite. Nous sommes parties, à travers un champ gelé, vers les petites routes conduisant au Parc central. Le soleil brillait d'un pâle jaune hivernal, les nuages qui se dissipaient promettaient du beau temps. Des bouvreuils picoraient les dernières baies des sorbiers, un lièvre effrayé par notre approche a bondi d'un buisson. Le gros ventre d'Eva tenait à peine sous la cape qui lui servait de manteau, faisant paraître ridicules ses jambes et ses bras fins. Mais malgré la difficulté du terrain, elle préférait ce chemin au bas-côté de la chaussée, exposé aux gaz d'échappement.

« Alors, comment te sens-tu ? m'a-t-elle demandé quand, arrivées aux premières maisons, nous avons quitté le champ pour une route dont la neige avait été gravillonnée.

– Je me demande une fois par heure, en moyenne, pourquoi je suis encore en vie alors que Palo est mort. Sinon, ça va à peu près.

– Tu te sens coupable d'être en vie ?

– Dans un sens, oui. Mais il paraît que c'est parfaitement normal. Il s'en est fallu de si peu, c'est d'abord moi que Halttunen avait suivie. Et je suis bien sûr aussi troublée par le fait que la situation a une fois de plus été gérée n'importe comment. » J'avais essayé de ne pas lire les journaux, qui critiquaient avec sévérité les méthodes de la police, mais il me faudrait bien un jour affronter cette réalité. C'était pour ça que j'avais demandé à Antti de garder les articles et d'enregistrer les émissions parlant de l'affaire. « Est-ce que tu connais le psychothérapeute de Halttunen, Kari Hanninen ? J'ai eu le temps d'échanger quelques mots avec lui avant que l'enfer se déchaîne.

– Je l'ai rencontré une ou deux fois. Si tu cherches des ennemis d'Elina, en voilà au moins un. Elle n'admettait pas qu'il pratique l'astrothérapie, ou, plus exactement, qu'il la présente comme une science à part entière. Ce qu'elle n'est pas, à mes yeux non plus, puisqu'elle se fonde en partie sur l'astrologie.

– C'est curieux, en effet.

– Dans un sens, Hanninen et Elina se disputaient la même clientèle, des femmes émancipées et féministes. Certaines prennent l'astrologie et la cartomancie très au sérieux, considérant qu'il s'agit d'un antique savoir féminin que les religions patriarcales et les sciences dites dures ont tenté d'étouffer.

– Mais Elina n'était pas de cet avis ?

– Elle trouvait dangereux que l'on puisse ne pas assumer ses décisions et accuser les cartes ou les étoiles.

– Est-ce qu'Elina et Hanninen se sont publiquement heurtés ?

– Oui. Ils ont fait leurs études ensemble, et j'ai même entendu dire qu'ils auraient eu une aventure qui s'est terminée parce qu'elle avait en permanence de meilleures notes que lui aux examens. »

J'ai ri en repensant à mon copain de fac Kristian, avec qui il m'était arrivé la même chose : il n'avait pas supporté que je réussisse mieux que lui. Il préparait maintenant une thèse de doctorat, pendant que je mettais ma vie en danger dans les rangs de la police.

« Il y a deux ans environ, ils ont eu un clash violent, parce qu'Elina l'a accusé de mélanger science et pseudoscience et a exigé que l'Association des psychothérapeutes, à défaut de le radier, prononce au moins un avertissement à son encontre. Son avis a été suivi et, depuis, les rapports de Kari avec l'association sont pour le moins distants.

– Elle a quand même hérité d'une de ses patientes. Il faut d'ailleurs que je demande à Niina Kuusinen si elle était au courant de cette querelle. Mais revenons plutôt à Elina. Tu disais avoir suivi une thérapie avec elle.

– Oui, ça fait partie de la formation de toute personne se destinant au métier de psy. J'ai commencé mes études au début des années quatre-vingt, quand l'homosexualité venait à peine d'être retirée de la liste des maladies mentales. Il n'était pas très facile de trouver un mentor qui ne soit pas révulsé à l'idée de voir une lesbienne exercer cette profession. Elina m'a été précieuse, à bien des égards, et m'a beaucoup appris. »

Le vent nous a jeté au visage de gros cristaux de neige accumulés sur une branche de sapin, qui m'ont piqué la peau comme les pointes d'une brosse à cheveux. Une pie s'est envolée de la cime de l'arbre pour se poser paresseusement à une petite vingtaine de mètres, au sommet d'un bouleau, où elle est restée à se balancer en nous lançant des cris qui ressemblaient à des injures.

J'avais un jour écouté Einstein se disputer avec une de ces agaces. L'un miaulait, l'autre jacassait, mais j'étais absolument certaine qu'ils se comprenaient. Plus loin au pied d'un arbre, un homme à l'allure de vieux loup de mer tirait sur la laisse d'un samoyède à l'épaisse fourrure couleur de neige qui avait trouvé l'odeur la plus intéressante du monde et n'aurait à aucun prix voulu reprendre sa promenade. J'avais beau être plutôt amie des chats, j'avais toujours eu un faible pour les gros chiens poilus et je n'ai pu m'empêcher de le caresser au passage. Sentant l'odeur d'Einstein sur mes chaussures, il est resté à me renifler avant de s'intéresser aux effluves de golden retriever des vêtements d'Eva.

« Elina était une excellente psychothérapeute, a-t-elle poursuivi tandis que nous obliquions vers le Parc central d'Espoo. Elle était très présente et savait écouter. Quand j'ai terminé ma formation et que nous sommes devenues consœurs, nous avons fait plus ample connaissance. Mais nous n'étions pas vraiment amies, parce qu'Elina était quelqu'un de très réservé. Elle ne parlait pratiquement jamais d'elle-même, de ses sentiments ou de sa vie. Elle a mentionné une ou deux fois Joona Kirstilä en laissant entendre qu'il comptait pour elle, mais rien de plus.

« Peux-tu imaginer qu'elle se soit suicidée ? »

Eva a secoué la tête, sa large bouche s'est tordue en une moue sceptique.

« De quoi est-elle morte, exactement ?

– D'une interaction entre des médicaments et de l'alcool qui lui a fait perdre conscience, ce qui a entraîné une hypothermie, puis son décès. Difficile de savoir s'il y a quoi que ce soit de prémédité là-dedans. » Je me suis demandé un moment si je devais mentionner la lettre que m'avait montrée Aira, mais comme je n'étais pas certaine de son authenticité, je me suis tue.

« C'est une façon très aléatoire de se suicider. On dirait plus un appel à l'aide, avec l'espoir qu'on vous trouve. Ça ne ressemble pas à Elina. Elle n'était pas du genre à se donner la mort, même s'il y avait en elle comme... comme des chambres secrètes, derrière une façade de sérénité, où elle aurait enfermé ses peines. Elle en entrouvrait parfois la porte, mais pas plus d'un instant.

– Et que voyait-on, par l'entrebâillement ?

– Un conflit entre besoin de solitude et besoin d'attachement, en tout cas. Elina n'avait pas d'autre famille qu'Aira. J'ai l'impression qu'elle aurait aimé avoir un enfant, d'une certaine manière, mais qu'elle en fuyait en même temps l'idée. Sa relation avec Joona Kirstilä illustre bien son rapport aux autres en général. Tout en étant proches, ils ne voulaient pas d'une trop grande intimité. »

Je connaissais le topo. J'avais longtemps ressenti la même chose, et à vrai dire je la ressentais encore. Si j'avais épousé Antti, c'était en grande partie parce qu'il comprenait et partageait mon amour de la solitude. Avoir un enfant changerait la donne, il aurait besoin de notre présence. Pour la première fois, j'ai songé à mon congé de maternité comme à une pause, une période qui me préserverait des meurtriers et des tentatives désespérées d'arracher aux gens des bribes de vérité. Avec le bébé, au moins, les choses seraient différentes.

« Au fait, je suis enceinte, me suis-je surprise à annoncer à Eva, alors que j'avais quelques jours plus tôt ordonné à Antti de garder provisoirement la nouvelle pour lui.

– Félicitations ! Je dois avouer que nous nous demandions pourquoi vous étiez venus en voiture au réveillon de la Saint-Sylvestre. Combien de semaines ?

– Je ne sais plus… huit, je crois. Le bébé devrait naître fin août. Ç'a été une sacrée surprise, mon stérilet m'a lâchée. Je crois que je n'ai toujours pas très bien assimilé la nouvelle.

– Pas mal, comme score de stress, la mort d'un collègue et une grossesse imprévue, a constaté Eva d'un ton pince-sans-rire, avant de me regarder du coin de l'œil, comme effrayée d'une plaisanterie peut-être déplacée.

– Exactement. En même temps, c'est là qu'on perçoit le mieux la cruelle évidence de la vie : la naissance et la mort, main dans la main. Et zut ! je ne voulais pas avoir l'air aussi grandiloquent ! Il serait peut-être temps de faire demi-tour. »

Nous avons pris le chemin de la maison des Jensen, à Mankkaa. Kirsti a poussé de hauts cris en apprenant que sa compagne, dans son état, avait fait une promenade de près de dix kilomètres dans la neige. J'ai poursuivi mon trajet à pied, en espérant qu'Antti aurait préparé à déjeuner.

Plutôt que de parcourir les quelques kilomètres restants sur les grandes routes, j'ai pris par des sentiers de traverse. Soudain, je me suis arrêtée. Je connaissais l'homme assis sur un muret, devant une rangée de maisons, qui cueillait d'un geste machinal des cheveux tombés sur les épaules de son manteau. C'était Pertti Ström. Et en même temps, ce n'était pas lui. Il avait les épaules voûtées de fatigue et la tête pendante, dans une attitude curieusement résignée, loin de son habituelle assurance bravache. Je suis restée à le regarder, me demandant si je devais l'aborder. Et d'ailleurs, que faisait-il là, à Mankkaa, lui qui habitait Olari ? Attendait-il un de nos suspects ? Mais on était dimanche et, si mes souvenirs étaient bons, il était en congé.

Il a regardé sa montre d'un air énervé. Puis la porte de la maison s'est ouverte et un garçon de sept ans environ a jeté un coup d'œil dehors.

« On arrive tout de suite, papa ! Jenna ne trouve pas son maillot de bain. »

Les épaules de Pertsa sont remontées à leur niveau normal et c'est avec sa rudesse coutumière qu'il a crié à quelqu'un, à l'intérieur :

« N'essaie pas, Marja, donne-lui son maillot ! »

Jenna, Marja – et un petit garçon. J'ai eu un déclic. Pertsa attendait ses enfants. Comment s'appelait son fils, déjà ? Jani ? J'avais vu leur photo dans son portefeuille quand il m'avait un jour offert un café après une arrestation difficile. Sans doute les aimait-il, même s'il m'était impossible de l'imaginer faisant preuve d'affection envers qui que ce soit. Puis je me suis rappelé le tremblement de son corps, quand il avait pleuré avec moi la mort de Palo. Ses rapports avec son ex-épouse, en tout cas, semblaient être encore plus mauvais qu'avec moi. Leur conversation à propos de l'heure de retour des enfants s'est faite à distance.

« À huit heures au plus tard, ils ont école demain !

– Merde ! Si on va à ce match, ça va durer au moins jusqu'à neuf heures ! Ils sont bien assez grands pour veiller un peu, et même jusqu'à minuit ! Qu'est-ce que Jenna fiche encore ?

– Ce n'est pas toi qui vas les réveiller demain matin ! Si elle ne trouve pas son maillot, elle devra se passer de piscine. »

Finalement, Jenna est sortie en brandissant triomphalement un maillot de bain rose. Reconnaître les traits de Pertti Ström dans ceux d'une fillette de dix ans m'a fait sourire, mais je me suis faufilée derrière la plus proche maison, honteuse d'avoir espionné la vie privée d'un collègue.

Le lundi matin, au commissariat, tout semblait presque revenu à la normale. Seule rappelait ce qui avait changé depuis la semaine précédente une photo bordée de noir de Palo, découpée dans un tabloïd et scotchée à la porte du bureau qu'il avait partagé avec Pihko. Ce dernier avait déjà filé quelque part, et Pertsa n'était pas là non plus, mais Taskinen était assis à son bureau, le visage gris et fermé. Le sourire qu'il a tenté d'esquisser en me voyant était sûrement le premier de la journée.

« Déjà prête à te remettre au boulot ?

– Ma foi oui. Quoi de neuf ?

– Pas grand-chose. Nous devons nous partager les affaires sur lesquelles travaillait Palo, nous n'obtiendrons sans doute pas de remplaçant tout de suite. Prépare-toi à témoigner à la fin de la semaine à propos de cette prise d'otage. On n'a pas fini d'en entendre parler.

– C'est sûr. En attendant, je vais poursuivre mon enquête sur l'autre affaire de Nuuksio. Je pensais aller à Oulu demain soir.

– Kari Hanninen, le psychologue, t'a laissé un message. Il a dit qu'il était toujours à l'entière disposition de femmes aussi séduisantes que toi. » Taskinen a dû faire un effort pour garder son sérieux en répétant ces propos, un rire irrépressible perçait dans sa voix. Rien que pour avoir réussi à le dérider, j'étais prête à pardonner à Hanninen son exaspérant commentaire.

J'allais prendre mon téléphone pour demander le numéro de Leevi Säntti quand sa sonnerie m'a devancée.

« Ici Tarja Kivimäki de la Radiodiffusion-télévision finlandaise, bonjour. Vous êtes de retour au travail, après ce second drame à Nuuksio ?

– En effet. Vous avez de nouvelles informations sur l'affaire Rosberg ?

– Hélas non. Vous avez d'ailleurs eu d'autres préoccupations, ces temps-ci, et c'est de ça que je voudrais vous parler. On peut peut-être se tutoyer, au fait ? Écoute, Maria, l'émission d'actualité A-Studio souhaite creuser le sujet des fusillades de ces dernières années. Nous aimerions t'interviewer, j'en assurerais personnellement la réalisation.

– Mais, tu ne travailles pas pour A-Studio ?

– Je songe à me reconvertir. Je commence à en avoir assez du journal télévisé et je voudrais, pour différentes raisons, ne plus m'occuper de politique.

– J'ai bien peur de ne pas pouvoir. Primo, ça ne m'amuse pas de discuter en public de la mort d'un collègue et, secundo, tu es techniquement toujours suspecte dans une affaire sur laquelle j'enquête.

– Ah oui ? Est-ce que nous pourrions malgré tout nous voir ? Aurais-tu le temps de dîner ce soir ? C'est moi qui invite, bien sûr.

– Sûrement pas. Comme je l'ai dit, tu es toujours suspecte. Mais nous pouvons malgré tout dîner ensemble. Où et quand ? »

Quand j'ai raccroché, je me faisais l'impression d'être une sangsue. Je n'avais pas la moindre intention d'accorder une interview à Tarja Kivimäki. Mais je voulais faire monter les enchères et ce serait à coup sûr plus facile au restaurant que dans une salle d'interrogatoire.

Heureusement, Leevi Säntti était chez lui et pas en tournée de prédication. Je me suis présentée avec toute l'autorité dont j'étais capable, en espérant qu'il n'ait pas eu vent du fait que j'avais conseillé une avocate à Johanna.

« De quoi s'agit-il ? Est-ce que... ma... ma femme... a assassiné quelqu'un d'autre ?

– Comment ça, quelqu'un d'autre ? ai-je demandé tout en sachant parfaitement ce qu'il voulait dire.

– Elle a tué notre enfant en avortant. Et voilà à quoi ça l'a menée. Qui s'engage sur la voie du péché...

– Monsieur Säntti, votre femme n'est qu'une des personnes mêlées à cette affaire. Nous en reparlerons plus en détail quand nous nous verrons. »

Au téléphone, la voix de Leevi Säntti était d'une suavité étudiée, aussi manipulatrice que celle de Kari Hanninen. Je savais que j'aurais dû appeler ce dernier, mais je n'arrivais pas à m'y résoudre. Je n'avais cessé de supputer, ces derniers jours, les chances qu'auraient eues Palo et Halttunen d'être encore en vie si les responsables de l'opération lui avaient prêté une oreille plus attentive. Plus j'y pensais, plus mon chagrin cédait le pas à la colère. Je voulais trouver quelqu'un à accuser de la mort de notre collègue, quelqu'un à engueuler, frapper, bourrer de coups de pied. Peu importait que ce soit Hanninen qui ait tiré la balle meurtrière. On m'avait tuée en même temps – il me serait arrivé la même chose, à moi et à mon bébé de quelques centimètres, si j'avais été dans ce chalet à la place de Palo.

À la cantine, on m'a dévisagée comme une bête curieuse. J'avais déjà entendu des suspects parler de ce phénomène : les personnes mêlées à une mort tragique ou à un meurtre suscitent à la fois du rejet et de l'intérêt. Une des femmes de l'unité de police administrative est heureusement venue bavarder avec moi, attirant à notre table deux ou trois autres personnes et m'évitant de me sentir ostracisée. Mais ma présence rappelait sans doute malgré tout à beaucoup de mes collègues un pan de notre métier que chacun aurait préféré oublier.

Des tâches de routine m'ont ensuite accaparée. Je devais rattraper le travail de la semaine précédente, prendre des rendez-vous, rédiger des rapports. Mais chaque fois que je tombais sur une affaire dont je m'étais occupée avec Palo, j'avais envie de laisser tomber. Pour la première, le vol avec effraction dans un restaurant, j'ai failli me lever et aller lui demander son avis. Comment Pihko s'en sortait-il ? Avait-on déjà débarrassé leur bureau des affaires de Palo, des photos de ses enfants collées au paravent coupant la pièce en deux, de ses vêtements de rechange dans le placard, de la célèbre réserve de médicaments de ses tiroirs ? Je préférais ne pas aller voir tout de suite.

J'ai eu le temps de passer me changer à la maison avant de prendre le chemin du Rafaello où j'avais rendez-vous avec Tarja Kivimäki. Dans le bus à plancher surbaissé, je me suis surprise à regarder les poussettes soigneusement attachées aux sangles de sécurité. Un bébé de quelques mois dormait tranquillement, mais son père, un type maigre aux cheveux longs, tatoué jusqu'au bout des doigts, allait malgré tout à intervalles réguliers rajuster sa couverture et sa tétine. Je lui ai trouvé un air étrangement familier.

À l'arrêt suivant, un gros homme déjà un peu ivre est monté, muni d'un sac où cliquetaient des bouteilles, et s'est exclamé en le voyant :

« Nyberg, ça alors ! On ne s'était pas vus depuis la taule, dis-moi. Qu'est-ce que tu fais à Espoo ?

– J'y ai ma femme et ma fille. Ne crie pas si fort, tu vas la réveiller », a chuchoté Nyberg.

Son copain a porté un doigt à ses lèvres et murmuré qu'il allait s'asseoir plus loin pour ne pas déranger le bébé. Son cabas a cliqueté de manière menaçante contre la barre de maintien tandis qu'il titubait vers l'arrière du bus.

Il n'est cependant pas resté longtemps silencieux, et a lancé d'une voix forte :

« Tu sais que Halttunen s'est fait descendre par les flics ? Ce type était complètement cinglé, putain, je l'ai vu casser le doigt d'un mec dans la salle de sport de la prison. »

Sans répondre, Nyberg a sorti son matériel de sa poche et entrepris de se rouler une clope. Il a été interrompu par un cri du bébé, qu'il s'est précipité pour calmer. Ce n'était rien, apparemment, car il est aussitôt revenu à ses moutons. Une fois sa cigarette confectionnée, il l'a glissée entre ses lèvres sans l'allumer.

« Eh ! chauffeur ! C'est Tapiola, le prochain arrêt ? C'est là que je descends », a annoncé l'homme au cabas. En se dirigeant vers la sortie, il a remarqué la clope de Nyberg, au coin de sa bouche, et a couru dans l'allée la lui demander. Le conducteur, chose étonnante, n'a manifesté aucun agacement, malgré les longues minutes qu'a duré l'échange, agrémenté de commentaires émus sur la qualité du café de la prison. Peut-être le passé des deux hommes l'effrayait-il.

Tarja Kivimäki était déjà assise dans un box, au fond du restaurant, avec son magnétophone sur la table. J'ai commandé un verre d'eau minérale, mais je n'avais pas faim.

« Alors, tu t'es remise des événements de la semaine dernière ? m'a-t-elle demandé avec un entrain qui sonnait faux.

– Non. Tu t'es remise de la mort d'Elina ? ai-je rétorqué.

– Non plus. Est-ce que ça t'ennuie, si j'enregistre notre conversation ?

– Que veux-tu faire de la bande ? Je ne t'ai promis aucune interview. »

Kivimäki a inspiré profondément, mais n'a pas eu le temps de répondre car la serveuse est venue nous demander si nous avions fait notre choix. J'ai finalement pris un classique plat de pâtes aux fruits de mer, en espérant réussir à l'avaler. Je n'avais en tout cas pas envie de viande ni de tomates.

« Laisse-moi te parler de cette émission, a repris Kivimäki après avoir commandé un jambalaya et une bière mexicaine. Nous n'avons pas l'intention de traiter uniquement de la prise d'otage de Nuuksio, mais plus généralement de la tendance des policiers à faire usage de leurs armes, et ce depuis l'affaire de Mikkeli. Avec bien sûr Hirsala et Vesala, et cette affaire à l'école de police de Tampere.

– Mais pourquoi m'interviewer moi ?

– D'après les journaux, Halttunen a d'abord essayé de s'introduire dans la voiture de l'autre policier qui l'avait interrogé, mais n'a pas réussi et a donc dû se contenter de l'inspecteur principal Palo. Il ne m'a pas été bien difficile de découvrir l'identité de ce collègue. J'aimerais que tu fasses travailler ton imagination : comment aurais-tu voulu que la police agisse, si tu avais été dans ce chalet ?

– Tu prépares un sujet sérieux ou une émission à sensation ? Ce genre de règlement de comptes ne m'intéresse pas.

– Tu es sûre ? La situation a-t-elle été gérée selon toi de la meilleure manière possible ? Tu n'as pas de critiques à formuler ? »

Bien sûr que j'avais des critiques, et même beaucoup. Mais je n'avais pas l'énergie de revenir indéfiniment sur cette affaire, ou en tout cas pas plus que je n'y serais contrainte. Dans un sens, il m'aurait été facile de déverser mon chagrin, ma colère et ma peur dans la moitié des salles de séjour du pays par l'intermédiaire de la télévision. Mais Palo ne l'aurait sans doute pas voulu. Et j'avais apparemment intégré une des règles d'or de la police, laver son linge sale en famille.

« Est-ce qu'il n'est pas contraire à l'éthique de se taire face à des dysfonctionnements ? a poursuivi Kivimäki.

– Ce que je trouve contraire à l'éthique, c'est de donner une interview à une personne mêlée à une mort suspecte sur laquelle j'enquête.

– L'entretien peut être conduit par quelqu'un d'autre que moi.

– Oublie ça. Pourquoi veux-tu travailler pour A-Studio ? Tu auras du mal à rester hors du champ des caméras.

– Pour plusieurs raisons. L'une est que je pourrai faire des reportages plus longs et plus fouillés que pour le journal télévisé. Et j'ai des motifs personnels, dont on pourrait dire qu'ils sont liés à l'éthique. »

La serveuse nous a apporté la salade servie en hors-d'œuvre, et je m'en suis rempli la bouche pour ne pas avoir à parler. Kivimäki tiendrait bien sûr un bon sujet, si c'était moi qui critiquais les décisions prises à Nuuksio. Une justicière solitaire, au sein d'un corps de police masculin, portant sur les erreurs commises un regard plus lucide que tout autre. J'étais certes habituée à me mettre personnellement en jeu dans mes enquêtes, mais je n'étais pas prête à apparaître en public. Après avoir avalé ma salade, je l'ai répété à Kivimäki.

« Dommage. Je pensais que nous pourrions nous entraider.

– Comment ?

– Je n'ai pas voulu jusqu'ici trahir la confiance d'Elina car il s'agit d'une chose dont elle n'a parlé qu'à moi. Mais j'y ai réfléchi et je me suis rendu compte que ce pouvait être une raison de la tuer. »

Comme souvent, j'ai parlé avant de réfléchir :

« Tu veux dire que tu ne me diras le mobile du meurtre d'Elina que si je te donne une interview ! Et tu parles d'éthique ! » Je me suis levée en repoussant si brutalement mon assiette de salade qu'elle a heurté la bouteille de bière de Tarja et l'a renversée.

« Tu es la bienvenue pour parler du décès d'Elina Rosberg au commissariat d'Espoo. Jeudi à dix heures, ça te va ? Tu aurais intérêt à y être, parce que sinon je demanderai un mandat d'arrêt contre toi, pour dissimulation de preuves. Bonne soirée ! »

11

Quand j'ai déboulé dans la rue Aleksanteri, le ciel m'a jeté au visage de la neige mêlée de pluie. En temps normal, je serais allée droit dans le bar le plus proche avaler un whisky ou deux, mais, enceinte comme je l'étais, j'ai dû me contenter d'évacuer ma colère en shootant dans une boîte de coca vide qui se trouvait sur mon chemin. Je n'avais pas l'intention de céder sur l'interrogatoire de jeudi, même s'il était tout à fait possible que Tarja Kivimäki ait simplement essayé de me rouler dans la farine. Quoi qu'il en soit, elle m'était antipathique depuis le début et j'étais contente d'avoir l'occasion de la cuisiner un peu.

Il y avait une demi-heure d'attente pour le prochain bus et je me suis mise à l'abri de l'averse glacée au Vastarannan Kiiski. J'ai décidé de m'éclater en buvant une bière ultralégère. Alors que je cherchais du regard une place libre, j'ai songé que ma journée de travail n'était peut-être pas encore terminée : Joona Kirstilä était assis à la dernière table du fond, près de la fenêtre, avec devant lui une chope de Kozel brune et un ordinateur portable. J'ai hésité à le déranger, mais son écran avait l'air éteint et il fixait le fond de son verre.

J'avais à lui parler, après avoir entre autres trouvé ce matin sur mon bureau un rapport confirmant qu'il avait bien fait la tournée des bars de Hämeenlinna, mais le mercredi 27 décembre et non le mardi 26.

S'il s'était agi d'une semaine ordinaire, j'aurais été prête à admettre qu'il se soit juste trompé de jour, mais il ne pouvait guère avoir confondu le lendemain de Noël, qui était férié, avec le surlendemain. Alors qu'il avait prétendu avoir vu Elina pour la dernière fois avant Noël, il semblait maintenant plausible qu'il soit allé à Nuuksio le soir du 26.

Je me suis dirigée avec ma bière vers la table de Kirstilä. Il a levé les yeux de sa chope et hoché la tête, l'esprit de toute évidence embrumé par l'alcool. Ses yeux bruns avaient l'air jeunes et brillants, mais il avait autour de la bouche des plis que même l'ivresse ne parvenait pas à lisser.

« Comment ça va ? ai-je platement demandé.

– Pas très fort. J'ai l'impression que mon inspiration est morte avec Elina. Heureusement qu'il me reste la boisson. Vous avez découvert quelque chose ?

– Oui. Tu n'étais pas à Hämeenlinna le lendemain de Noël, mais le surlendemain. J'ai au moins dix types qui le confirment.

– Je suis là pour me bourrer la gueule, putain ! C'est un interrogatoire, ou quoi ! » Son beuglement a couvert la musique de Green Day que déversait la radio et les clients des tables voisines nous ont jeté des regards intéressés.

« Ne t'en fais pas, je te laisse. Je t'appellerai demain pour savoir quand tu peux venir au commissariat. » Je me suis levée. Houspiller Kirstilä avait beau me faire l'impression de donner des coups de pieds à un chiot, j'étais encore si énervée par ma rencontre avec Tarja Kivimäki que je n'ai pas pu m'en empêcher.

« C'est obligé ? Vos salles d'interrogatoire sont à gerber. Parlons plutôt ici. » Je me suis rassise, tout en sachant que notre conversation n'avait aucune valeur légale. Kirstilä était ivre, moi seule. Mais j'avais une demi-heure à tuer et l'averse tombait de plus en plus dru. Rares sont les endroits aussi désespérément laids que la gare routière de Helsinki sous le grésil. Mais vu à travers le vitrail bleu-vert-violet du Vastarannan Kiiski, le paysage se métamorphosait. Les fenêtres de l'immeuble en brique de l'Union des Agriculteurs prenaient des allures de polygones tordus et les autocars boueux se teintaient de tons pastel.

Kirstilä a terminé sa Kozel et fait signe au bar pour qu'on lui remette la même chose. Il devait être un des piliers de l'endroit, car on lui a apporté sa boisson à table et promis de la mettre sur son compte. Il a descendu le quart de sa chope avant de dire d'un ton hésitant :

« J'ai dû me tromper. Ce devait donc être mercredi que j'ai pris une cuite avec les copains à Hämeenlinna.

– Et où étais-tu le 26 ? Tu es revenu de Hämeenlinna pour faire un petit coucou à Elina, c'est ça ?

– Oui. Elle me manquait. »

Kirstilä a rejeté son épaisse chevelure en arrière et sorti de sa poche un paquet de cigarettes écrasé dont la dernière rescapée était presque cassée en deux. Il a eu tant de mal à frotter une allumette que je lui ai pris la boîte des mains pour l'aider. La fumée m'écœurait pourtant encore plus que d'habitude, mais une exposition occasionnelle à un tabagisme passif ne risquait sans doute pas d'être nocive pour mon bébé – je ne pouvais pas non plus m'isoler dans une bulle.

« Noël me rend toujours sentimental, avec tout ce blabla sur le cocon familial et la paix sur terre aux hommes de bonne volonté. Ça m'a fait bizarre de passer les fêtes avec mes parents et avec ma sœur, qui m'insupportent plus qu'autre chose, alors que la seule personne à laquelle je tenais était à plus de cent kilomètres. J'ai appelé Elina, le soir du 26, pour lui demander de venir chez moi, rue de Lapinlahti. Elle ne pouvait pas, elle avait quelque chose à régler à Rosberga, mais elle m'a proposé de la retrouver là-bas. Il n'y avait même pas moyen d'y aller autrement qu'en taxi, mais elle a promis de payer la course. »

Il avait retrouvé Elina devant le portail. Malgré sa forte toux, elle avait tenu à sortir un moment, « s'aérer la tête », selon ses propres termes. Kirstilä avait cru comprendre que ces derniers jours avaient été pour elle plus éprouvants que prévu.

« C'était sûrement cette ambiance de Noël, avec sa dégoulinade de bons sentiments, qui m'a poussé à lui faire des propositions tout à fait extravagantes. J'aurais voulu qu'on s'installe ensemble. Elle a refusé, en disant que dans la situation où elle se trouvait, elle ne pouvait pas envisager un aussi grand changement. »

Voilà qui corroborait le récit de Milla. Mais pourquoi Aira s'était-elle mis en tête que Joona Kirstilä voulait quitter Elina ? Il lui avait proposé exactement le contraire.

« Elina voulait donc conserver avec toi les mêmes relations qu'avant ? » J'ai vidé mon verre et constaté que j'avais soif d'une deuxième bière, et cette fois plus forte, mais mon surmoi me l'interdisait.

« Oui. Nous nous sommes même un peu disputés. Je m'étais sans doute imaginé qu'elle serait heureuse de savoir que je ne pouvais pas passer les fêtes de Noël loin d'elle. Quel enfantillage. C'est juste que c'est… que c'était la galère, Elina habitait au diable et sa maison était toujours pleine de femmes. Tu imagines, en cas de soudaine envie de baiser ? » Kirstilä a fait la moue, son expression m'a fait penser à mon neveu de deux ans, Saku, quand on lui interdisait quelque chose. « Je n'aurais pas dû me plaindre, maintenant je l'ai perdue pour toujours... » Des larmes ont coulé de ses yeux dans sa chope.

« Comment es-tu rentré à Helsinki, en l'absence de bus ? En taxi ?

– J'ai passé la nuit dans le petit pavillon. Je ne suis reparti que le lendemain matin, a-t-il répondu d'un ton las.

– Quoi ? Tu veux dire que tu as passé la nuit du 26 à Rosberga ?

– Oui, oui. C'est bien ce qu'il y a de plus affreux. » Kirstilä était de nouveau en pleurs. « Elina ne voulait pas, elle aurait préféré que je rentre chez moi. Finalement elle a accepté, mais elle m'a prévenu qu'elle voulait dormir seule, à cause de sa grippe. J'ai attendu jusqu'à une heure du matin, en espérant qu'elle me rejoindrait quand même, mais ensuite je me suis endormi, d'autant plus que j'avais vidé une bouteille de vin rouge trouvée dans l'armoire. Et le lendemain, j'étais si furieux qu'elle ne soit pas venue que je suis reparti par le premier bus. Je n'arrête pas d'y penser. Si j'avais insisté pour passer la nuit avec elle, elle serait sûrement encore en vie. » Sa phrase s'est terminée dans un sanglot, sans que je trouve rien de réconfortant à lui dire.

Mon bus allait partir, et j'aurais dû attendre une heure de plus pour le suivant. Je devais filer, même si laisser Kirstilä seul me désolait. Mais les jolies filles de la table voisine lui avait jeté des coups d'œil prouvant qu'elles l'avaient reconnu et peut-être le consoleraient-elles bientôt de leur compagnie.

« Nous nous sommes séparés un peu froidement », a soupiré Kirstilä en s'essuyant le visage dans son écharpe rouge. J'avais déjà enfilé mon manteau, mais je suis restée à l'écouter. « J'avais mon téléphone, je l'ai rappelée avant de m'endormir. Elle a dit qu'elle n'avait pas le temps de me parler, qu'elle était en pleine conversation avec quelqu'un.

– Avec qui ? ai-je presque crié, car toutes les femmes de Rosberga avaient affirmé ne pas avoir revu Elina après son retour de promenade.

– Elle a juste ajouté qu'elle me raconterait plus tard, parce que ça me concernait aussi. On aurait dit... qu'elle était ivre. Mais moi aussi. »

Je devais courir attraper mon bus, bien décidée, malgré tout, à réinterroger Kirstilä à la fin de la semaine. Il y avait donc quelqu'un chez Elina dans la nuit du 26 ! Ça voulait dire au moins une chose. Une de ces femmes mentait.

Je n'ai pas trouvé le temps de me rendre au manoir le lendemain. J'avais hérité de plusieurs dossiers de Palo et, malgré mes efforts pour travailler à mon rythme habituel, je me sentais par moments comme paralysée. Je restais là, les yeux dans le vague, à m'imaginer à Nuuksio, devant le chalet blotti dans les profondeurs de la forêt, à écouter le vrombissement des hélicoptères et les détonations qui se taisaient soudain pour faire place à un silence de mort. À la cantine, je me suis assise à la même table que Pihko et, quand nous sommes remontés à notre étage, je lui ai demandé de me montrer le bureau de Palo.

Il n'avait pas changé, seuls ses papiers couverts de pattes de mouches avaient été emportés et distribués à ses collègues. Une grosse veste en tricot bleue était encore accrochée sur le dossier de sa chaise et, quand je l'ai touchée, il s'en est dégagé l'odeur de déodorant et de pastilles pour la toux de Palo.

« Tous les matins en arrivant, je m'étonne de ne pas le trouver ici, a dit Pihko. Sa femme doit passer demain récupérer ses affaires. Je me demande qui va occuper sa place. J'espère que Lähde ne va pas me coller Ström.

– Il nous faut absolument quelqu'un pour le remplacer. Quand est-ce que le poste va être mis en recrutement ? Un de mes copains prépare actuellement le concours de sous-officier. Tu le connais peut-être, Pekka Koivu. Ce serait un bon candidat. J'ai travaillé avec lui à Helsinki, il y a quelques années. »

Mon ami Koivu, qui avait quitté Joensuu et ses émeutes raciales, planchait en ce moment au centre de formation d'Otaniemi, à Espoo. Nous avions parlé d'aller boire une bière après les fêtes de Noël, mais avions remis ce rendez-vous, pour de multiples raisons. Quand il m'avait téléphoné après avoir appris ce qui s'était passé avec Halttunen, j'avais eu comme l'impression qu'il avait une nouvelle petite amie.

Le téléphone de Pihko a sonné et, à notre surprise à tous deux, c'était Taskinen, qui voulait me voir immédiatement. Il devait à mon avis s'agir du calendrier de l'enquête préliminaire sur la prise d'otage de Nuuksio, mais il y avait dans son bureau le chef de la police d'Espoo en personne, à qui je n'avais jamais auparavant eu l'honneur de parler. Taskinen m'a fait signe de m'asseoir, évitant mon regard, les yeux fixés sur le mur au-dessus de mon oreille gauche, comme si quelque nouveau et fascinant tableau y était accroché.

« Eh bien, inspectrice principale Kallio, je viens de recevoir un appel téléphonique extrêmement désagréable d'une personne haut placée au ministère de l'Intérieur », a commencé le chef de la police. C'était un de ces hommes de l'ère Kekkonen, bientôt retraité, qui, d'après les rumeurs, avaient rapidement fait carrière en fermant les yeux sur un certain nombre de choses, à condition qu'on y mette le prix. Les invitations à déjeuner et les soirées dans les saunas d'entreprise avaient épaissi sa silhouette et couperosé son visage, et son coûteux costume bleu nuit ne faisait que souligner l'usure de son corps. Ce n'était d'ailleurs sans doute pas avec son salaire de fonctionnaire qu'il avait pu se l'offrir. Les enquêtes internes de la police n'étaient souvent pas passées loin, mais, pour l'instant, sa réputation restait sans tache. On murmurait que c'était parce qu'il connaissait depuis des années l'actuel ministre de l'Intérieur, qui avait lui aussi été l'un des jeunes protégés du président Kekkonen. À tous les coups, la grosse pointure qui lui avait téléphoné était le ministre Martti Sahala en personne.

« Je suppose que c'était à propos de la prise d'otage, ai-je dit d'un ton belliqueux. Le ministre aurait-il l'intention de nous donner des instructions sur les réponses à donner aux enquêteurs ?

– Non, il ne s'agit pas de l'affaire de Nuuksio, sur laquelle il y aura pourtant beaucoup à dire, le moment venu, mais de cette mort suspecte survenue il y a une quinzaine de jours. Une certaine Elina Rosberg, si ma mémoire est bonne.

– Et en quoi cela intéresse-t-il le ministre ? » J'étais stupéfaite.

« Monsieur le ministre exige qu'on ne menace pas indûment d'arrestation les témoins de l'affaire.

– Quoi ?! » Ce devait être à cause de Tarja Kivimäki et de notre clash de la veille. Mais quel rapport cela pouvait-il bien avoir avec le ministre de l'Intérieur ?

« Vous vous rappelez sûrement votre conversation d'hier avec une journaliste, au Rafaello ? Vous l'avez menacée d'un mandat d'arrêt si elle ne se présentait pas à une convocation dont vous avez unilatéralement fixé l'heure sans la consulter.

– L'inspectrice principale Kallio a traversé de rudes épreuves ces derniers temps. Il n'est pas étonnant qu'elle s'énerve pour un rien », est intervenu Taskinen. Il regardait toujours derrière moi, et ses yeux reflétaient un malaise infini. Il s'était déjà trop souvent heurté au chef de la police, depuis un an, au cours d'enquêtes sur des délits économiques, et, à en croire la rumeur, leurs relations étaient glaciales.

« Si mademoiselle, pardon, madame l'inspectrice principale n'est pas en état de travailler, elle ferait mieux de prendre un congé de maladie.

– Kivimäki a tenté de marchander avec moi. Elle a offert de me dévoiler le mobile probable du meurtre d'Elina Rosberg si je lui accordais une interview pour son émission. Elle a donc reconnu avoir caché des faits importants, voire décisifs. Qu'aurais-je dû faire, selon vous ? »

Je fixais la mâchoire du chef de la police tout en songeant à ce que Tarja Kivimäki avait dit à propos de son désir de changement. Elle avait parlé de questions d'éthique rendant difficile la poursuite de ses activités à la rubrique politique du journal télévisé. Ces questions d'éthique portaient sans doute le nom de Martti Sahala. Mais que lui trouvait-elle donc ? Ce type était un automate à débiter des discours, haut d'un mètre soixante-dix, élevé au milieu des champs de pommes de terre. Était-ce son pouvoir qui la séduisait ? On l'avait souvent qualifié de Premier ministre bis. Il n'avait guère plus de quarante ans, mais s'était fait un nom dans les hautes sphères de la politique nationale depuis déjà une vingtaine d'années et en était à son troisième maroquin ministériel.

« Vous n'êtes plus une enfant, inspectrice principale Kallio. Dans notre métier, il faut savoir faire preuve de psychologie. Une petite concession peut parfois être utile. »

J'ai eu beau essayer de me retenir en comptant les plis du menton du chef de la police, je n'ai pas réussi à tenir ma langue :

« Parce que la loi commune ne s'applique pas aux maîtresses du ministre de l'Intérieur ? »

C'en était trop, et j'aurais dû le savoir. L'engueulade a été sévère. En substance, j'avais intérêt à demander un congé de maladie avant qu'on ne me l'impose. Taskinen et moi avons laissé passer l'orage, assis en silence tels deux enfants ayant réussi à incendier le sauna familial en jouant avec des allumettes.

« Jyrki, je compte sur toi pour inculquer quelques notions de tact à tes subordonnés », a conclu le chef avant de sortir sans nous serrer la main, claquant la porte derrière lui. Après son départ, Taskinen m'a regardée pour la première fois.

« Et si tu m'expliquais ce qui s'est réellement passé ? »

Je lui ai raconté, en m'efforçant de me maîtriser, mais j'ai senti ma colère déteindre sur lui.

« Kivimäki a vraiment dû prendre la mouche, pour mettre en branle un tel cirque, a-t-il noté après m'avoir écoutée.

– Elle sera ici jeudi à dix heures. Moi aussi, je peux jouer à ce petit jeu. Les tabloïds seraient sûrement heureux de pouvoir raconter que le ministre de l'Intérieur protège sa maîtresse soupçonnée de meurtre.

– Calme-toi, Maria ! Inutile de te rendre la vie plus compliquée que nécessaire.

– Si Kivimäki connaît réellement le motif de la mort d'Elina Rosberg, je le lui ferai cracher malgré... malgré les talonnettes de Martti Sahala », ai-je sifflé. Ma rage s'est soudain muée en un rire hystérique, aggravé par la vision de ce à quoi le ministre devait ressembler lors de ses nuits d'amour, sans le caleçon long bleu layette qu'il portait forcément. Taskinen m'a regardée un moment avant d'aller prendre une bouteille d'eau minérale dans son placard.

« Bois ça et essaie de te calmer. Tu es sûre que tu n'as pas besoin de vacances ?

– Bien sûr que si, tout autant que toi ou Pihko. J'ai envie de vomir rien qu'en pensant au chef. Mais ne t'inquiète pas, je ne ferai pas de vagues. Je vais prendre le train de nuit pour Oulu et me tenir à carreau. Et jeudi matin, à mon retour, Tarja Kivimäki m'attendra dans mon bureau.

– Sans que tu fasses rien ?

– Exactement. Je suis sûre qu'elle comprendra que malgré son amant haut placé, elle ne peut pas se permettre de ne pas venir. »

Taskinen a presque eu l'air de me croire. J'aurais aimé pouvoir en faire autant. Je suis retournée dans mon bureau, où j'ai tenté de rassembler ce qui restait de ma capacité de concentration éparpillée aux quatre vents par mon fou rire, mais même la contemplation des jambes musclées de Geir Moen ne m'a pas beaucoup aidée. J'ai dû me forcer pour composer le numéro du cabinet d'avocats qui veillait aux intérêts d'Elina Rosberg.

Il n'y avait en fait rien d'extraordinaire dans son testament. Quelques legs, notamment à l'association féministe Unioni et au fonds pour les catastrophes de la Croix-Rouge. Pour le reste, ses biens allaient à Aira Rosberg, comme la loi le prévoyait. Joona Kirstilä n'était même pas mentionné.

Je n'imaginais certes pas vraiment découvrir un mystérieux héritier, mais j'étais quand même déçue. Mes conversations de la veille avec Tarja Kivimäki et Joona Kirstilä me laissaient pourtant espérer que je finirais par résoudre l'affaire. Mon côté sceptique me rappelait en même temps que le poète pouvait mentir à propos du visiteur d'Elina afin de détourner les soupçons pesant sur lui et que le mobile que m'avait fait miroiter la journaliste pouvait n'être que de la poudre aux yeux.

J'ai téléphoné à Rosberga, où j'ai eu la chance de tomber sur Johanna.

« Maria Kallio de la police d'Espoo, bonjour. Comment s'est passée ta visite à Karhumaa ?

– Bien, merci. Je ne suis rentrée qu'hier, en fait, je n'aurais pour rien au monde voulu quitter mes enfants, après les avoir retrouvés. Il n'y a que Johannes, l'aîné, qui s'est tenu éloigné de moi.

– Tu as vu ton mari ?

– Non. Il est resté chez ses parents tout le temps de ma visite, avec Johannes. Si j'avais eu un endroit où aller, j'aurais tout de suite emmené les enfants, ou au moins les plus petits.

– Combien de temps as-tu l'intention de séjourner à Rosberga ?

– Aira m'a invitée à rester jusqu'à ce que la situation se décante. Il faudrait que je trouve du travail et un logement, même si ça relève du miracle. » De quoi Johanna vivait-elle actuellement, et d'où tenait-elle son argent ? Elina lui en avait-elle prêté ? « Aira voudrait pouvoir organiser l'enterrement de sa nièce, mais son corps ne lui a toujours pas été rendu » a-t-elle poursuivi.

Nous n'y avions effectivement plus pensé, la mort de Palo avait tout mis sens dessus dessous.

« J'ai aussi découvert que Leevi n'était pas à la maison le soir du 26. Il était soi-disant parti pour une tournée de prédication. »

Johanna parlait d'une voix exaltée, et je me suis fait la réflexion qu'Elina avait en effet pu se promener avec Leevi Säntti, en plus de Kirstilä, aussi invraisemblable que cela paraisse.

« C'est de ça que je voulais te parler. Je dois aller demain à Karhumaa pour y rencontrer ton mari.

– Quoi ? Tu as l'intention de l'arrêter ?

– Rien ne m'y autorise, pour l'instant. Je veux juste lui parler. Et merci pour ta biographie. C'était intéressant, mais il manquait une page ou deux.

– Ce qui s'est passé au lycée n'a rien à voir avec ma situation actuelle. »

En bavardant ainsi presque comme une amie avec Johanna, je me faisais l'effet d'une vipère perfide, car je n'avais pas l'intention d'aller jusqu'à Karhumaa uniquement pour vérifier les faits et gestes de Leevi Säntti. J'y allais aussi pour me renseigner sur elle. Il y avait dans la mort d'Elina Rosberg quelque chose d'étrange, d'insensé. Comme si quelqu'un à l'esprit dérangé y était mêlé. Johanna en avait le profil.

Je venais de raccrocher quand le téléphone a sonné. C'était l'accueil, pour m'annoncer que j'avais un visiteur.

« Il n'a pas de rendez-vous. Il dit s'appeler Kari Hanninen, psychothérapeute. Tu peux le recevoir ? »

Je n'en avais ni le temps ni l'énergie, mais c'était un bon prétexte pour m'échapper boire un café. J'ai promis de venir chercher Hanninen dans le hall. Dans l'ascenseur, je me suis surprise à me regarder dans le miroir : le vert de mes yeux était noir de fatigue, ma peau était plus pâle que jamais et l'hiver avait effacé les taches de rousseur de mon nez. Mes cheveux avaient besoin d'une nouvelle coloration. Mes seins semblaient plus gros que d'habitude sous mon pull vert, mais la ceinture de mon jean ne me serrait pas encore, plutôt le contraire, même.

Hanninen avait toujours l'air d'une rock star sur le retour, surtout avec ses bottes de chanteur de country et son bandana noir autour du cou. En me voyant, il a semblé appuyer sur une sorte de bouton de déploiement de charme : une lueur neuve s'est allumée dans ses yeux couleur café, sa bouche à la lèvre supérieure mince s'est ouverte en un sourire, des rides rieuses ont plissé ses joues et ses pattes d'oie.

« Inspectrice principale Kallio, je suis heureux que vous ayez le temps de me recevoir. Je passais par là et j'ai voulu en profiter pour prendre de vos nouvelles, après les événements de la semaine dernière. Et comme vous aviez dit vouloir me parler, à Nuuksio…

– J'ai besoin d'une tasse de café, allons d'abord bavarder un moment au self. » Hanninen m'a emboîté le pas, se précipitant pour m'ouvrir les portes comme si nous avions un rendez-vous galant et m'avançant une chaise à une table d'angle. Je n'étais pas habituée à tant d'égards, du moins pas sur mon lieu de travail, où j'étais en général un mec parmi d'autres, portant moi-même mes affaires et enfilant seule mon manteau. Nous avons bien sûr commencé par parler de Halttunen. Kari Hanninen était furieux de la tournure qu'avaient prise les événements, j'avais entendu dire par des collègues qu'il avait usé de termes plutôt violents, dans des interviews, pour qualifier l'action de la police. Ça ne m'étonnait pas, car il avait fait preuve de compassion envers son patient, même s'il avait peut-être involontairement aggravé la situation.

« Markku était à l'évidence gravement perturbé. Mais était-ce une raison pour le tuer ? Toutes ces armes, et ces hélicoptères… N'importe qui perdrait les pédales face à de telles menaces. Et il avait bien sûr aussi des tendances suicidaires. Est-ce que les choses auraient été plus faciles si son otage n'avait pas été policier ?

– On aurait sans doute agi avec moins de précipitation. Mais c'est de Niina Kuusinen que je voulais vous parler. Si nous allions dans mon bureau ? »

Le café m'avait laissé un goût amer dans la bouche, et je n'y pouvais rien si la présence de Hanninen m'angoissait. Mon esprit ne parvenait pas à le dissocier de Palo et de Halttunen.

« La déontologie m'interdit normalement de parler de mes patients, a déclaré Hanninen une fois dans mon bureau. Mais je peux faire une petite exception, maintenant que je vous sais plus intelligente que la moyenne des policiers.

– Vous connaissiez aussi personnellement Elina Rosberg ?

– Je l'ai très bien connue à une époque, nous sommes sortis ensemble pendant un an environ, au début de nos études, il y a déjà vingt ans de ça. J'avais oublié toute cette histoire, ça ne m'est revenu que quand j'ai appris sa mort.

– J'ai entendu parler de conflits entre vous, au sein de l'Association des psychothérapeutes. »

Hanninen a haussé les sourcils, puis s'est installé dans une position plus confortable, mains croisées derrière la nuque, étendant ses longues jambes moulées dans un Levis classique.

« C'est donc ça ? a-t-il dit d'un air amusé. Vous ne voulez pas discuter de Niina Kuusinen mais fourrer le nez dans mes relations avec Elina. Vous manquez de suspects, inspectrice principale Kallio ? »

Sans rien répondre, j'ai scruté les rides séduisantes de son visage. Ses yeux étaient cernés de noir comme s'il avait veillé des nuits entières.

« Mais je peux vous parler d'Elina Rosberg, si c'est ce que vous voulez. N'est-ce pas le travail de la police d'analyser aussi bien la personnalité des suspects que celle des victimes ? Elle s'imaginait avoir toujours raison. Mais elle regardait le monde avec des œillères. Les femmes, en général, sont plus ouvertes que les hommes à tout ce qui est nouveau, comme les parasciences, par exemple. Mais pas elle. C'était sûrement une bonne thérapeute, cela dit, je ne le conteste pas. » D'après Hanninen, les remous qui avaient agité l'Association des psychothérapeutes, quelques années plus tôt, étaient nés de l'étroitesse d'esprit d'Elina et de quelques autres psychologues qui considéraient qu'il avait utilisé des méthodes thérapeutiques sujettes à caution. À la suite de ce différend, la Sécurité sociale avait réexaminé le remboursement des soins qu'il dispensait et avait décidé, depuis deux ans, de le rayer de la liste des praticiens conventionnés.

Il était bien sûr conscient que j'aurais pu avoir moi-même, en frappant à la bonne porte, le fin mot des suites de sa querelle avec Elina. Halttunen avait donc été l'un de ses derniers patients dont la Sécurité sociale avait pris en charge la thérapie, et Kari Hanninen n'a pas caché sa satisfaction en racontant que ce dernier l'avait choisi comme psy parce qu'il n'avait pas l'air d'une lavette.

Il parlait volontiers de lui-même, mais je me demandais quelle pouvait bien être sa qualité d'écoute. Après la décision de la Sécurité sociale, il avait essentiellement gagné sa vie grâce à l'astrologie. Sa formation de psychologue inspirait confiance à ses clients.

« L'astrologie dénoue des crises, elle aide les gens à voir dans leur vie des éléments dont ils n'auraient pas conscience autrement. Je ne leur dis pas que ceci ou cela est écrit dans les astres, qu'ils n'ont pas d'autre choix.

– Pourquoi, alors, avoir déclaré à Halttunen que d'après les étoiles son heure n'était pas venue ? ai-je demandé, car ce commentaire, stupide à mes yeux, continuait de me tarauder l'esprit.

– Ce n'était qu'un moyen de l'amener à se calmer. Qui a hélas échoué. Est-ce que… »

Je n'avais pas l'intention de revenir avec Hanninen sur le déroulement de la prise d'otage et je l'ai brutalement interrompu en changeant de sujet.

« Niina Kuusinen m'a dit qu'elle avait entamé une thérapie après la mort de sa mère. Vous pouvez peut-être m'en parler sans trahir sa confiance.

– Elle était très proche de sa mère. Comme la plupart des Cancers. Elle a mené une vie très protégée, famille aisée, enfant unique, etc. Sa mère aurait voulu qu'elle soit pianiste, mais elle n'avait pas assez confiance en elle-même pour faire carrière. La famille a longtemps vécu en France, à cause du travail du père de Niina, c'est sans doute pour ça qu'elle s'est sentie déracinée ici.

– Elle a étudié à l'Académie Sibelius ?

– Oui. Elle a obtenu au printemps dernier son diplôme de professeur de musique. J'espère qu'elle n'aura jamais besoin de postuler dans l'enseignement public, donner des cours particuliers lui convient beaucoup mieux. »

En repensant à la personnalité timide et réservée de Niina Kuusinen, je me suis demandé si elle n'avait pas été amoureuse de son psy. Pourquoi l'avait-elle quitté pour Elina, d'ailleurs ? Hanninen lui-même n'avait rien dit d'une thérapie courte. Était-elle mécontente de lui ?

« Niina m'a confié qu'avec la mort d'Elina, elle avait eu l'impression de perdre une seconde fois sa mère. A-t-elle pu projeter sur elle les sentiments qu'elle éprouvait à l'égard de cette dernière ? »

Hanninen m'a souri comme un adulte à un enfant qui pose une question idiote mais charmante.

« La psychologie policière ! Elina n'était pas assez âgée pour servir de support à un tel transfert. Sa nature ne s'y prêtait pas non plus. La mère de Niina était l'archétype de la figure maternelle à l'ancienne, tendre et attentive. Mais c'est vrai que les patients projettent sur leur psy toutes sortes de sentiments. Ça fait partie du processus.

– Niina Kuusinen a-t-elle besoin de tranquillisants ? Ou de somnifères, par exemple ?

– Cette information est confidentielle. »

Je savais que je ne pourrais pas tirer grand-chose de plus de Kari Hanninen, nous naviguions déjà à la limite du secret professionnel.

« Pourquoi a-t-elle mis fin à votre relation thérapeutique pour vous remplacer par Elina ? »

De nouveau un sourire amusé, laissant entendre que j'étais loin d'être, aux yeux de Hanninen, aussi intelligente que je l'imaginais.

« Qui vous a dit que notre relation thérapeutique était terminée ? Elle a seulement changé de forme. J'interprète toujours les thèmes astraux établis par Niina, en collaboration avec elle, maintenant qu'elle est elle aussi devenue experte en la matière. Elle en tire d'ailleurs un complément de revenus. La psychothérapie qu'elle suivait avec Elina, en revanche, était remboursée par la Sécurité sociale. Mais j'ai entendu des rumeurs, avant Noël, selon lesquelles certains membres de l'Association des psychothérapeutes commençaient à critiquer les méthodes ultraféministes d'Elina. Que dit-on, déjà, à propos de balayer devant sa porte…

– Vous la détestiez vraiment, ou quoi ? Vous ne lui avez envoyé Niina Kuusinen que pour l'espionner, c'est ça ? »

Cette fois, il a carrément éclaté de rire. « Pas du tout ! Au contraire, je pensais que l'école de pensée d'Elina conviendrait bien à Niina, vu sa relation problématique à sa mère. Mais je commence à voir où vous voulez en venir. Vous serez sûrement heureuse d'apprendre que je n'ai pas d'alibi pour le soir de sa mort. J'étais chez moi, seul. »

J'ai rougi sans pouvoir empêcher Hanninen de le remarquer, ce qui m'a rendu furieuse. Comme d'habitude, je m'étais laissée emporter, en poursuivant une idée que je savais absurde.

On a frappé à la porte. La secrétaire de la brigade m'apportait le relevé que j'avais réclamé depuis déjà longtemps des appels téléphoniques entrants et sortants de Rosberga pendant toute la période de Noël, y compris la nuit du 26.

Je ne pensais plus qu'à me débarrasser de Kari Hanninen pour les examiner tranquillement, mais, affalé sur sa chaise en face de moi, il ne semblait nullement pressé de bouger.

« De quel signe êtes-vous, inspectrice principale Kallio ? a-t-il soudain demandé, en me scrutant d'un regard que je n'aimais pas du tout. Je parierais pour un signe double. Gémeaux... non. Balance ou Poissons, plutôt.

– Qu'est-ce que ça peut bien faire ? » Je n'aurais pour rien au monde voulu admettre devant Hanninen qu'il avait vu juste, que j'avais effectivement en moi ces poissons nageant toujours en sens contraire.

« Je dresserais volontiers votre carte du ciel, gratuitement bien sûr. Donnez-moi juste la date et l'heure de votre naissance, ainsi que le lieu exact. »

J'ai répondu par une grimace embarrassée. Qu'avais-je à perdre, puisque de toute façon je ne croyais pas à ces bêtises. Mais était-ce bien certain, pour être aussi gênée par l'idée que cet homme étudie mon caractère et mon destin dans les astres ? Peut-être étais-je juste irritée par le fait qu'après avoir établi mon thème astral il s'imaginerait me connaître. Mais son sourire provocateur m'a fait céder. Je lui ai donné les renseignements qu'il réclamait. Peut-être au moins débarrasserait-il le plancher.

Ma tactique a été couronnée de succès, il s'est levé de sa chaise en déclarant qu'il allait immédiatement se mettre au travail, j'aurais mon thème dès la fin de la semaine. Je me suis demandé s'il me l'apporterait en personne, mais je me suis abstenue de lui poser la question.

Une fois Hanninen parti, je me suis précipitée sur la liste des appels. J'étais déjà au courant d'une grande part de ces communications. Tarja Kivimäki avait téléphoné le 24 à ses parents à Tuusniemi, Niina Kuusinen avait annoncé sa venue le 25. Kirstilä avait appelé plusieurs fois, aussi bien de Hämeenlinna que de Helsinki, et son récit à propos de son appel nocturne tenait la route. Mais avant cela, il y avait dans les relevés une vraie bombe : pourquoi Elina avait-elle reçu à onze heures du soir, le 26, un appel en provenance du portable de Leevi Säntti ?

12

Le bercement rythmé du train était efficace : je me suis endormie un quart d'heure après le départ pour ne me réveiller que le lendemain matin peu avant Oulu. J'ai à peine eu le temps d'aller aux toilettes, de me raffraîchir la figure et de me maquiller à la hâte. Le train a cahoté juste au moment où je me mettais du mascara et la brosse a laissé sur mon nez une épaisse traînée marron foncé que j'ai eu le plus grand mal à ôter car je n'avais pas emporté de démaquillant pour les yeux. En général, je ne me faisais une beauté qu'après avoir bu mon café, mais cette fois j'allais devoir attendre d'être arrivée pour m'en procurer une tasse.

J'étais venue une fois à Oulu avec des copains, dix ans plus tôt, au festival Kuusrock. Je ne me rappelais pratiquement rien de la ville, mais on m'avait dit que l'hôtel de police était tout près de la gare. De là, on m'avait promis de me conduire à Karhumaa. Je m'étais assurée de pouvoir procéder à un interrogatoire officiel après avoir découvert que Leevi Säntti avait appelé de son portable le numéro privé d'Elina.

Le buffet de la gare servait un café plus ou moins buvable, qui, avec un petit pain frais au fromage, m'a suffisamment éclairci les idées pour que je trouve mon chemin jusqu'à l'hôtel de police. À l'accueil, on m'a annoncé qu'on allait prévenir l'agent Rautamaa et, un instant plus tard, j'ai vu arriver une blonde de près d'un mètre quatre-vingt, de mon âge environ, chaudement vêtue d'un uniforme d'hiver.

« Minna Rautamaa, bonjour. Dis-moi... on n'avait pas commencé l'école de police ensemble ?

– Si. Après, tu es tombée enceinte et tu as dû interrompre ta formation. Mais tu ne t'appelais pas Rautamaa, à l'époque. C'est pour ça que je pensais ne connaître personne ici.

– Mon nom de jeune fille est Alatalo. Et cet enfant a déjà douze ans, tu te rends compte ? On y va ? »

Je me souvenais de la déception que j'avais éprouvée quand Minna Alatalo avait dû laisser tomber les cours à cause de sa grossesse. Il n'y avait pas d'autres femmes dans notre promotion et, après son départ, je m'étais sentie orpheline pendant un bon moment.

Le jour se levait à peine et une bise glacée faisait frissonner la ville. L'Épiphanie avait beau être passée, les illuminations de Noël étaient encore nombreuses. Tout en roulant à un bon quatre-vingt-dix à l'heure, Minna m'a parlé de sa vie de policière et de mère de trois enfants. Maintenant qu'ils allaient tous à l'école, elle avait plus de temps à consacrer à sa carrière et avait déposé une demande pour suivre une formation de sous-officier. Je lui ai brièvement raconté ce que je devenais, avant de passer aux motifs de notre rendez-vous avec Leevi Säntti.

« À Nuuksio ? s'est-elle étonnée. Ce n'est pas aussi là qu'a eu lieu cette horrible prise d'otage, la semaine dernière ? Le policier qui a été tué était de votre commissariat, non ?

– Oui, c'était un proche collègue », ai-je laconiquement acquiescé avant d'en revenir à Elina Rosberg. Minna m'a jeté un rapide coup d'œil mais a eu la sagesse de ne pas insister.

« Quel âge a cette Johanna Säntti ? m'a-t-elle demandé à la fin de mon exposé.

– Elle est née en soixante-deux.

– Alors ce doit être la Johanna Yli-Koivisto avec qui j'étais au lycée. Elle venait de Karhumaa, et elle a épousé un prédicateur. Je ne m'intéresse pas beaucoup à la religion, mais, quand j'y pense, j'ai déjà entendu le nom de Leevi Säntti. C'est un des chefs de file des laestadiens de la région.

– Tu as donc connu Johanna au lycée ! Parle-moi d'elle.

– C'était une fille réservée, terriblement consciencieuse, toujours d'excellents résultats et des mentions très bien dans je ne sais combien de matières au bac. On ne fréquentait pas vraiment la même bande. Les laestadiens restaient entre eux et ils n'avaient sans doute même pas le droit de se mêler aux autres. Mais je me souviens d'un incident, ce devait être en première année de lycée. Johanna était plutôt jolie, même si elle faisait tout ce qu'elle pouvait pour le cacher, en s'habillant comme un sac et en gardant ses cheveux frisés soigneusement noués en chignon. »

Un semi-remorque chargé de grumes a surgi face à nous dans un virage rétréci par les congères. Minna l'a évité d'un brusque coup de volant suivi d'un dérapage qu'elle a mis un moment à contrôler.

« Merde, il dépassait d'au moins vingt kilomètres-heure la limite autorisée ! a-t-elle râlé. Je devrais me lancer à sa poursuite, mais franchement, la course automobile sur neige, très peu pour moi.

– Je te comprends. Avec l'âge, je n'ai plus la même envie qu'avant de me mêler de tout. C'était quoi, cette histoire avec Johanna, au lycée ? »

Il s'agissait d'un certain Jari Kinnunen, le rebelle punk de la classe, qui était tombé raide dingue de la belle et timide Johanna Yli-Koivisto. Il lui faisait la conversation pendant la récréation et s'asseyait à côté d'elle à la cantine, lui offrait des barres chocolatées et lui écrivait des chansons d'amour.

« Si tu t'intéresses à la scène rock, tu as peut-être entendu parler des Tête de mule. Jari est leur guitariste. »

Je connaissais effectivement ce groupe de nouveau punk rock, dont j'appréciais la musique, mais je l'avais imaginé composé de musiciens d'une vingtaine d'années.

Jari était à première vue la dernière personne que Johanna aurait dû fréquenter. Au début, elle avait surtout paru ennuyée par l'attention qu'il lui portait, mais elle s'était peu à peu laissée amadouer. À la surprise générale, elle était venue à la boum de Noël de la classe, organisée chez Minna. Son frère devait cependant passer la chercher dès vingt-deux heures.

Jari Kinnunen avait annoncé dans la journée à ses copains qu'il draguerait ce soir-là la Belle au bois dormant, comme il la surnommait. Et il avait tenu promesse. Quand le frère de Johanna était venu la chercher, elle n'était pas avec les autres, presque tous assis à bavarder et à boire de l'alcool dans la salle de séjour.

« Finalement, a conclu Minna, on les a trouvés en train de s'embrasser dans la chambre de mon petit frère au milieu des circuits de petites voitures et des crosses de hockey. Juste s'embrasser, hein, en toute innocence. Mais le frère de Johanna est entré dans une fureur noire. Il a d'abord frappé Jari, puis sa sœur, et les mots qu'il a employés… Je n'aurais pas cru que les laestadiens connaissaient autant de jurons. Il lui a hurlé qu'elle se conduisait encore une fois comme une pute, ou quelque chose de ce genre.

Puis il l'a traînée dans sa voiture. Jari a bien essayé de lui sauter dessus, mais nous avons heureusement réussi à le convaincre que ça ne ferait qu'aggraver les choses pour Johanna. »

Le lundi suivant, à l'école, cette dernière était restée bouche cousue, refusant d'évoquer l'incident du week-end. Elle n'avait plus adressé la parole à Jari. La journée se terminait par un cours de gym et les filles avaient vu, malgré sa tentative de se cacher dans un coin du vestiaire, qu'elle était couverte de bleus.

« Nous aurions sans doute dû faire quelque chose, a soupiré Minna. Mais nous étions trop habitués à laisser les laestadiens vivre à leur manière. Et Jari a quitté le lycée à la fin de l'année scolaire pour se faire embaucher par un orchestre de danse itinérant. Johanna n'a participé ni au bal de fin d'année ni à la remise de diplômes des élèves de terminale et, le jour de l'épreuve d'anglais, elle portait une bague de fiançailles au doigt. Elle rêvait de faire des études de médecine, si je me souviens bien, mais au lieu de ça elle s'est mariée. »

Nous étions arrivées à Ii, où la route obliquait pour suivre le fleuve vers l'est, en direction de Karhumaa et d'Yli-Ii. La promenade au bord de l'eau était sûrement agréable en été, à bicyclette. Les rayons obliques du soleil qui montait enfin peu à peu dans le ciel se reflétaient sur la neige en un scintillement multicolore. J'ai regardé un moment le paysage plutôt que la route, mais j'ai été prise de telles nausées que j'ai dû demander à Minna de s'arrêter et descendre de voiture pour vomir sur le bas-côté.

Elle a évidemment tout de suite deviné que j'étais enceinte et, du haut de son expérience de mère de trois enfants, m'a donné des conseils pour éviter ce genre de désagréments. J'aurais aimé trouver une station-service pour me laver les dents avant d'arriver à Karhumaa, mais il n'y en avait pas. Finalement, j'ai demandé à Minna de faire une halte, à un kilomètre environ de notre destination, et je me suis rempli la bouche de neige ramassée sur le bord de la route. Elle avait le même goût que dans mon enfance, d'abord fraîche, puis dure et huileuse.

Le village était petit, avec une unique rue principale. Grâce aux indications précises qui m'avaient été données, nous avons trouvé sans mal la demeure des Säntti, à deux kilomètres du centre, tout près du fleuve. La parcelle avait visiblement été prise sur les terres d'une ferme qui se dressait plus haut sur la berge. Les maisons de Karhumaa étaient grandes, comme si elles avaient toutes été construites pour des familles de dix enfants, mais celle-ci était plus belle que les autres. C'était un bâtiment de plain-pied, en brique blanche, de près de trois cents mètres carrés. Devant étaient garés une élégante Volvo gris foncé et un minibus de la même marque. Aucun autre type de véhicule n'aurait d'ailleurs pu accueillir la tribu au complet. Les skis et les luges étaient rangés en bon ordre, les rideaux de dentelle des fenêtres avaient l'air lavés de frais. Contrairement à ce que je m'étais imaginé, la maison des Säntti, vue de l'extérieur, n'avait rien de rébarbatif. L'homme qui était sorti nous accueillir sur le pas de la porte ne ressemblait pas non plus à ce que j'attendais.

Malgré la voix agréable et policée de Leevi Säntti au téléphone, je n'aurais pas été surprise de découvrir un petit type replet aux rares cheveux gras, avec une raie impeccable au milieu, des lunettes d'un modèle des années soixante et un costume noir au pantalon irrémédiablement trop court de dix centimètres.

Le prédicateur était en réalité un homme d'un mètre quatre-vingts, large d'épaules, aux cheveux brun pomme de terre. Sa coupe courte et soignée avait visiblement été mise en forme à l'aide d'une brosse ronde et d'une mousse coiffante. Les traits de son visage étaient ordinaires mais avenants et, au lieu d'un costume mal coupé, il portait un pantalon de velours côtelé bleu foncé et un pull décontracté à motifs bleu et marron sous lequel on apercevait une chemise à rayures bleu clair. Il faisait à peine ses quarante et un ans. Nous sommes entrées dans un grand vestibule meublé de vastes penderies. Des voix d'enfants résonnaient dans les profondeurs de la maison et, soudain, une gamine de moins d'un mètre de haut a surgi au bout du couloir, m'a montré du doigt et a dit, enchantée de son savoir :

« Dame. Dame. »

Vu son âge, deux ans à peine, il s'agissait sûrement de mon homonyme, Maria, la benjamine de Johanna. J'avais envie d'aller la prendre dans mes bras, mais avant que j'en aie le temps, une fillette de six ou sept ans est venue la chercher.

« Allons dans mon bureau, nous serons plus tranquilles pour parler. Mieux vaut que les enfants ne sachent pas que la police a des questions à poser sur leur mère. Heureusement que vous êtes venues dans un véhicule banalisé.

– C'est une simple enquête de routine », l'ai-je rassuré. Avant d'entrer dans le bureau de Leevi Säntti, j'ai eu le temps d'apercevoir la salle de séjour, meublée en style paysan, ainsi qu'une chambre d'enfant avec ses lits superposés et son image d'ange gardien au mur.

« Je ne suis prédicateur qu'à temps partiel, je travaille essentiellement à la scierie dont mon père est propriétaire », a-t-il expliqué tandis que je regardais avec curiosité la bibliothèque où divers recueils de textes religieux voisinaient avec des ouvrages sur la transformation du bois. « Je dois aller à la scierie cet après-midi, venons-en donc au fait. Maija-Leena va sûrement bientôt nous apporter du café. »

Il y avait quelque chose en lui qui me rappelait Kari Hanninen. Pas l'allure, ni la façon de parler, même si tous deux avaient une voix douce, comme s'ils voulaient obliger leur auditoire à tendre l'oreille. Je cherchais leur point commun – Leevi Säntti n'était sans doute pas féru d'astrologie.

« Voyez-vous des objections à ce que j'enregistre notre conversation ? » Il a secoué la tête et j'ai poursuivi : « Elina Rosberg, chez qui votre épouse Johanna réside depuis qu'elle a quitté le domicile conjugal, il y a environ deux mois, est décédée il y a une quinzaine de jours dans des circonstances suspectes. J'aimerais parler avec vous de la santé mentale de votre femme. Elle a traversé de dures épreuves. Décider d'avorter et se trouver éloignée de sa famille, même provisoirement, n'a certainement pas été facile pour elle. Pensez-vous que son équilibre psychique ait pu être ébranlé ?

– Croyez-vous en Dieu, inspectrice principale Kallio ? »

La question de Leevi Säntti n'avait aucun rapport avec l'affaire, mais j'ai décidé d'y répondre.

« Je ne suis pas très sûre de savoir à quoi je crois. Pourquoi ?

– Je ne parlerais pas à propos de Johanna de déséquilibre psychique, mais plutôt de refus de se plier à la volonté divine. La Bible interdit les meurtres tels que l'avortement et indique clairement que la femme doit être soumise à son mari et que sa place est auprès de ses enfants. Je ne reconnais plus Johanna. Ses frères m'ont certes rappelé qu'elle s'était parfois dressée contre la volonté de Dieu quand elle était au lycée, mais elle a été pendant des années une bonne mère et une épouse docile. Je ne sais pas si elle est possédée par le démon, ou ce qui la pousse à se conduire comme elle le fait. Et elle a déjà tué un être humain. Comme je vous l'ai dit au téléphone, elle aurait très bien pu selon moi en tuer un deuxième.

– Jugiez-vous Elina Rosberg coupable de l'avortement de votre femme ?

– Que voulez-vous dire ? » Il avait l'air réellement stupéfait, même si j'étais certaine qu'il comprenait où je voulais en venir.

« Elle a encouragé votre femme à interrompre sa grossesse et l'a hébergée.

– Je l'ignorais. » Le baryton de Leevi Säntti s'était fait plus caverneux. « Je pensais que Mlle Rosberg gérait une sorte de refuge.

– Un refuge ? Pour les victimes de violences familiales ? ai-je suggéré, saisissant l'occasion pour tâter le terrain.

– Qu'insinuez-vous ?

– Je n'insinue rien. Je voudrais juste savoir quelle image vous aviez d'Elina Rosberg et des activités du manoir de Rosberga. »

La porte s'est ouverte et une jeune femme mince est entrée, portant un plateau de café. Sa ressemblance avec Johanna était frappante, même si Maija-Leena Yli-Koivisto, loin de paraître aussi triste, épuisée et amaigrie que sa sœur, était une très jolie fille, malgré sa robe de grand-mère.

Le café était accompagné de pain de seigle maison et d'une brioche dont l'odeur laissait penser qu'elle sortait du four. Du regard, Minna m'a encouragée à manger pour lutter contre mes nausées. Après avoir déposé le plateau, Maija-Leena s'est retirée. Je me suis demandé s'il serait possible de l'interroger aussi, une fois Leevi Säntti parti à la scierie.

Le pain avait un goût d'été, comme à la ferme de mon oncle Pentti, à Kuusikangas. J'ai presque eu le temps de finir mon morceau avant que quiconque dise un mot.

« Les événements de ces derniers mois ont peut-être été difficiles pour Johanna, mais ils l'ont aussi été pour moi, a finalement repris Leevi Säntti. Quelle que soit notre confiance dans la volonté divine, le péché du doute s'insinue en nous. L'enfant que Johanna a tué était aussi le mien. Pourquoi Dieu a-t-il voulu me punir ainsi ?

– Cet enfant serait sans doute mort de toute façon, et votre femme aussi, si elle avait poursuivi sa grossesse.

– Le Seigneur a accompli de plus grands miracles. Peut-être les aurait-il épargnés si nous lui avions obéi sans protester et prié d'un cœur confiant. »

Je l'ai fixé d'un regard incrédule, et j'ai compris au même instant ce qu'il avait en commun avec Kari Hanninen. Plus ils sentaient leur interlocuteur sceptique, plus ils déployaient leur pouvoir de séduction. Leevi Säntti était sûrement un prédicateur charismatique.

« N'auriez-vous pas pu accueillir votre femme après son avortement ?

– C'est un péché d'une extrême gravité, bien qu'il soit accepté dans notre société sécularisée. Et les enfants ont bien sûr besoin de leur mère, mais peut-être vaut-il mieux qu'ils grandissent sans elle si elle est d'une telle impiété. »

Minna a eu un geste d'impatience, son coude a heurté le magnétophone et fait tomber par terre une pile de papiers. J'ai été heureuse de cette interruption, qui m'a donné le temps de me calmer. Il n'était pas de mon ressort de tenter de faire changer Säntti d'avis, et j'en aurais d'ailleurs été incapable. Mais j'avais du mal à l'écouter sans réagir.

« Notre religion n'admet pas le divorce. Johanna a malgré tout l'intention de le demander. J'ai essayé d'être indulgent, pour les enfants, et je l'ai même autorisée à dormir sous mon toit la semaine dernière, malgré la crainte que j'avais qu'elle leur empoisonne l'esprit. Elle voudrait obtenir leur garde alors qu'elle n'a même pas de foyer à leur offrir. Elle… » Leevi Säntti a écarté les bras, et pendant un instant on aurait pu penser qu'il imitait le Christ en croix. « Elle veut nous détruire, notre famille et moi.

– Vous ne lui laisserez donc pas les enfants ?

– Non, en tout cas pas sans me battre. Et Dieu est à mon côté. »

J'étais incapable de dire si je croyais ou non en Dieu, mais je ne croyais en tout cas pas à un Dieu exauçant automatiquement les vœux à condition de penser à joindre les mains à intervalles réguliers. Et je n'étais pas non plus intéressée par un Dieu selon lequel il valait mieux que la mère de neuf jeunes enfants meure plutôt que d'avorter pour sauver sa vie. Et voilà ! je m'énervais de nouveau, bientôt je demanderais sûrement à Leevi Säntti s'il avait jamais entendu parler du préservatif.

« Vous n'avez cessé d'insinuer que votre femme aurait pu tuer Elina Rosberg. Pourriez-vous me dire pourquoi elle l'aurait fait ? »

Leevi Säntti m'a regardée avec une infinie tristesse.

« Vous venez vous-même de dire que Mlle Rosberg a encouragé Johanna à avorter. Peut-être celle-ci a-t-elle finalement pris conscience de ses péchés et voulu supprimer sa tentatrice. »

J'ai soupiré. Même si, d'après cette logique, Johanna aurait aussi dû rôder dans la région d'Oulu à trucider le personnel médical qui avait mis en œuvre l'interruption de grossesse, l'idée de Säntti m'a fait réfléchir. Peut-être était-ce là que se nichait la folie qui entourait la mort d'Elina. Car l'équilibre mental de Johanna était à coup sûr perturbé.

« Ou étiez-vous dans la nuit du 26 au 27 décembre ?

– Moi ? Sans doute ici, à la maison. Ou plutôt non – en y réfléchissant bien… Un instant. » Säntti a sorti de sa sacoche un agenda électronique digne d'un grand patron.

« Je suis allé dans le Sud, ce jour-là… Il y avait à Vihti une assemblée de prière à laquelle j'avais été invité à prendre la parole.

– À Vihti. Ce n'est pas très loin de Nuuksio. Où avez-vous passé la nuit ?

– Chez un de nos frères, à Vihti.

– Êtes-vous passé par Nuuksio ?

– Qu'y aurais-je fait ?

– Vous auriez pu aller voir votre femme… Ou Elina Rosberg. Vous lui avez bien téléphoné, ce soir-là, à onze heures. Que lui vouliez-vous ? »

Säntti a levé les yeux vers le ciel comme s'il implorait l'aide de Dieu.

« Je ne l'ai pas appelée, a-t-il finalement répondu en me fixant droit dans les yeux.

– Votre religion ne considère-t-elle pas le mensonge comme un péché ? Vous l'avez appelée. Et à son numéro privé, pas à celui du manoir qu'utilisait aussi votre femme.

– Et si j'avais voulu la raisonner ? Si je lui avais demandé de renvoyer ma femme chez elle ?

– À onze heures du soir, le lendemain de Noël ? » ai-je rétorqué incrédule.

Leevi Säntti a soutenu mon regard mais a été sauvé de l'obligation de répondre par un garçonnet de trois ans qui a soudain ouvert la porte, s'est retourné pour la fermer avec soin puis a couru vers lui.

« Papa, maman est fenue dans la foiture ?

– Simo, je t'ai dit je ne sais combien de fois qu'il ne faut pas entrer dans le bureau de papa quand papa travaille. Maman n'est pas venue dans cette voiture, il n'y a que ces dames. Retourne auprès de tante Maija-Leena. »

Simo est resté à nous fixer sans prêter la moindre attention aux remontrances de son père. L'uniforme de Minna, surtout, semblait le fasciner. Leevi Säntti a eu un mouvement de dépit et j'ai eu l'impression qu'il aurait traité son fils avec bien plus de sévérité si nous n'avions pas été là. Ce dernier, pour finir, a grimpé sur mes genoux – à mon grand étonnement, car je n'ai jamais été du genre à attirer les petits.

« Maman n'habite plus là, m'a-t-il expliqué. Elle fient zuste en fisite. Elle a pécé et c'est pour ça qu'elle n'a pas le droit de fifre avec nous. »

Entendre un enfant de trois ans parler de « pécé » semblait surréaliste. J'aurais voulu lui dire que sa maman s'ennuyait de lui, mais je ne voulais pas le perturber plus qu'il ne l'était déjà. Son souffle sentait le pain de seigle, la peau de ses joues était chaude et lisse comme une nectarine gorgée de soleil. Leevi Säntti s'est levé, a ouvert la porte et a crié à Maija-Leena de venir chercher Simo. Elle est arrivée au pas de course, trois fillettes d'âge préscolaire sur les talons. Toutes avaient l'air effrayé.

« Viens, Simo, tu vas pouvoir nous aider à ranger la chambre de Markku et de Johannes », lui a fait miroiter Maija-Leena. J'avais du mal à concevoir qu'un gamin de trois ans se laisse séduire par une telle promesse, mais il est sagement descendu de mes genoux et a couru dans le vestibule.

« J'avoue que l'heure à laquelle j'ai appelé Elina Rosberg n'était pas très bien choisie, mais j'avais mon téléphone sur moi et je me suis dit qu'elle devait être du genre à se coucher tard.

– Que lui vouliez-vous ?

– J'espérais qu'elle raisonnerait Johanna, afin qu'elle rentre à la maison ou qu'elle renonce à demander la garde des enfants. Elle les veut, mais elle n'a pas de logement, pas de revenus, rien... Et elle ne les aura pas. Elle les a abandonnés, elle est mentalement déséquilibrée. Elle a tort de les réclamer, car je gagnerai le procès, avec l'aide de Dieu. »

J'ai failli lui dire qu'il ferait bien d'engager un avocat, malgré tout, mais je me suis retenue.

« Elina Rosberg a refusé de coopérer. Quand j'ai suggéré que Johanna pourrait rentrer à la maison si elle se repentait et demandait pardon, non seulement à moi, mais à Dieu et à notre communauté, elle a raccroché. »

C'est sans doute aussi ce que j'aurais fait. Mais avait-elle vraiment mis fin à la conversation ? Et si Leevi Säntti, bravant l'interdit, s'était rendu à Rosberga ? Si Elina était sortie du domaine pour le rencontrer et, sous l'emprise des médicaments, s'était endormie dans la voiture du prédicateur ? Ce dernier aurait vu là l'occasion de se venger d'elle et l'aurait traînée dans la forêt pour l'y laisser mourir. Les résultats de l'analyse des quelques fibres trouvées sur le corps étaient sûrement arrivés. Et si elles correspondaient au véhicule ou aux vêtements de Säntti ?

J'ai demandé à ce dernier le nom de son coreligionnaire à Vihti. Il a affirmé être arrivé là-bas vers minuit et demi, ce qui l'excluait bien sûr du groupe des suspects. Mais il faudrait vérifier.

Je me suis aussi enquise de l'adresse des parents de Johanna, et j'ai ainsi appris que sa mère était décédée depuis quelques années.

« Aux yeux de son père et de ses frères, Johanna est morte quand elle a tué son enfant. Je ne pense pas qu'ils accepteront de vous parler.

– On verra bien. Je vais de toute façon d'abord m'entretenir avec sa sœur. » Säntti a froncé les sourcils.

« Maija-Leena ne saura rien vous dire de plus que moi. Posez-moi vos questions. Nous pourrons ensuite partir ensemble. »

J'ai dû argumenter un moment pour qu'il nous autorise à rester après son départ. Il nous a cependant prié d'attendre, avant de parler à Maija-Leena, qu'elle mette Maria au lit pour sa sieste et confie les plus grands à Elisa qui ne tarderait pas à rentrer de l'école. Nous sommes donc finalement partis en même temps que lui pour aller voir d'abord la famille de Johanna.

« Tu as l'air de la soupçonner sérieusement, pour être venue jusqu'ici te renseigner sur elle », a dit Minna tandis que nous roulions lentement vers la ferme d'Yli-Koivisto où habitaient le père de Johanna et deux de ses frères, l'aîné avec sa famille, ainsi que le plus jeune, encore célibataire. Le troisième, Simo, vivait à Kemi.

« Il ne s'agit pas que de ça », ai-je répondu sans m'étendre sur la question. Je ne savais pas trop moi-même ce que je voulais, à part en savoir plus sur l'existence de Johanna à Karhumaa.

Son frère avait sûrement une aussi nombreuse ribambelle d'enfants qu'elle et je m'attendais donc à ce que la maison déborde de vie. La ferme, construite au siècle dernier, était peinte en rouge foncé, avec de l'autre côté de la cour une imposante étable en pierre, visiblement bien entretenue. Il n'y avait pas de véhicule en vue, mais des traces de pneus fraîches conduisaient à un garage prévu pour trois voitures.

Personne n'est pourtant venu ouvrir quand nous avons frappé à la porte et même sonné – signe certain, à la campagne, que les visiteurs sont des étrangers. Après avoir vérifié que l'étable aussi était fermée à clé et qu'il n'y avait pas de lumière dans la maison, nous avons rebroussé chemin. Peut-être les Yli-Koivisto étaient-ils là, mais ils ne voulaient pas parler à la police.

Les couleurs sombres du bâtiment, qui se dressait un peu à l'écart du village, lui donnaient un air sinistre et impénétrable. Je comprenais que Maija-Leena Yli-Koivisto préfère habiter la maison plus moderne de sa sœur. Quand nous y sommes retournées, elle s'y affairait avec des gestes sûrs, en habituée des lieux. Je me suis rappelé la remarque de Johanna, selon laquelle son époux avait déjà choisi Maija-Leena pour lui succéder, si elle mourait en couches. Que se passerait-il maintenant qu'elle avait décidé de divorcer ? Je ne savais pas si les laestadiens étaient comme les catholiques, qui refusent de bénir le remariage des divorcés. Maija-Leena avait-elle malgré tout l'intention de rester au service de Leevi ?

Quoi qu'il en soit, elle était de toute évidence amoureuse de lui et en parlait comme d'un demi-dieu qu'elle se refusait à critiquer. Sa sœur, d'après elle, savait qu'avorter était un péché.

Dieu aurait sûrement pris soin d'elle et de son enfant. Je me suis demandé ce qu'avait pu éprouver Johanna en voyant tous ses proches prêts à la condamner à mort. Nous avions cela en commun, avoir toutes les deux vu notre vie menacée. Mais Johanna ne devait son salut qu'à elle-même, alors que si je ne m'en étais sortie, c'était par un simple coup de chance.

« Pour les enfants aussi, il vaut mieux qu'elle se tienne éloignée. Ses visites ne font que les perturber, Maria a de nouveau mal dormi pendant plusieurs nuits. Aux plus grands, on peut expliquer la situation, mais les petits ne comprennent pas encore. » Maija-Leena cousait des boutons à une robe bleu foncé, taille 6 ans environ. Un hachis Parmentier dorait au four, de la pâte à pain levait à sa chaleur. Dans la pièce voisine, Elisa, qui avait déjà onze ans, lisait aux petits une histoire dans laquelle quelqu'un avait perdu un agneau.

« Vous vous entendez bien avec votre sœur ? »

Maija-Leena a levé un instant les yeux de son ouvrage, mais les a vite à nouveau baissés, comme pour masquer ses sentiments.

« Nous avons une telle différence d'âge... Quand j'étais petite, je l'admirais beaucoup, elle était gentille et prenait le temps de jouer avec moi. Et le jour de son mariage avec Leevi a été merveilleux. Tout le village disait qu'elle était bénie d'avoir trouvé un aussi bon mari. Je n'ai pas compris, quand j'étais au lycée, qu'elle me suggère de faire des études et se plaigne de n'avoir pas pu elle-même en faire. Elle avait une belle maison et de nombreux enfants bien portants, que voulait-elle de plus ? J'ai l'impression qu'elle nourrissait depuis plusieurs années déjà de mauvaises pensées. Elle en a aussi semé dans le cœur d'Anna, si bien que son père a dû les en chasser à coups de martinet.

– Leevi Säntti use de punitions corporelles ? » a demandé Minna d'un ton uni. Nous ne nous sommes pas regardées, mais nous savions toutes les deux que de telles violences pouvaient servir Johanna dans son combat pour la garde de ses enfants. Peut-être était-ce considéré ici comme une méthode d'éducation normale, mais les règles de Karhumaa n'avaient heureusement pas cours ailleurs.

Quelque part, un enfant s'est mis à pleurer.

« Maria s'est de nouveau réveillée en pleine sieste. Je dois aller la calmer. Il vaudrait mieux que vous partiez, les grands vont bientôt rentrer. Ce ne serait pas bon pour eux de trouver la police en train de poser des questions sur leur mère. »

Nous avons dû obtempérer, d'ailleurs j'avais un train à prendre. Alors que nous reprenions la route, nous avons vu un taxi de ramassage scolaire s'arrêter en face de la maison. Il en est descendu une adolescente dont la queue-de-cheval blonde et frisée ne laissait aucun doute. Anna Säntti avait hérité des cheveux de sa mère.

« Minna, stop ! » J'ai sauté dans la neige avant même que la voiture s'arrête, et crié :

« Anna ! Attends ! »

Elle s'est retournée, avec sur le visage un espoir qui s'est éteint quand elle a vu que sa mère n'était pas avec nous. Elle est malgré tout venue dans notre direction, petite femme au dos droit dans un manteau vert foncé qui aurait pu avoir appartenu à Johanna.

Je me suis présentée et je lui ai demandé s'il y avait dans le village un café où nous pourrions aller bavarder.

« Non, les gens boivent leur café chez eux, ici. » Malgré ses treize ans, elle avait un regard et un corps d'adulte. « Nous pouvons faire un tour en voiture. En passant vers Viitakorpi, ça fait une bonne balade. »

Je me suis assise à côté d'elle sur la banquette arrière. Ses traits tenaient à la fois de sa mère, pour la beauté, et de son père, pour la force et le charisme.

« Je ne peux pas rester longtemps, Maija-Leena va s'inquiéter. Je lui dirai que je suis descendue du taxi à l'arrêt précédent. C'est de maman que vous voulez parler ? Oh ! Grand-père ! » Anne a courbé la tête, le temps que nous croisions un homme voûté qui circulait en trottinette des neiges.

« C'est le père de ta mère ?

– Oui. Il serait furieux de me voir en voiture avec des inconnus. Encore heureux que vous soyez des femmes.

– Ta mère te manque ? »

Elle a eu un sourire apitoyé, comme si la question était idiote.

« Bien sûr. À part Johannes, nous aurions tous voulu partir avec elle, mais elle n'a pas encore de logement. J'aimerais tellement quitter Karhumaa. Aller quelque part où on puisse porter des jeans et regarder la télé comme tout le monde. Est-ce que vous savez quand maman sera rétablie et pourra venir nous chercher ?

– Ta mère va déjà beaucoup mieux. Elle ne vous l'a pas dit quand elle est venue ?

– Si. Elle avait changé, en tout cas. Elle avait l'air beaucoup plus jeune et riait de nouveau comme avant la naissance de Simo et de Maria. Johannes l'a traitée de prostituée parce qu'elle avait les cheveux défaits et portait un pantalon. Mais il est plutôt crétin. »

Je me suis demandé pourquoi je me promenais en voiture avec Anna Säntti dans la campagne enneigée, au bout du compte. Que croyais-je pouvoir tirer d'une adolescente de treize ans, la preuve que l'un ou l'autre de ses parents était un meurtrier ?

« Maija-Leena a essayé d'apprendre aux petits à l'appeler maman, mais je n'arrête pas de leur répéter, surtout à Maria et à Simo, qu'elle n'est que notre tante et que maman viendra nous chercher. C'est difficile de leur expliquer la situation... l'avortement et le reste. Maman ne m'en aurait d'ailleurs pas parlé si je ne l'avais pas harcelée de questions. Mais comment faire comprendre ça à un enfant de six ans ? »

Je me suis fait l'effet d'être une véritable ordure quand je lui ai demandé :

« Est-ce que tu as entendu ton père menacer ta mère, ou menacer cette femme, Elina Rosberg, chez qui elle habitait ?

– Ah oui, celle qui est morte ? J'ai entendu papa dire à Maija-Leena que Dieu les éprouvait en laissant maman survivre à un péché tel que l'avortement. Il voudrait épouser cette idiote ! Et il dit que notre communauté devrait se dresser contre les médecins qui autorisent l'avortement, comme aux États-Unis. Il a des dons d'orateur, c'est sûr. » La voix d'Anna était cruelle. « Depuis que maman est partie, il m'a dans le collimateur. Il vient même voir la nuit si je dors chastement dans mon lit. »

J'ai pris une grande inspiration, le tableau semblait encore plus hallucinant que dans mon imagination. Un prédicateur adulé abusant sexuellement de sa fille ?

« Qu'est-ce qu'il te fait ?

– Rien, il se contente de me regarder. Mais même ça, ça me dégoûte. Il cajole Elisa, en revanche, en répétant qu'elle n'est heureusement encore qu'une petite fille et pas une femme. Il faut que je rentre, maintenant ! Je ne supporte plus les interrogatoires auxquels j'ai droit au moindre retard. »

Nous avons fait demi-tour. Anna a répété que, sauf Johannes, les enfants Säntti voulaient habiter avec leur mère. Je n'ai pas osé lui poser plus de questions car interroger un mineur en dehors de la présence de ses parents ou d'un fonctionnaire des services sociaux était assez délicat. Je ne pourrais que donner du grain à moudre à mon amie avocate, Leena. Avant de décider de la garde des enfants, la justice devrait de toute façon les entendre.

« C'est donc le père de Johanna que nous avons croisé avec sa trottinette des neiges. Est-ce qu'on a encore le temps de passer chez lui ?

– Si ton train est à l'heure, non. Mais tu peux téléphoner à la gare, j'ai le numéro. »

J'ai branché mon portable, mais avant que j'aie le temps de m'en servir, il a sonné. Malgré la voix à peine audible de Taskinen, faible et hachée, j'ai compris ce qu'il disait.

Aira Rosberg était en soins intensifs, et il n'était pas du tout certain qu'elle s'en sorte. Elle avait été agressée vers dix heures du soir, la veille, alors qu'elle revenait de chez des amies. Quand elle était descendue de voiture pour ouvrir le portail, quelqu'un l'avait assommée avec la statue d'ours de quinze kilos qui décorait le mur.

13

J'aurais voulu sauter dans un avion, mais celui de l'après-midi était complet, avec déjà trois personnes sur liste d'attente, et celui du soir ne me ferait pas arriver à Helsinki beaucoup plus tôt que le train. D'ailleurs qu'aurais-je pu faire à Espoo ? Aira était dans le coma, sans qu'on sache encore si elle se réveillerait jamais.

C'était Johanna qui l'avait trouvée, tard dans la soirée. Elle avait regardé une série télévisée et ne s'était étonnée qu'après de ne pas l'avoir entendue rentrer. En allant jeter un coup d'œil dans sa chambre, elle avait vu au passage, sur l'écran de surveillance, qu'une voiture était arrêtée devant le portail. Après avoir découvert ce qui était arrivé, elle avait appelé une ambulance. C'étaient les urgentistes qui avaient ensuite alerté la police, ne pensant pas, à l'inverse de Johanna, que l'ours soit tombé tout seul sur la tête d'Aira.

« Et ce n'est pas possible ? » ai-je hurlé à Taskinen dans le téléphone du train, car mon portable refusait de fonctionner au milieu des forêts que traversait la voie ferrée.

– Non, la statue se trouvait bien trop loin sur le côté. Nous avons essayé plusieurs fois.

– Comment va Johanna Säntti ?

– Apparemment bien, parce qu'elle a engueulé Ström quand il l'a interrogée. Elle est au chevet d'Aira Rosberg à l'hôpital.

– Engueulé ?

– Ström n'est sûrement pas le seul dont les soupçons se soient d'abord portés sur elle. Et comme d'habitude, il n'a pas cherché à s'en cacher. Cette histoire est bizarre. J'étais près de conclure qu'il était temps de clore l'enquête sur la mort d'Elina Rosberg, faute d'indices de crime. Mais avec ce qui vient de se passer… Aira devait savoir quelque chose de compromettant.

– C'est ce que je pense depuis le début. J'irai au manoir à la première heure, demain. Est-ce qu'on a autorisé Johanna Säntti à retourner dormir là-bas ?

– Sans doute, oui…

– Sans aucune protection, bien sûr. Envoyez-y quelqu'un, au nom du ciel, et prévenez Johanna qu'elle est en danger. Au pire, j'irai moi-même y passer la nuit.

– Sûrement pas ! Je vais m'en occuper. Calme-toi, Maria. Tu prends les choses trop à cœur. »

Mais comment aurais-je pu ne pas être en ébullition ? C'était frustrant d'être coincée dans ce train sans pouvoir rien faire. Je suis retournée au téléphone et j'ai essayé d'appeler Antti, puis un autre numéro à Helsinki. Tarja Kivimäki n'était évidemment pas chez elle, et j'ai de nouveau dû lui laisser un message.

« Ici l'inspectrice principale Kallio de la police judiciaire d'Espoo. Je suis malheureusement obligée d'annuler notre rendez-vous de jeudi. » J'ai fait une petite pause, lui offrant le loisir de se réjouir d'avoir réussi à m'intimider. « Je dois aller à Rosberga, où on a tenté d'assassiner Aira Rosberg. Je vous attends vendredi à dix heures. »

De retour dans mon wagon, j'ai essayé de dormir et finalement passé le reste du trajet dans une sorte de semi-torpeur, laissant les événements tournoyer dans mon esprit tel un film irréel. Comme Taskinen, j'avais été sur le point d'enterrer l'enquête sur l'affaire Rosberg, d'avouer que, mue par mes obsessions, j'étais partie sur les traces d'un meurtrier inexistant. Que savait Aira ? Elle m'avait constamment donné l'impression de se demander en son for intérieur si elle devait ou non faire part à la police d'informations en sa possession. Comme si elle avait voulu protéger le meurtrier d'Elina. Peut-être était-ce aussi pour ça qu'elle m'avait montré cette peu convaincante lettre de suicide. Qui couvrait-elle ? Je ne voyais toujours qu'une possibilité : Johanna Säntti.

Malgré l'heure tardive, près de minuit, Antti m'attendait à la gare : « Rude voyage ?

– Pas tant le voyage en soi, mais la nouvelle que j'ai apprise. » Je lui ai raconté en deux mots qu'un second crime, ou au moins une tentative de meurtre, avait eu lieu à Nuuksio.

– Tu ne vas sans doute pas avoir le temps de penser à autre chose qu'à ton travail, alors, a-t-il soupiré. Il y a une réunion des opposants à la Rocade n° 2 demain à cinq heures, j'espérais que tu pourrais m'accompagner.

– J'ai bien peur que non. Mais imite ma signature sur toutes les pétitions. »

À la gare routière, le vent violent nous a presque transformés en blocs de glace. Antti a de nouveau maudit l'absence d'abris, il était visiblement dans un de ses jours anti-tout. Je ne l'écoutais que d'une oreille, préoccupée par Aira. Était-elle encore en vie ? J'ai décidé d'attendre d'être à la maison pour appeler à l'hôpital, je trouvais ridicule de m'égosiller au téléphone dans le bus.

« Je ne sais pas si ça peut encore être d'une quelconque utilité. S'opposer à cette route, je veux dire, maintenant que les plans et les financements sont bouclés. Je me demande au fin fond de quelle forêt il faudrait s'installer pour être sûr qu'on ne la rase pas dans les trois jours. On n'a aucun moyen d'action. Quand un bureaucrate ou un promoteur a décidé de bétonner, personne n'y peut rien.

– Sois un homme, bats-toi ! lui ai-je lancé avec un sourire forcé, auquel son reflet, dans la vitre du bus, a tenté de répondre.

– J'ai eu une semaine difficile, moi aussi. Quand je pense que j'aurais pu te perdre... avec le bébé, en plus. Je n'ai pas ton courage.

– C'est juste parce que je préfère ne pas m'arrêter pour réfléchir si je n'y suis pas obligée. On descend là pour faire le reste à pied ? Je suis restée assise presque toute la journée dans le train, j'aimerais bien prendre un peu d'exercice. »

Le paysage baignait dans une lumière étrange, la neige étouffait les bruits et sa croûte gelée crissait bizarrement sous nos pas, comme si elle n'avait été que la fine enveloppe d'une planète creuse. Dans un an, nous tirerions sans doute derrière nous dans une luge un bébé de cinq mois. La perspective semblait lointaine, et cet idyllique tableau familial, dans son cadre doré, déplaisant.

Ce qui me dérangeait peut-être le plus, dans la grossesse, c'était cette incompréhensible auréole entourant la maternité, cette quasi-obligation de se transformer en un être tendre, chaleureux et compréhensif, cette plénitude embourgeoisante, ce rôle de femme au foyer vouée à la confection de brioches maison, bigoudis sur la tête, vers lequel mon ventre, en s'arrondissant, me poussait. Les stéréotypes étaient certes faits pour être bousculés, mais un enfant restait un enfant, une créature à protéger, et risquait réellement de mourir en l'absence de soins. J'ai songé à mon corps, amateur de whisky, dur à l'effort, accoutumé à courir au moins trente kilomètres par semaine, et à moi-même, habituée à décider seule de mes horaires et à me laisser emporter par mes enquêtes. J'ai songé à Antti, qui passait les trois quarts du temps qu'il n'employait pas à faire l'amour avec moi plongé dans des théories mathématiques. Être parent serait plus facile pour lui que pour moi. Pour devenir un bon père, il suffisait d'assister à l'accouchement, de changer de temps à autre les couches du bébé et, une fois qu'il aurait un peu grandi, de lui apprendre à skier. J'espérais malgré tout que cette parentalité ouatée que laissait augurer la revue *Deux et plus* se collerait à nous comme du chewing-gum et ne nous quitterait pas avant la remise du diplôme du bac à notre enfant. Dans le jardin, Antti s'est retourné pour me regarder, et un sourire a illuminé son visage.

« Une femme de neige », a-t-il dit doucement en m'effleurant le bout du nez de sa moufle. Ma respiration avait givré mes cheveux de gris, autour de mon visage, et les branches d'arbre enneigées avaient saupoudré de blanc mon chapeau et mes épaules.

« Moi, au moins, je vais fondre », ai-je répondu, plus pour moi-même que pour lui, en songeant un instant à Elina.

J'ai appelé l'hôpital de Jorvi. Il ne s'était produit aucun changement significatif dans l'état d'Aira Rosberg. Elle était toujours dans le coma et on ignorait la gravité exacte de ses blessures crâniennes. Pour le reste, elle ne semblait souffrir de rien d'autre et ses organes internes fonctionnaient normalement. En conclusion, le médecin de garde m'a indiqué, sous toutes réserves, qu'elle avait à son avis plus de chances de survivre que de succomber à son traumatisme. Je me suis demandé comment se débrouillait Johanna, seule à Rosberga. Était-il raisonnable qu'elle continue à y habiter en l'absence d'Aira ? Ou était-ce aussi bien qu'elle soit là pour surveiller la maison ?

Le lendemain matin, j'ai filé droit à l'hôpital. Je ne m'attendais pas à pouvoir interroger Aira, ni même forcément à la voir, mais le personnel soignant pourrait au moins m'en dire plus sur son état. Je devais réviser mon planning des deux prochains jours. Je me suis rappelé qu'on m'attendait moi-même le lendemain après-midi, vendredi, pour m'entendre à propos de la fusillade de Nuuksio, et ça m'a mise de mauvaise humeur. Je connaissais d'avance le résultat des auditions et du procès qui suivrait. On sacrifierait un des policiers ayant donné des ordres sur le terrain, mais on n'accuserait de rien les vrais responsables de l'opération.

Ma petite Fiat avait l'air perdue sur le parking de l'immense complexe hospitalier. En entrant par la porte principale, je me suis dit que, dans sept mois, cet endroit m'engloutirait moi aussi comme patiente. L'idée ne m'enthousiasmait pas. Depuis que j'avais dû, à l'âge de quatorze ans, passer deux semaines à l'hôpital central de Carélie du Nord parce que mes amygdales, opérées par un médecin chef mal remis de sa cuite de la veille, refusaient de cicatriser, j'avais horreur de ces endroits. Les médecins et les infirmières m'avaient traitée comme une gêneuse et obligée à manger d'écœurants macaronis au lait. Les hôpitaux étaient pour moi, plutôt que des établissements de soins, des lieux coercitifs où on ne traitait pas les gens comme des êtres humains, mais comme des amygdales hémorragiques, des appendices à enlever ou des jambes cassées. En irait-il de même à la maternité de Jorvi ?

J'ai dû longuement expliquer qui j'étais avant que l'hôtesse d'accueil accepte de m'indiquer où se trouvait le service des soins intensifs, non sans vérifier d'abord qu'Aira s'y trouvait bien. Dans les couloirs, des lignes de différentes couleurs permettaient de se repérer. Celle que je devais suivre m'a conduite à un ascenseur.

Aux soins intensifs, de nouveaux obstacles bureaucratiques m'attendaient. J'ai dû fléchir une infirmière ordinaire, puis une infirmière spécialisée, pour pouvoir accéder au médecin qui s'occupait d'Aira, le docteur Mikael Wirtanen. Ce dernier, en revanche, m'a accueillie avec une courtoisie presque suspecte. Son attitude avait sûrement été plusieurs fois testée et éprouvée : face à quelqu'un d'affable, la police hésitait peut-être plus à faire pression pour obtenir l'autorisation d'interroger un patient.

Pour Aira, il n'en était pour l'instant même pas question.

« Elle a repris connaissance, mais elle a l'esprit très confus et ne semble pas se rappeler ce qui s'est passé. Elle souffre d'une très violente céphalée et nous lui administrons donc de fortes doses d'antalgiques. Il est pour l'instant difficile d'évaluer la gravité de ses blessures. Mlle Rosberg a déjà soixante-dix ans ; à cet âge la récupération est plus lente qu'au vôtre, par exemple.

– Dans quelle mesure son moral peut-il jouer un rôle dans sa guérison ? Sa nièce, dont elle était très proche, est décédée soudainement il y a une quinzaine de jours. Et elle a été agressée. Ça fait deux chocs importants.

– Tout est lié. Contrairement à certains de mes confrères, je suis persuadé que l'homme est une entité psychophysique. Mais Mlle Rosberg est par ailleurs en excellente condition pour une personne de son âge. »

Je me suis demandé si la vie d'Aira était encore menacée. Si, comme cela semblait probable, c'était la même personne qui avait laissé Elina mourir de froid après l'avoir droguée et qui avait utilisé la statue d'ours pour frapper sa tante, elle semblait préférer agir dans des lieux moins fréquentés que le service des soins intensifs. Mais peut-être était-ce quelqu'un d'autre. Qui hériterait d'Aira ? Allons, la vie n'était pas un polar de Maria Lang ! Je me suis malgré tout surprise à imaginer Joona Kirstilä en fils caché d'Aira venant réclamer son héritage. Mes idées stupides m'ont moi-même fait rire, et le docteur Wirtanen m'a regardée d'un air surpris.

« Puis-je la voir ? Même à travers une vitre.

– La connaissez-vous en dehors de votre travail ?

– J'enquête aussi sur la mort de sa nièce et j'avais déjà eu auparavant l'occasion de la rencontrer. » Ma conférence à Rosberga me semblait avoir eu lieu une éternité plus tôt, dans un autre monde, où je ne savais encore rien non plus du bébé niché dans mon ventre.

« La voir ne vous avancera à rien, mais si vous y tenez... Venez. »

La porte de la chambre était à demi vitrée. J'ai timidement jeté un coup d'œil, comme si je craignais qu'Aira me voie. Mais ses yeux profondément enfoncés dans son visage étaient fermés, et ses hautes pommettes pointaient telles des souches surgissant de la mousse. Sa bouche, sous son nez busqué, s'ouvrait telle une mare au milieu des tourbières, morte et effrayante. Quel était donc le secret que ces lèvres avaient tu ? Au milieu de la batterie d'appareils qui clignotaient comme s'ils étaient vivants, Aira seule semblait inerte. Elle respirait pourtant sans assistance, comme l'attestait le ventilateur débranché, rangé le long du mur.

« Il se peut qu'elle reprenne assez vite conscience, pour une période plus ou moins longue, ou pas, a murmuré Wirtanen.

– Mais elle vivra.

– Sans aucun doute. Il est néanmoins trop tôt pour dire si elle se remettra complètement. »

Je n'ai pas pu m'empêcher de laisser entendre à Wirtanen que sa patiente était peut-être encore en danger. Dès mon retour au commissariat, je verrais s'il était possible de mettre quelqu'un en faction à sa porte. Le médecin m'a promis qu'on nous informerait sans délai de toute évolution de son état.

Une femme enceinte s'est engouffrée en même temps que moi dans l'ascenseur. Que faisait-elle à l'hôpital avant son accouchement, avait-elle un problème ? J'ai repensé à plusieurs de mes connaissances qui avaient dû rester alitées pendant des mois parce que leur bébé menaçait de venir au monde bien avant d'y être prêt. Je deviendrais sûrement folle, si ça m'arrivait. Je me suis attardée un moment dehors, à respirer de l'air frais, avant de reprendre ma voiture. J'ai allumé la radio, où Ulmanen et Roiha faisaient leur numéro. J'espérais qu'ils passeraient quelques airs réjouissants. Comme s'ils avaient entendu mon souhait, ils ont annoncé, après *Go West* des Pet Shop Boys, la parodie de *San Francisco* concoctée par les Rehupiikles, *Ylihärmä*. Les doigts de ma main gauche se sont mis comme d'eux-mêmes à marquer le rythme sur le volant. Antti était effaré par mes goûts musicaux, et surtout par mon amour du rock primaire, pubertaire et tout sauf intellectuel de groupes tels que Popeda ou Klamydia. Mes seuls disques de rock qu'il écoutait lui aussi étaient mes vieux David Bowie et Pink Floyd.

Au commissariat, j'ai embarqué Pihko avant de reprendre le chemin devenu familier de Nuuksio et de Rosberga, sans vraiment savoir ce que j'allais y chercher.

Mon collègue m'a demandé comment s'était passé mon voyage à Oulu et m'a rapporté ce que Johanna avait dit la veille, lors de son interrogatoire préliminaire. Apparemment, Aira était restée près de deux heures devant le portail, blessée, car, quand elle l'avait trouvée, elle était déjà recouverte d'une bonne couche de neige. Pertsa avait d'abord questionné Johanna normalement, mais, à la fin, il lui avait demandé si elle n'avait pas attendu sa victime pour l'assommer avec cette lourde statue d'ours et fait opportunément semblant de la trouver quelques heures plus tard.

« Puis il lui a fait remarquer que le coup n'avait hélas pas suffi à tuer Aira Rosberg, ni même ensuite le froid, comme sa nièce, parce que la nuit était moins glaciale, cette fois, et qu'elle était protégée par son épais manteau d'astrakan. Cette Säntti avait jusque-là eu l'air d'être d'une extrême timidité, c'est tout juste si elle arrivait à répondre par oui ou par non aux questions. J'ai failli tomber de ma chaise quand elle s'est fâchée. Elle a crié que ça n'avait aucun sens, pourquoi aurait-elle tué Aira Rosberg, qui était son seul soutien dans ce monde ! Ström ne savait plus quoi faire. Puupponen, qui était là aussi pour rédiger le procès-verbal, a failli s'étrangler de rire, il le déteste presque autant que toi.

– Moi ? Le détester ? Qui qu'est Pertti Ström ? » ai-je lancé, reprenant les paroles de la vieille chanson d'Eppu Normaali avec laquelle nous harcelions Pertsa à l'école de police.

Ce n'est que dans les contes qu'un chagrin partagé apaise les querelles. La mort de Palo n'avait pas rendu Ström moins détestable. J'étais contente de le savoir sur une autre affaire, avec Taskinen, et d'avoir Pihko pour partenaire. La Lada du commissariat a tant bien que mal gravi la route glissante menant à Rosberga. Pour une fois, le portail était ouvert. Comment cela se faisait-il ? Ce n'était en tout cas pas pour que les techniciens du labo l'examinent, à ma connaissance. Il n'y avait d'ailleurs sans doute plus rien à trouver. J'ai mesuré le mur du regard. Je n'aurais pas pu atteindre la statue d'ours, sur son faîte, sans grimper sur quelque chose, mais pour quelqu'un d'un mètre quatre-vingt-dix, comme Antti, ce n'aurait pas été difficile. Était-ce un indice ? La cour était déserte. Quelqu'un avait récemment dégagé dans la neige un chemin et une place de parking. Les roues de la Lada ont brusquement dérapé dans les ornières gelées ainsi mises à nu. Heureusement, j'ai réussi à la stopper à dix centimètres d'une congère.

« Je te parie tout ce que tu veux que ces pneus d'hiver ne sont pas réglementaires », ai-je soupiré en descendant de voiture. La porte d'entrée de Rosberga était quand même fermée, et j'ai dû sonner trois fois avant que Johanna vienne ouvrir.

– Pardon de vous avoir fait attendre, j'étais au téléphone, a-t-elle expliqué d'un ton d'excuse, mais d'un air bien moins timide qu'avant. C'est terriblement compliqué, tous ces stages à annuler. Il faut bien que quelqu'un s'en occupe, maintenant qu'Aira est à l'hôpital. »

J'avais toujours été fascinée par les jeux de relooking des magazines féminins qui transformaient Mme Tout-le-monde en une éblouissante beauté. Johanna semblait être passée par là, même si elle n'arborait pas, comme sur les photos de presse, un maquillage ayant exigé deux heures de travail. La métamorphose venait de son maintien plus assuré, du jean et du pull qui avaient remplacé ses vêtements de grand-mère et de la lumineuse blondeur de ses cheveux frisés cascadant librement dans son dos – peut-être avait-elle même osé modifier un peu la teinte choisie par le Seigneur.

« J'ai vu ta famille, hier, lui ai-je annoncé. Anna, surtout, est une fille très sympathique, et les petits sont si mignons... » Une vague de tristesse a balayé le visage de Johanna, vite remplacée par de la colère.

« En effet. Je n'en peux plus d'attendre, je veux les récupérer. J'ai déposé des demandes pour obtenir un appartement, aussi bien auprès de la municipalité d'Espoo que de celle de Helsinki, mais les deux m'ont prévenue qu'elles ne disposaient que de quelques logements sociaux assez grands pour nos besoins, et les listes d'attente sont d'une longueur effrayante. Nous nous contenterions bien d'un deux pièces, mais la réglementation l'interdit ! Et je n'ai pas les moyens de payer la caution qu'exigent les bailleurs privés. Le problème, en plus, est que je suis toujours domiciliée à Karhumaa. Je devrais avoir une adresse permanente à Espoo pour que les choses avancent. Ici, je ne peux pas prétendre à l'aide sociale et je ne pourrai sans doute pas non plus toucher d'allocation de demandeur d'emploi tant que je serai mariée à Leevi, le plafond de revenus est trop bas. »

Son flot de paroles m'a fait penser à celui de sa fille Anna. Je me suis demandé si la Johanna que j'avais rencontrée à Rosberga avant Noël avait été en proie à une grave dépression, ou assommée par des antidépresseurs. Sinon, quel pouvait être le salon de beauté intérieur qui avait engendré en elle un tel changement ? À moins que la première, timide et effacée, ait été la vraie et que celle-ci, devenue psychopathe, soit une meurtrière.

« De quoi vis-tu en ce moment, tu as des économies ? ai-je demandé, consciente que ça ne me regardait pas vraiment.

– Elina m'avait prêté 5 000 marks. Je ne dépense pratiquement rien ici, je ne paie pas de loyer et c'est Aira qui achetait la nourriture. Mais je ne peux pas vivre éternellement comme ça.

Dès qu'elle sera rétablie, je prendrai des mesures », a déclaré Johanna.

J'en suis venue à ce qui m'amenait et je lui ai posé à peu près les mêmes questions que Pertsa la veille. J'ai obtenu en gros les mêmes réponses sans grand intérêt. Elle n'avait rien vu ni entendu, car elle regardait un Harjunpää – série policière qui était pour elle aussi nouvelle et merveilleuse que toutes les autres émissions de télévision. L'avant-veille, le téléphone de Rosberga n'avait cessé de sonner et elle ne savait pas avec qui Aira avait pu parler. Celle-ci n'avait pas manifesté l'intention de rencontrer qui que ce soit d'autre que d'anciennes collègues, que Pertsa et Pihko avaient déjà interrogées. De ce côté aussi, le résultat avait été maigre : selon elles, leur amie s'était montrée moins loquace que d'habitude, mais elles avaient bien sûr pensé que c'était dû au décès de sa nièce. L'agression de l'une demeurait donc aussi mystérieuse que la mort de l'autre. Dans le vague espoir d'y trouver un sens, je suis retournée voir leurs chambres. Les murs de celle d'Aira étaient nus et les étagères ne contenaient que de rares photos encadrées, notamment d'un couple approchant la cinquantaine, vêtu à la mode de la dernière guerre, sans doute ses parents, ainsi que d'Elina.

Le salon orné de roses de cette dernière semblait plongé dans le sommeil. J'ai sorti de la bibliothèque un album de photos dans lequel on la voyait avec des amis de lycée, avec ses parents à Londres et à Paris, avec sa tante quelque part sur une plage, le visage juvénile mais fatigué. Sur ce dernier cliché, qui datait d'une vingtaine d'années, Aira ressemblait beaucoup à sa nièce, telle qu'elle était avant sa mort. Tout à la fin, il y avait une photo d'une fête d'entreprise où Elina, adolescente, paradait au bras de son père dans une robe du soir bleue qui lui donnait l'air d'une reine de beauté trop adulte pour son âge. Au moins deux des hommes en habit qui s'empressaient autour d'elle la regardaient comme on regarde une apparition. J'ai cherché des images de ce voyage en Inde dont on m'avait plusieurs fois parlé, au cours duquel Elina aurait souffert d'une tumeur utérine, ce qui m'a rappelé que je n'avais toujours pas appelé sa gynécologue. Je prétendais, depuis mon retour de congé, travailler au même rythme que d'habitude, mais j'avais du mal à gérer mon emploi du temps. Peut-être le chef avait-il raison. J'avais besoin de plus de vacances. Mais ça attendrait que l'affaire Rosberg soit élucidée. J'espérais que Johanna n'était pas en danger au manoir. Fallait-il l'héberger ailleurs et, si oui, où ? Les fonds avancés par Elina ne suffiraient pas à lui payer longtemps une chambre d'hôtel, surtout si elle avait déjà pioché dedans pour aller à Karhumaa.

Je n'ai rien trouvé qui évoque l'Inde, ni guère de photos d'Elina à l'âge adulte. Peut-être avait-elle cessé d'en prendre. Certains n'aiment pas ce genre de souvenirs, les fugitives images du passé enregistrées par leurs yeux leur suffisent.

J'ai regardé par la fenêtre les champs descendant en pente douce. Les branches des saules brillaient d'un éclat rouge, et des mésanges bleues picoraient dans la cour. La paix régnait, mais elle semblait bien fragile. Bon nombre de fantômes devaient hanter Nuuksio en ce moment.

« On ne trouvera rien ici, allons-nous-en, ai-je dit à Pihko. Tu peux prendre le volant ? J'ai quelques coups de fil à passer. On t'attend au commissariat, ou tu as le temps de m'accompagner pour d'autres interrogatoires ?

– J'ai un rendez-vous à deux heures, mais je suis libre jusque-là. En fait, a-t-il continué en évitant mon regard, comme embarrassé, je n'ai pas particulièrement envie de rester assis dans notre... dans mon bureau tant que les affaires de Palo y sont encore. »

Il a ouvert la portière d'un geste brusque, comme pour montrer qu'il n'était pas une lavette, malgré ses confidences. J'ai bouclé ma ceinture de sécurité et appelé les renseignements pour avoir le numéro de la gynécologue d'Elina.

Quand j'ai annoncé que j'étais de la police, le standard du cabinet médical a accepté de me passer directement le docteur Maija Saarinen.

Cette dernière s'était elle aussi interrogée sur les cicatrices du col de l'utérus d'Elina, qui n'était sa patiente que depuis le départ à la retraite de sa précédente gynécologue, quelques années plus tôt, mais elle les avait expliquées, sans plus de précisions, par une opération pratiquée en Inde.

« C'est vrai que je me suis demandé... si je peux me permettre de dire ça... je me suis demandé s'il ne s'agissait pas de tout autre chose.

– Comme quoi ? Une grossesse ?

– Oui… Quand l'avortement était encore interdit, les femmes le pratiquaient elles-mêmes, ou s'en remettaient à toutes sortes de médecins véreux. Les traces étaient assez semblables. Mais il n'y a rien de ce genre dans le dossier qui m'a été transmis… Et une femme de la génération d'Elina Rosberg aurait pu avorter en toute légalité, pourquoi l'aurait-elle fait clandestinement ?

– Où peut-on joindre sa précédente gynécologue ?

– Nulle part, hélas. Elle est décédée l'année dernière. »

Encore une impasse, il n'y avait que ça dans cette histoire ! À quand remontait donc le voyage en Inde d'Elina, d'après Aira Rosberg, au milieu des années soixante-dix ? Est-ce que ce n'était pas à cette époque qu'elle sortait avec Kari Hanninen ? Et s'il l'avait mise enceinte et qu'elle se soit débarrassée de l'enfant sans rien dire à personne…

Le répondeur de Hanninen s'est enclenché dès la première sonnerie. Je n'ai pas pris la peine de laisser de message.

« Où va-t-on ? m'a demandé Pihko en arrivant au croisement des routes de Nuuksio et de Turku.

– Je ne sais pas. Commence par t'arrêter à la station-service, j'ai encore un coup de fil à passer. »

Il n'était même pas midi et, sans surprise, Milla Marttila m'a répondu d'une voix furieuse.

« Je t'avais bien dit de ne pas me déranger si tôt !

– Pourquoi est-ce que tu ne débranches pas ton téléphone ? Rien de plus simple.

– Ce n'est pas tes oignons. Qu'est-ce que tu veux ?

– Où étais-tu avant-hier soir entre vingt-deux heures et minuit ?

– Pourquoi ?

– On a essayé de tuer Aira Rosberg.

– Aira… Merde ! Comment…

– On l'a frappée à la tête. Mais sa vie n'est plus en danger. Où étais-tu ?

– J'étais au boulot de huit heures du soir à quatre heures du matin. Demande au Fanny Hill. Ça ouvre à sept heures. Si c'est tout, je retourne me coucher.

– Tu travailles, ce soir ?

– Oui », a-t-elle craché avant de raccrocher brutalement.

J'ai eu plus de chance avec Niina Kuusinen, qui était chez elle, à Suvikumpu, et n'avait pas l'intention d'en bouger. Nous avons donc pris la route de Finnoo en direction du sud. Le fast-food de la station-service du coin de la route de Martinsilta faisait de la publicité pour ses hamburgers et nous en avons profité pour calmer notre faim en avalant chacun, pour 20 marks, un « Spécial Police » au nom prédestiné.

Les Kuusinen habitaient un immeuble asymétrique dessiné par Reima Pietilä. J'avais du mal à concevoir qu'une femme de vingt-cinq ans vive encore chez son père, mais ce dernier était apparemment à la retraite et passait la plus grande partie de l'hiver dans le sud de la France. Sans nous demander la raison de notre visite, Niina a fixé sur nous ses grands yeux en amande et nous a fait signe d'entrer dans le séjour.

La lumière devait en général entrer à flots par les hautes fenêtres et donner à la pièce des teintes plus gaies, mais pour l'instant les rideaux argentés, dans les mêmes tons que le délicat mobilier rococo, étaient fermés. Malgré son épais caleçon violet et son sweat-shirt, Niina ressemblait aux bibelots anciens qui ornaient les tables. J'espérais que la boue de mes chaussures ne tacherait pas l'épais tapis gris.

Sur le piano crapaud recouvert d'une nappe en dentelle blanche se trouvaient un bouquet de fleurs, des bougies et des photos. Une femme brune, frêle et fanée, souriait sur la plus grande d'entre elles, à côté de portraits de famille montrant Niina enfant, reconnaissable à ses yeux en amande, même si ses cheveux étaient encore blonds à l'époque. L'homme sur les photos était sans doute son père, à qui elle ressemblait d'ailleurs plus nettement qu'à sa mère : mêmes forme des yeux, pommettes hautes et stature élancée.

« Tu sais pourquoi nous sommes là ?

– Sûrement à cause d'Aira, a-t-elle répondu d'une voix qu'elle luttait pour garder égale. Johanna m'a téléphoné hier. Je reviens de chez le fleuriste d'à côté, je lui ai envoyé des roses… Elle va se rétablir, n'est-ce pas ? a-t-elle timidement ajouté.

– Sans doute. Elle a déjà repris connaissance, par intermittence. Que sais-tu de ce qui lui est arrivé ?

– Moi ? Rien de plus que ce que Johanna m'a raconté. Aira a été agressée alors qu'elle rentrait à Rosberga. Peut-être un sale type qui a appris la mort d'Elina dans le journal et a voulu cambrioler le manoir, mais… Je ne sais pas. » Niina a secoué la tête et ses cheveux châtains sont à nouveau tombés sur son visage tel un rideau soyeux.

« Où étais-tu avant-hier soir entre vingt-deux heures et minuit ?

– Avant-hier soir ? À la maison... J'établissais des thèmes astraux pour des clients. Je me suis couchée un peu après minuit. Pourquoi ?

– Est-ce que tu disposes d'une voiture ?

– La Volvo de mon père... Mais je déteste conduire l'hiver, s'est écriée Niina en regardant Pihko, comme en quête de soutien. J'ai passé mon permis en France, les routes ne sont pas couvertes de neige gelée, là-bas. »

Elle s'est soudain levée de sa chaise, est allée à la chaîne stéréo et a mis un CD. La musique de piano qui s'est égrenée des haut-parleurs m'était inconnue. Niina a semblé y trouver un apaisement.

« Et ton moral, ça va ? » lui ai-je demandé, avec une empathie qui m'a moi-même surprise. Tarja Kivimäki avait beau penser que Niina exagérait ses problèmes, mon instinct me disait qu'elle n'allait pas très bien.

« J'ai Mars en carré avec Saturne, ce n'est pas bon signe. Mais je l'avais vu venir, j'ai pu m'y préparer. Ce sera bientôt fini, la phase suivante devrait être plus facile.

– Tant mieux, ai-je commenté d'un ton sec.

– Au fait, tu n'es pas Verseau mais Poissons ! Kari m'a dit que tu lui avais demandé de faire ton thème. Mais je n'avais pas tout à fait tort, parce que tu as la Lune en Verseau, d'après lui. C'est d'ailleurs la seule chose qu'il m'ait dite à ton sujet, s'est-elle empressée d'ajouter.

– Tu es de nouveau sa patiente ? me suis-je enquise, amusée, car elle s'était animée en parlant de Hanninen.

– Non... Je lui ai juste demandé conseil à propos d'un thème astral compliqué.

– Tu étais bien sûr seule, mardi soir. Quelqu'un peut-il confirmer que tu étais ici ? As-tu reçu des appels téléphoniques, ou autre chose ? »

Niina n'a pas eu l'air ravie que la conversation s'éloigne de l'astrologie pour revenir à des questions plus sérieuses.

« Je n'ai eu aucun coup de fil, a-t-elle répliqué d'un ton vif, avant de se radoucir. Mais j'en ai passé un... J'ai appelé Kari à propos de ce thème astral, vers dix heures et demie. »

Elle avait très bien pu prétendre téléphoner de chez elle, et je le lui ai fait remarquer. En réponse, elle s'est levée et m'a fait signe de la suivre.

Autant la chambre de Milla Marttila avait l'air d'un bordel, autant le bureau de Niina ressemblait à l'antre d'un mage. Les murs et les fenêtres étaient tendus de tissus parsemés d'étoiles voisinant avec des cartes du ciel et un étrange tableau rond figurant d'après elle son propre thème astral. Les étagères débordaient de livres sur le sujet, dont beaucoup en français et en anglais.

Niina a allumé son ordinateur et lancé son logiciel d'astrologie. Je n'y connaissais rien et je n'ai pas compris son fonctionnement, mais ce n'était pas le but de la démonstration. Elle voulait me prouver qu'elle ne pouvait pas dresser de thèmes astraux ailleurs que dans ce bureau.

« Combien de temps as-tu vécu en France ? ai-je demandé alors que nous nous apprêtions à partir.

– J'y suis née et j'y suis restée jusqu'à l'âge de dix-huit ans. Maman et moi, nous nous sommes installées ici après mon bac. Je voulais étudier à l'Académie Sibelius, et elle avait envie de revenir en Finlande. Comme si... comme si elle avait deviné qu'il ne lui restait plus beaucoup de temps. » Des larmes ont perlé dans ses yeux. En les voyant, Pihko a ouvert la porte comme pour les fuir. Sans me laisser émouvoir, j'ai voulu savoir, avant de partir, pourquoi Niina était restée en Finlande après la mort de sa mère.

« Je n'ai pas encore terminé mes études. Et je crois aussi que je me plaît plus ici qu'en France.

– Même si ton père passe la plus grande partie de son temps là-bas ?

– Peut-être justement pour ça, a-t-elle lancé avant de se rendre compte qu'elle en avait un peu trop dit et de continuer d'un ton plus amène. Il boit beaucoup. La réaction typique d'un Cancer à la mort de sa femme. C'est pénible, au bout d'un moment, même si je le comprends. »

Sur la route, il y avait de nouveau du verglas. Je roulais beaucoup pour mon travail, par tous les temps, et je n'avais en général pas de difficultés à maîtriser mon véhicule, mais la Lada du commissariat était une véritable savonnette, même ma Fiat était nettement plus sûre.

« Et ces voitures sont supposées être conçues pour le climat sibérien », ai-je marmonné en sentant les roues patiner pendant plusieurs minutes alors que je tentais de redémarrer au feu de l'ancienne route de Mankkaa. J'étais en nage quand nous sommes enfin arrivés à la brigade. J'ai dû aller me laver dans les toilettes des femmes et mettre le soutien-gorge et le T-shirt propres que je gardais heureusement dans le placard de mon bureau. Les aréoles de mes seins m'ont semblé étrangement foncées, et je me suis rappelé avoir lu quelque part que c'était aussi un des effets de la grossesse.

Vers deux heures et demie, l'hôpital a appelé. Aira Rosberg avait repris connaissance et son état de santé était excellent, compte tenu des circonstances. Il n'y avait qu'un problème : elle ne se rappelait rien de ce qui avait pu se produire après le 24 décembre.

14

D'après le docteur Wirtanen, l'amnésie rétrograde n'avait rien de rare en cas de traumatisme crânien, d'autant plus qu'elle portait sur des événements particulièrement traumatisants. Mais Aira Rosberg retrouverait probablement la mémoire au fil du temps, du moins en partie.

« La bousculer ne servirait à rien, en tout cas. Il n'est pas question que vous l'interrogiez avant la semaine prochaine au plus tôt. L'agent de police que vous avez envoyé monte la garde à sa porte, mais nous ne l'en avons pas avertie.

– Très bien. Une vigilance particulière s'impose si certaines personnes viennent la voir. » J'ai donné au médecin les noms de Minna, Niina, Tarja Kivimäki, Joona Kirstilä et Johanna.

« Mme Säntti ? Elle est justement là. Croyez-vous qu'elle puisse être une menace pour Mlle Rosberg ? »

J'ai soupiré, je ne savais que répondre. Le « Spécial Police » m'avait donné des renvois acides, j'avais une étrange envie de boire du lait caillé.

« Mieux vaut tenir tous les visiteurs à l'œil, cette affaire est un vrai sac de nœuds. » J'aurais eu envie d'organiser un interrogatoire dans la chambre d'Aira, mais il ne fallait pas y compter. Dommage que le planton ne puisse pas rester en permanence à son chevet. Et si nous déguisions en médecins et en infirmières quelques-unes des jeunes policières du commissariat ? Je pourrais jouer les aides-soignantes… J'ai été interrompue dans mes pensées par Pertsa, qui a poussé ma porte pour me rappeler que nous avions rendez-vous cinq minutes plus tard pour un interrogatoire dans une affaire de coups et blessures. Une bagarre d'ivrognes, comme il y en avait tant, sans trop de gravité, puisqu'il n'y avait pas eu de mort. Le type qui avait frappé son copain à la tête avec une bouteille souffrait d'une gueule de bois épouvantable ; l'agressé, qui avait quelques points de suture, était comme la plupart des témoins dans un état d'euphorie alcoolique qui lui faisait aimer le monde entier. Pertsa n'était pas loin de s'énerver et lui faire garder son calme était presque plus difficile que reconstituer le déroulement du pugilat. Quand notre bande d'ivrognes a quitté le commissariat, vers trois heures, tout le reste de la brigade, sauf Taskinen, s'était rassemblée dans la salle de repos. L'atmosphère était morose car Pihko collectait de l'argent pour la couronne funéraire de Palo. On m'a demandé si je voulais prononcer son éloge funèbre.

« Demandez à Jyrki, moi j'en suis incapable. Qui serait prêt à faire des heures supplémentaires ce soir ? J'aurais besoin de quelqu'un à partir de huit heures. »

Les visages n'étaient guère enthousiastes. Ce soir-là, les hockeyeurs d'Espoo jouait contre les Joker et le match serait retransmis à la télévision. La discussion a failli dégénérer, car en plus de supporters des deux camps, il y avait dans la brigade des fans de HIFK, de Tappara et même de KalPa. Apostrophée sur mes préférences, j'ai répondu que je soutenais l'équipe qui avait les joueurs les plus sexy, mais que les matchs m'ennuyaient parce que ces types étaient tous trop habillés.

« C'est pour faire quoi, tes heures sup' ? a demandé Puupponen, qui était originaire de Kuopio et ne jurait que par KalPa.

– J'aurais besoin de deux hommes pour m'accompagner au Fanny Hill, dans le quartier de Kallio. C'est un cabaret. Il s'agit juste d'interroger une stripteaseuse en privé. »

Les mines d'enterrement ont fait place à un concours de hurlements, il y avait soudain trois fois plus de volontaires que nécessaire. Pertsa et Puupponen ont finalement emporté le morceau, le second parce que son quota d'heures supplémentaires était loin d'être atteint, et le premier Dieu sait pourquoi. Je ne l'aurais pas spontanément choisi, mais au moins il ne perdrait pas la tête au milieu des seins nus, comme certains des plus jeunes.

J'avais honteusement négligé ma forme, ces dernières semaines, et j'ai donc pris en sortant du bureau la direction de la salle de musculation de Tapiola. Mes dorsaux et mes abdominaux seraient mis à rude épreuve dans les prochains mois. Courir ou soulever de la fonte m'aidait souvent à réfléchir, les problèmes se résolvaient comme par magie. Cette fois, cela n'a pas suffi, malgré une double dose d'exercice des grands droits et dix minutes de presse à adducteurs. Mon cerveau tournait à vide. Je n'étais même plus sûre de voir dans l'agression d'Aira la preuve que la mort d'Elina était un meurtre et non un accident. Et si elle avait réellement été frappée par un cambrioleur croyant le manoir vide ? À moins qu'elle n'ait elle-même tout mis en scène ? Dans quel roman de Ruth Rendell, déjà, les choses se passaient-elles ainsi…

J'ai été tirée de mes pensées par mon vieux copain Make, venu s'installer à la machine voisine, qui m'a proposé d'aller boire une bière après l'entraînement. J'ai réussi à me défiler en prétextant devoir encore travailler dans la soirée. Je ne pourrais pourtant pas cacher très longtemps ma grossesse à mes copains, personne ne me croirait si je déclarais avoir décidé de commencer l'année par un mois de sobriété. Et j'avais rendez-vous dès la semaine suivante pour ma première consultation prénatale.

Comme d'habitude, la muscu m'avait mise de meilleure humeur. Ce n'est qu'en arrivant à la maison que je me suis rappelé la réunion sur la Rocade n° 2 dont Antti m'avait parlé et où j'aurais finalement eu le temps de l'accompagner. Et voilà pour les Kallio-Sarkela, prêts à refaire le monde et à attaquer bille en tête tous les moulins à vent ! Peut-être, d'ici un an, participerais-je avec mon bébé en écharpe à des manifestations en faveur des crèches.

Je me suis volontairement habillée pour l'épreuve de cette soirée de la manière la moins féminine possible. Un jean noir, une ample chemise de flanelle et un gilet d'homme, noir lui aussi, trouvé au marché aux puces. J'ai malgré tout laissé mes cheveux défaits et je me suis très légèrement maquillée, avec du mascara et un peu de poudre. J'espérais voir dans mon miroir une gonzesse n'ayant pas froid aux yeux mais, à mon grand regret, mon regard ne m'a été rendu que par une créature au visage tendu paraissant encore une fois moins que son âge. Je n'avais jamais compris en quoi avoir l'air jeune pouvait être désirable. Dans mon métier, avoir des allures de gamine n'améliorait en tout cas en rien ma crédibilité.

Aller dans une boîte de strip ne m'enthousiasmait absolument pas, surtout avec Ström et Puupponen. Ce dernier était certes un gentil garçon natif de la même région que moi, aux cheveux roux et au visage constellé de taches de rousseur, mais il s'entendait encore moins bien que moi avec Pertsa. Autrement dit pas du tout. J'avais trouvé curieux qu'il se porte volontaire pour partir en mission avec lui. Peut-être l'attrait du Fanny Hill était-il le plus fort.

Ils sont passés me prendre en voiture au coin de la route de Vähä-Henttaa, Pertsa au volant, Puupponen sur la banquette arrière. Je leur ai expliqué ce que nous allions faire, à savoir interroger Milla Marttila sur ses faits et gestes de l'avant-veille et vérifier son alibi, si elle en avait un. Il faudrait sans doute d'abord obtenir l'autorisation du patron pour interroger ses employés pendant leur service. Je ne doutais pas de son accord, car le propriétaire d'un cabaret de striptease avait sûrement intérêt à rester en bons termes avec la police.

« Évite de gâcher l'agréable soirée des clients de cette boîte en leur tenant des discours féministes, m'a conseillé Pertsa après l'exposé de mon plan d'action.

– Et dire que j'ai oublié mes aiguilles à tricoter à la maison ! J'y penserai, la prochaine fois », ai-je répliqué d'un ton aigre. Pertsa a poussé un grognement et garé notre Saab sur le trottoir à deux pas de l'établissement en grommelant qu'il n'allait pas se mettre à chercher une place de parking, on n'en avait sans doute pas pour très longtemps. Le portier nous a dévisagés d'un air incrédule, surtout moi, mais nous a laissés entrer quand mon cher collègue lui a déclaré que nous étions de la police et que nous voulions voir le directeur. Il nous a informés que ce dernier avait son bureau au premier étage et nous a invités à attendre un instant au bar.

J'avais déjà assisté une fois à un spectacle de striptease dans ma ville natale d'Arpikylä, dans le cadre d'une autre enquête. J'avais trouvé l'ambiance assez amusante, ou plutôt tristement comique. Ici, c'était autre chose, et j'ai jeté à la ronde un regard perplexe. Il était encore tôt, mais il y avait déjà d'assez nombreuses tablées d'hommes, visiblement venus là pour clore des négociations commerciales. Ils étaient pour l'essentiel en costume, au milieu de serveuses aux seins nus. Il n'y avait à part moi que deux femmes entièrement habillées, dont l'une était de toute évidence la chef d'équipe, tandis que l'autre, l'air perdu, accompagnait un groupe de messieurs parlant russe entre eux. J'ai tenté en vain de repérer Milla parmi le tourbillon de filles topless en bas résille. Peut-être était-elle en train de faire un striptease pour un client.

Le portier est revenu et, sans un mot, nous a fait signe de le suivre. Les murs de l'escalier que nous avons monté étaient tapissés de velours rouge et de miroirs nous reflétant en plusieurs exemplaires, Pertsa, Puupponen et moi. Le couloir du premier étage arborait le même décor, troué par une rangée presque ininterrompue de portes. On se serait cru dans un bordel, mais il s'agissait sans doute de cabines de strip individuelles. De quelques-unes s'échappait une musique lascive.

J'ai failli éclater de rire en voyant Rami Salovaara, le propriétaire de l'endroit. Pour une fois, il correspondait à ce que j'attendais. Petit, rougeaud et en net surpoids. Le sommet de son crâne s'ornait d'une calvitie entourée de longs cheveux ramenés tant bien que mal vers le haut dans le vain espoir de la cacher. Sa moustache, en revanche, s'épanouissait sous son large nez, débordant sur sa lèvre supérieure.

« Que veut la police d'Espoo à mon établissement ? » a demandé Salovaara sans faire le moindre geste pour se lever et nous serrer la main. C'était d'ailleurs aussi bien, car je n'aurais pas voulu que ses pattes de peloteur me touchent, même par accident.

« Il s'agit d'une de vos employées, Milla Marttila. Ou plus exactement de ses faits et gestes d'avant-hier, ai-je répondu.

– Milla. Qu'a-t-elle fait comme bêtise pour qu'on envoie trois policiers à ses trousses ? » Il a jeté un coup d'œil à l'écran de télévision, sur son bureau, qui montrait ce qui se passait en bas dans la salle de restaurant. Y avait-il aussi dans les cabines de strip des caméras lui permettant de surveiller son personnel ?

« Nous voulons seulement vérifier qu'elle était ici et pas en train de tenter de commettre un crime. C'est pourquoi nous vous demandons la permission d'interroger vos employés pendant leurs heures de travail. Est-ce que vous avez la liste de ceux qui étaient présents avant-hier ?

– C'est la responsable du restaurant qui l'a, celle qui est un peu plus habillée et a l'air plus amorti que les autres, en bas. Vous soupçonnez Milla de meurtre ?

– Ça ne vous regarde pas, ai-je répliqué d'un ton sec en repensant à la manière dont il l'avait traitée après son viol. Puupponen, va chercher cette liste et vérifie en même temps si Milla était supposée être ici ce soir-là.

– Je n'ai aucune obligation de vous laisser perturber mon personnel pendant son service. Je vous suggère de procéder à ces interrogatoires sans rapport avec leur travail à un autre moment.

– Pour ça, j'aurai besoin de la liste de vos employés, avec leur adresse, leur numéro de téléphone et le reste », ai-je déclaré, impassible.

Je ne savais pas exactement comment fonctionnait les activités de striptease individuel du Fanny Hill. J'avais en revanche entendu dire que de nombreux autres lieux de ce type contournaient la loi interdisant le proxénétisme en pratiquant des horaires discontinus. Vu que la prostitution n'était pas répréhensible en elle-même, le temps de travail officiel des filles s'interrompait quand un client, après avoir assisté en toute légalité à un striptease, souhaitait s'en payer une. Ce qu'elles faisaient de leurs loisirs en dehors du cabaret ne regardait pas leur patron. Après leur passe, le plus souvent dans un appartement de fonction situé près de l'établissement, les filles reprenaient leur activité officielle. La seule manière d'intervenir dans ce système était d'invoquer la loi sur le temps de travail, mais aucune jurisprudence n'existait pour l'instant en la matière.

Je soupçonnais, dans le cas de Milla, un arrangement de ce genre. Elle habitait presque en face du Fanny Hill. Et avec ce système, elle avait pu, même si elle était de service, faire un saut à Rosberga.

Avant que Salovaara ait le temps de répondre à ma question, Puupponen est revenu avec la liste de présence. D'après celle-ci, Milla était effectivement là mardi soir.

« Qu'est-ce qu'on fait ? On interroge les personnes qui étaient de service mardi, ou vous nous donnez leurs adresses ? » ai-je insisté.

Salovaara semblait peser le pour et le contre. Donner les adresses présentait des risques. La concentration d'un grand nombre de filles dans des logements appartenant au Fanny Hill était un indice de proxénétisme bien trop net. Et les papiers de toutes les danseuses d'origine étrangère étaient sûrement loin d'être en règle.

« Si vous nous autorisez à procéder à ces interrogatoires, tout sera réglé ce soir en douceur, a dit Pertsa, qui était resté jusque-là étonnamment silencieux. Nous n'aurons peut-être même pas besoin des coordonnées de tous les témoins. »

Et voilà. Ström, au moins, savait marchander. J'étais malgré tout contrariée par la caution qu'il paraissait apporter aux petits arrangements de Salovaara avec la loi, et c'est pourquoi j'ai enfoncé le clou, sans trop réfléchir :

« Si Marttila est reconnue coupable – par exemple de tentative de meurtre – toute personne accusée de complicité risque la prison, surtout si elle a déjà un casier. »

Je n'avais pas eu le temps de vérifier les antécédents judiciaires de Rami Salovaara, mais ma remarque a fait mouche. Après avoir vaguement grommelé quelque chose, il nous a autorisés à interroger son personnel, en nous faisant promettre de ne pas perturber son activité commerciale. Nous étions déjà à la porte quand il m'a soudain lancé :

« Et toi, ma mignonne, si tu en as assez de travailler dans la police, tu es la bienvenue ici. On manque de rouquines bien roulées. Tes seins m'ont l'air d'être parfaitement dimensionnés et pas trop tombants. Certains de nos clients aiment les femmes autoritaires. Tu ferais un tabac avec un corset de cuir noir et un fouet. »

Pertsa a pris une grande inspiration et esquissé un mouvement vers lui, mais j'ai répliqué avant qu'il ait le temps de l'empoigner.

« Merci, mais non merci. Je préfère choisir à qui je me montre nue et qui je vois dans la même tenue. Vous ne m'intéressez pas, avec vos kilos en trop et votre calvitie qui ne ressemble à rien. Vos tentatives pour la masquer sont pitoyables, elles dénotent un manque de confiance en soi, tout comme votre moustache. Qu'est-ce que vous essayez de cacher ? Que vous ne bandez plus, même avec des professionnelles ? Je suis désolée, ça se voit de loin. Merci pour votre aide et bonne fin de soirée ! » En refermant la porte derrière moi avec un luxe de précaution, j'ai entraperçu le visage devenu écarlate de Salovaara.

« Tu t'es fait un nouvel ami, m'a dit Pertsa dans le couloir.

– Comment ça ?

– Monsieur le chef de la police d'Espoo passe très volontiers ses soirées ici. Nous sommes même venus après l'arbre de Noël du commissariat. J'ai remarqué qu'il appelait les serveuses par leur nom, et, avec leurs seins nus, elles ne portent pas de badge, comme tu as pu le constater.

– Lui et moi sommes de toute façon sur une trajectoire de collision. Je m'en fiche. Je vais essayer de trouver Milla Marttila, occupez-vous de ses collègues ! »

J'étais furieuse d'avoir perdu mon sang-froid. En même temps, j'étais ravie d'avoir pu river son clou à Salovaara. J'allais prendre l'escalier quand une porte s'est ouverte derrière moi, livrant passage à un homme qui refermait sa braguette et m'a jeté un regard affolé avant de presque me bousculer pour passer. J'ai rebroussé chemin et jeté un coup d'œil dans la pièce d'où il sortait. Elle était plongée dans la pénombre, mais j'ai reconnu la femme qui y remettait sa petite culotte. C'était elle que je cherchais.

« Salut, Milla. J'aimerais te parler.

– Tiens, la fliquette. Tu es venue voir un strip ? Je croyais que tu ne t'intéressais qu'aux hommes, tu es même mariée, non ?

– Arrête. Ton patron nous a donné la permission de t'interroger à propos de mardi.

– Qu'est-ce que tu veux savoir de plus ? J'ai bossé de huit heures du soir à quatre heures du matin. » Milla a agrafé son soutien-gorge, qui dévoilait le bout de ses seins. Elle avait froid, sa peau blanche était hérissée de chair de poule. « Attends, je vais me couvrir un peu. »

Elle est sortie un moment de la pièce tandis que je m'asseyais sur l'unique siège, un fauteuil revêtu de cuir noir. À côté, une boîte de kleenex et un paquet de préservatifs extraforts étaient disposés avec prévenance sur une petite table. La hauteur de l'estrade servant de piste de danse, qui ne mesurait que deux mètres sur deux, était étudiée pour qu'on puisse, du fauteuil, regarder confortablement l'entrejambe de la stripteaseuse. Les murs noirs et les lumières rouges donnaient à l'endroit l'aspect d'une grotte. Près de la porte, des boutons permettaient de régler l'éclairage et la musique. Je me suis demandé ce qu'on éprouvait à danser là, et à regarder, sachant que toucher était strictement interdit. Milla est revenue, enveloppée d'un kimono de satin noir brodé de fleurs rouges, presque identique à celui que je possédais, et que je n'avais jamais considéré jusque-là comme un vêtement sexy. Elle s'est assise sur le bord de l'estrade, face à moi, et a allumé une cigarette.

« Tu as dit que tu avais passé toute la soirée ici. Mais j'ai du mal à croire à tout ce que tu racontes, Haikala et toi n'avez pas retrouvé ce Jorkka, par exemple, chez qui tu affirmais être la nuit où Elina est morte. À quelle heure était ta pause-repas, dans la nuit de mardi ?

– Ma quoi ? On ne mange pas pendant le travail, ici, ça ballonne le ventre. Le mien est déjà bien assez rond comme ça. Mais beaucoup préfèrent ça à des sacs d'os. »

Ses yeux étaient soulignés d'épais traits noirs et ses ongles étaient peints de la même couleur, tout comme ses lèvres. C'était peut-être sa façon de porter le deuil.

« Mes collègues sont en train d'interroger les autres danseuses. On verra bien.

– Qu'est-ce qui est arrivé à Aira, au juste ? J'étais tellement mal réveillée, ce matin, quand tu as téléphoné, que je n'ai rien compris. »

Quand je lui ai expliqué, une expression de surprise est passée dans son regard.

« Qui aurait pu vouloir s'en prendre à elle ? C'est un ange de bonté. » Milla avait employé le terme avec le plus grand sérieux. « Tu veux dire qu'elle en savait trop sur la mort d'Elina, c'est ça ?

– Peut-être. J'aimerais aussi savoir à qui Aira a bien pu promettre sa fortune.

– Pas à moi, en tout cas ! Ça t'arrangerait, bien sûr, que je sois derrière tout ça. Je ne suis pas célèbre, comme Joona ou cette foutue Tarja Kivimäki, et je n'ai pas une riche famille, comme Niina.

– Quel genre de famille as-tu ? Tu avais parlé d'inceste, à ce stage, à Rosberga. »

Elle a tiré une dernière bouffée de sa cigarette et l'a distraitement écrasée sur le bord de l'estrade, d'où le mégot est tombé sur la moquette rouge foncé. J'ai achevé de l'éteindre sous le talon de ma botte. Milla regardait sans rien dire ses orteils aux ongles noirs dépassant de ses sandales carmin.

En quoi son passé me regardait-il, d'ailleurs ? Mais j'étais curieuse, comme je l'avais été de la vie de Johanna. Quand j'avais rencontré Milla pour la première fois, je m'étais imaginé qu'elle cherchait à échapper à sa condition de stripteaseuse et sans doute de prostituée. Est-ce que je caressais le rêve de la sauver d'un métier que je n'aurais pas, pour ma part, pu exercer ?

« Ma famille. Ha ! Elle habite à Kerava. Mes parents n'ont pas vraiment eu de chance dans la vie. D'abord ils n'arrivaient pas à avoir d'enfants. Et quand enfin ils ont pu adopter, ç'a été moi. J'étais là depuis environ deux mois quand Ritu, ma mère adoptive, donc, s'est aperçue qu'elle était enceinte. Ils ont alors eu trois garçons à la suite. Ritu s'occupait de ses petits trésors avec tellement d'enthousiasme qu'elle a complètement oublié les besoins de son mari, Ripa. Heureusement pour lui, j'étais là. J'ai eu mon premier soutien-gorge à dix ans et, à partir de là, il m'a considérée comme une vraie femme.

– Tu veux dire qu'il t'a sexuellement exploitée à partir de l'âge de dix ans ?

– Comme c'est joliment dit. Exploiter sexuellement. Il ne me baisait pas vraiment, parce que j'ai une bouche merveilleuse et des mains habiles. Le jour de la remise des diplômes du bac, j'ai enfin réussi à dire à Ritu, et par la même occasion à toute la parentèle, quel gentil papa j'avais. Je ne suis pas retournée à Kerava depuis. Pas envie. »

L'écœurement, en moi, le disputait à la colère. J'avais voulu en savoir plus sur sa vie, je n'avais que ce que je méritais. Comment Elina avait-elle supporté son rôle de psychothérapeute ? Quels mots avait-elle trouvé à dire à Milla, ou à Johanna, par exemple ? Les miens étaient épuisés depuis longtemps.

« Ces salauds n'ont pas arrêté de me faire chier pour autant. Je n'étais pas mauvaise à l'école, même si j'avais parfois des difficultés à me concentrer quand Ripa me tenait éveillée toute la nuit. J'ai réussi à entrer à la fac de lettres dès le premier essai. C'était génial, sauf qu'à la commission d'attribution des bourses, ils s'imaginent que tous les parents des étudiants de moins de vingt ans subviennent à leurs besoins. Et donc, pour gagner ma vie, j'ai fait ce que je savais faire. »

Les orteils ronds de Milla, avec leurs ongles noirs, avaient l'air de pommes de terre ayant souffert du gel. Était-ce la peine de lui suggérer de porter plainte contre son père adoptif ? Les abus avaient pris fin depuis déjà quelques années, mais pas assez pour être prescrits. Mais comment prouver les faits ? Ses parents jouissaient sans doute d'une respectabilité de façade, on ne leur aurait pas, sinon, accordé le droit d'adopter un enfant.

Adopter un enfant... Milla, si je me souvenais bien, était née en soixante-quinze. Donc à l'époque où Elina sortait avec Kari Hanninen. Et si... Non, l'idée semblait bien trop tirée par les cheveux. Je n'ai pourtant pas pu m'empêcher de demander :

« As-tu jamais cherché à savoir qui étaient tes véritables parents ?

– Pour quoi faire ? Je ne vois pas pourquoi je m'intéresserais à eux, alors qu'ils n'ont pas voulu de moi. Les types d'ici, au moins, me veulent. Ça me suffit. »

J'ai repensé à l'allusion ironique de Tarja Kivimäki aux chatons perdus qu'Elina recueillait. Milla semblait en être un, gardant toujours à tout hasard ses griffes dehors. Pour elle, la mort d'Elina était vraiment tombée au mauvais moment. Je vérifierais bien sûr aussi qui étaient ses parents biologiques, même s'il n'y avait sans doute dans son dossier d'adoption que le nom de sa mère. Était-il possible qu'il s'agisse d'Elina Rosberg ? On a frappé à la porte, et j'ai sursauté. Milla avait-elle un nouveau client ?

Ce n'était que Pertsa, qui l'a regardée d'un air à peu près aussi amène que la bande de poivrots de ce matin.

« Mlle Marttila est assez douée pour mentir. Vous n'avez pris votre service qu'à onze heures et demie, avant-hier, semblerait-il. D'après le planning, vous auriez dû commencer à huit, mais vous avez échangé vos horaires avec une certaine Tatiana. Où étiez-vous donc ? »

Le regard que Milla a lancé à Ström n'était pas plus aimable.

« C'est Tatiana qui dit ça ? Elle ne parle même pas correctement finnois, ni anglais. Tu es sûr que c'était mardi ? Parce que je vois mal un flic ayant ta gueule parler russe.

– Où étais-tu dans la soirée de mardi, Milla ? ai-je demandé.

– Dis à cet idiot de se tirer, a-t-elle répliqué en désignant Ström. Je ne dirai rien devant lui. Il n'a qu'à demander à Tatiana de danser pour lui pendant qu'on bavardera. Pour ça, pas besoin de manier le russe, sa langue devrait lui suffire. »

J'ai fait signe de la tête à Pertsa de nous laisser, il a heureusement eu l'intelligence d'obéir. Ou alors, les filles aux seins nus du rez-de-chaussée l'intéressaient plus que nous. L'insolence de Milla me mettait mal à l'aise. On aurait dit qu'elle me mettait au défi d'aller au-delà des apparences, de lui ordonner d'arrêter son cirque.

« Raconte, alors. Que s'est-il passé mardi ?

– Je... » Milla a cligné des paupières, des traînées noires ont coulé sur ses pommettes et, de là, vers son menton rond. « Je n'en pouvais plus. J'ai téléphoné rue Aleksis Kivi, où habitent toutes nos danseuses venues de l'Est, et j'ai demandé si quelqu'un pouvait me remplacer, au moins en début de soirée. Le week-end dernier a été une vraie galère, mais le lundi c'est fermé. J'étais juste... fatiguée.

– Pourquoi est-ce que tu n'arrêtes pas ce boulot ?

– Tu es vraiment naïve, pour une flicarde ! Tu crois que ma vie serait meilleure ? Que je redeviendrais une gentille étudiante en littérature et que j'épouserais un type bien ? Ne me fais pas rire. »

Milla a tiré une poignée de kleenex de la boîte, son maquillage lui a comiquement barbouillé la figure de noir. « Le patron de cette boîte est aussi propriétaire de mon appart. J'ai refusé d'habiter en colocation avec d'autres filles, comme les Russes. Où est-ce que je trouverais à me loger ? Et ne me parle pas d'une résidence étudiante. Je suis trop asociale pour ça. »

Je ne trouvais toujours rien de sensé à dire, seules me venaient des phrases toutes faites. Arrête ce travail. Suis une psychothérapie pour évacuer tes traumatismes d'enfance. Porte plainte contre ton père adoptif. Plutôt que de m'engager dans cette voie, j'ai poursuivi mon interrogatoire.

« Tu es donc restée chez toi mardi soir ? »

Milla a secoué la tête, son rouge à lèvres noir lui avait taché le menton, son nez rougeoyait sous sa poudre claire.

« Merde ! pourquoi est-ce que je me tue à t'expliquer ! Tu es flic, pas psy. Oui, oui, j'étais à la maison, sans témoin. Ou alors j'étais à Rosberga et j'ai assommé Aira parce qu'elle savait que j'avais tué Elina. Qu'est-ce que ça change, putain !

– Ça change. » Je me suis levée de mon fauteuil, cherchant le geste qui convenait, même si le contact physique était interdit dans cette pièce où seuls le regard et l'effeuillage, du corps et de l'âme, étaient admis. « Je ne suis effectivement pas Elina, ai-je dit d'un ton hésitant en lui effleurant l'épaule. Mais d'autres personnes qu'elle peuvent t'aider. »

On a brutalement ouvert la porte, cette fois sans frapper, et Rami Salovaara a passé la tête dans l'entrebâillement.

« Milla, on te demande en bas. Tu dois danser à moins le quart… Va t'arranger, bordel ! Nous avions convenu que les interrogatoires ne devaient pas perturber les activités de cet établissement. » Ces derniers mots s'adressaient à moi.

« Ça tombe bien, j'ai fini, merci », ai-je dit sans savoir si j'étais fâchée ou soulagée de cette interruption. J'avais été sur le point de me proposer pour remettre de l'ordre dans la vie de Milla, alors que j'avais déjà bien assez à faire avec la mienne.

Je suis descendue au rez-de-chaussée. Puupponen et Ström se tenaient au bar, chopes de bière à la main. Le show de la soirée avait commencé, une fille dont j'aurais juré qu'elle était mineure tortillait son corps souple sur scène, pour le plus grand plaisir du plus jeune de mes collègues.

« Je peux ramener la voiture, si vous voulez rester profiter du spectacle, ai-je lancé avec un sourire moqueur.

– On a déjà fini ? a demandé Puupponen incrédule. Je pensais qu'on était venus pour une arrestation.

– J'aurais bien aimé. » J'ai parcouru la salle des yeux, mal à l'aise, car je me sentais observée. Je brouillais les frontières en vigueur dans ce lieu entre hommes bien habillés et femmes dévêtues, comme un rappel d'une réalité qui n'avait pas sa place ici.

Mais je n'étais pas la seule à ne pas cadrer avec le profil type d'un client de cabaret de striptease. Joona Kirstilä était assis à une table du fond, l'air perdu au milieu d'une bande de braillards en complet-veston.

« Il y a même une de nos vieilles connaissances, ai-je dit à Pertsa, dont le regard a trouvé le poète après avoir cherché un peu.

– Le petit copain de Rosberg junior. C'est ici qu'il noie son chagrin ?

– Allons lui poser la question. On en profitera pour lui demander où il était mardi soir.

– Ça m'étonne qu'une lopette comme lui ose venir ici, a marmonné Pertsa.

– Parce qu'aller au striptease est une preuve de virilité ? Est-ce qu'on n'a pas justifié ce genre de spectacles, à un moment, par le fait qu'ils permettaient aux inhibés de se rincer l'œil sans avoir à violer personne ? ai-je clamé en slalomant entre les tables. Bonsoir, Kirstilä. Décidément, on se retrouve toujours dans des bars. » Il a levé vers moi un regard aviné, se demandant visiblement ce que je faisais au Fanny Hill. Puis il a eu une illumination :

« C'est une rafle ?

– Non, ce n'est pas notre rayon. Tu crois qu'il y aurait de quoi ? »

Il n'a pas eu l'air de comprendre ma question. Pertsa a pris une chaise à la table voisine et s'est assis à côté de lui, je suis restée debout comme une serveuse attendant une commande.

« Jolies poulettes, non ? » La camaraderie feinte de Pertsa était nouvelle pour moi. « Que penserait votre défunte amie si elle savait que vous fréquentez ce genre d'endroits ? »

Je ne m'attendais pas une réaction aussi soudaine de Kirstilä. Il a sauté sur ses pieds, flanqué son poing dans la figure de Pertsa et couru vers la sortie. Je me suis ruée sur ses talons, renversant au passage quelques chaises et une chope de bière. Je l'ai attrapé par un pan de son manteau, mais il s'est dégagé. Il n'a cependant pas réussi à échapper au portier, qui l'a saisi par la nuque et lui a passé le bras droit autour du cou, le bloquant d'un geste sûr par une clef d'étranglement. Le frêle poète avait l'air d'un enfant dans les griffes du cerbère de près de deux mètres.

« Qu'est-ce que c'est que ce bordel ? » Rami Salovaara avait apparemment suivi les événements du rez-de-chaussée sur son écran de télévision. « Il n'a jamais été question d'interroger des clients ! Vous perturbez mes activités commerciales. »

J'aurais voulu pouvoir m'en aller. Me volatiliser, laisser Pertsa, Salovaara et Kirstilä régler ça entre eux. Prendre un taxi et rentrer chez moi, me glisser au chaud sous la couette à côté d'Antti. Être débarrassée de cette affaire Rosberg où aucun indice ne menait nulle part et dont les fils n'étaient que de menus brins d'un écheveau gris sale irrémédiablement emmêlé.

« Votre client a frappé un policier. Il se trouve être l'un des suspects d'une affaire sur laquelle nous enquêtons. » Merde, j'allais être obligée d'arrêter Kirstilä, Pertsa ne se satisferait pas de moins. Il porterait même sûrement plainte et je devrais témoigner.

Le coup donné par le poète n'était qu'une pichenette, pas une goutte de sang n'avait coulé du nez plusieurs fois cassé de Pertsa, dans le dos duquel Puupponen rigolait en douce, considérant sûrement son agresseur comme un pote.

« Notre poète va devoir passer la nuit en cellule, a dit Pertsa en souriant à Kirstilä, devenu écarlate dans l'étreinte du portier. Vous nous suivez de votre plein gré ou vous voulez que j'aille chercher des menottes dans la voiture ? »

Kirstilä est resté coi, et j'ai fait signe à son tortionnaire de le lâcher. Pertsa et Puupponen l'ont encadré pour sortir. Quand je les ai suivis, j'ai jeté un bref coup d'œil par-dessus mon épaule. Milla Marttila se tenait sur le perron, une expression d'horreur sur son visage remaquillé.

15

L'ambiance était joyeuse, dans la voiture de police. Puupponen conduisait, Pertsa, à côté de lui, se tenait le nez. J'étais assise à l'arrière avec Joona Kirstilä, dont il avait décrété qu'il fallait sans tarder le coller au trou.

Agresser un policier dans l'exercice de ses fonctions était certes un délit, mais Puupponen et moi trouvions qu'il faisait beaucoup de bruit pour pas grand-chose, d'autant plus qu'il avait provoqué Kirstilä. Et je ne pensais pas que ce dernier nous soit très utile, car il était encore une fois passablement ivre.

À Munkkiniemi, il s'est cependant secoué.

« Vous ne pouvez pas me jeter en cellule. Je dois nourrir Pentti.

– Quel foutu Pentti ? a grogné Pertsa.

– Il a de l'eau ? » ai-je demandé. Kirstilä a hoché la tête. « Pentti est un chat », ai-je lancé en direction des sièges avant.

Sur l'autoroute de Turku, le poète a annoncé qu'il avait envie de vomir. Puupponen a mis son clignotant et s'est garé sur le bas-côté. Kirstilä a tout juste eu le temps d'ouvrir la portière avant de gerber sur le bord de la route. L'odeur de bière et de saucisse de ses vomissures m'a donné la nausée. J'ai eu beau essayer de ne pas respirer par le nez, j'avais encore des haut-le-cœur en arrivant au commissariat.

Je pensais trouver notre étage désert à cette heure, mais j'avais tort. On entendait jusqu'aux portes de l'ascenseur un brouhaha de voix parlant somali, ponctué de commentaires inhabituellement sonores de Taskinen.

Une famille africaine entière semblait s'être installée dans le couloir. La plupart étaient des hommes, mais il y avait aussi deux femmes voilées jusqu'aux yeux et quelques enfants.

« Qu'est-ce qui se passe ? a demandé Pertsa à Taskinen, qui semblait à bout de nerfs.

– Un incendie volontaire, à Suvela. Quelqu'un a jeté un cocktail Molotov par la fenêtre du séjour de cette famille. On essaie de tirer ça au clair. Quelqu'un a le temps de m'aider ? Ou vous avez arrêté quelqu'un ?

– Vas-y, Puupponen », a ordonné Pertsa avant que j'aie le temps de donner mon avis. Un petit garçon aux grands yeux s'est fourré dans mes jambes et a trébuché, je l'ai relevé et consolé, mais l'une des femmes en niqab noir me l'a aussitôt arraché. J'ai cru discerner à travers le tissu des excuses étouffées. Le contraste entre les serveuses aux seins nus de tout à l'heure et ces femmes intégralement voilées était si vertigineux que, pour une fois, je ne me suis pas sentie angoissée par leur tenue, que je trouvais pourtant en général menaçante.

« On va s'occuper vite fait de Kirstilä, Jyrki a besoin d'aide », ai-je lancé à Pertsa. Les Somaliens fixaient d'un air réprobateur le poète à l'odeur de vomi, à qui j'ai ordonné d'aller pour commencer se laver aux toilettes.

« Je devrais peut-être le surveiller, qu'il ne se pende pas avec son écharpe rouge, a grogné Pertsa.

– Il ne manquerait plus que ça ! Il y a vraiment des moments où je suis heureuse de penser que je vais passer un peu de temps loin d'ici, ai-je laissé échapper sans réfléchir.

– Hein ? » Pertsa a marqué un temps d'arrêt sur le pas de la porte des toilettes, mais a vu Kirstilä faire quelque chose de plus intéressant et s'est rué à l'intérieur en hurlant :

« Qu'est-ce que tu essaies de planquer dans ces chiottes ? » Le bruit qui a suivi la question était celui d'un corps balancé contre la cuvette. Sans me préoccuper du coq qui ornait la porte, je me suis précipitée. Pertsa tenait fermement Kirstilä.

« Regarde ce qu'il a fourré dans ces W.-C., tu veux ? »

J'ai soulevé le couvercle et jeté un coup d'œil dans la cuvette, où ne flottait heureusement qu'un emballage de plastique transparent de cinq centimètres carrés environ contenant un produit brunâtre.

« On dirait du shit. C'est pour ça que tu as voulu t'enfuir, Joona ? » Il se tortillait entre les mains de Pertsa, l'air de n'avoir toujours pas dessoûlé. Quel idiot, me suis-je dit, sans trop savoir auquel des deux je pensais. Si Kirstilä nous avait tranquillement raconté ce qu'il avait fait mardi soir, il ne se serait pas fait pincer pour détention de cannabis.

« On va pouvoir lui coller plusieurs chefs d'accusation », a dit Pertsa d'un ton mauvais avant de lâcher son prisonnier, qui ne faisait pas le poids face à lui. Rébellion et détention de stupéfiants. Et peut-être meurtre. Ou tentative de meurtre, dans le cas d'Aira Rosberg. »

Le regard de Joona Kirstilä s'est soudain fait moins vague.

« Qu'est-ce qui est arrivé à Aira ?

– N'essaie pas. C'est bien toi qui l'a assommée à Rosberga, mardi soir, non ? »

Un des Somaliens a ouvert la porte des toilettes, et aussitôt reculé en me voyant. Je n'ai pas pu m'empêcher d'éclater de rire. La journée avait été trop chargée, il ne me restait plus une once de volonté pour contenir mes gloussements.

« Oh ! Kallio, qu'est-ce qu'il y a de si drôle ? Sortons de là », a essayé Pertsa, mais son intervention n'a fait qu'aggraver mon fou rire. Kirstilä regardait fixement devant lui sans rien voir.

J'ai enfin réussi à me calmer suffisamment pour suggérer un interrogatoire dans mon bureau. Pertsa est allé chercher deux cafés, pour Joona et lui, et un chocolat chaud pour moi, pendant que je branchais le magnétophone. Emmitouflé dans son manteau noir, le poète somnolait dans le fauteuil, sous ma collection de beaux gosses. Le café a semblé le réveiller un peu, mais mon chocolat chaud était tristement aqueux, comme si Pertsa n'y avait mis qu'un demi-sachet de poudre.

Nous avons commencé par interroger Kirstilä sur mardi soir.

« Mardi soir ? a-t-il répété d'un air ahuri. Avant-hier ? Comment voulez-vous que je m'en souvienne ? J'étais sans doute dans un bar. Au Kosmos, peut-être... Ou au Corona... Ah oui, d'abord au Kosmos et ensuite au bar du Santa Fe. On m'en a jeté dehors vers une heure du matin, et après je suppose que je suis rentré chez moi.

« Avec qui étais-tu ? »

Kirstilä a mentionné les noms de quelques autres poètes connus. Je lui ai machinalement demandé s'il passait toutes ses soirées dans des bars.

« Je manque d'inspiration », a-t-il soupiré, puis il a fini son café et cherché ses cigarettes dans sa poche, mais interrompu soudain son mouvement.

« C'est dans une boîte de strip que tu espères en trouver ? a méchamment dit Pertsa. L'endroit ne m'a pas eu l'air très poétique. »

Kirstilä s'est contenté de secouer la tête. Il s'est aussi refusé à dire quoi que ce soit sur le haschich, sauf qu'il l'avait acheté la veille.

« À un de ces types, au Corona, peut-être... ou au Vastarannan Kiiski... Je ne me rappelle pas. »

Si j'avais été avec Puupponen, par exemple, nous aurions pu nous mettre d'accord pour libérer Kirstilä. Mais je n'avais pas la force de me mettre à argumenter avec Pertsa et j'ai promis d'être là le lendemain dès huit heures pour l'interroger à nouveau avec lui.

Mes yeux tenaient à peine ouverts quand je suis rentrée à la maison sous une tempête de neige, roulant presque au pas, souriant à un lièvre qui traversait la route et à un skieur bravant le blizzard dans les champs de Henttaa. J'ai d'abord pensé que ce pouvait être Antti, mais la silhouette était trop petite et trapue. À la maison, les lumières étaient allumées et une odeur de pain frais flottait dans l'air. Einstein s'est précipité à ma rencontre dans l'entrée, suivi d'Antti, la bouche fendue d'un large sourire. Je me serais plutôt attendu à le trouver amer et frustré, au sortir de la réunion sur la Rocade n° 2, mais il était rayonnant.

« Bonjour chérie, tu as survécu à ta journée ? » Il m'a serrée dans ses bras. Ses longs cheveux sentaient le goudron et le vent, il avait de la farine sur son pull.

« Difficilement. Quelle délicieuse odeur de pain, je suis à moitié morte de faim.

– Kirsti a téléphoné il y a une heure, Eva a accouché d'une petite fille. » L'heureuse nouvelle, après cette dure journée, m'a fait monter les larmes aux yeux. C'était idiot. Jamais je n'avais pleuré en apprenant une naissance.

« Tout s'est bien passé ? ai-je demandé en entraînant Antti vers le pain chaud qui attendait dans la cuisine.

– Je suppose, oui, même si ça a duré près de douze heures. Elles ont l'intention de rester encore tout le week-end à la maternité de Tammisaari. Si tu as le temps, on pourrait aller les voir samedi, par exemple. »

Mon corps, rassasié par quatre tranches de pain, exigeait encore une douche chaude, et ce n'est que très tard que je me suis finalement endormie entre Antti et Einstein. Dans mes rêves, des filles aux seins nus allaitaient des chatons. Le lendemain matin, j'ai essayé de compenser ma trop courte nuit de sommeil en m'habillant élégamment et en me maquillant avec plus de soin que d'habitude. Mes abdominaux étaient encore sensibles, après mon entraînement intensif de la veille, je me sentais étrangère à moi-même. Peut-être était-ce que mon corps n'était plus seulement à moi. Il y résidait quelqu'un d'autre, qui ne prenait encore qu'une toute petite place mais m'a donné des renvois acides après mon café, et dont le sens olfactif avait remplacé le mien, percevant avec plus d'acuité les odeurs d'essence et de tabac. Ce quelqu'un avait besoin de beaucoup de sommeil pour se développer et m'épuisait par la même occasion. Il me faisait pleurer à la moindre émotion. Bientôt, il commencerait à grandir pour de bon, ma taille s'épaissirait et je ne rentrerais plus dans ma vieille peau, ni dans mes vêtements. Et pour finir, il sortirait de moi pour devenir autonome, tout en restant dépendant de moi pendant des années encore.

Je me suis concentrée sur le reflet de mon visage poudré dans le miroir et j'ai vu au fond de mes yeux ceux de ce quelqu'un que je ne connaissais pas encore. Soudain, j'ai ressenti une joie dont j'ai presque eu honte, et vite essuyé une larme au coin de mon œil avant de partir au travail, de nouveau prête pour une dure journée. J'ai déposé Antti à l'arrêt de bus, à Tapiola, et pris de là le chemin du commissariat.

Sur l'ancienne route de Mankkaa, c'était le chaos. Un semi-remorque qui avait apparemment dérapé dans la descente s'était mis en travers de la chaussée, heurtant une camionnette arrivant en sens inverse. Je ne voulais pas savoir ce qui était arrivé au conducteur de celle-ci, mais je ne parvenais pas à détacher les yeux de la tôle vert clair coincée sous le camion. L'homme en état de choc que l'on faisait monter dans une ambulance devait être le routier. Après être restée bloquée un quart d'heure, j'ai essayé d'appeler Pertsa, mais mon téléphone refusait de marcher. Saleté de modèle d'occasion ! Il était neuf heures largement passées quand j'ai enfin réussi à me faufiler avec ma Fiat dans l'étroite allée d'une maison, à faire demi-tour et à rejoindre le commissariat par un autre chemin. Ne voyant pas Pertsa, je me suis renseignée au standard, qui m'a appris qu'il était avec Haikala dans la salle d'interrogatoire n° 3.

Quand j'y suis arrivée, il n'y avait plus personne. J'ai enfin trouvé Pertsa dans la salle de repos.

« Je me suis dit que tu avais eu une panne d'oreiller. On a besoin de beaucoup de sommeil, dans ton état. Je me suis chargé de l'interrogatoire préliminaire de Kirstilä avec Haikala.

– Où est-il maintenant ? ai-je demandé en me gardant bien de commenter son allusion à mon état.

– On l'a laissé partir. Il était si angoissé, le pauvre, de savoir qu'il serait accusé d'au moins deux délits.

– Et merde ! Je n'en avais pas tout à fait fini avec lui. J'espère que tu as vérifié son alibi pour mardi.

– Haikala est en train de passer quelques coups de fil. » Pertsa a englouti la dernière bouchée de son croissant, s'est approché de moi et m'a murmuré à l'oreille avec des mines de conspirateur :

« Quand est-ce qu'on va te perdre ? Quand est-ce que tu pars en congé de maternité ?

– Tu déconnes ou quoi ? ai-je grogné en me dégageant de sa poigne prétendument protectrice pour filer à grands pas vers l'ascenseur. Il a malgré tout réussi à bloquer la porte du pied et à y monter avec moi.

« Je suppose que tu ne reviendras pas dans notre brigade, a-t-il continué.

– Et pourquoi pas ? Cet enfant a aussi un père, ai-je rétorqué, consciente de commettre une bêtise en admettant être enceinte.

– Crois-moi, avec nos horaires, s'occuper d'un bébé est impossible. Je me le rappelle, je ne voyais parfois Jani et Jenna qu'à la table du petit déjeuner, pendant des semaines d'affilée. Une vraie galère. »

L'ascenseur s'est arrêté, je suis allée droit à mon bureau sans me préoccuper de Pertsa. Il m'a suivie à grandes enjambées, mais s'est arrêté en voyant la visiteuse qui m'attendait à la porte.

Je ne m'étais pas trompée, Tarja Kivimäki avait tenu à honorer notre rendez-vous. Il n'était même pas dix heures, mais elle patientait déjà dans le couloir, vêtue d'un tailleur pantalon rouge vif qui tranchait furieusement avec les murs gris pâle du commissariat. Elle était allée chez le coiffeur depuis notre dernière rencontre : ses insipides cheveux châtains coupés au carré étaient maintenant courts, blonds et frisés.

Je l'ai saluée et fait entrer. Je voulais d'abord m'entretenir avec elle en tête à tête. Ensuite seulement, si elle avait vraiment quelque chose d'important à dire sur le meurtre d'Elina, je ferais venir un témoin et j'allumerais le magnétophone resté sur mon bureau depuis la veille. J'espérais qu'elle parlerait la première. Je savais que je marchais sur des œufs, j'avais déjà le chef de la police sur le dos et j'aurais préféré ne pas aborder la question. C'était pourtant le premier sujet qui intéressait Kivimäki.

« J'espère que Martti n'a pas téléphoné à ton patron, s'est-elle inquiétée d'un ton qui semblait presque sincère.

– Martti ? ai-je demandé tout aussi innocemment avant de renoncer à jouer la comédie. Si tu veux parler du ministre de l'Intérieur Martti Sahala, eh bien si, j'ai eu de ses nouvelles. J'aurais pourtant imaginé qu'il avait d'autres chats à fouetter que le comportement d'une inspectrice de police.

– Je crois que je n'étais pas moi-même, ce soir-là. » Tarja Kivimäki a tapoté de ses ongles vernis de rouge son porte-documents posé sur ses genoux. « En fait... la mort d'Elina a été pour moi une épreuve bien plus difficile que je n'ai voulu me l'avouer. J'ai dû un peu exagérer tes menaces, et Martti prend tout tellement au sérieux.

– Tu as donc une liaison avec le ministre qu'on décrit comme le plus vertueux du gouvernement. Qu'est-ce que tu lui trouves ? » Papoter comme entre copines n'était peut-être pas une mauvaise solution. Confie-moi tes secrets et je te confierai les miens. Nous avions des racines communes, après tout, des séquelles d'avoir grandi dans une petite ville de l'Est de la Finlande.

« En privé, Martti n'est pas du tout le bonnet de nuit qu'on prétend, a déclaré Tarja Kivimäki, faisant allusion au sobriquet dont on affublait souvent Sahala. Tu connais maintenant mon secret. Elina était une des seules à être au courant de notre relation. Beaucoup seraient prêts à payer cher cette information, histoire de lui mettre des bâtons dans les roues.

– Sa femme sait ? » ai-je demandé par pure curiosité. La manière dont les gens géraient leurs infidélités m'intéressait. Je mentais moi-même si mal que, si j'avais eu un autre homme dans ma vie, je n'aurais jamais réussi à le cacher à Antti. Comme une idiote, j'avais même avoué ma grossesse à Pertsa, et tout le commissariat serait bientôt au parfum.

« Je ne sais pas. Pourquoi le lui dire, tant que notre liaison ne menace pas leur mariage. La famille de Martti vit à Kokkola, il y passe tout le temps qu'il peut.

– Mais ton travail en souffre, si c'est pour ça que tu as l'intention de quitter le journal télévisé.

– Je ne peux pas, moralement, commenter l'action d'un gouvernement auquel mon amant participe. En même temps, ça fait déjà six ans que je fais partie de la rédaction, je commence à m'encroûter. Tu n'as jamais l'impression de t'encroûter, dans ton travail ? »

Mon tour était donc venu de me livrer à des confidences.

« Si, bien sûr. C'est sans doute pour ça que j'ai souvent changé d'emploi. J'ai aussi fait des études de droit et j'ai travaillé un an dans un cabinet d'avocats. Puis j'ai remplacé pendant un été le chef de la police rurale de ma ville natale. Depuis combien de temps sors-tu avec Sahala ?

– Deux ans. Il était déjà ministre de l'Intérieur dans le gouvernement précédent, c'est comme ça que nous avons fait connaissance. Je me délecte souvent à l'idée de ce que diraient mes parents, qui attendent que sonnent mes cloches de mariage, si je leur annonçais ma liaison avec Martti. Mais mieux vaut ne pas tenter le coup, d'autant plus qu'il n'est pas du bon bord. »

Je n'ai pas pu m'empêcher de sourire de sa tentative de tourner les choses en dérision. Il y avait quelque chose en elle qui m'attirait et m'irritait à la fois, peut-être la même volonté que moi de tracer sa propre route, quelle que soit la difficulté du terrain. Mais je ne devais pas montrer que j'étais en train de me radoucir.

« Et où étais-tu mardi soir entre vingt-deux heures et minuit ? » Le changement de sujet l'a visiblement déstabilisée, mais ensuite son expression s'est détendue.

« Tu veux bien sûr parler d'Aira ! C'est pour ça que... que j'ai décidé de venir te voir, en fait. Je n'aime pas plus que toi les menaces, même si je comprends ta position. En ce qui concerne Elina, je n'étais pas sûre de ce qui s'était passé, mais Aira... Elle va s'en remettre, n'est-ce pas ?

– J'espère. Tu n'as pas répondu à ma question.

– Mardi. Je regrette, Maria, j'étais au travail. Il y avait un sujet, aux informations de la nuit, sur les querelles des conservateurs en matière de politique énergétique, et j'interviewais le président de leur groupe parlementaire. Je n'ai terminé que vers onze heures et demie. »

De nuit, on pouvait certes faire le trajet des studios de Pasila à Nuuksio en moins d'une demi-heure, mais plutôt que de le relever, je suis passée à autre chose :

« Tu as dit au Rafaello que tu savais quelque chose qui pourrait expliquer le meurtre d'Elina. Cesse de parler par énigmes, raconte. »

Tarja Kivimäki a posé par terre le porte-documents qu'elle tenait jusque-là sur ses genoux, comme pour gagner du temps. J'étais malgré tout certaine qu'elle avait plusieurs fois répété son discours.

« Je ne sais pas exactement quelle importance ça peut avoir, mais… Mais bon, commençons par le commencement. Elina ne buvait pratiquement jamais d'alcool, et en général rien d'autre que du whisky. Il y a environ un an, en janvier dernier, elle est venue passer la soirée chez moi. J'avais acheté exprès pour elle une bouteille de Laphroaig et, à ma grande surprise, elle en a descendu plusieurs verres. Je ne l'avais jamais vue ivre auparavant. Nous avons bien sûr beaucoup parlé de Martti et de moi ainsi que de Joona et d'elle et de notre refus de nous engager, de mener une vie de famille ordinaire avec des enfants et des chaussettes d'homme traînant sur le plancher. J'avais moi aussi bu trop de whisky, et je ne me rappelle pas tout, mais je suis absolument certaine qu'Elina a dit à un moment qu'elle avait failli, plus jeune, fonder une famille, mais qu'elle y avait renoncé. J'ai essayé d'en savoir plus, mais elle ne m'a pas vraiment répondu. J'ai cru comprendre, malgré tout, qu'elle avait un jour été enceinte.

– Quand ? Et cet enfant est né ? » J'ai senti mes abdominaux se serrer comme s'ils avaient voulu expulser le bloc de glace que j'avais soudain au creux de l'estomac. C'était un peu ce que j'avais imaginé quand j'avais entendu parler des étranges cicatrices du col de l'utérus d'Elina.

« C'est justement ce dont je ne me souviens pas. Il s'agissait en tout cas d'une relation qui a duré longtemps, du grand amour de sa vie. J'ai même cru un instant qu'elle parlait d'un enfant qu'elle aurait eu avec Joona, mais il s'agissait à mon avis d'une histoire plus ancienne. Est-ce que tu as parlé à sa gynécologue ? » J'ai hoché distraitement la tête, car je me demandais si Taskinen avait déjà autorisé le transfert du corps d'Elina de l'institut médico-légal aux pompes funèbres. Sans doute, car sa mort remontait déjà à plus de deux semaines. Aira avait-elle eu l'intention de l'enterrer le week-end prochain ? J'ai posé la question à Tarja Kivimäki.

« En effet, les obsèques sont prévues pour dimanche. Aira les a organisées avec Johanna Säntti, mais je ne sais pas ce qui va se passer, maintenant qu'elle est à l'hôpital. Elles auront sans doute lieu quand même. »

Si Elina n'était pas encore enterrée, un gynécologue pourrait réexaminer ses organes génitaux, même s'il devait pour ça se rendre aux pompes funèbres. Je devais en parler à Taskinen. J'ai tenté d'aider Tarja Kivimäki à se rappeler plus précisément ce qu'Elina avait dit, mais, malgré ses efforts, cela restait confus et ambigu.

« Tu es toujours certaine de ne pas vouloir accorder d'interview à A-Studio ? » m'a-t-elle redemandé sur le pas de la porte. J'ai à nouveau refusé et, sans insister, elle m'a souhaité bonne chance dans mon enquête sur la mort d'Elina et l'agression d'Aira. Elle s'était montrée pendant toute notre conversation si franche et désireuse de coopérer que je me posais une question.

Mentait-elle à propos de la grossesse d'Elina ? Et si oui, pourquoi ? Pour détourner l'attention d'elle-même ? Mais pourquoi aurait-elle voulu tuer sa meilleure amie ?

Taskinen m'a confirmé que le corps avait bien été envoyé aux pompes funèbres. Il m'a fallu la journée pour savoir quand il serait enterré et où je pourrais trouver un gynécologue capable de l'examiner. Johanna Säntti avait téléphoné la veille aux pompes funèbres pour demander le report de l'enterrement. Sa requête avait été jugée extrêmement inhabituelle et compliquée à mettre en œuvre, mais elle devait posséder des talents rhétoriques, à l'instar de son mari, car elle avait obtenu un délai d'une semaine. Finalement, j'ai réussi à trouver quelqu'un pour expertiser le corps le lundi suivant.

Le docteur Mikael Wirtanen m'a également appelée pour me donner des nouvelles d'Aira. Elle avait été pleinement consciente toute la matinée, mais était encore épuisée et se plaignait de ne toujours rien se rappeler. J'ai maudit le week-end qui s'annonçait et interromprait mon travail sur sa lancée, mais j'ai promis de passer la voir au plus tard lundi dans la matinée, en espérant, avec un peu de chance, pouvoir parler avec elle.

« Vous avez dit qu'Aira Rosberg souffrait d'une amnésie rétrograde passagère. Est-ce quelque chose que l'on peut simuler ? ai-je demandé à Wirtanen pour finir.

– Je suppose que c'est possible, oui, mais sans doute pas de manière convaincante à long terme. Vous voulez dire que Mlle Rosberg simulerait la perte de ses souvenirs pour protéger son agresseur ?

– Pour le protéger, ou pour s'en protéger. Je suis pratiquement certaine qu'on a essayé de la tuer parce qu'elle sait comment sa nièce est morte. Elle a sûrement une bonne raison de faire semblant, si c'est le cas. Elle est infirmière de formation et, si je me souviens bien, elle a travaillé en gériatrie, elle sait à quel point le fonctionnement de la mémoire peut être complexe.

– Vous êtes de la police, bien sûr, et votre métier vous pousse à vous méfier de tout. Pour ma part, j'ai un peu de mal à y croire, mais allez savoir. Nous allons l'observer avec cette possibilité à l'esprit. »

Je venais tout juste d'extraire des renseignements du système de l'état civil quand Puupponen a frappé à ma porte, l'air affolé.

« Tu parles français, Maria ?

– J'en ai fait au lycée, mais mes acquis ont eu le temps de rouiller.

– Taskinen et moi, on a une bande de métèques qui baragouinent à peine le finnois. Sinon, ils parlent français, mais impossible de trouver un interprète. Tu pourrais nous aider, ne serait-ce qu'un peu ?

– C'est cette histoire d'incendie volontaire d'hier ?

– Non. Des étudiants marocains ou je ne sais quoi qui se sont battus entre eux hier soir, dans la résidence universitaire de Kilo.

– Des étudiants qui ne parlent ni finnois ni anglais ? C'est louche. Laisse-moi un moment, j'arrive, mais je dois être à deux heures à Pasila pour cette histoire d'enquête interne. »

J'ai rapidement vérifié l'état civil de Milla Marttila. Il n'y avait aucune mention d'adoption. D'après le registre central, elle était née à Kerava en 1975, fille de Risto Juhani Marttila et de Ritva Marjatta Marttila, née Saarinen. Les adoptions, bien que forcément enregistrées, n'étaient pas automatiquement indiquées dans les extraits communiqués, sauf sur demande. Il me fallait une copie intégrale de l'acte de naissance de Milla Marttila, mais je n'avais pas le temps de m'en occuper sur-le-champ. Mon maigre français ne m'a pas été d'une grande utilité pendant le quart d'heure que j'ai passé à tenter d'éclaircir les circonstances de la bagarre entre Marocains. Alors que l'un d'eux avait été grièvement blessé, les autres soutenaient qu'il ne s'agissait que d'un banal règlement de comptes entre deux familles, comme il était de tradition chez eux. C'est avec soulagement que j'ai laissé à Taskinen et à Puupponen le soin de décider qui croire et pris le train pour Pasila, ce qui m'a permis de souffler un peu.

Le mot était d'ailleurs mal choisi. Je n'avais pas volontairement cherché à occulter de mon esprit tout ce qui touchait à Halttunen et aux événements ayant conduit à la mort de Palo, mais j'avais sans doute concentré mon attention sur l'affaire Rosberg pour ne pas y penser. J'étais maintenant forcée d'y réfléchir. Lors des séances de thérapie, on nous avait conseillé de ne pas nier notre chagrin et notre peur, tout en évitant de nous y complaire.

Les auditions avaient lieu sur mon ancien lieu de travail, là où j'avais, quelques années plus tôt, résolu mon premier meurtre*. Antti lui-même y avait alors été interrogé – l'idée que je l'avais un jour soupçonné d'avoir assassiné son meilleur ami me semblait aujourd'hui surréaliste. Les couloirs avaient gardé leur odeur, on voyait encore sur quelques-uns des murs mitoyens avec les studios de télévision la trace de l'attentat à la bombe de cet automne. J'avais envie de jeter un coup d'œil aux locaux de ma brigade, mais je ne voulais surtout pas tomber sur cet ivrogne de Kinnunen, mon chef de l'époque, qui occupait paraît-il toujours les mêmes fonctions quand il en avait le temps entre deux bouteilles.

Je suis passée aux toilettes vérifier mon maquillage, auquel j'ai ajouté un peu de mascara waterproof en me répétant que je devais éviter de fondre en larmes devant la commission d'enquête. Je n'avais rien à craindre, car on ne m'accuserait de rien. Je n'étais qu'une des pièces qui aideraient ses membres à se faire une idée de ce qui s'était réellement passé à Nuuksio ce soir du début de janvier. L'image qu'ils en auraient serait pourtant incomplète et déformée, car Palo et Halttunen n'étaient plus là pour nous raconter ce qui leur avait traversé l'esprit tout au long du drame.

La commission suivait scrupuleusement son planning : à deux heures moins deux, un des policiers qui avait participé aux écoutes est sorti de la salle d'interrogatoire. À deux heures une, on m'a invitée à entrer.

---

* Voir *Mon premier meurtre*, chez le même éditeur.

La pièce avait été agencée, peut-être involontairement, de la manière la plus solennelle possible. Des murs d'un blanc éblouissant, une vive lumière électrique et, du côté le moins éclairé, une longue table derrière laquelle étaient assis cinq hommes à l'air officiel. Le secrétaire de la commission – mâle lui aussi – avait sa propre table, à la gauche des enquêteurs. On m'a fait signe de m'asseoir en face d'eux dans un fauteuil à l'aspect relativement confortable. Ce n'est qu'après avoir obtempéré que je me suis aperçue que mes pieds ne touchaient pas terre. Mes collègues masculins mesuraient en moyenne vingt centimètres de plus que moi et j'avais donc l'habitude de ce genre de désagréments, ce qui ne m'a pas empêchée de me sentir comme une poupée de chiffon posée sur le bord d'un lit.

La commission s'est présentée. De hauts fonctionnaires de la direction de la police et du ministère de l'Intérieur. Avant de commencer à m'interroger, ils m'ont exprimé leurs condoléances pour la mort de mon camarade de travail. Tout était maîtrisé, planifié, correct. On attendait de moi des informations sur les faits, pas des opinions. Je n'avais d'ailleurs joué aucun rôle officiel dans l'affaire, je n'étais restée sur place que parce que je connaissais Palo et Halttunen.

L'objectif de la commission d'enquête semblait être de démontrer que ce dernier était un dangereux psychopathe au comportement imprévisible. C'est pourquoi l'usage de la force et l'attaque surprise menée par le groupe d'intervention étaient en un sens légitimes. J'ai répondu aussi honnêtement que possible, malgré l'irritation que j'éprouvais face aux questions orientées posées pour la plupart par un commissaire principal. Kari Hanninen s'en serait à coup sûr donné à cœur joie avec la commission. De mon point de vue, peu importait, en fin de compte, ce que je dirais. Palo était mort, son enterrement aurait lieu le mardi suivant. Peut-être une tactique d'attente aurait-elle pu le sauver, peut-être pas.

« Vous avez procédé l'année dernière à l'enquête préliminaire concernant Markku Halttunen, avec l'inspecteur principal Palo. Pourquoi, précisément, vous en voulait-il autant à tous les deux ? »

Autrement dit, quelles erreurs avions-nous commises quand nous l'avions interrogé ?

« Vous avez travaillé avec l'inspecteur principal Palo pendant un peu plus d'un an. Comment était-il, en tant que collègue, comment réagissait-il en situation d'urgence ? »

Palo avait peut-être lui aussi cafouillé, mais pouvait-on l'en blâmer ?

« Il avait peur. Tout comme moi. Nous n'avons malgré tout bénéficié d'aucune protection. J'ai entendu une ou deux fois des civils qui étaient menacés se plaindre de l'incapacité de la police d'agir avant qu'il se produise quelque chose. Je les comprends mieux, maintenant.

– Qu'aurait-il fallu faire, à votre avis ? »

Nous faire protéger. Traquer plus activement Halttunen. Mieux surveiller la prison. Écrire au Père Noël pour qu'il veille sur les enfants sages. J'ai agité les jambes, frustrée, et fixé les cinq visages prudents qui, en réalité, ne cherchaient pas à faire la lumière sur les événements mais à laver l'honneur de la police. L'enquête durerait des années, mon bébé aurait le temps de naître avant qu'on en connaisse les conclusions et, quoi qu'on décide, il y aurait toujours des mécontents. J'étais sans doute entrée dans la police en quête de vérité et de justice, mais mon attente n'avait pas été totalement comblée et j'avais donc aussi fait des études de droit. Je me forçais encore à croire en cet idéal, même si son éclat s'était tristement terni et taché de noir. Mais si je cessais d'avoir foi dans la vérité et dans la justice, je pouvais aussi bien changer de métier. Mon audition avait beau avoir duré moins d'une heure, j'en suis sortie totalement épuisée, comme si j'avais dansé tout ce temps sur une corde, tentant de trouver un équilibre entre mes sentiments et les réponses qu'on attendait de moi. Le monde était gris et sombre, vu de la fenêtre du train, les lumières bordant la voie m'apparaissaient à travers mon reflet dans la vitre. C'est ainsi que chacun voyait le monde, après tout, à travers son propre filtre, à l'ombre de son front. Certains discernaient à travers leur visage des motifs légitimes de tuer, ou d'agresser des noirs, ou de libérer des renards d'élevage. Il me fallait juste trouver celui qui y avait vu des raisons d'assassiner Elina et Aira.

16

Cela faisait déjà plusieurs années que je n'avais pas tenu de nouveau-né dans mes bras, et la petite fille des Jensen m'a semblé minuscule. Avec ses trois kilos et demi, elle pesait moitié moins qu'Einstein, notre chat.

« Ne t'inquiète pas, les bébés sont plus solides qu'on ne croit », a dit Kirsti Jensen avec un petit rire. Le nourrisson se tenait tranquille, seule sa bouche s'agitait, comme s'il voulait téter. Je m'étais laissée tenter, pour le week-end, par cette excursion à Tammisaari. À se promener dans les étroites ruelles bordées de maisons en bois de la petite ville plongée dans un sommeil hivernal, on se serait presque cru à l'étranger. L'hôpital, de taille modeste, était bien plus accueillant que celui de Jorvi, et rien n'y sentait la mort. La chambre familiale de la maternité était au contraire pleine de vie. Trois petits Jensen étaient assis aux côtés d'Eva sur le grand lit double. Antti se balançait dans le rocking-chair, Lauri et Kirsti racontaient en se coupant la parole le déroulement de l'accouchement. Jukka Jensen était parti à la cafétéria acheter de la glace pour toute la bande.

Je n'avais jamais été du genre à parler en gâtifiant aux bébés. Leur visage fripé sentant l'aigre avait à mes yeux une étrange dignité qui me poussait à m'adresser à eux avec respect. L'idée d'en avoir un moi-même commençait à me paraître acceptable, je m'y étais faite. Nous avons supporté une demi-heure le cirque des Jensen avant de poursuivre notre route vers Inkoo. Nous n'avions pas vu les parents d'Antti depuis une éternité. Ils avaient vendu deux ans plus tôt leur maison de Tapiola et ne venaient que rarement dans la capitale. En dépit du regard inquisiteur de mon beau-père quand j'ai refusé le verre de vin offert en guise de bienvenue, nous nous en sommes tenus à notre décision de ne pas encore leur parler du bébé. Et, fidèles à leur tact habituel, ils ne nous ont rien demandé. Mes propres parents, dans la même situation, nous auraient à coup sûr bombardés de questions.

« On leur dit, à propos de Sarkela junior, ou on attend encore ? m'a demandé Antti au sauna, après une balade à ski sur la mer gelée, dans l'obscurité du soir.

– Comment ça, Sarkela junior ? Qu'est-ce qui te fait croire qu'il s'appellera Sarkela ? ai-je dit pour le taquiner, car je n'avais pas encore eu le temps de réfléchir à cette question de nom.

– C'est qu'on sait toujours qui est la mère, alors qu'on ne peut jamais être sûr du père, a-t-il répliqué avec un sourire. C'est vrai, cet enfant aura toujours un lien plus étroit avec toi, qu'il porte ton nom ou pas. »

J'ai admis que c'était une bonne raison, et qu'en plus Sarkela était un nom bien moins banal que Kallio, mais nous n'avons rien conclu de définitif. Quand nous sommes sortis du sauna, mes beaux-parents regardaient un de ces interminables débats télévisés, cette fois sur les médecines douces. Ma belle-mère s'intéressait au sujet et s'était montrée curieuse des détails de l'accouchement d'Eva, car cette dernière avait baigné dans une piscine pendant presque toute la phase de dilatation du col. J'ai écouté un moment un exposé sur la manière dont la faculté avait été jusqu'à considérer l'acupuncture comme du charlatanisme et je venais de décider d'aller lire au lit quand une voix familière, dans mon dos, m'a fait m'arrêter.

« Je pense que la médecine traditionnelle ne devrait pas exclure l'homéopathie ou l'astrologie, par exemple », l'ai-je entendu dire. Je me suis retournée pour regarder l'écran, que crevait presque la personnalité charismatique de Kari Hanninen. Je me suis ravisée et assise sur le canapé à côté de ma belle-mère pour écouter ses explications sur la manière dont l'astrologie et la psychanalyse pouvaient fonctionner en synergie. « La médecine et les para-sciences poursuivent le même but. Nous voulons tous aider notre prochain. Mais là où la médecine, tout comme la psychologie et la psychiatrie, néglige souvent l'affectif pour se concentrer sur le physiologique, notamment en anesthésiant les émotions par des médicaments, l'astrologie cherche à aider l'homme à se connaître et à se respecter lui-même. Le thème astral permet par exemple de déceler des tendances à l'alcoolisme. Mais jamais je n'irai dire à quelqu'un que les astres le condamnent à boire et qu'on n'y peut rien, je chercherai au contraire dans son thème les forces qui l'aideront à s'en sortir. »

Le public féminin du studio a applaudi. Hanninen était sans conteste convaincant. En parlant de Halttunen, déjà, il m'avait vraiment donné l'impression de se préoccuper de son sort. Je regrettais malgré tout de lui avoir donné ma date de naissance. Je ne voulais pas savoir ce qu'il verrait – ou s'imaginerait voir – dans mon thème astral.

« Dans l'exercice de votre profession, vous avez été amené à rencontrer toutes sortes de personnes et de situations. Vous avez entre autres eu pour patient Markku Halttunen, qui a tué un policier et s'est suicidé, il y a quelques semaines, à Nuuksio. Peut-on lire dans le thème astral de quelqu'un une future carrière de criminel ou une mort violente ? »

Kari Hanninen a accueilli avec un petit rire la question de l'animateur, que je trouvais moi aussi stupide.

« Il ne faut pas confondre astrologie et divination. Mais on peut bien sûr discerner une tendance à la violence, et prévoir les périodes de crise d'une vie.

– En voyait-on dans le thème astral de Markku Halttunen ?

– Oui, nettement. Mais il n'était pas pour autant inévitable que Markku et le policier qu'il avait pris en otage y laissent la vie. Pour utiliser une expression consacrée, ce n'était pas écrit dans les étoiles. » Le sourire de Hanninen s'est teinté de la dose de tristesse idoine, ses doigts virils ont rejeté son abondante chevelure en arrière. Antti m'avait pris la main dès qu'on avait abordé le drame de Nuuksio.

« Jusqu'où vous permettez-vous de conseiller vos clients ? Si on vient pas exemple vous demander votre avis sur le choix d'un métier ou d'un conjoint, donnez-vous des réponses ?

– Bien sûr, sachant que la responsabilité finale incombe de toute façon à l'individu. Je le dis même souvent sans détour, quand les thèmes astraux montrent que deux personnes ne sont pas faites pour s'entendre ou que quelqu'un n'a aucune prédisposition pour le métier d'artiste, ou de comédien, par exemple. Mais j'essaie toujours aussi de proposer d'autres solutions, de ne pas laisser les gens seuls face à leurs problèmes. »

L'animateur a donné la parole à un lithothérapeute, mais la caméra est plusieurs fois revenue sur Kari Hanninen qui, assis dans une posture décontractée, avait l'air de faire de l'œil aux jeunes filles du premier rang. Quand un chanteur de tango miaulant d'amour a ensuite envahi l'écran, Antti et moi nous sommes réfugiés dans la cuisine pour faire du thé. Nous n'avons reparlé de Hanninen et de ses thèmes astraux que le lendemain dans la voiture, sur le chemin du retour.

« Si tu ne veux plus que Hanninen fasse ton thème astral, c'est parce que tu crois à l'horoscope, en fait, a déclaré Antti d'un ton provocateur en dépassant un tracteur poussif.

– Pas du tout ! C'est juste que je ne veux pas qu'il s'imagine me connaître parce qu'il connaît mon signe du zodiaque. Oh mon Dieu ! »

Mon cri était dû à une BMW qui fonçait sur nous et ne s'est rabattue que quelques secondes avant d'emboutir notre pauvre Fiat. Il y avait plus de kamikazes sur la route de Hanko que nulle par ailleurs. Ma frayeur était telle que je n'ai pas tout de suite réagi quand mon portable a sonné.

« Salut, ici Akkila. Tu as demandé qu'on t'appelle si on avait des nouvelles de Jorvi. Il y a eu un message, Aira Rosberg commence à retrouver la mémoire.

– Merci, j'y vais tout de suite. » Nous étions justement au croisement de la route de Porkkala et j'ai demandé à Antti de me déposer à l'hôpital. Il y aurait sûrement dans l'unité de soins intensifs, même un dimanche soir, un médecin qui pourrait me donner plus de détails sur la situation.

« Encore du boulot ? a demandé Antti résigné.

– Je n'en ai sûrement pas pour longtemps. Et je peux rentrer à pied.

– J'ai un livre, je t'attendrai dans le hall. À moins qu'ils me laissent visiter la maternité. Je pourrai comparer avec Tammisaari.

– Tu n'as pas l'air très enceinte », ai-je dit en riant.

Le médecin de garde m'a expliqué qu'Aira Rosberg pourrait être transférée dès le lendemain dans un service ordinaire car son rétablissement était en bonne voie. Ses souvenirs étaient cependant loin d'être tous revenus. Elle se rappelait qu'Elina avait disparu, mais pas qu'on l'avait trouvée morte, et on ne le lui avait pas dit. J'ai malgré tout obtenu du médecin l'autorisation de lui parler quelques minutes.

Elle était dans son lit, consciente et à demi redressée, l'air malgré tout plus vieille et plus petite qu'au manoir. Quand elle m'a vu, elle a esquissé un sourire un peu incertain, qui s'est élargi quand elle m'a reconnue.

« Inspectrice principale Kallio, bonjour. Vous étiez chez nous à Rosberga pour faire un exposé, il y a quelques semaines.

– Bonjour. Comment vous sentez-vous ? » Comme elle m'avait vouvoyé, j'ai fait de même, malgré notre précédent tutoiement. Apparemment, elle ne se rappelait rien de la mort d'Elina.

« J'ai des maux de tête terribles, par moments, et des trous de mémoire… Je suppose que je suis tombée… Sans doute en cherchant Elina. L'a-t-on retrouvée ? »

J'ai secoué la tête, c'était difficile de mentir, mais ce n'était pas à moi de lui annoncer la mort de sa nièce. Une ombre est passée dans ses yeux et elle a hésité, l'air perplexe, quand je lui ai demandé où celle-ci aurait pu aller.

– Je suppose qu'elle est avec Joona… Joona Kirstilä, son petit ami. Elle devait l'accompagner à Tallinn. Vous êtes allée à Rosberga ? Peut-être est-elle déjà rentrée de voyage. »

Accompagner son amant à Tallinn ? C'était la première fois que j'en entendais parler, personne n'en avait rien dit au moment de la disparition d'Elina. À moins qu'Aira confonde avec un autre Noël. Je devrais demander à Kirstilä. Ou alors elle se moquait de moi. Le regard de ses yeux bleu foncé était alerte, en tout cas. Mais je n'étais pas médecin.

« Non, elle n'est pas rentrée, ai-je répondu. Vous rappelez-vous votre propre accident ? L'endroit où vous êtes tombée ? »

Aira Rosberg a secoué la tête.

« J'ai du mal à me rappeler, a-t-elle dit d'une voix de vieille femme sans défense qui, malgré sa faiblesse, sonnait bizarrement dans sa bouche. Ça me donne la migraine. »

Au même moment, une infirmière a frappé à la porte vitrée de la porte. Peut-être avait-elle écouté toute notre conversation. Il était temps que j'y aille. Je n'obtiendrais rien de plus d'Aira pour l'instant, mes questions risquaient même de retarder son rétablissement.

« Demandez à Elina de venir me voir, quand vous l'aurez retrouvée », a-t-elle ajouté alors que j'ouvrais déjà la porte. J'ai hoché la tête, la gorge serrée. Comment réagirait-elle quand elle apprendrait que sa nièce ne reviendrait pas ? Pourquoi fallait-il qu'elle éprouve deux fois ce cruel chagrin ?

En rentrant, j'ai tenté de joindre Joona Kirstilä, mais sans succès. Peut-être était-il de nouveau dans un bar à chercher l'inspiration. J'ai passé le reste de la soirée à raccommoder ma vieille robe noire, achetée à l'occasion de mon bac. Comme nous ne travaillions pas en uniforme, nous avions décidé d'aller en civil à l'enterrement de Palo. Ma robe était déchirée à l'aisselle, je m'étais laissée aller une fois à danser avec un peu trop de vigueur. Je l'avais depuis dix bonnes années, il aurait sans doute été temps de la mettre au rancart. J'avais la mauvaise habitude de m'attacher à mes vêtements, de les porter jusqu'à ce qu'ils tombent en lambeaux et de n'en acheter de neufs qu'en dernier recours. Je me suis surprise à me demander dans lesquelles de mes robes je rentrerais encore l'été prochain, et j'en ai compté zéro. L'idée de porter des falbalas de femme enceinte était un tel cauchemar que j'ai décidé, par pure rébellion, d'aller chercher dans le frigo une bière ultra-légère. Elle me donnerait au moins l'illusion d'un goût familier.

Le lendemain matin, j'ai trouvé sur mon bureau l'analyse des traces de pneus relevées devant le portail de Rosberga après l'agression d'Aira. Le problème était qu'on ne pouvait pas aller examiner de but en blanc les roues de n'importe quelle voiture, mais peut-être pourrions-nous obtenir l'autorisation de vérifier celles des habitués de Rosberga, sous prétexte de les exclure de la liste des suspects. J'ai travaillé d'arrache-pied pour me débarrasser du tout-venant, car je devais aller le lendemain à ma consultation prénatale, puis à l'enterrement de Palo. Après le déjeuner, je me suis risquée à appeler Kirstilä, qui semblait avoir une gueule de bois phénoménale. J'ai entendu Pentti miauler furieusement près du téléphone tandis qu'il m'assurait, entre deux accès de toux dignes d'un tuberculeux, qu'il ne comprenait pas de quel voyage à Tallinn Aira voulait parler.

« Je ne vais quand même pas aller en taule pour ce putain de shit ? » Au bruit, Kirstilä ouvrait tout en parlant une boîte de pâtée pour chat.

« Sans doute pas, ai-je répondu, même si je n'avais pas à faire de commentaires sur la question. De nos jours, on n'est pas tenu d'engager des poursuites quand la quantité détenue est aussi minime que dans ton cas. Mais trouve-toi un avocat. Tu risques plus d'ennuis pour avoir frappé un policier dans l'exercice de ses fonctions.

– Parce que les flics peuvent dire n'importe quoi sans qu'on ait le droit de se défendre ? » Kirstilä commençait à reprendre du poil de la bête, il avait peut-être ouvert une bouteille de bière en même temps que la boîte de Pentti.

« Le commissaire Ström a sans conteste un langage plus rude que la moyenne, ai-je admis.

– Et il déteste les hommes aux cheveux longs qui écrivent des poèmes », a renchéri Kirstilä sur le ton d'un gamin de vingt ans. Sa description de Pertsa était malgré tout bien vue. Je ne cessais de m'étonner de la capacité de ce dernier de regarder le monde avec des œillères, de condamner tout ce qui lui était étranger, à commencer par les plats chinois parfois servis à la cantine du commissariat. « Quand on parle du loup... ai-je marmonné en voyant Pertsa ouvrir ma porte.

– Cette histoire de cocktail Molotov...

– Oui ?

– Je m'en occupe avec Taskinen. On a déjà des suspects, les mêmes skinheads qui ont foutu le bordel dans tout Helsinki et ses alentours. Quelle bande de lâches, ils pourraient au moins se battre d'homme à homme...

– Arrête de discourir. Pourquoi avez-vous besoin de moi ?

– Eh bien, il faudrait interroger la mère, mais elle n'a pas le droit de se trouver dans la même pièce que des hommes étrangers à sa famille, sauf en présence de son mari. Ce que nos lois interdisent, parce que cette femme parle finnois. Bel exemple de ce cosmopolitisme que tu vantes tant. Ça ne prendra pas longtemps.

– OK, laisse-moi cinq minutes. » Quand j'ai ôté mon doigt du bouton qui tenait coupé le micro de mon téléphone, Kirstilä avait raccroché. Il me restait un point à préciser avec lui, mais ça pouvait sans doute attendre. Mme El-Ashram a timidement répondu en quelques mots à mes questions. C'était un sentiment étrange que de parler à quelqu'un dont on ne voyait même pas les yeux. Je reprochais ses préjugés à Pertsa, mais je ne parvenais pas moi-même à éviter, face à cette femme, de m'interroger. Tenait-elle à ce que ses filles aussi se promènent intégralement voilées ? J'aurais aimé laisser tomber les questions de routine sur le jet du cocktail Molotov et satisfaire ma curiosité, ce qui était hélas exclu. J'ai repensé à la biographie de Johanna et je me suis fait la réflexion que sa vie avait presque plus de choses en commun avec celle de Mme El-Ashram qu'avec la mienne. Je me considérais comme tolérante et ouverte, mais ma tolérance s'arrêtait apparemment au voile et à l'excision des femmes. J'avais eu à enquêter au début de l'automne sur une affaire très délicate. Une infirmière scolaire et une institutrice avaient signalé à la police un cas de maltraitance d'une fillette somalienne de huit ans. Celle-ci avait d'abord manqué la classe une semaine, sans explications, puis s'était mise à saigner en plein cours. C'est ainsi qu'on avait découvert que sa mère et sa tante l'avaient excisée dans la salle de bains familiale. Nous nous étions longuement demandé, avec le procureur, les responsables d'associations d'aide aux réfugiés, les travailleurs sociaux et mes collègues, s'il fallait porter l'affaire devant les tribunaux. C'était à ce moment que des skinheads avaient provoqué des émeutes à Joensuu et qu'une écolière de Tampere avait été assassinée par un malade mental somalien. Nous avions discrètement transmis le dossier aux autorités de protection de l'enfance. Je n'étais pourtant pas certaine que nous ayons bien fait, tout en sachant que beaucoup de parents finlandais maltraitaient encore plus violemment leurs enfants sans que personne s'en mêle.

Juste avant de quitter le bureau, j'ai pu joindre la mère de Milla, Ritva Marttila. J'avais longtemps réfléchi à la manière de lui présenter les choses. Je pouvais difficilement lui demander au téléphone, sans préalable, si son enfant était le sien et, sinon, pourquoi son adoption n'était mentionnée dans aucun document officiel.

Ritva Marttila s'exprimait aussi crûment que sa fille. Mais leur voix se ressemblaient-elles ?

« Milla ? Oui, on en a une dans la famille, mais on ne l'a pas vue depuis des années. Qu'est-ce qu'elle a fait pour que la police s'intéresse à elle ?

– Milla Marttila est-elle votre fille biologique ? ai-je poursuivi en évitant volontairement de répondre à sa question.

– Biologique… Qu'est-ce que vous voulez dire ?

– Est-elle votre fille, et celle de votre mari, ou a-t-elle été adoptée, par exemple ?

– Qu'est-ce que c'est que ces conneries ? Bien sûr que c'est notre fille ! Elle a menti à la police ? Qu'est-ce qu'elle a raconté d'autre ? Je peux même vous présenter son certificat de baptême, si besoin.

– Est-ce qu'elle a l'habitude de mentir ? » J'ai obtenu en retour des récriminations confuses sur le caractère insupportable de Milla depuis son enfance et sur de fausses accusations portées contre son père. Même si les données de l'état civil confirmaient les dires de Ritva Marttila sur la naissance de sa fille, je n'étais pas prête à admettre que cette dernière ne racontait que des craques. Mais ce n'était pas à moi de fouiller dans le passé de la famille. Je savais aussi que les épouses croyaient hélas souvent plus volontiers leur mari les assurant de leur innocence que leurs enfants l'accusant d'inceste.

« Qu'est-ce qu'elle a fait, cette fois ? a insisté Ritva Marttila.

– Elle est mêlée à une mort suspecte, ai-je répondu.

– Elle tue, maintenant ? Un voisin l'a vue travailler les nichons à l'air dans un bar, c'est vrai ?

– Pourquoi ne lui posez-vous pas vous-même la question ? Je peux vous donner son numéro. »

Pour toute réponse, Ritva Marttila m'a raccroché au nez. Un vrai concentré de cet amour maternel dont on faisait tant de cas. Je me suis rappelé qu'une de mes amies qui avait eu une enfance difficile m'avait un jour assuré que les enfants haïssaient de toute façon leurs parents et qu'aucun de ces derniers ne pouvait se vanter de n'avoir jamais commis d'erreurs, même animé des meilleures intentions du monde. Que penserait de moi et d'Antti, dans vingt ans, la créature encore à l'état d'ébauche qui nageait dans mon ventre ? Aurait-elle le souvenir de parents pris par leur travail qui n'avaient jamais assez de temps pour elle ? Pour oublier la peur qui m'avait de nouveau saisie, j'ai cherché sur mon ordinateur les données de l'état civil de toutes les personnes mêlées de près ou de loin à la mort d'Elina Rosberg.

En théorie, Milla aurait pu être sa fille, elle avait le bon âge, mais Joona Kirstilä ne pouvait évidemment pas être son père. Il y avait d'autres possibilités. Et s'il s'agissait malgré tout d'argent ? Elina avait une grosse fortune, et Aira était son unique héritière. Et si c'était elle qui avait eu un enfant ?

Je me suis replongée dans l'état civil d'Aira, que j'avais pourtant déjà examiné. Il n'y était pas fait mention d'enfant, mais elle aurait pu en avoir un, en gros, n'importe quand entre

1945 et 1967. Presque tous mes suspects faisaient partie de cette tranche d'âge, y compris le couple Säntti, pour lesquels l'hypothèse paraissait pourtant totalement improbable, vu qu'ils avaient vécu toute leur vie dans le même petit village. À la naissance de Niina Kuusinen, Aira avait quarante-cinq ans, et elle aurait donc aussi pu à la limite être sa fille, mais elle ressemblait tellement à son père que je n'arrivais pas à croire qu'elle n'ait pas été conçue par les Kuusinen. Tarja Kivimäki et Joona Kirstilä étaient nés en 1962, Kari Hanninen en 1954, comme Elina. Ils entraient dans le cadre.

Je n'ai bien sûr trouvé aucune trace d'adoption, mais dans les années cinquante, et peut-être même encore au début des années soixante, les choses auraient pu se faire sous le manteau – j'avais entendu parler de cas de ce genre. Les parents de Tarja Kivimäki avaient l'air assez âgés, ils avaient plus de quarante ans à sa naissance. J'ai tenté de projeter les visages de Tarja et d'Aira sur mon écran intérieur. Se ressemblaient-ils ? Si Elina et Tarja s'entendaient si bien, était-ce parce qu'elles étaient cousines ? Et qu'en était-il de Joona ?

Peut-être la vérité était-elle encore plus compliquée – et si Elina était la fille d'Aira ? À moins que je n'aie tout simplement trop lu de vieux romans policiers. J'aurais pourtant bien aimé savoir si Aira avait par hasard eu un enfant. Qui était son médecin ? Je me suis surprise à faire le numéro devenu familier de l'unité de soins intensifs de Jorvi. On m'y a annoncé que la patiente avait été transférée dans un service ordinaire car elle n'avait plus besoin de surveillance constante.

En principe, c'était une bonne nouvelle. En pratique, elle était peut-être encore plus en danger : en soins intensifs, on avait veillé sur elle en permanence, mais les tiers avaient beaucoup plus facilement accès aux autres chambres de l'hôpital. Taskinen était-il encore au bureau ? J'ai décidé de passer lui demander s'il avait pu affecter quelqu'un à la protection d'Aira Rosberg. Sa porte était équipée d'imposants feux de circulation, mais nous avions pris l'habitude de nous contenter de frapper, du moins quand le rouge n'était pas mis. Plus aucun signal ne brillait, mais j'ai quand même toqué. Un « entrez » étouffé m'a répondu. Taskinen était assis à son bureau, tenant encore à la main le combiné de son téléphone dans lequel résonnait le bip continu d'une communication coupée. Son visage était fripé comme une vieille pomme de terre, ses yeux entourés de plus de rides que d'habitude.

« Mauvaises nouvelles ? » ai-je prudemment demandé. Taskinen ne parlait guère de sa vie privée et je ne savais pas s'il n'avait pas par exemple une mère gravement malade.

« C'était la femme de Palo. La première. » Il a esquissé un sourire, vestige de l'époque où les trois épouses et les nombreux enfants de notre collègue étaient un sujet de plaisanterie récurrent dans la brigade. « Sa fille aînée est enceinte de deux mois – ou plus exactement l'était. Elle a fait une fausse couche ce week-end. Le choc, d'après le médecin.

– Merde », ai-je lâché, incapable d'un commentaire plus sensé. Taskinen a poursuivi, comme pour lui-même :

« Je n'ai pas non plus su dire grand-chose d'autre. Comment trouver les mots ? Je dois faire un discours demain à l'enterrement. Il ne me vient que des clichés. Et tu sais le pire ?

– Quoi ? ai-je demandé, étonnée de sa véhémence.

– Je n'arrête pas de penser à ces jeux de mots idiots qu'on faisait sur son nom. »

Je voyais ce qu'il voulait dire. L'esprit a de curieuses façons de tenir le chagrin à distance.

« Comment s'est passée ton audition, vendredi ? » Taskinen s'est secoué et a enfin pensé à raccrocher le téléphone. Nous avons comparé nos expériences respectives des interrogatoires de la commission, tous deux avides de parler, de parier sur la manière dont l'affaire se terminerait. Nous étions d'accord sur un point : ce serait cette fois Koskivuori qui serait sacrifié pour épargner les responsables les plus haut placés.

« Ça risque d'être difficile », a soupiré Taskinen quand je lui ai demandé d'organiser la protection d'Aira, maintenant qu'elle n'était plus en soins intensifs, mais il a promis de faire son possible. « Au fait, Pihko m'a dit que tu connaissais peut-être quelqu'un pour remplacer Palo. L'appel à candidatures sera lancé début mars. »

Je lui ai parlé de mon vieux copain Pekka Koivu, qui terminait sa formation de sous-officier à Otaniemi et ne voulait pas retourner à Joensuu et à ses émeutes raciales.

J'allais annoncer à mon chef que j'aurais moi aussi bientôt besoin d'un remplaçant pour une durée d'environ un an quand la porte s'est ouverte sur une très jolie jeune femme, ou plus exactement sur une adolescente de dix-sept ans, Silja Taskinen, à qui sa pratique du patinage artistique avait donné une assurance et une maturité rares pour son âge. J'étais allée voir à Noël le spectacle sur glace dans lequel elle jouait le rôle de la Belle au bois dormant. Elle était considérée comme l'un des grands espoirs du patinage artistique finlandais et je savais que Taskinen sacrifiait une bonne part de son maigre salaire de policier pour l'envoyer s'entraîner deux ou trois fois par an au Canada.

Elle était venue chercher son père pour aller acheter de nouveaux patins et j'ai convenu avec ce dernier de nous retrouver le lendemain au plus tard à l'église de Tapiola. J'étais plutôt contente que Silja ait interrompu notre conversation, car je n'avais pas vraiment envie de parler tout de suite de ma grossesse à Taskinen. Pour clore la journée, je suis allée au labo examiner encore une fois la robe de chambre et la chemise de nuit que portait Elina quand on l'avait découverte. Le lambeau de satin trouvé sur le sentier de Nuuksio prouvait qu'elle était arrivée par là. Difficile de dire, en revanche, si elle y était venue en marchant ou si on l'avait traînée, car l'alternance d'averses de pluie et de neige avait gelé le sol. Le bout de tissu avait pu s'accrocher à une branche dans les deux cas de figure. J'ai enfilé des gants en latex et sorti les vêtements de leur sac. En émanait-il encore une faible odeur de rose ? Sans doute pas, ce devait être mon imagination, car j'avais vu dans la salle de bains d'Elina un flacon de talc parfumé. Aussi bien la robe de chambre que la chemise de nuit étaient déchirées dans le haut du dos et au niveau des fesses, là où le corps d'Elina portait des ecchymoses. Le tissu avait pu craquer si on l'avait traînée, ou, par exemple, si elle était tombée sur le dos et avait glissé sur une pente enneigée.

Ces vêtements en fibres synthétiques ne lui avaient offert qu'une protection dérisoire, alors que la température était inférieure à moins dix degrés, et avaient sûrement plutôt contribué à la refroidir. Ils vous réchauffaient peut-être l'esprit, mais certainement pas le corps. Comment pouvait-on sortir dans cette tenue par une nuit glaciale, qui plus est sans chaussures ?

Et qu'espérait celui qui avait choisi le lieu où reposait Elina en la laissant sous ce sapin, en haut d'une colline ? S'était-il imaginé que la neige continuerait de tomber tout l'hiver, qu'elle la recouvrirait et que personne ne remarquerait la forme ensevelie sous son blanc manteau ? Ou était-ce Elina elle-même qui avait décidé de se transformer en femme de neige ?

17

Une demi-heure avant l'enterrement de Palo, je me suis glissée dans ma robe noire moulante, derrière les stores baissés de mon bureau. Pertsa et Pihko m'attendaient dans le couloir, méconnaissables en costume noir et cravate. Je venais de fourrer mon jean de travail et mon pull dans le placard quand mon téléphone a sonné. J'ai hésité un instant à décrocher, mais je n'ai pas pu m'en empêcher.

Aira Rosberg parlait encore à la manière d'une vieille femme fragile, mais son rétablissement semblait en bonne voie, puisqu'elle avait obtenu la permission d'appeler.

« Tu ne m'as pas dit qu'Elina était morte, m'a-t-elle reproché.

– Je ne voulais pas réveiller trop tôt tes souvenirs. Tu te rappelles, maintenant ?

– La mort d'Elina, oui. Mais toujours pas très bien comment je me suis retrouvée ici.

– Tu ne te rappelles pas qui t'a frappée ?

– Non. Mais je vais suffisamment bien pour répondre à tes questions. Et le médecin m'y a autorisée.

– Dès aujourd'hui ? » Je ne savais pas combien de temps durerait l'enterrement de Palo, au cimetière et après, mais sans doute pas des heures. « Je viendrai en début de soirée, si ça te va. » Pertsa a passé la tête par l'entrebâillement de la porte et crié, sans se soucier le moins du monde que je sois au téléphone :

« Ah ! les femmes, jamais à l'heure ! »

Je lui ai fait une grimace et j'ai raccroché. Il n'était bien sûr pas question d'arriver en retard. La cérémonie commençait à quatorze heures, et tous les établissements de police de Finlande observeraient à ce moment deux minutes de silence en mémoire d'un collègue mort en service.

Au parking, j'ai vu le grand chef monter dans sa voiture en même temps que nous dans la nôtre. Je me suis rappelé la réflexion de Pertsa, selon qui il faisait partie des habitués du Fanny Hill. Ce n'était pas une surprise, ni un délit. Beaucoup d'hommes de pouvoir se plaisaient dans ce genre d'endroits.

J'avais même entendu dire qu'il était actionnaire d'une chaîne de cabarets de striptease implantée dans plusieurs villes, mais ce n'était sans doute rien de plus qu'une rumeur. Il ne se serait probablement pas déplacé pour l'enterrement de Palo si ce dernier était mort en dehors de ses heures de travail, par exemple d'une crise cardiaque. Cette fois, il y aurait dans l'assistance une grande partie de la haute hiérarchie policière du pays, et sûrement aussi quelques journalistes. Le temps était de nouveau désespérément gris, la neige fraîche qui avait embelli le paysage pendant quelques jours s'était transformée en une triste gadoue. Mes chaussures étaient humides car, en allant à ma consultation prénatale, j'avais mis le pied dans une flaque dont la croûte gelée avait cédé sous mon poids.

Dans la nuit, je m'étais réveillée après un rêve confus où se mêlaient du sang coulant entre mes jambes et les yeux recouverts de glace de Halttunen. Je n'avais ensuite fait que me tourner et me retourner sans trouver le sommeil, à humer l'odeur d'Antti endormi à côté de moi et à écouter Einstein bondir en tous sens, sans doute occupé à chasser les campagnols qui hivernaient sous le plancher. J'étais tendue, autant à cause de l'enterrement de Palo que de mon premier rendez-vous de suivi de ma grossesse. Ce que des amies m'avaient raconté à propos de vieilles et revêches infirmières de santé publique m'avait rendue nerveuse, mais celle que j'avais vue était une jeune femme souriante qui considérait la gravidité comme la chose la plus naturelle au monde et ne m'avait sermonnée ni sur mon métier ni sur mon intention, avouée dans le questionnaire de mon carnet de maternité, de boire de temps à autre un verre de vin. Tous mes résultats étaient normaux, tout allait bien. Je m'étais malgré tout sentie dans un état un peu irréel avec à la main mon carnet bleu et blanc, plié en accordéon, dans lequel seraient notées mois après mois toutes les données relatives à la transformation de mon corps.

Pertsa, qui s'était assis au volant comme si la place lui revenait de droit, a cherché une station de radio, négligeant les émissions sérieuses et la musique classique pour s'arrêter sur Ulmanen et Roiha, qui passaient une émouvante rengaine de circonstance, *Stairway to Heaven*. Le parking du parvis était plein à craquer, Pertsa s'est garé à moitié dans la neige. J'avais toujours considéré l'église de Tapiola comme un froid bunker à l'épreuve du démon qui ne donnait pas envie d'y entrer. Cette fois, des cierges illuminaient les murs de béton brut et la foule massée à l'intérieur réchauffait l'atmosphère. Le personnel du commissariat était assis dans les travées de devant. Je me suis glissée entre Taskinen et Pertsa, et j'ai regardé avec un peu de curiosité la nombreuse famille de Palo, de l'autre côté de l'allée centrale. Qui étaient ses épouses ? La plus jeune de ses filles n'allait même pas encore à l'école, ce devait être celle qui s'agitait au premier rang, l'air décidé à aller voir si papa se trouvait vraiment dans le cercueil posé devant l'autel. L'organiste a commencé à jouer l'ouverture de la *Passion selon saint Matthieu* de Bach. J'ai regardé mes mains en songeant que j'aurais préféré ne pas me sentir aussi vide, ne pas avoir cette impression de flotter. Si je n'avais pas été coincée entre deux costauds, je me serais sûrement envolée de mon banc vers le plafond, dont j'aurais traversé les éléments de béton pour m'élever loin au-dessus de la cime des pins entourant l'église, là où Palo m'avait précédée. Le premier cantique, *Bénis-nous et protège-nous*, était aussi patriotique que possible. J'ai chanté fort et un peu faux. Taskinen, à côté de moi, avait une belle voix douce de baryton, et même Pertsa émettait un grondement pouvant passer pour un hymne. Il aurait été plus facile que l'oraison funèbre soit aussi solennelle, que l'enterrement ne soit qu'une fade et majestueuse cérémonie officielle que l'on aurait pu regarder comme un spectacle, en souriant même en coin de l'attention accordée à Palo, élevé malgré lui au rang de héros. Mais le pasteur a prononcé des paroles pleines d'intelligence et d'émotion, s'adressant aussi bien au défunt et à sa famille qu'à nous, ses collègues.

« Juhani Palo est tombé victime de son devoir, parce qu'il l'a consciencieusement accompli. Cela peut nous sembler à chacun incompréhensible, et même injuste. Pourtant, plusieurs de ses camarades ont sans doute éprouvé un sentiment de gratitude à l'idée que cette violence ne s'était pas abattue sur eux. Et pourquoi ne penserions-nous pas ainsi ? Pourquoi ne serions-nous pas reconnaissants d'être encore en vie ? »

J'avais devant moi les bourrelets de la nuque d'un officier de la police départementale, entre le col de son manteau et la ligne irrégulière de ses cheveux. J'ai essayé de ne pas écouter la suite du discours du pasteur car mes larmes coulaient sans que je puisse les retenir et l'une était déjà arrivée au bout de mon nez. Personne ne m'interdisait de pleurer, bien sûr, on pouvait sangloter librement aux enterrements, c'était dans l'ordre des choses. Taskinen a pêché un mouchoir dans sa poche, et j'ai eu peur qu'il me le donne, mais il a essuyé son propre nez. Aucun de nous ne voulait regarder les autres, ne serait-ce que du coin de l'œil, comme si nous avions honte de notre chagrin et de notre peur d'être le prochain à être couché dans un cercueil où ne parviendraient plus les sanglots déguisés en toussotements des collègues. Le dépôt des gerbes a duré longtemps, les affligés étaient nombreux. Les ex-épouses de Palo, qui se sont avancées chacune avec ses enfants, six au total. Une jeune femme à peine adulte, en pleurs, inconsolable, qui devait être sa fille aînée, celle qui avait fait une fausse couche après avoir appris sa mort. Des frères et sœurs du défunt, avec leur famille, de vieux copains de volley.

Le chef de la police d'Espoo, escorté d'assistants, a déposé la couronne officielle du commissariat et lu son épitaphe presque présidentielle. J'avais bien essayé de me défiler, mais les hommes avaient insisté pour que je fasse partie de la délégation de la brigade, avec Pihko et Taskinen. Je n'ai même pas entendu les mots que ce dernier a prononcés, trop occupée à ne pas me décomposer. En nous écartant du cercueil, nous avons salué d'un signe de tête les proches de Palo, et je me suis rendu compte que je me sentais coupable envers eux. En dehors de l'afflux de gerbes, la cérémonie est restée simple. Il n'y avait pour musique que les chorals joués au début et à la fin par l'organiste, les cantiques étaient impersonnels. Je ne savais pas si Palo croyait en quelque Dieu que ce soit, nous n'avions pas l'habitude de parler de ce genre de choses. Nous nous sommes ensuite rassemblés pour un dernier hommage dans le restaurant de l'hôtel situé à côté de l'église, qui était à peine assez grand pour nous accueillir tous. Taskinen se préparait avec nervosité à tenir son discours, Pihko, Puupponen et quelques autres membres de la brigade ont filé boire une bière au bar. Ils ont essayé de m'entraîner avec eux, mais je leur ai répondu n'en avoir pas envie pour le moment. Nous nous sommes retrouvés avec Pertsa dans un coin près de la fenêtre, à fixer longuement sans rien dire la surface gelée du bassin central de la place.

« Tu sais lesquels sont les gosses de Palo ? » ai-je demandé en désignant la table, au centre de la salle, où avait pris place au moins l'une de ses épouses, entourée d'enfants et d'adolescents en deuil. Le silence, entre moi et Pertsa, était trop pesant, il nous unissait étrangement. Le faire parler était un moyen facile d'y mettre fin, car je savais qu'il dirait avant longtemps quelque chose d'assez énervant pour briser cet étrange sentiment de camaraderie.

« Attends… Les petits, là, de son mariage actuel. Et la jeune femme d'une vingtaine d'années est sa fille aînée, le barbu est sans doute son mari. Et merde ! »

Son exclamation visait notre grand chef, qui s'était frayé un chemin jusqu'au centre de la pièce et avait visiblement l'intention de prononcer un discours. Pertsa, qui était par nature misanthrope, ressentait à son égard une antipathie aussi forte que la mienne.

« Les mecs ont bien fait d'aller se taper une bière », a-t-il soupiré.

Le chef prendrait sa retraite dans un peu plus d'un an, le nom de son successeur faisait déjà l'objet de toutes les spéculations. Taskinen avait entre autres été cité comme candidat possible, mais sa neutralité politique risquait de freiner son avancement.

« Le métier de policier est l'un de ceux où le risque est plus élevé que la moyenne, a proclamé le chef comme s'il s'agissait d'une révélation. Il exige parfois de ceux qui l'exercent le sacrifice de leur vie. Juhani Palo s'est trouvé dans une situation périlleuse, et il est difficile de savoir si elle aurait pu être gérée différemment. Chacun de nous est conscient de la grandeur du sacrifice de l'inspecteur principal Palo et… »

Cliché sur cliché sur cliché… J'ai fait une grimace à Pertsa, qui me l'a rendue. Heureusement, le chef n'a pas pontifié longtemps. Après lui, un des hauts responsables de la police départementale a pris la parole et raconté en gros la même chose, dans un style un peu plus fleuri. Je me suis demandé ce que pouvaient éprouver les proches de Palo en voyant ainsi leur chagrin leur être en quelque sorte volé, transformé en bien public. Ce n'était plus un mari, un père ou un ami, mais un nom sur la liste des policiers morts en service. Taskinen a encore dû attendre pour parler, car un adolescent, qui s'est présenté comme le fils de

Palo, nous a remerciés d'une voix étranglée par le stress et nous a invités à profiter des mets et des rafraîchissements mis à notre disposition. J'ai vu les grands pontes se faufiler vers le vestiaire, la partie officielle des funérailles était apparemment terminée. La plus petite des filles de Palo a tiré sa mère vers le buffet en réclamant d'une voix claire un jus de fruit et du gâteau.

C'est à ce moment que je me suis rappelé que je n'avais pas eu de réponse du gynécologue qui avait examiné Elina la veille.

« Tu as ton portable ? » ai-je demandé à Pertsa. J'avais laissé le mien au bureau parce que j'étais certaine que je l'aurais par mégarde laissé allumé et qu'il se serait mis à sonner dans l'église. Il m'a tendu le sien sans poser de questions, à ma grande surprise, et je suis allée téléphoner dans le bar du hall. Manque de chance, je n'ai pu joindre le médecin. Après avoir réfléchi un instant, j'ai laissé un message lui demandant de me rappeler, avec deux numéros, celui du portable de Pertsa et celui de mon poste au commissariat. Je devrais de toute façon y repasser avant d'aller à l'hôpital de Jorvi.

Je suis retournée dans le restaurant. La famille avait fini de se servir, c'était au tour du reste de l'assistance de s'attaquer au buffet. Pihko et Puupponen s'y bousculaient déjà, mais je n'avais pas faim. Quand je suis passée près des proches de Palo, sa veuve m'a arrêtée du regard. Je cherchais encore quelque chose d'intelligent à dire quand elle s'est adressée à moi.

« Vous êtes bien l'autre des policiers que Halttunen pourchassait ? »

J'ai acquiescé, me forçant à affronter le regard douloureux et accusateur de ses yeux.

« J'espère que vous continuerez à avoir autant de chance. » Elle parlait d'une voix monocorde mais sonore, et une femme d'une cinquantaine d'années assise au bout de la table, apparemment la première épouse de Palo, s'est levée pour s'approcher de nous.

« Laisse, Eila, je n'ai pas l'intention de faire une scène, lui a dit Mme Palo numéro trois. Mais je ne vais pas non plus faire semblant. J'aurais évidemment préféré que ce soit elle que ce type prenne en otage. »

Je n'ai rien trouvé à répondre, et d'ailleurs ce n'était sans doute pas ce qu'elle attendait de moi. J'ai juste hoché la tête, vaguement souri et ravalé mes larmes, quelques mètres plus loin.

Heureusement, Taskinen a surgi devant moi et m'a demandé si son col était bien droit, car le moment était venu pour lui de faire son discours. J'ai redressé son nœud de cravate pourtant déjà impeccable, prétexte à un bref contact physique dont nous avions tous les deux besoin. Puis j'ai rejoint Pertsa pour lui rendre son portable.

« Je suis le commissaire principal Taskinen, de la brigade du banditisme et des atteintes aux personnes, le supérieur direct de l'inspecteur principal Juhani Palo. Jusqu'à maintenant, aucun de nous, même un peu malade, n'avait jamais hésité à venir travailler. Qu'il s'agisse d'un début de grippe, d'un mal de crâne auto-infligé ou d'une épaule endolorie au stand de tir, il y avait toujours quelqu'un prêt à vous fournir le médicament approprié. »

L'introduction de Taskinen était si radicalement différente des précédents discours que l'assistance, la bouche pleine, a soudain fait silence. « L'inépuisable pharmacie de Palo nous faisait bien sûr sourire. Mais, hier encore, j'aurais eu besoin d'un antalgique. Et j'ai compris que si j'avais mal à la tête, c'était précisément parce que celui qui nous distribuait des médicaments n'était plus là. Mais il est plus facile de dire qu'on regrette l'absence d'un médicament plutôt que celle d'un homme avec qui on a travaillé pendant plus de dix ans. » Taskinen a raconté d'autres anecdotes sur Palo, suscitant à la fois le rire et les larmes. Je l'écoutais parler et je pensais en même temps à notre défunt collègue et au fait que je ne m'étais jamais rendu compte, jusque-là, à quel point j'appréciais Taskinen. Dans d'autres circonstances, j'aurais pu me laisser tenter, pour la première fois de ma vie, par une relation amoureuse sur mon lieu de travail.

Quand il a eu fini, il est allé serrer la main des proches de Palo.

« Le jeune homme blond, c'est aussi un de ses fils ? ai-je demandé à Pertsa, qui était resté étonnamment silencieux pendant tout le discours de Taskinen.

– Attends… Toni s'appelle bien Palo, mais, si je me souviens bien, il est né d'une première union de Hannele, sa femme numéro deux. Je ne sais même pas si elle était vraiment mariée, d'ailleurs. »

À ce moment, le portable de Pertsa a sonné. Heureusement, le brouhaha général était assez fort pour que le bruit ne dérange personne.

Il a répondu, puis m'a tendu l'appareil. J'ai ouvert la porte de la terrasse, sur laquelle quelques personnes étaient allées fumer, et je suis sortie pour parler tranquillement.

Le gynécologue qui avait examiné Elina semblait en émoi.

« Cette femme a à coup sûr accouché au moins une fois, mais il y a déjà longtemps.

– Combien de temps ? » Les flocons de neige mouillée se plaquaient sur mon visage telle une serviette froide, mes seins s'étaient glacés à l'instant même où j'étais sortie sur la terrasse.

« C'est difficile à préciser, mais je dirais près de vingt ans. Il n'y en a aucune mention dans son dossier, c'est pour ça que j'ai tenu à prendre l'avis d'un confrère avant de vous appeler.

– Et les cicatrices du col de l'utérus ?

– Il est indiqué qu'elle a subi une intervention chirurgicale gynécologique dans des conditions douteuses, au milieu des années soixante-dix. Ça peut les expliquer. C'est sans doute pour ça qu'elle a pu prétendre qu'elle n'avait jamais eu d'enfant, mais tout bon médecin aurait dû remarquer…

– Il s'agit peut-être seulement d'un fait qu'elle n'a jamais rendu public. Merci. Il est possible qu'on ait besoin de votre rapport au tribunal. »

J'ai raccroché et je suis restée à fixer à travers la neige les formes cubiques du Centre culturel qui se dressait de l'autre côté du bassin. Elina avait eu un enfant. Et qu'avait dit Pertsa, tout à l'heure, à propos du fils de Palo, qu'avait dit Antti au sauna, à Inkoo…

Tout d'un coup, les pièces du puzzle ont commencé à se mettre en place, mais j'aurais aimé voir encore une fois certaines des photos des albums d'Aira et d'Elina, à Rosberga. Au prix de quelques efforts, j'ai réussi à les reconstituer sur l'écran à diapos de mon cerveau. Elina, lycéenne, l'air fatigué, Aira sur fond de palmiers. Une bande de jeunes ingénieurs tournant comme des mouches autour d'Elina.

Bien sûr ! Et Aira savait forcément, elle l'avait su toutes ces années. Et c'était pour ça qu'elle protégeait le meurtrier d'Elina.

Peut-être était-elle sérieusement en danger…

Je suis retournée dans la salle de restaurant, forçant mes pieds à se mouvoir lentement malgré mon envie de courir. J'ai trouvé près du buffet Pertsa et Taskinen, que j'ai réussi à féliciter pour son discours avant de leur annoncer que je devais aller à l'hôpital.

« Je sais qui a tué Elina Rosberg et pourquoi, ai-je expliqué. Je dois d'abord passer quelques coups de fil et parler à sa tante. Ensuite, je crois que j'aurai assez de preuves pour arrêter le meurtrier.

– Quand ça ? » Il n'y avait aucun enthousiasme dans la voix de Taskinen, l'affaire Rosberg n'avait été pour lui, tout ce temps, qu'un dossier ennuyeux parmi d'autres.

« J'espère aujourd'hui. J'aurai besoin de quelqu'un pour m'accompagner.

– Présent », ont répondu Pertsa et Taskinen en même temps et, plutôt que de choisir entre eux, je leur ai donné rendez-vous à tous deux à seize heures trente au commissariat. Puis j'ai raflé au buffet une tranche de pâté en croûte et un feuilleté au riz et aux œufs durs et filé vers la plus proche station de taxis pour me faire conduire à Jorvi. J'ai utilisé le portable de Pertsa, que j'avais oublié de lui rendre, pour appeler le siège de la société de menuiserie industrielle Sahapuu où, après un instant d'étonnement, on m'a confirmé l'exactitude de mes informations. J'ai aussi eu le temps de téléphoner aux renseignements internationaux avant d'arriver à l'hôpital.

J'ai dû explorer près de la moitié de l'établissement avant de trouver Aira. Elle était assise dans son lit à feuilleter distraitement un magazine. Elle semblait déjà moins fragile et son bandage, autour de la tête, avait diminué d'épaisseur. Elle a esquissé un sourire en me voyant.

« Inspectrice principale Kallio… Maria. Bonjour.

– Bonjour Aira. Comment vas-tu ?

– De mieux en mieux, même si penser à Elina reste douloureux. Mais mes migraines s'atténuent.

– Tout t'est revenu ? »

J'ai vu passer un éclair de peur dans ses yeux.

« Peu importe, en fait. Tes souvenirs anciens sont de toute façon intacts. Et Elina est morte à cause du passé, n'est-ce pas ?

– Que sais-tu ? m'a retourné Aira.

– Pas mal de choses. Mais il y a certains points qui m'échappent. Pourquoi, par exemple, n'as-tu cessé d'orienter mes soupçons vers Joona Kirstilä ? Qu'as-tu contre lui ? »

Elle a secoué la tête comme si elle ne connaissait pas elle-même la réponse. Peut-être l'avait-elle simplement accusé parce qu'elle le savait innocent et pensait que ce serait sans conséquence.

« Pourquoi le meurtrier d'Elina a-t-il essayé de te tuer ? Tu menaçais de tout raconter à la police ? Parce que tu savais dès le début de quoi il s'agissait, n'est-ce pas ?

– Je n'aurais rien dit. Mais elle ne m'a pas crue. Elle… elle est plutôt déséquilibrée. Je ne crois pas qu'elle ait eu l'intention de me tuer, elle m'a juste frappée sous l'impulsion du moment.

– Tu te rappelles donc ce qui s'est passé ? » ai-je de nouveau demandé. Sans me regarder, Aira a acquiescé.

Je lui ai proposé de lui raconter ce que je savais des événements, en la laissant combler les lacunes de mon récit. Je voulais lui rendre les choses aussi faciles que possible, par pitié pour elle, qui avait toujours vécu par et pour les autres, et s'était ainsi presque fait tuer.

« Est-ce que je devrai témoigner contre elle ? » s'est-elle inquiétée. Je lui ai confié que j'espérais des aveux. « Dis-lui que je lui pardonne. Je suis aussi en partie coupable de ce qui s'est produit, c'est moi qui ai décidé, il y a longtemps, de ce qu'il fallait faire. Et je n'ai visiblement pas fait le bon choix, vu ses conséquences fatales. »

Puis nous nous sommes mutuellement raconté pourquoi Elina était morte. J'avais deviné les faits, mais Aira était mieux à même que moi d'expliquer les sentiments qui y avaient conduit, et je l'ai donc laissée parler.

Quand nous en avons enfin eu fini, son visage semblait fait de pierre grise, mais ses yeux avaient retrouvé la sérénité qui les habitait naturellement quand je l'avais rencontrée pour la première fois dans la cuisine de Rosberga.

« Je te rends peut-être même les choses trop faciles, a-t-elle murmuré. Ils sont tous ce soir à Rosberga pour préparer l'enterrement d'Elina : Johanna, Tarja, Niina, Milla et même Joona, si j'ai bien compris. Va au manoir. Tu y trouveras les dernières réponses qui te manquent. »

18

« Alors comme ça, tu as toute ta brochette de suspects rassemblée à Rosberga, a lancé Pertsa, au volant de la voiture de police, en s'engageant sur la route de Nuuksio. On se croirait dans un vieux polar.

– Eh oui ! Je vais peut-être d'ailleurs les passer en revue un à un, en commençant par le moins coupable. Le dernier sera le meurtrier d'Elina Rosberg.

– Ce fumier de Kirstilä y est aussi ? a poursuivi Pertsa. L'endroit n'est plus interdit aux hommes ?

– Ça ne rimerait plus à grand-chose, avec tous les policiers qui y ont traîné leurs guêtres. » En réalité, l'idée d'une grande scène de révélation ne m'enthousiasmait guère, mais je voulais tirer cette affaire au clair. Ce serait sans doute aussi une bonne chose pour ceux qui attendaient à Rosberga. Ils pourraient retrouver une vie normale, même si la mort d'Elina les avait tous changés.

Le portail du manoir était à nouveau fermé. La commande à distance devait être en panne car Tarja Kivimäki est venue ouvrir. « Trois policiers ? J'espère qu'Aira... » m'a-t-elle demandé avant même que j'aie le temps de mettre pied à terre. Sa Volkswagen rouge était garée dans la cour à côté de la voiture d'Elina et de la Volvo du père de Niina Kuusinen. Celle-ci avait beau avoir déclaré détester conduire en hiver, elle avait pris la peine de venir sous la neige jusqu'à Rosberga.

« Aira va bien, ai-je rassuré Tarja Kivimäki. Mais nous avons à vous parler, à tous. »

Dans la cuisine du manoir, il faisait bon chaud. Niina, Milla et Joona Kirstilä étaient assis à la table. En nous voyant, Johanna s'est empressée de remettre de l'eau à bouillir pour le thé, sans tenir aucun compte de nos protestations. Pertsa et Taskinen tentaient de se faire oublier, ils savaient qui nous étions venus arrêter, mais me laissaient le soin de parler.

« Vous avez le bonjour d'Aira Rosberg, ai-je enfin commencé sans oser regarder personne. Je viens d'avoir une longue conversation avec elle et elle m'a confirmé ce que je savais déjà. L'identité de la personne qui a tué Elina Rosberg.

– Tué ? Ce n'était donc pas un accident ? a lâché Joona Kirstilä d'une voix étranglée.

– Si, dans un sens. Je ne pense pas que le but ait été de l'assassiner, en tout cas dans un premier temps. Le mélange de whisky et de Dormicum n'avait sans doute pour objectif que de la plonger dans un profond sommeil. Le meurtrier ne savait pas qu'elle prenait des antibiotiques, et encore moins que l'érythromycine renforce les effets des somnifères et ralentit leur élimination par l'organisme. Mais il n'était pas question de la laisser mourir de froid, n'est-ce pas ? »

Cette fois, j'ai osé les regarder tous : Joona, le visage livide, Niina, qui tripotait ses cheveux, Milla, dont les yeux ont bravé les miens, et Johanna, soudain immobile, la mesure à thé à la main. Tarja Kivimäki a parlé la première :

« Raté. Personne ne s'est levé en criant non.

– Je vais donc devoir poser directement la question. Comment Elina s'est-elle retrouvée dans la forêt, Niina ? »

En entendant son nom, Niina a tressailli comme sous l'effet d'une gifle. Milla a inspiré un grand coup et s'est tournée pour la regarder.

« Merde, pourquoi est-ce que tu as buté Elina ? » Elle avait parlé d'une voix rauque, esquissant en direction de Niina un geste agressif aussitôt suspendu.

« Je n'avais pas l'intention de la tuer. Je voulais juste qu'elle souffre. Qu'elle ait froid, comme j'ai eu froid à cause d'elle.

– Qu'est-ce que c'est que cette histoire ? » a réagi Tarja Kivimäki, incrédule. J'étais soulagée qu'elles se mêlent à la conversation. Niina parlerait plus facilement à ses amies qu'à moi.

« Elina était ma mère, a-t-elle craché. Elle m'a abandonnée à ma naissance et a fait semblant de ne pas me reconnaître quand je suis venue ici, alors qu'elle savait parfaitement qui j'étais !

– Ta mère ? Mais tu as au moins vingt-cinq ans ! Elina était encore une gamine, quand tu es née, s'est étonnée Milla.

– Elle avait seize ans. » J'ai repris la parole pour expliquer ce que je savais des circonstances de cette naissance, d'après ce qu'Aira m'en avait appris.

Le père de Niina, Martti Kuusinen, travaillait à la fin des années soixante pour Sahapuu, l'entreprise de menuiserie industrielle du père d'Elina, Kurt Rosberg. Il n'avait que vingt-cinq ans et avait épousé, tout jeune, une camarade d'école, Heidi. Kuusinen était vite devenu le chouchou de son patron, qui était sans doute déçu de ne pas avoir de fils à qui léguer sa fortune. Il était souvent invité au manoir et Elina était tombée folle amoureuse de lui. Elle avait quinze ans, mais c'était une jeune fille précoce, grande et belle. Aira, qui était revenue à Rosberga pour soigner sa belle-sœur malade, avait découvert leur liaison. Elle en avait parlé à son frère, mais le mal était fait. Elina était enceinte de Martti.

Elle n'avait sans doute même pas conscience de sa grossesse et, quand Aira s'en était rendu compte, il était trop tard pour envisager un avortement. Par-dessus le marché, la femme de Martti Kuusinen attendait elle aussi un enfant. Kurt Rosberg, furieux, avait licencié l'amant de sa fille. J'ai repensé à Aira, à son visage épuisé et à la voix entrecoupée avec laquelle elle m'avait raconté la naissance de Niina et le terrible printemps qui l'avait précédée. La mère d'Elina était gravement malade, et Elina elle-même totalement déprimée et à demi folle. Aira ne savait toujours pas ce qu'elle s'était imaginé, si elle avait cru que Kuusinen l'épouserait. Depuis que son père avait renvoyé celui-ci, elle ne lui adressait plus la parole. Aira, qui était la seule personne qu'elle écoutait encore, avait pris les choses en main et conçu un plan. Le bébé était attendu en octobre. Elina, à la fin de l'été, prolongerait ses vacances et irait accoucher à l'étranger, puis l'enfant serait donné en adoption.

Martti Kuusinen, pendant ce temps, avait trouvé un emploi dans le sud de la France, le même qu'il occupait encore aujourd'hui. Heidi, sa femme, n'avait aucune envie de quitter la Finlande pour un pays dont elle ne parlait pas la langue, mais il l'avait convaincue d'accepter. Les deux enfants de Martti devaient, par l'ironie du sort, naître à peu près à la même date, à deux semaines près.

Aira n'était pas très sûre de ce qui s'était ensuite produit. Un soir, en rentrant chez lui, Martti Kuusinen avait trouvé sa femme évanouie, baignant dans une mare de sang. Son enfant, une petite fille, était venue au monde plus de deux mois avant terme et n'avait pu être sauvée.

Kuusinen avait alors écrit à Aira afin de lui demander de proposer à Elina que Heidi et lui fassent passer son enfant pour le leur. C'était une bonne solution, dans un sens, et Aira avait persuadé sa nièce d'accepter. Puis elle l'avait accompagnée en France, début août. La grossesse d'Elina était alors déjà très visible et elle ne sortait plus guère de chez elle.

Les mois passés dans le Midi avaient été pénibles. Il faisait une chaleur suffocante, Elina oscillait d'un jour à l'autre entre un amour fou et une haine profonde envers Martti. Heidi Kuusinen aurait eu besoin d'un soutien psychologique adapté après avoir perdu son bébé et appris qu'une collégienne était enceinte de son mari. Le décès de l'enfant n'avait pas été déclaré aux autorités finlandaises. Ces dernières n'étaient pas non plus au courant de la grossesse d'Elina, qui n'avait été à aucune consultation prénatale. C'était sans doute pour ça que Martti Kuusinen avait eu l'idée de la faire passer pour sa femme, à la maternité. Elle avait certes huit ans de moins que cette dernière, mais sa grossesse lui avait donné l'air si adulte que personne ne s'était douté de la supercherie. Le médecin qui avait suivi Heidi savait bien sûr qu'elle avait fait une fausse couche tardive, mais Aira soupçonnait Kuusinen de l'avoir payé pour se taire.

Elina avait accouché en grande partie sous anesthésie. Il avait finalement fallu sortir le bébé aux forceps. Elle avait demandé à ne pas le voir et avait pu quitter la maternité au bout de deux jours. Avec Aira, elle était allée à Paris avant de rentrer en Finlande, une semaine plus tard. Après les vacances de Noël, elle avait repris sa scolarité. Les Kuusinen étaient restés en France et n'avaient gardé aucun contact avec elle.

Le récit d'Aira s'arrêtait là, et je ne lui avais pas demandé si Elina avait par la suite regretté son enfant. Selon elle, la situation aurait peut-être été plus simple si cette petite fille avait été confiée à de parfaits inconnus, mais d'un autre côté Martti Kuusinen était son vrai père.

Niina m'avait écoutée parler sans broncher, muette. Il était temps qu'elle nous accompagne, mais avant que j'aie le temps de le suggérer, Tarja Kivimäki lui a demandé :

« Quand as-tu appris qu'Elina était ta mère ? »

Niina s'est lentement tournée vers elle, ses yeux en amande débordants de larmes. A posteriori, la similitude de ses pommettes et de celles d'Aira et d'Elina était frappante.

« Maman... Heidi m'avait laissé une lettre à ouvrir après sa mort. Elle m'y écrivait qu'après avoir longtemps hésité à me le dire, elle avait finalement décidé que je devais connaître la véritable identité de ma mère. À quoi croyait-elle que ça puisse me servir ?! J'aurais préféré ne pas le savoir, ne pas savoir que j'avais été abandonnée une première fois quand j'étais bébé ! Heidi a peut-être cru que je la pleurerais moins, mais elle s'est trompée sur toute la ligne. Je n'avais pas d'autre mère qu'elle, et je n'avais jamais pensé que je pouvais ne pas être sa fille... »

Elle était en pleurs, mais cela ne l'empêchait pas de parler. Peut-être se sentait-elle soulagée de tout raconter, peut-être avait-elle besoin qu'on la comprenne.

« Papa a complété l'histoire en me donnant des détails. C'est lui que je comprends le moins, j'ai pratiquement coupé les ponts avec lui après la mort de maman. Il m'a dit qu'Elina n'avait jamais repris contact avec lui après son départ de France. Alors que j'étais quand même son enfant. Comment a-t-elle pu ?!

– Elle avait seize ans à ta naissance. Elle n'aurait pas été capable de t'élever, a fait remarquer Tarja Kivimäki.

– Et pourquoi pas ? Sa famille avait de l'argent, ils auraient pu embaucher une nurse, si Elina tenait à continuer ses études. Elle ne voulait pas de moi, c'est pour ça qu'elle m'a abandonnée.

– C'est ce qu'elle t'a dit ? » Joona Kirstilä était resté tout ce temps assis, comme pétrifié. « Elle m'a confié tout autre chose. Elle s'est plaint qu'on ne l'avait pas laissée garder le bébé, qu'elle n'avait pas eu son mot à dire dans cette histoire.

– Tu savais ? avons-nous demandé en même temps, Niina et moi.

– Pas que c'était toi. J'imaginais plutôt qu'il s'agissait de Milla... » Il a jeté un coup d'œil à cette dernière, un petit sourire est passé sur ses lèvres. « Elina m'a juste dit qu'elle avait eu un enfant, très jeune, et qu'il avait été adopté.

– Forcément ! Ça m'aurait étonnée qu'elle parle de moi, a craché Niina. Je me suis demandé pendant des années si j'avais envie de rencontrer une femme que je n'intéressais en rien. Elle avait sans doute appris la mort de Heidi, son avis de décès a été publié en bonne place dans au moins deux grands journaux. Est-ce que ça n'aurait pas été une bonne occasion de me voir ? Mais elle n'est pas venue. »

La colère dont sa voix était chargée me serrait le cœur. J'étais certaine que l'histoire, du point de vue d'Elina, était bien différente. Peut-être pensait-elle qu'il valait mieux ne pas perturber la vie de Niina.

« Pour finir, j'ai décidé de la rencontrer. Je me suis inscrite à l'automne au stage d'autodéfense intellectuelle de Rosberga. Quand je lui ai donné mon nom, elle n'a pas réagi. Je n'étais pour elle qu'une cliente parmi d'autres.

– Niina Kuusinen est un nom plutôt commun, est intervenue Tarja Kivimäki. Et Elina ne savait pas forcément qu'on t'avait baptisée Niina.

– Oui, son intérêt pour moi n'était même pas allé jusque-là. Et pendant le stage, on a à peine eu le temps de faire connaissance. Elle semblait pourtant sympathique, au premier abord. Je l'ai choisie comme psychothérapeute. Notre première séance a eu lieu début décembre. Il n'y en a pas eu beaucoup d'autres, nous n'avions rendez-vous qu'une fois par semaine. Dès le départ, je lui en ai suffisamment raconté sur mes parents pour qu'elle ne puisse pas ne pas deviner qui j'étais. Mais elle n'a rien dit, elle restait juste assise à écouter, vous vous rendez compte ?

– Réfléchis un peu ! C'était une professionnelle. Elle a vu que tu étais folle à lier et que ça ne ferait qu'empirer si elle te balançait qu'elle était en réalité ta mère. C'est toi qui a commencé par faire des cachotteries. » Milla était pleine de hargne. « Pourquoi est-ce que tu ne lui as pas dit que tu étais au courant ? C'est à Noël que tu as vidé ton sac, c'est pour ça que tu es venue ? »

Le visage de Niina était vide, toute expression en avait été emportée par ses larmes.

« Le lendemain de Noël, oui. Je lui ai dit dans la soirée que j'avais à lui parler. Elle m'a regardée d'un drôle d'air et a juste répondu ah bon. Mais elle n'était pas disponible tout de suite, elle devait aller se promener avec Joona Kirstilä. Ça m'a mise en colère. Elle avait sûrement deviné ce que je voulais lui dire, mais elle ne voulait pas m'écouter ! J'avais acheté une bouteille de Laphroaig, parce que je l'avais entendue à ce stage, à l'automne, raconter à quelqu'un, sans doute toi, Milla, que c'était son whisky préféré. J'ai écrasé le contenu d'une plaquette de Dormicum et je l'ai dissous dans un peu d'eau. Je n'avais pas d'idée précise en tête. Je cherchais juste à montrer à Elina que j'étais capable de la tuer – si je voulais. Mais avec une aussi faible dose, elle ne risquait pas de mourir. »

Ses larmes avaient séché, et c'est d'une voix ferme qu'elle a raconté comment, une fois le film fini à la télévision, elle était allée dans la chambre d'Elina. Celle-ci était déjà en chemise de nuit. Elles n'avaient encore échangé que quelques mots quand Joona avait téléphoné. Pendant qu'Elina répondait, Niina lui avait servi un verre.

« Elle l'a vidé d'un trait après avoir raccroché. Elle avait sans doute besoin de se donner du courage, et c'est peut-être pour ça qu'elle n'a pas remarqué qu'il contenait aussi autre chose que du whisky. Je me suis affolée. Je savais que les médicaments agissaient vite. J'ai... j'ai dit à Elina que je savais qu'elle était ma mère. Puis je suis partie en courant, hors de cette chambre et ensuite du manoir, par la porte de derrière qui donne dans les champs. Je ne supportais plus cet endroit. »

Elina l'avait suivie, sans chaussures ni manteau. Niina, qui avait fui droit devant elle, l'avait distancée en arrivant à la forêt. Elle avait poursuivi sa course dans la nuit glacée et, quand elle était revenue à Rosberga une demi-heure plus tard, cette fois par la porte principale, elle avait pensé qu'Elina était déjà de retour. Elle était allée dans sa chambre et avait attendu, en vain, qu'elle vienne la trouver.

« Pourquoi est-ce que tu ne nous as pas réveillées, espèce d'idiote ?! » a pesté Milla.

Niina est restée silencieuse, et sans doute n'y avait-il rien à répondre. Nous ne saurions jamais ce qui s'était vraiment passé, comment Elina était arrivée là où on l'avait trouvée. Peut-être l'effet cumulé des médicaments s'était-il brutalement fait sentir et n'avait-elle plus eu la force de marcher. Je ne voulais pas penser au froid, autour d'elle, ni à ce qui avait pu lui traverser l'esprit alors qu'elle courait derrière Niina dans la nuit d'hiver.

Il semblait en tout cas clair que cette dernière n'avait pas eu l'intention de la tuer. Elle serait accusée, au pire, de non assistance à personne en danger, et pour Aira de coups et blessures ou de tentative d'homicide. Ce jour-là, celle-ci lui avait téléphoné pour lui demander de venir à Rosberga. Elle avait l'intention de lui dire qu'elle était au courant de tout et voulait l'aider, pas la dénoncer, mais, avant qu'elle ait le temps de parler, Niina, qui l'attendait à la grille, l'avait assommée avec la statue d'ours – sans préméditation, avait-elle assuré. Elle avait juste voulu gagner du temps.

« Je crois que nous devrions y aller, a finalement dit Taskinen. Mlle Kuusinen va nous accompagner, et nous vous réinterrogerons encore tous par la suite.

– Vous m'emmenez en prison ? » a demandé Niina d'une voix éteinte. Face à notre silence, elle s'est de nouveau mise à sangloter. Pertsa a regardé Taskinen d'un air embarrassé. Je me suis avancée vers elle, mais Johanna, qui jusque-là n'avait pas dit un mot, a été plus rapide que moi. Elle a passé son bras autour des épaules de Niina et l'a réconfortée en lui parlant comme à un enfant. Au bout de quelques minutes, elle s'était suffisamment calmée pour que nous puissions la prier de rassembler ses affaires et de nous suivre. Tarja a promis de lui trouver un avocat, Milla et Joona Kirstilä nous ont fait promettre de ne pas la maltraiter.

Niina elle-même est restée muette, répondant à peine aux adieux des autres et s'asseyant en silence dans la voiture à côté de moi. Je ne savais trop que penser d'elle. D'où lui venait cette terrible haine envers Elina ? N'était-ce qu'une réaction de défense par laquelle elle essayait de s'expliquer ses propres actes ?

La circulation au carrefour de la route de Nuuksio était dense et nous avons dû attendre avant de pouvoir tourner à gauche. Niina en a profité. Elle n'avait pas bouclé sa ceinture de sécurité et, en un clin d'œil, elle a bondi hors de la voiture et foncé vers le lac Pitkäjärvi.

Taskinen et moi étions des coureurs entraînés qui n'auraient dû avoir aucun mal à la rattraper. Mais nos vêtements nous handicapaient. Je portais encore, sous un long manteau d'hiver, ma robe d'enterrement moulante. Taskinen, pour sa part, avait des chaussures noires à semelles lisses, destinées à n'être portées qu'en été. Il a dès le départ fait un vol plané et glissé en beauté jusqu'au milieu de la chaussée. Quand nous avons enfin trouvé notre rythme, Niina filait déjà loin sur le lac gelé.

Derrière nous, nous avons entendu Pertsa crier quelque chose, puis la voiture démarrer. Apparemment, il avait l'intention de couper la route à Niina. J'espérais qu'il aurait aussi la bonne idée de réclamer des renforts. Tout en courant, j'ai remonté ma robe sur mes cuisses. J'ai rattrapé Taskinen, qui était de nouveau tombé. Niina n'était plus qu'une petite silhouette noire perdue dans l'obscurité.

« Qu'est-ce qu'elle croit avoir à gagner en s'enfuyant par là ? Ça ne mène nulle part, ai-je soufflé à Taskinen.

– Elle n'y a sans doute même pas réfléchi. Elle espère peut-être juste pouvoir nous semer dans l'obscurité. Zut ! a-t-il grogné en manquant se tordre la cheville dans un trou percé au foret. J'espère au moins qu'il n'y a pas d'ouvertures dans la glace ! »

Les lumières de la rive découpaient maintenant nettement l'ombre de Niina. Elle avait ralenti, marchant d'un pas vif, comme si elle cherchait un endroit propice pour remonter sur la berge. Le portable de Taskinen a sonné dans la poche de son manteau. C'était Pertsa, qui était descendu sur la glace un peu avant Solvalla et avait demandé des renforts. Tout d'un coup, au détour d'une anse du lac, loin derrière Niina, nous avons aperçu la lueur de sa torche.

« On te voit, et Kuusinen aussi, a haleté Taskinen dans son téléphone. Vas-y doucement, cette fille n'est pas dangereuse. L'essentiel, c'est de la rattraper avant qu'elle fasse une bêtise. »

La glace, sous moi, a laissé échapper un craquement de mauvais augure. J'ai sursauté, à cette époque de l'année, on aurait pu croire qu'elle était assez épaisse et je ne m'étais pas interrogée un seul instant sur sa solidité. Niina était déjà à portée de voix.

« Attends ! lui ai-je crié. N'aggrave pas ton cas ! T'enfuir ne sert à rien ! »

Rien rien rien... m'a répondu l'écho renvoyé par les rochers abrupts de la rive opposée. Niina a vu que nous étions tout proches, de même que Pertsa, et a jeté autour d'elle un regard paniqué. À quelques mètres, au milieu du lac, devant Taskinen et moi, une ouverture noire béait dans la glace. Quelqu'un entretenait un lieu de baignade dans le lac. J'étais déjà si près que j'ai vu l'expression du visage de Niina quand elle s'est précipitée vers le trou.

« Non ! » ai-je hurlé en me ruant en avant en même temps que Taskinen, qui a de nouveau glissé et s'est étalé de tout son long. J'ai eu le temps de voir du coin de l'œil le sang couler de sa lèvre inférieure, qu'il s'était mordue en tombant. Mais je n'avais pas le temps de m'occuper de lui, car Niina n'avait pas hésité à sauter dans l'eau. Celle-ci était apparemment recouverte d'une fine couche de cristaux de glace, dont le craquement a déchiré le silence en même temps que le bruit assourdissant de son plongeon. Pertsa, qui arrivait au pas de charge de la direction opposée, s'est laissé rouler jusqu'au bord du trou au même instant que moi.

Niina est remontée à la surface en s'ébrouant, sa bouche a instinctivement pris une goulée d'air, mais elle a aussitôt replongé la tête dans l'eau. Si elle arrivait à nager jusque sous la glace, elle était à coup sûr perdue. J'ai commencé à arracher mes vêtements, prête à la suivre.

« Arrête, tu es folle ! » a beuglé Pertsa, qui a rampé jusqu'à moi et m'a écartée si violemment du bord que j'ai glissé à plusieurs mètres de là. Il a sauté dans l'eau sans prendre le temps d'ôter autre chose que son manteau. Je me suis à nouveau traînée jusqu'au trou, consciente de la présence de Taskinen à mes côtés. Quelque part, au loin, des pas se rapprochaient en courant. La tête de Pertsa a surgi au milieu du clapot, d'un rouge effrayant.

« Je l'ai », a-t-il soufflé, pantelant. J'ai réussi à agripper les poignets de Niina, mais, au lieu de remonter, elle a tenté de m'entraîner avec elle dans les profondeurs. Ses yeux en amande me fixaient, aussi vitreux que ceux de Halttunen. Son corps inerte, alourdi par l'eau, pesait comme de la pierre, elle enserrait mes poignets de ses doigts froids aux ongles tranchants. La glace craquait sous moi, agitée par le ressac. Je me suis entendue crier en me sentant m'enfoncer à mon tour. J'avais déjà les manches mouillées, le corps balayé de vagues menaçantes.

Les mains de Taskinen m'ont saisie par les chevilles et lentement tirée en arrière. Pertsa, crachant et soufflant, a poussé hors de l'eau le corps gigotant de Niina, dont les longs cheveux noirs ont effleuré mon visage tels de glacials tentacules de pieuvre tandis que je m'agrippais à ses maigres poignets, incapable d'autre chose.

Quand Taskinen s'est hissé à ma hauteur pour saisir Niina par les aisselles, elle était déjà raide de froid, hors d'état de se débattre.

Pertsa, qui avait malgré tout réussi à remonter seul sur la glace, ne valait guère mieux. Heureusement, nous n'étions plus seuls. D'une maison voisine, on accourait à notre secours, et deux patrouilles de police se dirigeaient vers nous sur le lac.

« Appelez une ambulance », a crié Taskinen. Sa bouche saignait encore, il a ôté son manteau et en a enveloppé Niina, qui sanglotait par à-coups. Pertsa soulevait alternativement les pieds comme s'il avait peur de rester soudé sur place. J'ai failli lui donner mon manteau, mais qu'en aurait-il fait ? Il était mouillé et trop petit pour lui de près de vingt tailles.

Nous avons grelotté là une éternité, le temps que nos collègues aillent chercher dans leur voiture des couvertures pour Pertsa et Niina, incapable de marcher, qu'ils ont ensuite portée jusqu'à la plus proche maison pour y attendre l'ambulance. Pertsa, qui s'était dépouillé de ses vêtements mouillés pour enfiler une combinaison d'uniforme prêtée par un policier bien plus petit que lui, a soutenu ne pas avoir besoin d'un médecin, mais d'un bon grog et d'une tête d'ail entière. Face à son refus obstiné d'accompagner Niina à l'hôpital de Jorvi, Taskinen et moi l'avons ramené chez lui à Olari.

« Merci, Pertsa ! » me suis-je forcée à lui lancer quand il est descendu de voiture. En m'apprêtant à sauter dans le lac derrière Niina, j'avais oublié que j'étais enceinte. Lui y avait pensé. Il n'y avait certes que peu d'activités vraiment contre-indiquées en cas de grossesse, mais la natation d'hiver était à coup sûr déconseillée, surtout sans entraînement.

« Il serait grand temps que tu apprennes à réfléchir avant d'agir », a-t-il répondu, claquant encore des dents, d'un ton bien moins sarcastique que d'habitude. Notre échange a laissé Taskinen perplexe, mais il s'est heureusement abstenu de toute question oiseuse en me raccompagnant chez moi. Malgré le chauffage poussé à fond, et sans même avoir pris de bain forcé, j'étais si gelée que je n'imaginais pas pouvoir fondre un jour.

19

Je suis retournée dès le lendemain au chevet d'Aira à Jorvi. J'avais rapidement vu Niina dans la matinée car il restait quelques lacunes dans son récit de la nuit du 26 décembre. Elle était sous tranquillisants, mais elle avait pu parler cinq minutes avec moi avant de sombrer dans un demi-sommeil. Ça m'avait suffi.

« Est-ce qu'ils me laisseront voir Niina, moi aussi ? a demandé Aira. Combien de temps vont-ils la garder ici ?

– Quelques jours. Et toi ?

– Je vais sans doute pouvoir rentrer demain à la maison. Est-ce que tu viendras aux obsèques d'Elina, samedi ?

– Sans doute, oui », ai-je promis, même si deux enterrements en une semaine faisaient beaucoup à mon goût. Sur ces entrefaites, Johanna a poussé la porte de la chambre, un bouquet de roses thé à la main. Elle portait une nouvelle robe à fleurs rouges, avec un gilet de laine dans le même ton, et ses lèvres brillaient d'un soupçon de couleur artificielle. Quand toute timidité aurait disparu de ses yeux, elle serait magnifique.

Elle nous a saluées et a pris en quelques mots des nouvelles de Niina. Quand je lui ai raconté comment la journée de la veille s'était terminée, elle s'en est longuement émue. « Est-ce que tu as réfléchi à ma proposition ? lui a ensuite demandé Aira.

– Oui. C'est une très bonne idée. Il faut bien sûr encore que je demande aux enfants ce qu'ils en pensent, mais je ne vois pas pourquoi ils refuseraient. Ils seront sûrement ravis d'habiter à Rosberga.

– Tu as l'intention de t'installer au manoir avec tes enfants ? Bonne idée », ai-je dit, soulagée, car j'avais moi aussi, en plus de tout le reste, essayé de trouver un gîte pour toute cette marmaille. J'avais rapporté à mon amie Leena ce que Minna et moi avions appris à Karhumaa, et elle avait mis le couteau sous la gorge de Leevi Säntti. Il n'y aurait pas de procès concernant la garde des enfants, tous ceux qui le voulaient iraient avec leur mère.

« Il est grand temps qu'il y ait de la jeunesse à Rosberga. Johanna et moi trouverons bien le temps de les conduire à l'école et ailleurs », a joyeusement dit Aira. Je la voyais bien s'occuper des petits Säntti, continuer de passer sa vie au service des autres. Et pourquoi pas, après tout, il y avait de pires destins. Aira avait aussi promis de faire tout son possible pour aider Niina et avait déjà demandé à l'avocat de la famille de s'occuper de sa défense et de la faire reconnaître comme la fille d'Elina Rosberg. La loi ne l'autoriserait sans doute pas à hériter d'elle, dans la mesure où elle avait causé sa mort, mais il n'en irait peut-être pas de même le jour où Aira décéderait.

Je ne voulais pas doucher les espoirs de cette dernière à propos de Niina. À première vue, elle aurait besoin de soins pendant encore longtemps. Il était difficile de savoir quelles seraient en fin de compte les charges retenues contre elle, car l'affaire s'avérait plus complexe que prévu.

Dans le hall, j'ai appelé Kari Hanninen sur mon portable. « Ah ! bonjour ! s'est-il exclamé, ravi. J'allais justement vous téléphoner pour vous annoncer que votre thème astral était prêt.

– Je pourrais venir le chercher tout de suite, si ça ne vous dérange pas.

– Je me réveille tout juste, mais venez donc. Je serai heureux d'avoir de la compagnie pour le petit déjeuner. »

L'appartement de Hanninen, à Lauttasaari, sentait le pain frais et le café au lait. Il avait enfilé un jean et une chemise de flanelle, sans toutefois prendre la peine de la boutonner. Ses yeux étaient nettement plus reposés que les miens, dont j'avais constaté dans le miroir de l'ascenseur qu'ils étaient cernés de demi-lunes noires. Il a sorti des croissants du four et s'est servi un demi-litre de café au lait, qu'il a bu en m'expliquant la signification de ma carte du ciel étalée sur la table. Elle était accompagnée de nombreuses pages de texte, mais il semblait prendre plaisir à m'exposer ma nature profonde et le sort que la vie me réservait. J'ai écarquillé les yeux quand il a parlé d'un grand changement prévisible en août, sur lequel il ne m'a heureusement pas donné plus de détails. Hanninen était sans conteste convaincant. Quand il a constaté que j'avais tendance à agir d'abord et à réfléchir ensuite, je me suis rappelé les mots de Pertsa, la veille. J'admettais aussi être encline à me retirer dans la solitude, tout en m'intéressant a priori à la vie et aux sentiments des autres. Mais y avait-il en fin de compte quoi que ce soit, dans le discours de Hanninen, qu'il n'ait pu déduire de nos rencontres ?

« Vous n'êtes pas facile à vivre. Vous ne savez pas vous adapter aux autres ni vivre à leur rythme, vous tenez à tracer votre propre route.

– Je ne ferais donc pas une bonne mère ? ai-je demandé d'un air faussement ingénu.

– Je ne serais pas aussi catégorique. C'est peut-être l'engagement qu'implique la maternité, plus que celle-ci en soi, qui ne vous sera pas très facile.

– Croyez-vous qu'une mauvaise mère puisse totalement gâcher la vie de son enfant ?

– À quoi pensez-vous ? » Il y avait de la circonspection dans la voix de Hanninen.

« À différentes choses… par exemple à Niina Kuusinen.

– Pourquoi elle ? Sa mère n'était pas une mauvaise mère, même si elle était sans doute trop protectrice. Niina n'a jamais vraiment réussi à s'émanciper.

– Je ne voulais pas parler de Heidi Kuusinen, mais de sa vraie mère, Elina Rosberg. Vous le saviez, n'est-ce pas ? Depuis les années soixante-dix, déjà, ou est-ce Niina qui vous l'a dit ? »

Il n'a pas répondu, mais a commencé d'un geste machinal à boutonner sa chemise.

« Nous avons arrêté Niina hier. Elle nous a raconté ce qui s'était passé à Rosberga le soir du 26 décembre. Félicitations pour cette brillante manipulation. Vous avez réussi à renforcer sa névrose vis-à-vis de sa mère, tout en jouant les thérapeutes. Où vouliez-vous en venir ? » Hanninen m'a regardée droit dans les yeux, à nouveau sûr de lui.

« C'est ce que Niina prétend, alors ? Mais c'est précisément son problème, elle rend toujours les autres responsables de tout, qu'il s'agisse de ses parents ou des astres. Elle cherche sans doute maintenant à faire de moi son bouc émissaire. C'est courant, dans une relation entre un psy et son patient. Elle transfère sur moi la haine qu'elle éprouve envers Elina.

– Vous êtes malgré tout moralement responsable de ce qu'elle a fait. Vous avez sans doute nourri sa haine afin de vous venger de votre consœur. Les journaux à sensation se seraient arraché la révélation de l'existence d'un enfant caché d'une psychothérapeute féministe.

– Moralement responsable... C'est un concept à manipuler avec précaution, croyez-moi. » Hanninen se sentait à nouveau en confiance, son sourire était redevenu conquérant. « Je suis désolé, bien sûr, de ce qu'a fait Niina. Mais vous aussi, vous avez eu un début d'année difficile. Vous devriez peut-être réfléchir à deux fois à ces questions de responsabilité morale avant de venir m'accuser. » Il s'est levé, est allé chercher une cigarette et un briquet, a ouvert la fenêtre et s'est assis sur son rebord. Il a eu beau s'efforcer avec prévenance de souffler la fumée vers l'extérieur, l'odeur m'a agressé les narines – sans compter que c'était assez pour que mes cheveux puent le restant de la journée.

« Mais pour ce qui est de la mort d'Elina, il ne s'agit pas seulement de responsabilité morale. Après avoir entendu le récit de Niina, je me suis demandé comment elle avait pu se retrouver au bord de cette piste de ski, alors que ni l'une ni l'autre n'avaient battu la campagne de ce côté. Et d'où provenaient les éraflures de son dos ? Niina vous a téléphoné, une fois rentrée au manoir. » Hanninen a tenté de nier, mais je l'ai interrompu. « J'ai obtenu ce matin la liste de ses appels. Vous êtes allé à Rosberga. Vous avez peut-être trouvé Elina au bord de la route, inconsciente et transie de froid, et vous vous êtes dit que la tuer était le meilleur moyen de vous venger des bâtons qu'elle vous avait mis dans les roues. Vous l'avez traînée dans la forêt et vous l'y avez laissée mourir, comme vous auriez laissé Niina porter seule le chapeau. »

Hanninen a jeté son mégot dans la rue avant de répondre, d'un ton apitoyé et compatissant.

« Vous avez vraiment besoin de repos. Je n'ai rien à voir avec la mort d'Elina.

– Comment se fait-il, alors, qu'on ait vu votre voiture à une heure et demie du matin sur la route de Nuuksio, dans la nuit du 26 au 27 ? Rien de plus reconnaissable qu'une vieille Chevrolet rouge. Et le garçon qui l'a repérée se trouve être un amateur de voitures, il est absolument certain du modèle et du numéro de la plaque, qui est particulièrement facile à retenir. » La Chevy de Kari Hanninen, réimmatriculée quelques années plus tôt, arborait un superbe KAR-199.

Je ne m'attendais pas à ce qu'il avoue, et il n'en a effectivement rien fait. Il a juste déclaré en riant que traverser Nuuksio en voiture n'était pas un délit et que je n'avais pas assez de preuves pour l'accuser de quoi que ce soit.

« Nous en trouverons, croyez-moi », ai-je répliqué en guise d'au revoir. Je m'efforçais de m'en convaincre moi-même, car, sinon, ni mon travail ni le monde n'auraient eu aucun sens.

Dans l'état de confusion où j'étais, je préférais ne pas prendre le volant tout de suite, et j'ai marché au hasard dans les rues de Lauttasaari. En croisant une femme au visage crispé qui poussait un landau où hurlait un enfant de deux ans, je me suis demandé quelles dérives pouvaient bien amener quelqu'un à se transformer en un Halttunen ou un Hanninen. L'horoscope établi par ce dernier était sans doute exact. Il ne me serait pas facile d'être mère. Je pénétrais souvent si profond dans la vie des autres que j'en négligeais la mienne. Je n'étais enceinte que de dix semaines, il n'était pas trop tard pour mettre fin à ma grossesse. J'ai chassé l'idée d'un haussement d'épaules, je n'y voyais plus qu'une mauvaise blague.

Je devais en faire une force, tirer les leçons de mes rencontres avec des Milla et des Niina, éviter au moins les erreurs dont j'avais été témoin. Tout en sachant que je n'y parviendrais pas, que je commettrais forcément des faux pas dont les conséquences n'apparaîtraient qu'au bout de dizaines d'années, je commençais à me préparer à relever le défi.

Je suis arrivée à un square où des gamins, dans des cris de joie, descendaient un talus gelé sur les fesses. Je les ai regardés un moment, tentant de dessiner dans mon esprit le visage dont je pourrais, dans quelques années, contempler le bonheur. Puis j'ai fait le numéro d'Antti à l'université.

« C'est moi. Si on allait déjeuner ?

– Avec plaisir. Dans combien de temps ?

– Un quart d'heure, si j'arrive à me garer. Je monte te prendre dans ton bureau ? »

Je suis retournée à la Fiat et je me suis glissée dans le flot de la circulation. Le soleil d'hiver baignait le monde de lumière, suggérant déjà que dans quelques mois sa chaleur chasserait la neige. En passant devant les vieux entrepôts abritant la maison des jeunes et de la culture, j'ai allumé la radio. Les punks de Kollaa Kestää chantaient *Adieu aux armes* :

Aujourd'hui je veux me dresser,
Partir courir le monde,
Suivre ma propre route,
Voir ce qu'il y a au-delà des murs.

Je me suis jointe à tue-tête au refrain, décidée à croire en ses paroles au moins pour le restant de la journée.

Composé par Nord Compo Multimédia
7, rue de Fives, 59650 Villeneuve-d'Ascq

Achevé d'imprimer en avril 2012
sur les presses de France Quercy à Mercuès (France)

Imprimé sur Munken Print White 80 g
Papier certifié FSC, issu de forêts gérées durablement.

Dépôt légal : première édition, mai 2012
N° d'impression : 20478/